歷代小説話

四

黄霖 編著

鳳凰出版社

下編

小説叢話

新小説社社員　撰

一九〇三年至一九〇四年間連載於《新小説》第七至第九、第十一至第十七、第十九至第二十一以及第二十二、二十四號，一九〇六年由新小説社略加修整而刊成單印本，署『新小説社社員編輯』。一九六〇年阿英參校以上兩種後録入《晚清文學叢鈔·小説戲曲研究卷》。這是我國第一部明確仿照詩話形式寫成的小説話，但它又是以集體創作的形式出現的。作者署名有飲冰、慧庵、平子、蜕庵、璱齋、曼殊、浴血生、昭琴、俠人、定一、解脱者、趼、知新主人等。其中飲冰，即梁啓超（一八七三——一九二九）。梁號飲冰室主人；慧庵亦爲啓超之曾用名號，但有人疑爲『雪庵』（徐勤）之誤。平子，即狄葆賢（一八七三——約一九四二)。狄字楚青,號平子、平等閣主人等,江蘇溧陽人。戊戌變法時與唐才常、譚嗣同交往。後曾任《時報》經理十七年,又經辦過《小説時報》、有正書局。一九〇〇年參與唐才常發起的正氣會,組織自立軍,策劃起兵勤王,事敗後遁走日本。蜕庵,爲麥孟華的號。孟華(一八七五——一九一五),字孺博,别署曼殊、曼殊庵主人。廣東順德人,康有爲的學生和女婿,曾協助梁啓超編輯《時務報》、《清議報》、《新民叢報》,後任《時報》總主筆。璱齋,即麥孟華之弟仲華,字曼宣。浴血生,不詳,曾於一九〇三年九月《江蘇》第六期上發表《革命軍傳奇》。昭琴、俠人及解脱者,均不詳。定一,疑爲于定一,字瑾懷,江蘇武進人,曾任商務印書館出版部長、營業部長。趼,即著名小説家吴沃堯(一八六六——一九一〇),字趼人。知新主人,即周樹奎(一八六三——一九二六)。周字桂笙,號辛庵、知新室主人等,上海人,譯有《新庵諧譯初編》等,曾任《月月小説》翻譯編輯。這些作者的生活道路、政治態度和藝術見解都不盡相同,但當時都與梁啓超意氣相投,熱心於小説改革。全文總的傾向,是附和梁氏提倡的『小説界革命』,在有些地方充實、發展了梁啓超的觀點,但也有若干觀點與之相左,甚至針鋒相對。如曼殊、浴血生等針對梁啓超提出小説具有『常導人遊於他境界』的特點,强調『小説者,「今社會」之見本也』,正確地闡述了小説與現實之間的關係。俠人明確地指出了小説的『神力』在於『明著一事焉以爲之型,明立一人焉以爲之式』,注意到典型的故事與人物的感染力量和教育作用,對藝術典型問題有較深入的認識。再如,不少作者與梁啓超謂中國古代小説步武《水滸》、《紅樓》，『不出誨盜誨淫』兩端而大唱反調，用新的觀點，高度評價了古典小説。定一謂《水滸》爲『獨立自强而倡民主、民權之萌芽』，浴血生、俠人謂《紅樓夢》是『憤清』之『政治小説』，平子、曼殊云《金瓶梅》爲聲價『不下於《水滸》、《紅樓》』之『真正的社會小説』，平子云《聊齋志異》『言民族主義』，等等，這些見解都在近代文學界産生了巨大影響。

談話體之文學尚矣。此體近二三百年來益發達，即最乾燥之考據學、金石學往往用此體出之，趣味轉增焉。至如詩話、文話、詞話等，更汗牛充棟矣。乃至四六話、制義話、楹聯話亦有作者。人人知其無用，然猶有一過目之價值，不可誣也。惟小説尚闕如，雖由學士大夫鄙棄不道，抑亦此學幼稚之徵證也。余今春航海時，篋中挾《桃花扇》一部，借以消遣，偶有所觸，綴筆記十餘條。一昨平子、蜕庵、璱齋、彗庵、均歷、曼殊集余所，出示之，僉曰：『是小説叢話也，亦中國前此未有之作，盍多爲數十條，成一帙焉？』談次，因相與縱論小説，各述其所心得之微言大義，無一不足解頤者。余曰：『各筆之，便一帙。』衆曰：『善。』遂命紙筆，一夕而得百數十條，畀新小説社次第刊之。此後有所發明，賡續當未已也。抑海内有同嗜者，東鱗西爪，時以相貽，亦談與之一助歟？編次不有體例，惟著者之名分注焉；無責任之責任，亦各負之也。癸卯初臘飲冰識。

文學之進化有一大關鍵，即由古語之文學變爲俗語之文學是也。各國文學史之開展，靡不循此軌道。中國先秦之文，殆皆用俗語，觀《公羊傳》、《楚辭》、《墨子》、《莊子》，其間各國方言錯出者不少，可爲左證。故先秦文界之光明，數千年稱最焉。尋常論者，多謂宋、元以降，爲中國文學退化時代。余曰：不然。夫六朝之文，靡靡不足道矣。即如唐代韓、柳諸賢，自謂起八代之衰，要其文能在文學史上有價值者幾何？昌黎謂非三代、兩漢之書不敢觀，余以爲此即其受病之源也。自宋以後，實爲祖國文學之大進化。何以故？俗語文學大發達故。宋後俗語文學有兩大派，其一則儒家、禪家之語録，其二則小説也。小説者，決非以古語之文體而能工者也。本朝以來，考據學盛，俗語文體，生一頓挫，第一派又中絶矣。苟欲思想之普及，則此體非徒小説家當採用而已，凡百文章，莫不有然。雖然，自語言文字相去愈遠，今欲爲此，誠非易易，吾曾試驗，吾最知之。（飲冰）

各國文學史，皆以小説占一大部分，且其發達甚早。而吾國獨不爾。此其故雖由俗語文體之不發達，然尚有一原因焉。吾國之思潮，本分南、北兩大宗，而秦漢以後，北宗殆占全勝。北宗者，主嚴正實行者也。北宗勝而小説見蔑棄亦宜。試讀先秦南方諸書，如《離騷》，如《南華》，皆饒有小説趣味者也，惜乎其遂中絶也。至元代所以勃興之原因，則吾猶未能言之。（慧庵）

夏穗卿著《小説原理》，謂今日學界展寬，士夫正日不暇給之時，不必再以小説耗其目力；著小説之目的，惟在開導婦女與粗人而已。此其論甚正，然亦未盡然。今日之士夫，其能食學界展寬之利者，究十不得一，即微小説，其目力亦耗於他途而已；能得佳小説以餉彼輩，其功力尚過於譯書作報萬萬也。且美妙之小說，必非婦女粗人所喜讀，觀《水滸》之與《三國》，《紅樓》之與《封神》，其孰受歡迎孰否，可以見矣。故今日欲以佳小說餉士夫以外之社會，實難之又難者也。且小說之效力，必不僅及於婦女與粗人，若英之索士比亞，法之福祿特爾，以及俄羅斯虛無黨諸前輩，其小說所收之結果，仍以上流社會爲多。西人謂文學、美術兩者，能導國民之品格、之理想，使日遷於高尚。穗卿所謂看畫、看小說最樂，正含此理，此當指一般社會而言者也。夫欲導國民於高尚，則其小說不可以不高尚，必限於士夫以外之社會，則求高尚之小說亦難矣。（平子）

小說之妙，在取尋常社會上習聞習見、人人能解之事理，淋漓摹寫之，而挑逗默化之，故必讀者入其境界愈深，然後其受感刺也愈劇。未到上海者而與之讀《海上花》，未到北京者而與之讀《品花寶鑒》，雖有趣味，其亦僅矣。故往往有甲國最著名之小說，譯入乙國，殊不能覺其妙。如英國的士黎里、法國囂俄、俄國托爾斯泰，其最精心結撰之作，自中國人視之，皆隔靴搔癢者也。日本之《雪中梅》、《花間鶯》，當初出時，號稱名作，嘩動全國，及今已無過問，蓋當時議院政治初行，此等書即以匡其敝者也。今中國亦有譯之者，則如嚼蠟焉爾。凡著譯小説者，不可不審此理。（蛻庵）

天津《國聞報》初出時有一雄文，曰《本館附印小說緣起》，殆萬餘言，實成於幾道與別士二人之手。余當時狂愛之，後竟不克裒集。惟記其中有兩大段，謂人類之公性情，一曰英雄，二曰男女，故一切小說，不能脱離此二性，可謂批郤導窾者矣。然吾以爲人類於重英雄、愛男女之外，尚有一附屬性焉，曰畏鬼神。以此三者，可以賅盡中國之小說矣。若以泰西說部文學之進化，幾合一切理想而治之，又非此三者所能限耳。《國聞報》論説欄登此文凡十餘日，讀者方日日引領以待其所附印者，而始終竟未附一回，亦可稱文壇一逸話。（飲冰）

英國大文豪佐治賓哈威云：『小説之程度愈高，則寫内面之事情愈多，寫外面之生活愈少，故觀其書中兩者分量之比例，而書之價值可得而定矣。』可謂知言。持此以料揀中國小説，則惟《紅樓夢》得其一二耳，余皆不足語於是也。（瑟齋）

余欲爲《中國未來記》者有年，卒無屬稿暇。庚子間，有某某者亦欲作之，南海贈以詩云：『我游上海考書肆，問書何者銷流多？經史不及八股盛，八股無如小説何。鄭聲不倦雅樂睡，人情所好聖不呵。（中略）聞君董狐托小説，以敵八股功最深。衿纓市井皆快睹，上達下達真妙音。方今大地此學盛，欲争六藝爲七岑。去年卓如欲述作，荏苒不成失靈藥。或托樂府或稗官，或述前事或後覺。擬出一治與一亂，普問人心果何樂？庶俾四萬萬國民，茶餘睡醒用戲謔。以君妙筆爲寫生，海潮大聲起木鐸。乞放霞光照大千，五日爲期連畫諾。』吾《未來記》果能成，此亦一影事也。（飲冰）

泰西詩家之詩，一詩動輒數萬言。若前代之荷馬、但丁，近世之擺倫、彌兒頓，其最著名之作，率皆累數百葉始成一章者也。中國之詩，最長者如《孔雀東南飛》、《北征》、《南山》之類，罕過二三千言外者。吾昔與黄公度論詩，謂即此可見吾東方文家才力薄弱，視西哲有慚色矣。既而思之，吾中國亦非無此等雄著可與彼頡頏者。吾輩僅求之於狹義之詩，而謂我詩僅如是，其謗點祖國文學，罪不淺矣。詩何以有狹義，有廣義？彼西人之詩不一體，吾儕譯其名詞，則皆曰詩而已。若吾中國之騷、之樂府、之詞、之曲，皆詩屬也，而尋常不名曰詩，於是乎詩之技乃有所限。吾以爲若取最狹義，則惟《三百篇》可謂之詩；若取其最廣義，則凡詞曲之類，皆應謂之詩。數詩才而至詞曲，則古代之屈、宋，豈讓荷馬、但丁？而近世大名鼎鼎之數家，若湯臨川、孔東塘、蔣藏園其人者，何嘗不一詩累數萬言耶？其才力又豈在擺倫、彌兒頓下耶？（以下八則，癸卯正月飲冰太平洋舟中作。）

斯賓塞嘗言：『宇宙萬事，皆循進化之理，惟文學獨不然，有時若與進化爲反比例』云云。（彼推原其故，謂文學必帶一種野蠻之迷信，乃能寫出天然之妙，文明愈開，則此種文學愈絶，故文學與科學之消息，適成反比例云云。其言頗含至理。）此論在中國，尤爲文家所同認而無異議者矣。故昌黎言：『非三代、兩漢之書不敢觀。』三代文學優於兩漢，兩漢文學優於三唐，三唐文學優於近世，此幾如鐵案，不能移動矣。顧吾以爲以風格論，誠當爾爾；以體裁論，則固有未盡然者。凡一切事物，其程度愈低級者則愈簡單，愈高等者則愈復雜，此公例也。故我之詩界，濫觴於《三百篇》，限以四言，其體裁爲最簡單。漸進爲五言，漸進爲七言，稍復雜矣。漸進爲長短句，愈復雜矣。長短句而有一定之腔，一定之譜，若宋人之詞者，則愈復雜矣。由宋詞而更進爲元曲，其復雜乃達於極點。曲本之詩（以廣義之名名之），所以優於他體之詩者，凡有四端：唱歌與科白相間，甲所不能盡者以乙補之，乙所不能傳者以甲描之，可以淋漓盡致，其長一也。尋常之詩，只能寫一人之意境，（若《孔雀東南飛》等篇，錯落描畫數人者，不能多覯，且非後人所能學步，强學之必成芻狗。）曲本内容主伴可多至十數人或數十人，各盡其情，其長二也。每詩〔本〕自數折乃至數十折，每折自數調乃至數十調，一惟作者所欲，極自由之樂，其長三也。詩限以五、七言，其塗隘矣；詞代以長短句，稍進，然爲調所困，仍不能增減一字也；曲本則稍解音律者可任意綴合諸調，别爲新調。（詞亦可爾爾，然究不如曲之自由。）即舊調之中，亦可以添加所謂花指者，往往視原調一句增加至七、八字乃至十數字而不爲病，其長四也。故吾嘗以爲中國韻文，其後乎今日者，進化之運，未知何如；其前乎今日者，則吾必以曲本爲巨擘矣。嘻！附庸蔚爲大國，雖使屈、宋、蘇、李生今日，亦應有前賢畏後生之感，吾又安能薄今人愛古人哉！

論曲本當首音律，余不嫻音律，但以結構之精嚴，文藻之壯麗，寄托之遥深論之。竊謂孔雲亭之《桃花扇》，冠絶前古矣。其事迹本爲數千年歷史上最大關係之事迹，惟此時代乃能産此文章。雖然，同時代之文家亦多矣，而此蟠天際地之傑構獨讓雲亭，雲亭亦可謂時代之驕兒哉！

《桃花扇》卷首之《先聲》一出，卷末之《餘韻》一出，皆雲亭創格，前此所未有，亦後人所不能學也。一部極凄慘、極哀艷、極忙亂之書，而以極太平起，以極閒静、極空曠結，真有華嚴鏡影之觀。非有道之士，不能作此結構。

《桃花扇》之老贊禮，雲亭自謂也。處處點綴入場，寄無限感慨。卷首之試一出《先聲》，卷中之加二十一出《孤吟》，卷末之續四十出《餘韻》，皆以老贊禮作正脚色。蓋此諸出者，全書之脈絡也。其《先聲》一出演白云：『更可喜，把老夫衰態也拉上了排場，做了一個副末脚色，惹的俺哭一回，笑一回，怒一回，駡一回。那滿座賓客，怎曉得我老夫就是戲中之人！』此一語，所謂文家之畫龍點睛也。全書得此，精神便活現數倍，且使讀者加無限感動，可謂妙文。《孤吟》一齣，結詩云：『當年真是戲，今日戲如真；兩度旁觀者，天留冷眼人。』《餘韻》一齣演白云：『江山江山，一忙一閒；誰贏誰輸，兩鬢皆斑。』凡此皆托老贊禮之口，皆作極達觀之語。然其外愈達觀者，實其内愈哀痛、愈辛酸之表徵也。雲亭人格，於斯可見。

以一部哭聲淚痕之書，其開場第一演白乃云：『日麗唐虞世，花開甲子年。山中無寇盜，地上總神仙。』以一個家破國亡之人，其自道履歷，乃云『最喜無禍無災，活了九十七歲』。此非打趣語，乃傷心語也，爲當時腐敗之人心寫照也。

《桃花扇》於種族之戚，不敢十分明言，蓋生於專制政體下，不得不爾也。然書中固往往不能自制，一讀之使人生故國之感。余尤愛誦者，如『莫過烏衣巷，是别人家新畫梁』（《聽稗》）。『誰知歌罷剩空筵？長江一綫，吴頭楚尾路三千，盡歸别姓，雨翻雪變。寒濤東捲，萬事付空煙。』（《沈江》）『將五十年興亡看飽，那烏衣巷不姓王，莫愁湖鬼夜哭，鳳凰臺棲梟鳥。殘山夢最真，舊境丢難掉。不信這輿圖换稿，謅一套《哀江南》，放悲聲唱到老。』（《餘韻》）讀此而不油然生民族主義之思想者，必其無人心者也。

《桃花扇》沉痛之調，以《哭主》、《沈江》兩出爲最。《哭主》叙北朝之亡，《沈江》叙南朝之亡也。《哭主》中《勝如花》兩腔云：『高皇帝，在九京，不管亡家破鼎。那知他聖子神孫，反不如飄蓬斷梗。十七年憂國如病，呼不應天靈祖靈，調不來親兵救兵。白練無情，送君王一命。傷心煞煤山私幸，獨殉了社稷蒼生！獨殉了社稷蒼生！』其二云：『宫車出，廟社傾，破碎中原費整。養文臣帷幄無謀，豢武夫疆埸不猛。到今日山殘水剩，對大江月明浪明，滿樓頭呼聲哭聲。這恨怎平？有皇天作證。從今後戮力奔命，報國仇早復神京。報國仇早復神京。』《沈江》之《普天樂》云：『撇下俺斷蓬船，丢下俺無家犬，叫天呼地千百遍，歸無路，進又難前。那滚滚雪浪拍天，流不盡湘累怨。剩黄土，一丈江魚腹寬展，摘脱下袍靴冠冕。累死英雄，到此日看江山换主，無可留戀！』其《古輪臺》云：『走江邊，滿腔憤恨向誰言？揮老淚寒風吹面。孤城一片，望救目穿。使盡殘兵血戰，跳出重圍，故國苦戀。誰知歌罷剩空筵！長江一綫，吴頭楚尾路三千，盡歸别姓，雨翻雲變。寒濤東捲，萬事付空煙。精魂顯，《大招》聲逐海天遠。』此數折者，余每一讀之，輒覺酸淚盈盈，承睫而欲下。文章之感人，一至此耶！

中國文學，大率最富於厭世思想，《桃花扇》亦其一也。而所言，尤親切有味，切實動人，蓋時代精神使然耳。《修札》演白云：『那熱鬧局便是冷淡的根芽，爽快事便是牽纏的枝葉。倒不如把剩水殘山，孤臣逆子，講他幾句，大家滴些眼淚罷。』（飲冰）

小説與經傳有互相補救之功用。故凡東西之聖人，東西之才子，懷悲憫，抱冤憤，於是著爲經傳，發爲詩騷，或託之寓言，或寄之詞曲，其用心不同，其能移易人心，改良社會則一也。然經傳等書，能令人起敬心，人人非樂就之也。有師友之督率，父兄之誘掖，不能不循之。其人人也逆，國人之能得其益者十僅二三。至於聽歌觀劇，則無論老稚男女，人人樂就之。倘因此而利導之，使人喜，使人悲，使人歌，使人哭，其中心也深，其刺腦也疾。舉凡社會上下一切人等，無不樂於遵循，而甘受其利者也。其入人也順，國人之得其益者十有八九。故一國之中，不可不生聖人，亦不可不生才子。（以下平子）

《金瓶梅》一書，作者抱無窮冤抑，無限深痛，而又處黑暗之時代，無可與言，無從發泄，不得已藉小説以鳴之。其描寫當時之社會情狀，略見一斑。然與《水滸傳》不同：《水滸》多正筆，《金瓶》多側筆；《水滸》多明寫，《金瓶》多暗刺；《水滸》多快語，《金瓶》多痛語；《水滸》明白暢快，《金瓶》隱抑凄惻；《水滸》抱奇憤，《金瓶》抱奇冤。處境不同，故下筆亦不同。且其中短簡小曲，往往雋韻絶倫，有非宋詞、元曲所能及者，又可徵當時小人女子之情狀，人心思想之程度，真正一社會小説，不得以淫書目之。

今日通行婦女社會之小説書籍，如《天雨花》、《筆生花》、《再生緣》、《安邦志》、《定國志》等，作者未必無迎合社會風俗之意，以求取悦於人。然人之讀之者，目濡耳染，日累月積，醖釀組織而成今日婦女如此如此之思想者，皆此等書之力也，故實可謂之婦女教科書。此種書或言忠，或言孝，或言節義，或言女子改裝、女子從戎等之諸節，原無大謬，然因無國家思想一要點，則覺處處皆非也。至《天雨花》，每句七字，全書一韻到底，共約一百餘萬字；《筆生花》等稍爲變動，且每段换韻，全書約一百二十餘萬字；其餘同等之書，有數十種，要皆無甚出入。此等書百餘萬字一韻到底，真中國之大詩也。謂非宏著，要亦不可。

《聊齋》文筆，多摹仿古人，其體裁多取法《唐代叢書》中諸傳記，誠爲精品。然雖膾炙一時，究不得謂之才子書，以其非别開生面者也。余甚愛其《薄倖郎》一曲，近人却多愛誦其《惜春餘詞》一闋者，與余意不同。其中所寫女子各各不同，雖各盡其妙，而惟寫連瑣幽情絶塵，殆無半點煙火氣，真如白石之詞，雲林之畫。連瑣所詠『元夜凄風却倒吹，流螢惹草復沾幃』二語，一字一轉，令讀者儼如聞得其嬌聲悠韻也。其所續二句云：『幽情苦緒何人見？翠袖單寒月上時。』不出尋常絶句科臼，以續『元夜』二語，殆有愧色。

友人劉君北平，蒲留仙之同里人也。其先世與蒲姻親。劉君爲余言，近時所流傳之《聊齋志異》與原本頗多不同處。其原本中言民族主義及譏當時權貴之語甚多。當刊行時，其親族畏禍，全行删改，其原本尚存其鄉某君處云。余每讀《聊齋》，輒怪其妍媸互見，且每多牽强處，聞劉君言，始恍然。余屢囑劉君將此稿設法重刊，亦一大快事。猶憶昔年在湘時，遇衡陽李君，謂余云：『王船山先生未刊之文稿，尚有數十種，其裔孫密藏之，并不敢示人，得見者甚稀，其中云何，不知也。』又聞顧亭林先生未刊之密稿亦甚多。二百年來，高文遺著，或面目已全非，或湮没而不彰者，固不知凡幾矣。

金聖歎定才子書：一、《離騷經》，二、《南華經》，三、《史記》，四、《杜詩》，五、《水滸傳》，六、《西廂記》。所謂才子者，謂其自成一家言，别開生面，而不傍人門户，而又别於聖賢書者也。聖歎滿腹不平之氣，於《水滸》、《西廂》二書之批語中，可略見一斑。今人誤以爲《三國演義》爲第一才子，又謬托爲聖歎所批，士大夫亦往往多信之，誠不解也。

聖歎乃一熱心憤世流血奇男子也。然余於聖歎有三恨焉：一恨聖歎不生於今日，俾得讀西哲諸書，得見近時世界之現狀，則不知聖歎又作何等感情。二恨聖歎未曾自著一小説，倘有之，必能與《水滸》、《西厢》相埒。三恨《紅樓夢》、《茶花女》二書出現太遲，未能得聖歎之批評。

《水滸》、《紅樓》兩書，其在我國小説界中，位置當在第一級，殆爲世人所同認矣。然於二者之中評先後，吾固甲《水滸》而乙《紅樓》也。凡小説之最忌者曰重複，而最難者曰不重複，兩書皆無此病矣。唯《紅樓》所叙之人物甚複雜，有男女老少貴賤媸妍之別，流品既異，則其言語舉動事業自有不同，故不重複也尚易。若《水滸》，則一百零八條好漢，有一百零五條乃男子也；其身分同是莽男兒，等也；其事業同是强盗，等也；其年紀同是壯年，等也：故不重複也最難。（以下曼殊）

凡著小説者，於作回目時不宜草率。回目之工拙，於全書之價值與讀者之感情最有關係。若《二勇少年》之目録，内容雖佳極，亦失色矣。吾見小説中，其回目之最佳者，莫如《金瓶梅》。

《金瓶梅》之聲價，當不下於《水滸》、《紅樓》，此論小説者所評爲淫書之祖宗者也。余昔讀之，盡數卷，猶覺毫無趣味，心竊惑之。後乃改其法，認爲一種社會之書以讀之，始知盛名之下，必無虚也。凡讀淫書者，莫不全副精神，貫注於寫淫之處，此外則隨手披閲，不大留意，此殆讀者之普通性矣。至於《金瓶梅》，吾固不能謂爲非淫書，然其奥妙，絶非在寫淫之筆。蓋此書的是描寫下等婦人社會之書也。試觀書中之人物，一啓口，則下等婦人之言論也；一舉足，則下等婦人之行動也。雖裝束模仿上流，其下等如故也；供給擬於貴族，其下等如故也。若作者之宗旨在於寫淫，又何必取此粗賤之材料哉？論者謂《紅樓夢》全脱胎於《金瓶梅》，乃《金瓶梅》之倒影云，當是的論。若其回目與題詞，真佳絶矣。

中國小説，欲選其貫徹始終，絶無懈筆者，殆不可多得。然有時全部結構雖不甚佳，而書中之一部分，真能邁前哲而法後世者，當亦不可誣也。吾見《兒女英雄傳》，其下半部之腐弊，讀者多恨之，若前半部，其結構真佳絶矣。其書中主人翁之名，至第八回乃出，已難極矣；然所出者猶是其假名也，其真名直至第二十回始發現焉。若此數回中，所叙之事不及主人之身分焉，則無論矣；或偶及之，然不過如曇花一現，轉瞬復藏而不露焉，則無論矣；然《兒女英雄傳》之前八回，乃書中主人之正傳也，且以彼一人而貫徹八回者也。作了一番驚天動地之大事業，而姓名不露，非神筆其能若是乎？

竊嘗謂小説之功亦偉矣。夫人有過，莊言以責之，不如微言以刺之；微言以刺之，不如婉言以諷之；婉言以諷之，不如妙譬以喻之；而小説者，皆具此能力者也。故用小説以規人過，是上上乘也。（按昔已有用之者，如《琵琶記》是也。）（以下浴血生）

小説能導人遊於他境界，固也。然我以爲能導人遊於他境界者，必著者之先自遊於他境界者也。昔趙松雪畫馬，常閉户不令人見。一日，其夫人竊窺之，則松雪兩手距地，昂頭四顧，儼然一馬矣，故能以畫馬名於世。作小説者亦猶是。有人焉，悄思冥索，設身處地，想象其身段，描摹其口吻，淋漓盡致，務使畢肖，則吾敢斷言曰：『若而人者，亦必以小説名於世。』

中國韻文小説，當以《西厢》爲巨擘，吾讀之，真無一句一字是浪費筆墨者也。梁任公最崇拜《桃花扇》，其實《桃花扇》之所長寄托遥深，爲當日腐敗之人心寫照，二語已足盡之。填詞、演白，頗有一二草草處，蓋雲亭意本不在此也。

《紅樓夢》一書，係憤滿人之作，作者真有心人也。著如此之大書一部，而專論滿人之事，可知其意矣。其第七回便寫一焦大醉駡，語語痛快。焦大必是寫一漢人，爲開國元勳者也，但不知所指何人耳。按第七回：『尤氏道：「因他從小兒跟着太爺出過三四回兵，從死人堆里把太爺背了出來，得了命；自己挨着餓，却偷了東西給主子吃；兩日没水，得了半碗水給主子喝，他自己喝馬溺。不過仗着這些功勞情分，有祖宗時，都另眼相待。」』以上等句，作者决非無因而出。倘非有所憤，尤氏何必追叙許多大功。曰：『把太爺背了出來，得了命。』可知無焦大則不但無此富貴，則亦無此人家。既叙其如此之大功，而又加以『不過仗着』四字，何其牽强？又觀焦大所云：『欺軟怕硬，有好差使派了别人（必是督、撫、海關等缺）。二十年頭裏的焦大爺眼裏有誰？别説你們這一把子的雜種們。你們作官兒，享榮華，受富貴。你祖宗九死一生，掙下這個家業，到如今不報我的恩，反和我充起主子來了！』字字是血，語語是淚，故屢次禁售此書，蓋滿人有見於此也。今人無不讀此書，而均毫無感觸，而專以情書目之，不亦誤乎？（以下平子）

《紅樓夢》之佳處，在處處描摹，恰肖其人。作者又最工詩詞，然其中如柳絮、白海棠、菊花等作，皆恰如小兒女之口吻，將筆墨放平，不肯作過高之語，正是其最佳處。其中丫鬟作詩，如描寫香菱詠月，刻劃入神，毫無痕迹，不似《野叟曝言》群妍聯吟，便令讀者皮膚起栗。怡紅在園中與姊妹聯詠諸章，往往平庸，蓋實存不欲壓倒諸姊妹之意；其在外間之作，有絶佳者，如『滴不盡相思血淚』一曲，誠絶唱也。曲云：『滴不盡相思血淚拋紅豆，開不完春柳春花滿畫樓，睡不穩紗窗風雨黄昏後，忘不了新愁與舊愁。咽不下玉粒金波噎滿喉，照不盡菱花鏡裏形容瘦，展不開的眉頭，捱不明的更漏。呀！恰便似遮不住的青山隱隱，流不斷的緑水悠悠。』

今日欲改良社會，必先改良歌曲；改良歌曲，必先改良小說。誠不易之論，蓋小說（傳奇等皆在内）與歌曲相輔而行者也。夫社會之風俗人情、語言好惡，一切皆時時遞變。而歌曲者，乃人情之自然流露，以表其思慕痛楚，悲歡愛憎。然聞悲歌則哀，聞歡歌則喜，是又最能更改人之性情，移易世之風俗。故必得因地因時，準社會之風俗人情、語言好惡，而亦悉更變之，則社會之受者自不少。上古之小說歌曲無論矣，然自周以來，其與小說歌曲最相近者，則莫如三百之詩，由詩而遞變爲漢之歌謡，爲唐之樂府，爲宋詞，爲元曲，爲明代之昆腔（昆腔爲魏良輔所更定，魏爲昆山人也，故有此名），自明末至今三百年來，朝野雅俗，莫不愛之，莫不能之。至今三十年間，此調暫絶。蓋社會每經數百年之久，其言語必已有許多不同之處，其不經常用之語，便覺其非太高尚，則過雅典，俗人不能解，自覺嚼然無味。故自上古至今數千年來之音樂，未有至五百年而不更變者，職此故也。然昆曲廢而京調，二簧、山陝梆子出而代之，風靡一世，其言辭鄙陋，其事迹荒謬，其所本之小說、傳記亦毫無意義，徒以聲音取悦於人，而無益於世道人心，是則世無有心人出而更變之之過也。故孔子當日之删

《詩》，即是改良小説，即是改良歌曲，即是改良社會。然則以《詩》爲小説之祖可也，以孔子爲小説家之祖可也。

《紅樓夢》爲底是專説滿人之憑據，其不必深求而可知者，則盡在於叙次婦女裝束形體，舉無一語涉及裙下故也。舉世風俗，自南唐來，小人下達久矣。凡小説寫佳人者，無一不以雙纏爲貴。甚至崔鶯鶯爲唐時人，楊妃爲女道士，《西厢》、《長生》兩傳奇盡力附會其纏足。才子筆墨，尚且爾爾，何況庸俗之里巷評話，有不以王昭君爲小脚，趙飛燕爲行纏者耶？其意謂殆非纏足而不貴，因不惜重誣古人，以快己唇舌而媚里巷耳目也。又誰知天演推嬗，新理日明，至年來有天然足之徽號。詞章家如袁子才，生在雍、乾時，可謂頗具自由哲學思想，不爲俗拘者矣。飲食則鄙翅參，動作則拒龜筮；笑道籙之長生，譏佛徒之小乘；不堪輿而興作，不齋醮而祈禳。星命無權，旁删枝葉；文章無派，專主性靈。漢、宋門户之俱非，八比小楷之不屑。而其慎取婦容也，端在膚如凝脂，自然素足，吾輩以今日之眼光觀他，可稱先識。獨至擷其所爲詩歌，猶未敢顯然以素足入詠，提倡天然之美者何也？毋亦識有餘而膽仍未足，究爲一輩之盲論所禁壓耶？調查其詩話，有載江南某女子口號云：『三寸金蓮自古無，觀音大士赤雙趺。不知作俑從何始，自逢人間賤丈夫。』又其小説，有紀某生夢入冥中，見纏足婦呼冤訟控李後主，閻摩罰使製履，又安知詩非袁子所自作，夢非袁子所自托，以寫其胸中不平之意？此亦良心發現，言本由衷之一證也。然有幾多素足好典故，可引不引，偏引一外夷無稽之觀音大士，夢中迷離之閻摩老子，亦適成其爲女子見識，小説文章，而不足爲袁子自己理論之據。此無他，皆由袁子理不勝欲，壁壘不堅之弊耳。故其尺牘，詘友取妾必取小脚爲小人下達，而彼屏風粲粲，閨門粥粥，有所謂方姬、金姬、陶姬、鍾姬等等者，屢見諸寄懷詩，其大脚者乎？其小脚者乎？都無明文，曖曖昧昧，想均不脱小人下達之範圍而已。其至粤也，雜詩中有『青唇吹火拖鞋出，難近都如鬼手馨』之語，詩話復重引之，是明譏素足以諧俗矣。余謂其壁壘不堅，良非太過。以袁子先識之人物，尚不免俗，餘子可知，公等碌碌更可知。曹雪芹雖非碌碌者，以著如許之大部書，專寫旗人，不但正釵無一語及足，連副釵及又副釵亦無一語及之。是亦膽識不足，等於餘子之譏，無可爲解謗者也。次《紅樓夢》而作者，尚有俞仲華《蕩寇志》、某閩人《花月痕》二書。脂光粉艷，劍舞釵飛，號稱一時之雋。《蕩寇志》書中上上人物爲陳麗卿，《花月痕》書中上上人物爲薛瑶華。而麗卿對伊姻黨女眷語，自承已足與男子無異，百數十回内并未誤用到三寸金蓮之套談以犯及麗卿者。而麗卿之婉孌嬌憨，俏俊神情，曾不少損。薛瑶華馳馬試劍，好爲男子妝，著者特加六寸膚圓之譽以表揚之。數十回内着一瑶華，只覺巾幗神飛而鬟眉反形文弱。觀於麗卿、瑶華出色當行，爲《蕩冠志》、《花月痕》增重，益嘆曹雪芹囁嚅其辭，終屬劉郎不敢題糕，長留後人話柄也。友人潘蘭史與余同情，曾有句云：『解識膚圓光致致，憐香吾獨愛冬郎。』此僅搬字遇紙，作冬郎之詩評耳。必如作麗卿、瑶華傳者，始稱正面文字，爲天然足生色。庚子、辛丑，聽雨樓主人在上海《消閒報》詩鐘當社，特出『天然足』請人屬句，鬥角鈎心，必多可觀，惜余未見。若以詩而論，則吾友邱菽園《明妃曲》長古中有一聯云：『鸞文大脚雙珠勒，雉尾峨冠五彩翬。』題某姬像近體中有一聯云：『不著鴉頭膚細致，閒拖金齒跗豐妍。』真能寫得其佳處出也。纏足與素足，看似猥瑣之事，然於進種改良轉移習俗問題，煞有關係，是以維新士夫都不等閒置之。近且上煩詔誥，着官吏之奉行。他如日本博覽會坊，幾成國際談判，固吾國女界一重要之研究的也。故當提倡素足，誘之使勸，其道尤於詞章、小說、評話、傳奇爲宜。苟《紅樓夢》著者二百年前早知此義，極力表章，踵而尤者，當變國俗，又豈止如袁子之燭照，陳、薛之鳳麟也哉！（昭琴）

蔣藏園著《臨川夢》設言有俞二姑者，讀《牡丹亭》而生感致病，此不過爲自己寫照，極表景仰臨川之熱誠而已。然亦可見小說之道，感人深矣。乃近有實事與此相類，而其癡想尤甚者。頃倫敦《泰晤士報》載有《讀小說而自殺》一條，其文曰：『英國著名小說家瑪利女史所著《米的亞端》一書，極言有推理思想之人容易自殺，今者竟有讀此書而真自殺之人，即同國一牧師之子名噶士者，一夜飽讀此書，愀然語其母曰：「此兒（指書中之人物）乃竟死耶？」若不勝感動者然。翌晨檢其寢室，則見其著乃父之法服縊死焉。搜其襟底，見有小字一行曰：「衣法服以赴天國，吾望之久矣，非自殺也。」』云云。噫！小說之神力不可思議，乃如此耶？（以下飲冰）

查每年地球各國小說出版之數，約八千種乃至一萬種。內美國約二千種，英國一千五百餘種，俄國約一千種，法國約六百種，伊大利、西班牙各五百餘種，日本四百五十餘種，印度、敘利亞約四百種云。

泰西之小說，書中之人物常少；中國之小說，書中之人物常多。泰西之小說，所叙者多爲一二人之歷史；中國之小説，所叙者多爲一種社會之歷史（此就佳本而論，非普通論也）。昔嘗思之，以爲社會愈文明，則個人之事業愈繁賾，愈野蠻，則愈簡單。如叙野蠻人之歷史，吾知其必無接電報、發電話、寄相片之事也。故能以一二人之歷史敷衍成書者，其必爲文明無疑矣。初欲持此論以薄祖國之小説，由今思之，乃大謬不然。吾祖國之政治法律，雖多不如人，至於文學與理想，吾雅不欲以彼族加吾華胄也。蓋吾國之小説，多叙述往事，泰西之小説，多描寫今人。其文野之分，乃書中材料之範圍，非文學之範圍也。若夫以書中之内容論，則《西厢》等書，最與泰西近。（曼殊）

新秋病起，人意殊慵，偶拈筆作小説雜談數則，一下筆，游思積緒相引而至，累累不能休，積數千言。稿成自視，不欲棄擲，姑寄交新小説社刊之。（以下俠人）

吾國之小説，莫奇於《紅樓夢》，可謂之政治小説，可謂之倫理小説，可謂之社會小説，可謂之哲學小説、道德小説。何謂之政治小説？於其叙元妃歸省也，則曰：『當初既把我送到那見不得人的去處。』於其叙元妃之疾也，則曰：『反不如尋常貧賤人家，娘兒兄妹可常在一塊兒。』（原書讀後，詞句已忘，一時案頭又無此書可以對證，故皆約舉其詞，非原文也，讀者諒之，下同此。）而其歸省一回，題曰『天倫樂』，使人讀之，蕭然颯然，若凄風苦雨，起於紙上，適與其標名三字反對。（《紅樓夢》標題最不苟，有正反二種，如《苦絳珠魂歸離恨天》，其正標名也；《賢襲人嬌嗔箴寶玉》、《賢寶釵小惠全大體》，其反標名也。此類甚多，不遑枚舉，餘可類推。）絕不及皇家一語，而隱然有一專制君主之威在其言外，使人讀之而自喻。而其曲曰：『喜榮華正好，恨無常又到，眼睜睜把萬事全拋。蕩悠悠芳魂消耗，望家鄉路遠山高，故此向爹娘夢裏相尋告：兒命已入黃泉，天倫呵，須要退步抽身早。』大觀園全局之盛衰，實與元妃相終始。讀此曲，則咨嗟累欷於人事之不常，其意已隱然言外矣。此其關係於政治上者也。曰：『寶玉只好與姐姐妹妹在一處。』曰：『於父親伯叔都不過爲聖賢教訓，不得已而敬之。』曰：『我又没個親姊妹，雖有幾個，你難道不曉得我是隔母的？』（寶玉對黛玉語。）而書中兩陳綱常大義，一出於寶釵之口，一出於探春之口，言外皆有老大不然在。中國數千年來家族之制，與宗教密切相附，而一種不完全之倫理，乃爲鬼爲蜮於青天白日之間，日受其酷毒而莫敢道。凡此所陳，皆吾國士大夫所日受其神秘的刺冲，雖終身引而置之他一社會之中，遠離吾國社會種種名譽生命之禁網，而萬萬不敢道，且萬萬無此思想者也，而著者獨毅然而道之。此其關於倫理學上者也。《紅樓夢》一書，賈寶玉其代表人也。而其言曰：『賈寶玉視世間一切男子，皆惡濁之物，以爲天下靈氣悉鍾於女子。』言之不足，至於再三，則何也？曰：『此真著者疾末世之不仁，而爲此言以寓其生平種種之隱痛者也。』凡一社會，不進則退，中國社會數千年來，退化之迹昭然，故一社會中種種惡業無不畢具。而爲男子者，日與社會相接觸，同化其惡風自易；女子則幸以數千年來權利之衰落，閉置不出，無由與男子之惡業相熏染。雖別造成一卑鄙齷齪、絕無高尚潔純的思想之女子社會，而其猶有良心，以視男子之胥戕胥賊，日演殺機，天理亡而人欲肆者，其相去尤千萬也。此真著者疾末世之不仁，而爲此以寓其種種隱痛之第一傷心泣血語也。而讀者不知，乃群然以淫書目之，嗚呼！豈真嗜腐鼠者之不可以翔青雲邪！何沉溺之深，加之以當頭棒喝而不悟也？然吾輩雖解此義，試設身處地，置我於《紅樓夢》未著，此語未出現以前，欲造一簡單直捷之語以寫社會之惡態，而警笑訓誡之，欲如是語之奇而賅，真窮我腦筋不知所措矣。且中國之社會，無一人而不苦者也。置身其間，日受其慘，往往躬受之而躬不能道之。今讀《紅樓夢》十二曲中，凡寫一人，必具一人之苦處。夢寐者以爲褒某人，貶某人，不知自著者大智、大慧、大慈、大悲之眼觀之，直無一人而不可憐，無一事而不可嘆，悲天憫人而已，何褒貶之有焉？此其關於社會上者也。而其尤難者，則在以哲學排舊道德。孟子曰性善，荀子曰性惡，此争辯二千年不能明。吾以爲性決非惡者，特今日而言性善，則又不可。何則？未至於太平之世，率性而行，動生抵觸，於是别設一道德學以範圍之。故違性之物也，而在文明未達極點之時，則不可不謂之善。然人性又自然之物也，終不能屈杞柳爲杯棬，於是有觸即發，往往與道德相衝突。而世之談道德學者，誦其成文，昧其原理。且所謂道德學者，不能離社會而孤行也，往往與其群之舊俗相比附。於是，因此而社會之慘苦壁壘反因之而益堅。而自然之性又慣趨權利，而與其爲害之物相抵觸。於是紛亂之迹，終不可絶，而道德之勢力，入人已深，幾以爲天然不可逾之制，乃相率而加其軼於外者以『大逆不道』之名。凡開闢以來，合塵寰之紛擾，殆皆可以是名之，固非特中國爲然也。吾無以名之，名之曰：『人性與世界之抵觸。』此義在中國罔或知之，唯老、莊實宣其蘊，而拘墟之俗士，反群起而議之。不知謂其説之不可行則可，謂其理之不可存則不能也。今觀《紅樓夢》開宗明義第一折曲，曰：『開闢鴻濛，誰爲情種？都只爲風月情濃。』其後又曰：『擅風情，秉月貌，便是敗家的根本。』曰『情種』，曰『敗家的根本』，凡道德學一切所禁事之代表也。曰『風月情濃』，曰『擅風情，秉月貌』，人性之代表也。誰爲情種？只以風月情濃故。敗家根本，只以擅風情，秉月貌故。然則誰爲敗道德之事？曰人性故。欲除情種，除非去風月之濃情而後可；欲毋敗家，除非去風情月貌而後可。然則欲毋敗道德，亦除非去人性而後可。夫無人性，復何道德之與有？且道德者，所以利民也。今乃至戕敗人性以爲之，爲是乎，爲非乎，不待辨而明矣。此等精鋭嚴格之論理，實舉道德學最後之奥援，最堅之壁壘，一拳捶碎之，一脚踢翻之，使上窮碧落下黄泉，而更無餘地以自處者也。非有甚深微妙之哲學，未有能道其只字者也。然是固可以爲道德學咎乎？曰：不可。彼在彼時，固不得不爾也。且世變亦繁矣，後之視今，猶今之視昔。《紅樓夢》者，不能預燭將來之世變，猶創道德學者不能預燭《紅樓夢》時之世變也。特數千年無一人修改之，則大滯社會之進化耳。而奈何中國二千年，竟無一人焉敢昌言修改之哉！而曹雪芹獨毅然言之而不疑，此真使我五體投地，更無言思擬議之可云者也。而世之人，顧群然曰：『淫書、淫書。』嗚呼！此實其以大哲學家之眼識，摧陷廓清舊道德之功之尤偉者也。

評《紅樓夢》者十餘家，支離滅裂，無一能見其真相，而尤謬者，乃至群焉以甄寶玉爲一佳人。夫戴緑眼鏡者，所見物一切皆緑；戴黄眼鏡者，所見物一切皆黄。一切物果緑乎哉？果黄乎哉？《紅樓夢》非淫書，讀者適自成其爲淫人而已。

此書固明明言之曰：『都説是金玉良緣，俺只念木石前盟。』全書言金玉、木石者尤屢見不一見，此書固言木石，非演金玉也。甄寶玉者何？真寶玉也，玉也。賈寶玉者何？假寶玉也，石也。著者之意明白如此，而評者昧昧焉，縱全無腦筋，亦何至若是！

甄寶玉乃一極通世故之人，賈寶玉乃一極不通世故之人，著者憤世之心，於此可見；亦足見《紅樓夢》爲社會小説之一端也。

吾國近百年來有大思想家二人，一曰龔定庵，一曰曹雪芹，皆能於舊時學術社會中别樹一幟。然二人皆老學派也。（定庵名爲學佛，實則老學甚深，其書中亦屢言老聃。）吾國社會中，凡上等思想人，其終未有不入老派者，實非社會之福也，其故可思矣。

余不通西文，未能讀西人所著小説，僅據一二譯出之本讀之。竊謂西人所著小説若更有佳者，爲吾譯界所未傳播，則吾不敢言；若其所謂最佳者亦不過類此，則吾國小説之價值真過於西洋萬萬也。試比較其短長如左：

一、西洋小説分類甚精，中國則不然，僅可約舉爲英雄、兒女、鬼神三大派，然一書中仍相混雜，此中國之所短一。

一、中國小説，每一書中所列之人，所叙之事，其種類必甚多，而能合爲一爐而冶之。除一、二主人翁外，其餘諸人，仍各有特色。其實所謂主人翁者，不過自章法上云之而已。西洋則不然，一書僅叙一事，一綫到底，凡一種小説，僅叙一種人物，寫情則叙癡兒女，軍事則叙大軍人，冒險則叙探險家，其餘雖有陪襯，幾無顔色矣。此中國小説之所長一。

一、中國小説，卷帙必繁重，讀之使人愈味愈厚，愈入愈深。西洋小説則不然，名著如《魯敏孫漂流記》、《茶花女遺事》等，亦僅一小册子，視中國小説不及十分之一。故讀慣中國小説者，使之讀西洋小説，無論如何奇妙，終覺其索然易盡。吾謂小説具有一最大神力，曰迷。讀之使人化身入其中，悲愉喜樂，則書中人之悲愉喜樂也，云爲動作，則書中人之云爲動作也，而此力之大小，於卷帙之繁簡，實重有關係焉。此中國小説之所長二。

一、中國小説起局必平正，而其後則愈出愈奇。西洋小説起局必奇突，而以後則漸行漸弛。大抵中國小説，不徒以局勢疑陣見長，其深味在事之始末，人之風采，文筆之生動也。西洋小説，專取中國之所棄，亦未始非文學中一特别境界，而已低一著矣。此中國小説之所長者三。

唯偵探一門，爲西洋小説家專長。中國叙此等事，往往鑿空不近人情，且亦無此層出不窮境界，真瞠乎其後矣。

或曰：『西洋小説尚有一特色，則科學小説是也。中國向無此種，安得謂其勝於西洋乎？』應之曰：『此乃中國科學不興之咎，不當在小説界中論勝負。若以中國大小説家之筆叙科學，吾知其佳必遠過於西洋。且小説者，一種之文學也。文學之性，宜於凌虚，不宜於徵實，故科學小説終不得在小説界中占第一席。且中國如《鏡花緣》、《蕩寇志》之備載異聞，《西遊記》之暗證醫理，亦不可謂非科學小説也。特惜《鏡花緣》、《蕩寇志》去實用太遠，而《西遊記》又太蒙頭蓋面而已。然謂我先民之無此思想，固重誣也。』

準是以談，而西洋之所長一，中國之所長三。然中國之所以有三長，正以其有此一短。故合觀之，而西洋之所長，終不足以贖其所短；中國之所短，終不足以病其所長。吾祖國之文學，在五洲萬國中，真可以自豪也。

孔子曰：『我欲托之於空言，不如見之於行事之深切著明也。』吾謂此言實爲小説道破其特別優勝之處者也。孟子曰：『聞伯夷之風者，頑夫廉，懦夫有立志；聞柳下惠之風者，鄙夫寬，薄夫敦。』凡人之性質，無所觀感，則興起也難；苟有一人焉，一事焉，立其前而樹之鵠，則望風而趨之。小説者，實具有此種神力以操縱人類者也。夫人之稍有所思想者，莫不欲以其道移易天下，顧談理則能明者少，而指事則能解者多。今明著一事焉以爲之型，明立一人焉以爲之式，則吾之思想可瞬息而普及於最下等之人，是實改良社會之一最妙法門也。且孔子之所謂見諸行事者，不過就魯史之成局，加之以褒貶而已。材料之如何，固繫於歷史上之人物，非吾之所得自由者也。小説則不然，吾有如何之理想，則造如何之人物以發明之，徹底自由，表裏無礙，直無一人能稍掣我之肘者也。若是乎由古經以至《春秋》，不可不謂之文體一進化；由《春秋》以至小説，又不可謂之非文體一進化。使孔子生於今日，吾知其必不作《春秋》，必作一最良之小説，以鞭辟人類也。不寧惟是，使周、秦諸子而悉生於今日，吾知其必不垂空言以詔後之人，而咸當本其學術，作一小説以播其思想，殖其勢力於社會，斷可知也。若是乎語孔子與施耐庵、曹雪芹之學術行誼，則二人固萬不敢幾；若語《春秋》與《紅樓夢》、《水滸》之體裁，則文界進化，其階級固歷歷不可誣也。

小説之所以有勢力於社會者，又有一焉，曰：堅人之自信力。凡人立於一社會，未有不有其自信力以與社會相對抗者也。然衆寡之勢不敵，故苟非鴻哲殊勇，往往有其力而守之不堅，久之且消磨焉，淪胥焉，以至於同盡。夫此力之所以日澌滅者，以捨我之外，皆無如是之人也。苟環顧同群而有一人焉與吾同此心，同此理，則欣然把臂入林矣，其道且終身守之而不易矣。子曰：『德不孤，必有鄰。』蓋謂此也。古人所以獨抗其志，遯然不與俗偶者，雖無并世之儔，而終必有一人焉先我而立於簡册之上，職是故也。小説作，而爲撰一現社會所亟需而未有之人物以示之，於是向之懷此思想而不敢自堅者，乃一旦以之自信矣。苟不知歷史之人，將認其人爲真有；苟知有歷史之人，亦認其書之著者爲并世曠世，心同理同，相感之人也。於是此種人之自信力，遂因之益堅，始焉而蓄之於心，繼焉而見之於事。苟有流於豪暴者，人訾其强横無理，彼固以魯智深、武二哥自居也。苟有溺於床笫者，人訾其纏綿無志，彼固以林黛玉、賈寶玉自居也。既引一書中之人爲同情之友矣，則世人雖如何非毁之，忠告之，其言終不能入，其心終不可動。有時以父母師長之力强禁之，禁其身不能禁其心也。捨其近而昵其遠，棄其實而麗於虚，雖曰爲常人之所駴乎，然水流濕，火就燥，雲從龍，風從虎，物各從其類也。此固心理問題，而非算術問題也。故爲小説者，以理想始，以實事終；以我之理想始，以人之實事終。

不寧惟是，小説者，固應於社會之熱毒，而施以清凉散者也。凡人在社會中所日受慘毒而覺其最苦者二：一曰無知我之人，一曰無憐我之人。苟有一人焉，於我躬所被之慘毒悉知悉見，而其於評論也，又確能爲我辯護，而明著加慘毒於我者之非，則望之如慈父母良師友不啻矣，以爲窮途所歸，命矣。且又不必其侃侃而陳之，明目張膽以爲我之强援也，但使其言在此而意在彼，雖昌言之不敢，而悱惻沉摯，往往於言外之意表我同情。則或因彼之知我而憐我也，而因曲諒其不敢言之心；因彼之知我者以知彼，且因知彼者以憐彼，而相結之情乃益固。故有暴君酷吏之專制，而《水滸》現焉；有男女婚姻之不自由，而《紅樓夢》出焉。雖峨冠博帶之碩儒，號爲生今之世，反古之道，守經而不敢易者，往往口非梁山而心固右之，筆排寶、黛而躬或蹈之。此無他，人心之所同，受其慘毒者，往往思求憐我知我之人，著者之哀哀長號，以求社會之同情，固猶讀者欲迎著者之心也。故一良小說之出世也，其勢力殆如水銀瀉地，無孔不入，日月有明，容光必照。使人無論何時何地，而留有一小說焉以監督之，而慰藉之，此其力真慈父母、良師友之所不能有，而大小說家之所獨擅者也。此無他，聖經賢傳之所不能詔而小說詔之，稗官史籍之所不能載而小說家載之，詩歌詞曲之所不能達而小說達之，則其受人之歡迎，安得不如泥犁獄中之一光明綫也。其有一種之特別勢力也，以其爲一種之特別文學也。

小說者，『今社會』之見本也。無論何種小說，其思想總不能出當時社會之範圍，此殆如形之於模，影之於物矣。雖證諸他邦，亦罔不如是。即如所謂某某未來記、某星想游記之類，在外國近時之小說界中，此等書殆不少，驟見之，莫不以爲此中所言，乃世界外之世界也，脱離今時社會之範圍者也。及細讀之，只見其所持以別善惡決是非者，皆今人之思想也。豈今人之思想，遂可以爲善惡是非之繩墨乎？遂可以爲世界進步之極軌乎？毋亦以作者爲今人已耳。如《聊齋》之□□□，以醜者佔全社會之上流，而美者下之。觀其表面，似出乎今社會之範圍矣。雖然，該作者亦未嘗表同情於彼族也，其意只有代某生抱不平，且借此以譏小人在位之意而已，總不能出乎世俗之思想也。近來新學界中之小説家，每見其所以歌頌其前輩之功德者，輒曰『有導人遊於他境界之能力』，然不知其先輩從未有一人能自遊於他界者也。豈吾人之根性太棉薄，嘗爲今社會所囿而不能解脱乎？雖然，苟著者非如此，則其所著亦必不能得社會之歡迎也。今之痛祖國社會之腐敗者，每歸罪於吾國無佳小説，其果今之惡社會爲劣小説之果乎？抑劣社會爲惡小説之因乎？（以下曼殊）

欲覘一國之風俗，及國民之程度，與夫社會風潮之所趨，莫確於小説。蓋小説者，乃民族最精確、最公平之調查録也。吾嘗讀吾國之小説，吾每見其寫婦人眼裏之美男兒，必曰：『面如冠玉，唇若塗脂。』此殆小説家之萬口同聲者也。吾國民之以文弱聞，於此可見矣。吾嘗讀德國之小説，吾每見其寫婦人眼裏之美男兒，輒曰：『鬚髮蒙茸，金鈕閃爍。』蓋金鈕云者，乃軍人之服式也。觀於此，則其國民之尚武精神可見矣。此非徒德國爲然也，凡歐洲各國，『金鈕』兩字，幾成爲美少年之代名詞矣。蓋彼族婦女之所最愛而以爲最美觀者，乃服金鈕之男兒也。噫！民族之强弱豈無因歟！寄語同胞中之欲改良社會之有心人，苟能於婦人之愛憎處以轉移之，其力量之大，較於每日下一明詔，且以富貴導其前，鼎鑊隨其後，殆尤過之。

『天下無無婦人之小說』，此乃小說家之格言，然亦小說之公例也。故雖粗豪如《水滸》，作者猶不能不斜插潘金蓮、潘巧雲之兩大段，以符此公例。即一百零八人之團體中，亦不能無扈、顧、孫之三人。吾初不信此公例，吾以爲此不過作者迎合時流，欲其書之廣銷而已，決非無婦人必不能得佳構也。其後聞偵探家之言曰：『凡奇案必與婦人有關涉。』乃始知小說之不能離婦人，實公例也。蓋偵探所查之案情，實事也；才子所作之小說，理想也。實事者，天演也；理想者，人演也。理想常在實事之範圍内，是則理想亦等於實事也。故案之奇者，即小說之佳本也；不奇者，即凡本也。以理學演之，則天下之小說，有有婦人之凡本，然必無無婦人之佳本也。

中國文學，大率最富於厭世思想，《桃花扇》亦其一也。而所言猶親切有味，切實動人，蓋時代精神使然耳。《修札》演白云：『那熱鬧局便是冷淡的根芽，爽快事便是牽纏的枝葉。倒不如把剩水殘山，孤臣孽子，講他幾句，大家滴些眼淚罷。』（飲冰）

小說與戲曲有直接之關係。小說者，虛擬者也；戲曲者，實行者也。中國小說之範圍，大都不出語怪、誨淫、誨盜之三項外，故所演戲曲，亦不出此三項。欲改良戲曲，請先改良小說。（以下定一）

吾喜讀泰西小說，吾尤喜泰西之偵探小說。千變萬化，駭人聽聞，皆出人意外者。且偵探之資格，亦頗難造成。有作偵探之學問，有作偵探之性質，有作偵探之能力，三者具始完全，缺一不可也。故泰西人靡不重視之。俄國偵探最著名於世界，然吾甚惜中國罕有此種人、此種書。無已，則莫若以《包公案》爲中國唯一之偵探小説也。除包公外，吾尚憶曾聞言，昔程明道先生將攝某縣篆，時某縣已有罪犯數人，是非莫辨。明道遂設宴飲衆囚，飲畢，衆皆去，惟一囚不去。明道曰：『汝必真犯也。』囚曰：『何故知之？』明道曰：『殺人者皆以左手持刀，今汝執箸亦以左手，可見汝常殺人，習慣而成自然耳。』囚始認之，案遂破。即此一端，可見作偵探心思之深微莫測，無孔不入矣。若程明道先生者，即謂爲中國之一偵探也，誰曰不宜？

小説者，誠社會上之有力人也，讀之改變人之性質。非獨泰西有讀小説而自殺之事，我中國亦然。吾前聞人言，有讀《封神傳》而仿其飛行空中之本領，竟作墮樓人。又有讀《西廂記》而戀鶯鶯之貌，欲步張生之舉，寤寐求之，夢中遂大聲疾呼鶯鶯不絶，後以病故。物必有偶，有泰西人讀之自殺，必有泰東人讀之墮樓病故。吾故曰：『社會上有力人也。』吾中國若有政治小説，插以高尚之思想，則以之轉移風俗，改良社會，亦不難矣。

往歲《新小説報》有附録《小説叢話》，余亦嘗有所刊入。然諸家言雜陳，不出一人手筆，蓋又諸家叢話之叢書也。余性有專嗜，每平居無事，則必檢小説數種，批之讀之，亦非此無以解鬱悶。因復用其體裁録爲兹編，仍付小説社刊之，特易其名曰《閒評録》，如是云耳。（以下浴血生）

傳奇，小説之一種也。既云小説，則自有小説體裁，轉無取乎詞藻之鋪排，字面之堆垛。試覽元人雜劇，純用本色，蓋詩家之所謂白描者也。李笠翁曰：『曲白有一字令人不解，便非能手。』此語不爲無見。然其所著《十種曲》品格自卑。

笠翁，殆亦憤世者也。觀其書中借題發揮處，層見叠出。如『財神更比魁星驗，烏紗可使黄金變』、『孔方一送便上青霄』、『寫頭銜燈籠高照，刻封皮馬前炫燿，嚇鄉民隱然虎豹，騙妻孥居然當道』等語，皆痛快絶倫。使持以示今之披翎挂珠，蹬靴戴頂者，定如當頭棒擊，腦眩欲崩。

韓春湖吏部曾著曲述司曹狀況，形容極致，爲一時傳誦。惜限於篇幅，不能全録。摘其尤警策者，如『文章收拾簿書勞，上衙門走遭。笑當年指望京官好，到如今低心下氣空愁腦。』、『再休題游翰苑三載清標，只落得進司門一聲短道。』、『端只爲一字寬嚴須計較，小司官費盡周旋敢挫撓，從今那復容高傲。』、『百忙中錯誤真難保，暗地裏只眼先瞧，趕望着乞面去捱些臉臊，那知道吃雷回唬得魂銷。』、『無文貌，没相好，怪不得辦事徒勞，陞官尚早。』、『一身顧影空堪笑，把平生壯氣半向近年銷。』（以上司嘲）『薄宦天涯，首善京華，公餘隨伴散私衙，仕逍遥似咱，便無多錢鈔供揮灑；較似他風塵俗吏殊高雅。』、『有多少宦海茫茫吁可怕，那風波陡起天來大。』、『到頭來空傾軋，霎時間陞美缺，錦上添花，驀地裏被嚴參，山頭落馬。』、『你我赴官衙，坐道從容盡瀟灑。只照常辦事，便不争差。』、『特題的材能俊雅，推陞的器識清華，只要頸上朝珠將就挂，到其間科道挨班分定咱。』、『太平時節恩光大，或京堂幾轉帽頂變山查。』（以上司慰）細玩諸曲，作者殆有深慨。至司嘲結語云云，且復放筆直書，以一吐其牢騷抑塞滿腹不平之氣。讀者於此，亦以知資格磨人之弊，而深悟爵禄一物真爲困豪傑之樊籠，羈英雄之韁鎖，入其中蓋未有不銷沉壯氣於無形者也。抑吾憂夫今世之士，抵掌奮舌，言論激昂，其氣要亦不可爲不壯。雖然，彼固有樊籠在，有韁鎖在，則且奈之何哉！

良小説得良批評而價值益增，此其故宜人人知之。然良小説固不易得，乃若良批評，則尤爲難能而可貴者也。金聖歎曰：『今人不會讀書。』吾亦謂必如聖歎，方是真會讀書人。

自聖歎批《水滸》、《西廂》後，人遂奉《水滸》、《西廂》爲冠，以一概抹煞其他之稗官傳奇，謂捨此更無及得《水滸》、《西廂》者，此亦非也。彼不知天下原不乏《水滸》、《西廂》等書，顧安得如聖歎其人，取而一一讀之，一一批之。

種種文學，莫不有選，惟曲界無之。《綴白裘》近是，然其選爲登場脚本，故不洽音律者輒加點竄。如《西廂》一書，原文幾不留只字，而其點竄處又鄙俚之甚，令人對之氣結。余素願欲網羅古今傳奇數十百種而匯刊之，他日果不負斯言，是亦藝林中一佳話、一快談也。

《虎囊彈》傳奇，散見諸書。如《石頭記》、《綴白裘》者，只《山門》一齣，蓋演《水滸》中魯智深大鬧五臺事。《雨韭庵筆記》嘗載其曾於某處觀演全本，然曲文未睹也。數年來遍求之國中各書肆，竟不可得。豈其流落人間者，僅存此片鱗隻爪歟？雖然，珍其鱗爪，亦終勝湮没不聞。齣中之尤佳者，爲《寄生草》一闋，今録之：『漫揾英雄淚，相離處士家，謝慈悲剃度在蓮臺下。没緣法轉眼分離乍，赤條條來去無牽挂。那裏討煙蓑雨笠捲單行，一任俺芒鞋破鉢隨緣化。』入填詞家之手，莽和尚亦文秀乃爾。

中國女子，卑弱至極，志士痛之。近頃著書以提倡女權爲言者充棟，顧前數十年，誰敢先此發難？而《鏡花緣》獨能決突藩籬，爲女子一吐鬱勃，滔滔狂瀾，屹立孤柱，我不知作者當具何等魄力。惟其思想，則仍根於狀元宰相之陳腐舊套，未免憾事。然必執此以咎前數十年之作者，固苛論也。

社會小説，愈含蓄愈有味。讀《儒林外史》者，蓋無不嘆其用筆之妙，如神禹鑄鼎，魑魅魍魎，莫遁其形。然而作者固未嘗落一字褒貶也。今之社會小説夥矣，有同病焉，病在於盡。

中國人之好鬼神，殆其天性，故語怪小説，勢力每居優勝。如荒誕無稽之《封神榜》，語其文無足取也，徵其義又無足取也，彼果以何價值，以何魔力，而能於此數百年之小説中占一位置耶？

泰西各國，大學生徒每有編劇自演者，誠以此事握轉移社會習俗之關鍵也。吾國人素賤蓄優伶，蓋目爲執業中之下下者；數年間風氣驟開，亦稍知其非。上海徐家匯匯學，法教士所建，肄業法文之良塾也。去歲編法劇《脱難記》，令生徒演之，余往觀焉，聲情激越，聽者動容。按《脱難記》者，一千七百九十年法國大革命，市朝騰沸，當時諸大臣，被獲就戮，不可數計。侯爵佛爾維哀（Marguis Pe Veiers）謀避英國，嘗艱越劫，卒以身免。此即述其顛連困苦，入危出險之歷史也。全劇非單詞只字所可畢譯，惟其目録則仍撰中文，别紙刊布。計五齣，揭之於左：

第一齣　露忠膽力救無辜

第二齣　謀逃難洩漏天機

第三齣　害忠良天地不容

第四齣　逃關口奮不顧身

第五齣　劫監囚報施不爽

工詩者謂作詩尤争起結，較頷、腹兩聯爲更難，旨哉言乎！　填曲亦然。蓋起語須得總挈全文綱領，使非聚精會神以出之，則一篇文勢，隨以弛緩。洋洋十數闋之後，必有尾聲、餘文以爲之結煞。使非聚精會神以出之，則一篇文氣，隨以涣散，强弩之末，幾於不穿魯縞。作者最易蹈此弊。如首尾果能落筆不苟矣，中間雖着一二懈語，弗爲病也。偶讀元劇，見有所謂『鳳頭』、『猪肚』、『豹尾』諸式，因論之如是。

今之山歌，類古之童謡，有絶佳者。如吴歌『做天切莫做四月天，種菜的哥哥要下雨，採桑娘子要晴乾』，『故老舊人盡説郎偷姐，如今是新翻世界姐偷郎』，爲金聖歎所賞。以余所聞，則相思詞亦天地之妙文也。詞如下：『相思欲寄何從寄？　畫個○（倶讀如圈）兒替。畫在○兒外，心在○兒裏。我密密加○，你須密密知儂意。單○兒是我，雙○○兒是你；整○兒是團圞，半○兒是别離。還有那説不盡的相思，把一路○……兒○到底。』

錢塘洪昉思著《長生殿傳奇》，自序云：『余覽白樂天《長恨歌》，及元人《秋雨梧桐》劇，輒作數日惡。』而曲白中演用白氏語處極多，《雨夢》一折，并於《秋雨》劇有所採摭，何也？

袁子才《隨園詩話》云：『今人稱伶人女妝者爲花旦，誤也。黄雪槎《青樓集》曰：「凡妓以墨點面者號花旦。」蓋是女妓之名，非今之伶人也。漢《郊祀志》：樂人有飾爲女妓者。此方是今之小旦。』按古人名稱，往往有至今日仍其詞而異其用者，非獨梨園爲然也。録此亦以供傳奇家研究之一助。

蔣新畬嘗攜所撰曲本，强隨園觀之，曰：『先生只算小病一場，寵賜披覽。』隨園爲覽數闋，賞其中二句云：『任汝忒聰明，猜不出天情性。』新畬笑曰：『先生畢竟是詩人，非曲客也。商寶意聞雷詩：「造物豈憑翻覆手，窺天難用揣摹心。」此我十一個字之藍本也。』語載《隨園詩話》。按二句係《空谷香》曲，爲蔣曲九種之一，其曲云：『人間一點名，簿上三分命。百歲匆匆，打合窮愁病。勞勞過一生，自擔承，把苦樂閒忙取次經。縱教身子隨時挣，想起心兒異樣疼，何堪聽？霜鐘月柝一聲聲，盡由他恁地聰明，也猜不透天情性。』與《詩話》所録小異。

《西厢記·驚艷》折：『顛不剌的見了萬千，這般可喜娘罕曾見。』金聖歎批云：『言所見萬千，亦皆絶艷，然非今日之謂也。』釋義：『顛不剌：顛，張生自指；不剌，元時北方助語詞。又或以爲外方所貢美女名。』又徐文長以『顛不剌』解作不輕狂。至《牡丹亭·圓駕》折：『見了俺前生的爹即世嬷，顛不剌俏魂靈立化。』《長生殿·彈詞》折：『顛不剌、懵不剌撇不下心兒上。』俱作『顛倒』解。『遮莫』二字，初見晋干寶《搜神記》：『遮莫千思萬慮，其能爲患乎？』蓋猶言盡教也。唐人詩每多用之，如『遮莫枝根長百尺』，爲李太白句。近人《劫灰夢傳奇》：『遮莫是泥犁雯現的吉祥花，遮莫是國民償負的文明價。』又《新羅馬傳奇》：『遮莫要危樓打碎奮空拳，遮莫要亂麻斬斷起一度玄黄戰。』又似作則怕解矣。

嘗讀《桃花扇》曲云：『協力少良朋，同心無兄弟。』又云：『這時協力同仇還愁少，怎當的鬩墻鼓噪，起了離間根苗。』真痛切時弊，一字一淚之文。君子觀於今之志士，釐然省界，若劃溝洫，然後嘆木必自腐而後蟲生。一代之末，何其似也！

聲音之道，入人最深，而每唱亡國感時之什，尤不禁怦然心動。其佳者，《牡丹亭·折寇》〔玉桂枝〕云：『問天何意？有三光不辨華夷，把腥羶吹換人間，這望中原做了黄沙片地。』《桃花扇·誓師》〔二犯江兒水〕云：『協力少良朋，同心無弟兄。都想逃生，漫不關情，讓江山倒像設着筵席請。』《長生殿·駡賊》〔上馬嬌〕云：『平日家張着口將忠義談，到臨危翻着臉把富貴貪。早一齊兒摇尾受新銜，把個君親仇敵當作恩人感。咱（一字句）。只問你蒙面可羞慚？』《桃谿雪·旅病》〔繡帶兒〕云：『承平日看駿馬高車馳騁，誰知無益蒼生：遇烽煙未戰先逃，賊來但有空城。』臨川凄惋，雲亭沉痛，洪曲熱駡，黄曲冷嘲，而洪曲尤極痛快淋漓之致，直使千古老奸一齊褫魄！

余讀《會真記》，而深嘆元稹之薄倖。其言曰：『昔殷之辛，周之幽，據萬乘之國，其勢甚厚，然而一女子敗之，潰其衆，屠其身，至今爲天下僇笑。予之德不足以勝妖孽，是用忍情。』復作《夢遊春詞》云：『結念心所期，反如禪頓悟。覺來八九年，不向花回顧。』蓋不咎己之始亂之而終棄之，而反自以爲能悔。因其一悔，故元曲有云：『人有過，必自責，勿憚改。』聖歎譏其正是胡思亂想之盡底頭語，真先得我心也。元稹又作《古决絶詞》云：『矧桃李之當春，競衆人之攀折。我自顧悠悠而若雲，又安能保君皚皚之如雪。』又云：『幸他人之既不我先，又安能使他人之終不我奪。已焉哉！織女別黄姑，一年一度暫相見，彼此隔河何事無？』此則不特不自憾，而又從而疑之。袁簡齋責之云：『疑他神女愛行雲，苦把鴛鴦抵死分。秋雨臨邛頭雪白，相如終不棄文君。』又已先得我心也。

書名往往好抄襲古人，亦是文人一習。小說家尤甚：有《紅樓夢》，遂有《青樓夢》；有《金瓶梅》，遂有《銀瓶梅》；有《兒女英雄傳》，遂有《英雄兒女》；有《三國志》，遂有《列國志》；傳奇則《西廂記》之後，有《西樓記》，復有《東樓記》、《東閣記》。他如此者，尚不可枚舉。

中國無科學小說，惟《鏡花緣》一書足以當之。其中所載醫方，皆發人之所未發，屢試屢效，浙人沈氏所刊《經驗方》一書，多採之。以吾度之，著者欲以之傳於後世，不作俗醫爲秘方之舉，故列入小說。小說有醫方，自《鏡花緣》始。以小說之醫方施人而足見效，尤爲亘古所未有也。雖然，著者豈僅精於醫理而已耳，且能除誨盜誨淫之習慣性，則又不啻足爲中國之科學小說，且實中國一切小說之錚錚者也。至其叙唐敖、林之洋、多九公周遊列國，則多以《山海經》爲本。中國人世界主義之智識素淺，固不足責。其述當時才女，字字飛躍紙上，使後世女子，可以聞鷄起舞，提倡女權，不遺餘力。若嘲世罵俗之快文，可爲社會一切之圭臬者，更指不勝屈。由是言之，著者實一非常人也，用心之苦可慨已，惜其名不彰。（以下定一）

或問於予曰：『有說部書名《水滸》者，人以爲萑苻宵小傳奇之作，吾以爲此即獨立自强而倡民主、民權之萌芽也。何以言之？其書中云，旗上書「替天行道」，又書於其堂曰「忠義堂」，以是言之耳。雖然，欲倡民主，何以不言「替民行道」也？』不知民，天之子也，故《書》曰：『天聽自我民聽，天視自我民視。』《水滸》諸豪，其亦知此理乎！或又曰：『替天行道，則吾既得聞命矣；叛宋而自立，豈得謂之忠乎？不忠矣，豈得謂之義乎？』雖然，君知其一，不知其二。有忠君者，有忠民者。忠君者，據亂之時代也；忠民者，大同之時代也。忠其君而不忠其民，又豈得謂之忠乎？吾觀《水滸》諸豪，尚不拘於世俗，而獨倡民主、民權之萌芽，使後世倡其説者，可援《水滸》以爲證，豈不謂之智乎？吾特悲世之不明斯義，污爲大逆不道。噫！誠草澤之不若也。（是段係辛丑作）

施耐庵之著《水滸》，實具有二種主義。一即上所言者，一因外族闖入中原，痛切陸沉之禍，借宋江之事，而演爲一百零八人。以雄大筆，作壯偉文，鼓吹武德，提振俠風，以爲排外之起點。叙之過激，故不悟者誤用爲作强盗之雛形，使世人謂爲誨盗之書，實《水滸》之不幸耳。

輓近士人皆知小説爲改良社會之不二法門，自《新小説》出，而復有《新新小説》踵起，今復有《小説林》之設。故滬濱所發行者，前後不下數百種。然譯述者又占多數，若出自著撰者，則以《自由結婚》及《女媧石》二書，吾尤好之。前者以嘲世爲主義，固多趣味；而後者以暗殺爲目的，尤有精神。中國之小説皆能如是，則中國之社會必日益進步矣。其書均未竟，使閲者未能窺全豹，吾願二書續編早出現，吾尤願中國之小説家早出現。吾將拭目以俟，翹足以待焉。

中國小説，起於宋朝，因太平無事，日進一佳話，其性質原爲娱樂計，故致爲君子所輕視，良有以也。今日改良小説，必先更其目的，以爲社會圭臬，爲旨方妙。抑又思之，中國小説之不發達，猶有一因，即喜録陳言，故看一二部，其他可類推，以致終無進步，可慨可慨。然補救之方，必自輸入政治小説、偵探小説、科學小説始。蓋中國小説中，全無此三者性質，而此三者，尤爲小説全體之關鍵也。若以西例律我國小説，實僅可謂有歷史小説而已。即或有之，然其性質多不完全。寫情小説，中國雖多，乏點亦多。至若哲理小説，我國尤罕。吾意以爲哲理小説實與科學小説相轉移，互有關係：科學明，哲理必明；科學小説多，哲理小説亦隨之而夥。故中國小説界，僅有《水滸》、《西厢》、《紅樓》、《桃花扇》等一二書執牛耳，實小説界之大不幸也。自今以往，必須以普及一法，始可以去人人輕視小説之心（中國小説，非單簡的，所長實在此處）。

《水滸》一書，爲中國小説中錚錚者，遺武俠之模範，使社會受其餘賜，實施耐庵之功也。金聖歎加以評語，合二人全副精神，所以妙極。聖歎謂從《史記》出來，且多勝《史記》處，此論極是。又謂太史公因一肚皮宿怨發揮出來，故作《史記》，而施耐庵是無事心閒。吾意爲不然，凡作一書能驚天動地，必爲有意識的，而非無意識的。既謂史公爲有意識的，故《史記》方妙；今《水滸》且有勝過《史記》者，而云耐庵爲無意識的，龜毛兔角，其誰信之？世之以誨盜書視《水滸》，其必爲無意識的。聖歎乃是聰明人，未有不知此理，所以不説明，欲使後人猜猜。後人都泛泛看了，豈不是辜負《水滸》？

《水滸》可做文法教科書讀。就金聖歎所言，即有十五法：（一）倒插法，（二）夾叙法，（三）草蛇灰綫法，（四）大落墨法，（五）綿針泥刺法，（六）背面鋪粉法，（七）弄引法，（八）獺尾法，（九）正犯法，（十）略犯法，（十一）極不省法，（十二）極省法，（十三）欲合故縱法，（十四）横雲斷山法，（十五）鸞膠續弦法。溯其本原，都因是順着筆性去，削高補低都由我。若無聖歎之讀法評語，則讀《水滸》畢竟是吃苦事。聖歎若都説明，則《水滸》亦是没味書。吾勸世人勿徒記憶事實，則庶幾可以看《水滸》。

男女兩異性相感，心理學上之大則也。故文學一道，無論中西，皆以戀愛居其强半。此不必爲諱，亦不足爲病也。詩詞寫情之什，佳者不少，然綿鬱沉達，盡情極致，尤莫如曲本之易工，蓋文體使然矣。曲本寫男女之事者什居八九，然真可稱戀愛文學之精華者，亦不過寥寥數部而已，此學問自非易易也。今擇録吾所愛誦者數折：（以下解脱者）

其寫懷春嬌憨之態者，泰西文家所謂初戀也，最佳者，《西廂》之《寺警》云：

〔八聲甘州〕懨懨瘦損，早是多愁，那更殘春。羅衣寬褪，能消幾個黄昏？我只是風梟香煙不捲簾，雨打梨花深閉門。休去倚闌干，極目行雲。

〔混江龍〕况是落紅成陣，風飄萬點正愁人。昨夜池塘夢曉，今朝欄檻辭春。蝶粉乍沾飛絮雪，燕泥已盡落花塵。繫春心情短柳絲長，隔花陰人遠天涯近。有幾多六朝金粉，三楚精神。

〔油葫蘆〕翠被生寒壓繡裀，休將蘭麝熏。便將蘭麝熏盡，我不解自温存。分明錦囊佳句來勾引，爲何玉堂人物難親近？這些時坐又不安，立又不穩，登臨又不快，閒行又困。鎮日價情思睡昏昏，我依你靠，搭住鮫綃枕頭兒上盹。

《牡丹亭》、《驚夢》云：

〔繞陽臺〕夢回鶯囀，亂煞年光遍。人立小庭深院。炷盡沉煙，抛殘繡綫，怎今春關情似去年？

〔步步嬌〕裊晴絲，吹來閒庭院，摇漾春如綫。停半晌，整花鈿。没揣菱花，偷人半面，迤逗的彩雲偏。我步香閨，怎便把全身現！

〔醉扶歸〕你道翠生生出落的裙衫兒茜，艷晶晶花簪八寶填，可知我常一生兒愛好是天然。恰三春好處無人見，不提防沉魚落雁鳥驚喧，則怕的羞花閉月花愁顫。

〔皂羅袍〕原來姹紫嫣紅開遍，似這般都付與斷井頹垣。良辰美景奈何天，賞心樂事誰家院！朝飛暮捲，雲霞翠軒，雨絲風片，煙波畫船，錦屏人忒看的這韶光賤。（中略）

〔山坡羊〕没亂裏春情難遣，驀地裏懷人幽怨。則爲俺生小嬋娟，揀名門一例一例裏神仙眷。甚良緣，把青春抛得遠。俺的睡情誰見？則索因循腼腆。想幽夢誰邊？和春光暗流轉。遷延，這衷懷那處言？淹煎，潑殘生除問天。

詞家寫缺憾易着筆，寫團圓難着筆；説多愁多恨易工，説因緣美滿難工。故泛觀諸家，無一能於此處取勝者，惟《桃花扇》之《眠香》神乎技矣。録如下：

〔臨江仙〕短短春衫雙捲袖，調箏花裏迷樓。今朝全把繡簾鈎，不教金綫柳，遮斷木蘭舟。

（中略）

〔梁州序〕齊梁詞賦，陳隋花柳，日日芳情迤逗。青衫偎倚，今番小杜揚州。尋思描黛，指點吹簫，從此春入手。秀才渴病急須救，偏是斜陽遲下樓，剛飲得一杯酒。

〔前調〕樓臺花顫，簾櫳風抖，倚着雄姿英秀。春情無限，金釵肯與梳頭？閒花添艷，野草分香，消得夫人做。今宵燈影紗紅透，見慣司空也應羞，破題兒真難就。

〔節節高〕金樽佐酒籌，勸不休，沉沉玉倒黃昏後。私攜手，眉黛愁，香肌瘦，春宵一刻天長久。人前怎解芙蓉扣，盼到燈昏玳筵收，宫壺滴盡蓮花漏。

〔前調〕笙簫下畫樓，度清謳，迷離燈火如春晝。天台岫，逢阮、劉，真佳偶。重重錦帳香薰透，旁人妬得眉頭皺。酒態扶人太風流，貪花福分生來有。

〔尾聲〕秦淮煙月無新舊，脂香粉膩滿東流，夜夜春情散不收。

以《桃花扇》一部最哀慘之書，偏於此處作極歡暢、極美滿之筆，此文家作勢法也。全折無一語帶感慨時事口氣，直至〔尾聲〕三語，猶作極酣滿淋漓之筆。此等章法，非俗子所能道也。

吾自出里門後，雖未能遍游各處，然久居上海，於各地之風土人情，皆得而習聞之。吾之所聞，以淫風著者，十恒七八，惟吾粤幾不知有淫風二字。偶有不貞者，則不復齒於人類。初不解吾粤何以獨得此良風俗也。才思之，此亦小説家之偉功。彈詞曲本之類，粤人謂之『木魚書』，此等『木魚書』，皆附會無稽之作。要其大旨，無一非陳説忠孝節義者，甚至演一妓女故事，亦必言其殉情人以死。其他如義僕代主受戮，孝女賣身代父贖罪等事，開卷皆是，無處蔑有，而又必得一極良之結局。婦人女子習看此等書，遂時受其教育，風俗亦因之以良也。惜乎此等『木魚書』限於方言，不能遠播耳。（以下趼）

理想爲實行之母，斯言信哉。周桂笙屢爲余言，『《封神榜》之千里眼、順風耳，即今之測遠鏡、電話機；《西遊記》之哪吒風火輪，即今之自行車』云云。近聞西人之研究催眠術者，謂術至精時，可以役使魂靈，魂行之速與電等云。果爾，則孫行者之筋斗雲，一翻身可達十萬八千里者，實爲之母矣。我爲之母，而西人爲子，謂他人父，謂他人母，固可耻，此謂他人子，毋亦赧顔乎？

近日忽有人創説蒲留仙實一大排外家，專講民族主義者，謂《聊齋》一書所記之狐，均指清人而言，以『狐』、『胡』同音也。故所載淫亂之事出於狐，禍祟之事出於狐，無非其寓言云云。若然，則紀曉嵐之《閲微草堂筆記》所載之狐，多盤踞官署者，尤當作寓言觀矣。

小説每易舛誤，近人之作，甫脱稿即以付刊，不暇修飾者無論矣；即古人之作，不知幾經修改，復經後人點定者，亦復不免。如《西厢・借厢》齣内（小梁州）之贊美紅娘云：『可喜龐兒淺淡妝，一套縞素衣裳。』金聖歎批云：『「縞素衣裳」四字粘細，是扶喪服也。』及後文（耍孩兒三煞）追憶雙文之美云：『下邊是翠裙鴛繡金蓮小，上邊是紅袖鸞綃玉筍長。』豈扶喪時紅娘既縞素衣裳，雙文獨可翠裙紅袖耶？此雖詞句小道，然細心人視之，自不得不以爲病。雖然，無金氏之批，則其病轉不如是之著也。

吾嘗自謂平生最好讀小説，然自束髮至今，二十年來所讀中國小説，合筆記、演義、傳奇、彈詞、一切計之，亦不過二百餘種，近時新譯新著小説，亦百餘種。外國小説，吾只通英、法二國之文，他國未及知也。統計自購及與友人交换者，所見亦不過各三百餘種。所讀美國小説，亦不下二百種。其餘短篇之散見諸雜志、日報中者，亦數百種。蓋都不過千有餘種耳。夫中外小説，日新月異，浩如煙海。以吾二十年中所睹，僅得此區區者，顧欲評騭優劣，判别高下，不其難哉！吾友徐子敬吾，嘗遍讀近時新著新譯各小説，每謂讀中國小説，如游西式花園，一入門，則園中全景，盡在目前矣。讀外國小説，如游中國名園，非遍歷其境，不能領略個中况味也。蓋以中國小説，往往開宗明義，先定宗旨，或叙明主人翁來歷，使閲者不必遍讀其書，已能料其事迹之半。而外國小説，則往往是一個悶葫蘆，曲曲折折，直須閲至末頁，方能打破也。吾友吕廬子，閲中外小説甚夥，亦謂外國小説，雖極冗長者，往往一個海底翻身，不至終篇，不能知其究竟。中國從無此等章法，雖有疑團，數回之後，亦必叙明其故，而使數回以後，另起波瀾云云。二子之言如此，吾謂此亦但就普通者言之耳。吾輩智力薄弱，囿於見聞，既未能遍搜天下小説而畢讀之，又何敢信口雌黄，妄加褒貶，貽盲人評古之誚？總之，吾國小説，劣者固多，佳者亦不少，與外國相角逐，則比例多寡，萬不逮一。至謂無一二絶作，以與他國相頡頏，則豈敢言？（中國小説之佳者，外國已皆有譯本，他日當必有判别而等第之者。）雖然，以吾鄙見所及，則中國小説，不如外國（此外國專指歐美中之文明者而言，以下仿此）之處，有數事焉：

一曰：身分　外國小説中，無論一極下流之人，而舉動一切，身分自在，總不失其國民之資格。

中國小説，欲著一人之惡，則酣暢淋漓，不留餘地，一種卑鄙齷齪之狀態，雖鼠竊狗盜所不肯爲者，而學士大夫，轉安之若素。此豈小説家描寫逼真之過歟？要亦士大夫不自愛惜身分，有以使之然也。故他日小説，有改良之日乎，則吾社會必進一步矣。然吾尤望能造時勢之英雄，亟作高尚小説以去社會之腐敗也。蓋社會與小説，實相爲因果者也。必先有高尚之社會，而後有高尚之小説，亦必先有高尚之小説，而後有高尚之社會。

一曰：辱罵　外國小説中，從未見有辱罵之辭，非謂文明國中，能絶口不罵人也，特無形之筆墨者耳。故偶有不能免者，亦諱寫全句，但用首尾二字母而已，例如(d_d)之類。若吾中國小説中，則無論上中下三等社會，舉各自有其罵人之辭，大書特書，恬不爲怪，此亦社會不良之故。然自有小説爲之著述傳布，而國中肆口謾罵者乃滋衆，且有故效小説中之口吻者矣。

一曰：誨淫　外國風俗極尊重女權，而婦女之教育，亦極發達，殆無一人不能看報閱書者。故男子視女子，幾等諸神明，而一切書中，皆不敢著一穢褻之語，惟恐爲婦女所見也。中國女子，殆視爲男子之普通玩具，品隲群芳，風流自命者，無論矣。名門弱息，巨室嬌娃之慘遭誣蔑，任情顛倒者，更僕難終。淫情浪態，摹寫萬狀，令人不堪卒讀。種種蕩檢逾閑之事，皆由此而生。故識字婦女，相戒不閲小説，而智慧日錮，其患豈可勝言？嗚呼！後有作者，幸毋覆轍相尋哉！

一曰：公德　外國人極重公德，到處不渝，雖至不堪之人，必無敢有心敗壞之者。吾國舊小説界，幾不辨此爲何物，偶有一二人，作一二事，便頌之爲仁人，爲義士矣。

一曰：圖畫　外國小説中，圖畫極精，而且極多。往往一短篇中，附圖至十餘幅。中國雖有繡像小説，惜畫法至舊，較之彼用攝影法者，不可同日而語。近年各大叢報，及《新小説》中之插畫，亦甚美善，特尚未能以圖畫與文字夾雜刊印耳。

此外如官吏之到處騷擾，獄囚之暗無天日，亦吾國小説中之專有品哉。（知新主人）

現在中國女權，漸漸發達，故近時常州某女史，作《鳳雙飛》彈詞，以女子之筆，極寫孌童之醜，此亦循環報復之理，然吾竊以爲兩失之。（知新主人）

友人邱菽園嘗語余以『《紅樓夢》之妙，其寫寶、黛兩人情魔癡恨，盡由一「誤」字逼拶出來。豈惟寶、黛，外此如小紅之於芸兒，齡官之於賈薔，三姐之於湘蓮，彩雲之於賈環，亦各有一段誤會之情魔癡恨，演出空靈妙文，凡以爲寶、黛作正反面陪客也。其寫寶、黛兩人，互相誤會，幾有大書特書不一書之概，總無一處雷同。雖爲騰挪布局，排比大部文字，然非此無以達其情使深，拗其筆使曲，故謂善狀誤會之事，實則即善用深曲之文心可也。』余曰：『如公言，《紅樓夢》一書，直可改題爲《紅樓誤》矣。』邱君爲之莞然。越時，邱君復詰余『《兒女英雄傳》、《花月痕》兩小説内容如何？』余笑曰：『兩下半皆不佳者也。然公意固不在此，公意仍在《紅樓夢》。《紅樓夢》後半亦何嘗佳？鄙見叙至黛玉焚稿、神瑛灑淚那兩回，便可斗然而止。或云：「曹雪芹原本只八十回，以後四十回爲高蘭墅所續。」語殊不信。微論全書百二十回文筆一律，無補綴痕，試想方叙至八十回之事實，是可以止而止者耶？曹雪芹爲底禿豪而擱筆，必如九十八回，乃真可以止矣。』邱君首肯者再。余又曰：『《兒女英雄傳》、《花月痕》兩書，一則自承與《紅樓夢》争勝，一則暗點從《紅樓夢》脱胎。今觀其叙事，頗與公拈「誤」之一字訣似有悟入，是亦知欲爲情書布局，不從誤處生情，情便不深，文便不曲矣。惟《兒女英雄傳》以何玉鳳爲主人翁，而張金鳳、安龍媒其上上人物也。《花月痕》以韋癡珠爲主人翁，而韓荷生、劉秋痕、杜采秋其上上人物也。作者只許數子以誤，而别無閒筆以寫他人之誤，其矜重此誤耶？抑才情有限而不能兼顧他人之誤耶？信是，則曹雪芹才大如海，雙管齊下，左縈右拂，可爲極説部之能事。昔金聖歎評點施耐庵《水滸傳》，以武松打虎、李逵亦打虎，武松鬧酒、魯智深亦鬧酒，武松殺嫂、石秀亦殺嫂，武松刺配、林冲亦刺配，事事相犯，事事不相犯，推服傾倒，奉爲奇文妙文。若曹雪芹著《紅樓夢》，屢屢描畫各人之誤，例之寶、黛，或皆有一體，或具體而微，而實仍不使其片詞單義有厭復犯重之病者，聖歎見之，其推服傾倒，又更何如？宜公稱謂善狀誤會之事，實則即善用深曲之文心矣。』余語至此，邱君更端詰之曰：『夫《紅樓夢》既以叠傳誤會之情爲優，若鄉人冷紅生近日所譯法國小説《茶花女遺事》，固情書逸品也，何以描畫「誤」字反不及《兒女英雄傳》、《花月痕》之屢，不嫌冷淡耶？』余曰：『凡情誤會，必屬兩面，而《茶花女遺事》，盡在亞猛自誤，馬克不誤，獨寫一個，所謂翻空易奇，故不必多費筆墨，多用旁襯，而戛戛生新，自高出於《兒女英雄傳》、《花月痕》兩書之爲有意摹仿《紅樓夢》者矣。特是「誤」之一訣，無論何種情書，仍不能背寖，假而《茶花女遺事》撇去此層誤字公案，平鋪直叙，豈非味同嚼蠟？曹雪芹早窺此秘，自出手眼，昔昔翻新，所以情書部中，

奪席五十。公今特地普爲拈出，雖雪芹亦當畏公，而聖歎曾所未喻矣。』邱君大笑。（昭琴）

（一九〇三至一九〇四年《新小説》第一、二卷，并參校一九〇六年新小説社排印本）

梁啓超

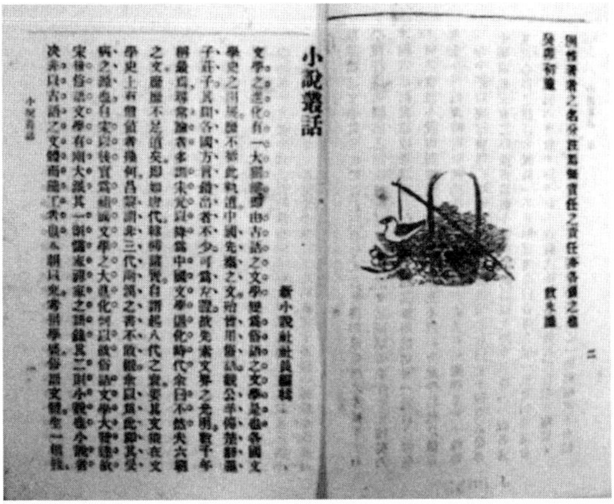

小說叢話

新小說社社員雜撰

文學之進化有一大關鍵，即由古語之文學變為俗語之文學是也。各國文學史之開展，靡不循此軌道。中國先秦之文，殆皆用俗語，觀公羊傳、楚辭、墨子、莊子，其間各國方言錯出者不少，可為左證。故先秦文學之光明，數千年稱最焉。尋常論者，多謂宋元以降，為中國文學退化時代。余曰不然。夫六朝之文，靡靡不足道矣。即如唐代，韓柳諸賢，自謂起八代之衰，要其文能在文學史上有價值者幾何？昌黎謂非三代兩漢之書不敢觀，余以為此即其受病之源也。自宋以後，實為祖國文學之大進化。何以故？俗語文學大發達故。宋後俗語文學有兩大派，其一則儒家道學家之語錄，其二則小說也。小說者，決非以古語之文體而能工者也。本朝以來，考據學盛，俗語文體生一頓挫，

小說叢話

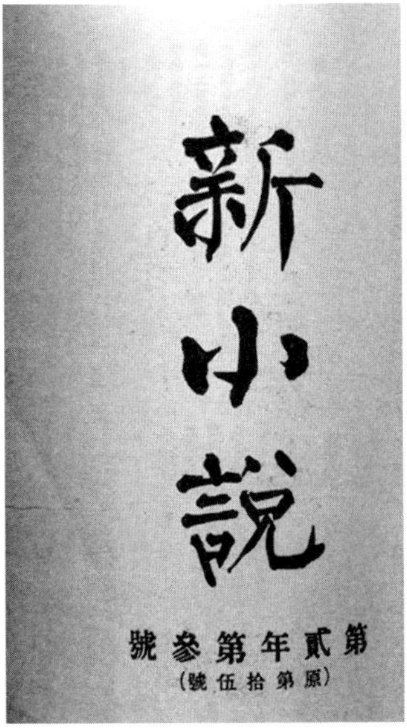

新小說

第貳年第參號

(原第拾伍號)

俄國小説家言

佚名 撰

載《外交報》一九〇三年第三卷第三十一期。《外交報》，於光緒二十七年十一月二十五日（公元一九〇二年一月四日）在上海創刊，創辦人有張元濟、蔡元培、徐珂等，欄目有論説、諭旨、文牘、本國外交紀聞、譯東西聞報、要電彙録等，主旨是提倡『文明排外』，即『以文明手段以盡排外之天職』。共出三百期，至宣統二年十二月十五日（公元一九一一年一月十五日）停刊。本文發表時無署名，恐爲編輯所寫。文章敘述了當時莫斯科新出的小説《五十年未來記》的基本内容，即有人一眠五十年後，見俄國的版圖極大的膨脹。這雖是

『癡人説夢之類』，但從中可見俄人當時包藏的禍心。

近日莫斯科新出小説，題爲《五十年未來記》，俄人斯鍥拉浦著。斯夙與前户部大臣維忒持論相左，肆言攻擊，不遺餘力。此書出而政府不之禁者，以有内務大臣伯里威及西佩靳等袒之也。其書略曰，某甲自一千九百二年春就眠，及一千九百五十三年，始覺。是時，俄之版圖，西至柏林，東暨旅順，南抵多里斯忒及雅典，北達北冰洋。如歐洲之東普魯上、呵善、奥地利、匈牙利、羅馬尼亞、巴爾幹半島（含阿多利亞斯克海沿岸及□□），亞洲之波斯、阿富汗、滿洲，皆失其獨立權，爲俄屬地。但其地亦非一戰而得者，五十年間，乘機占據，煞費經營。初，中國義和團再起，屠戮外人，俄助之，以俄將率華兵與英德軍戰，大勝，屏之境外，而中國割滿洲於俄以爲酬。德國虜一華軍中之俄將，槍殺之。俄索償於德，宣戰，德求援於同盟國之奥，奥以兵八十萬赴援，軍忽離散，而降於斯拉夫軍，於是德軍不振。此間義大利援德，英守中立，及德人日暮途窮，英遂奪其殖民地。巴黎復亂，法政府平以兵力，遂提軍壓德境，克復一千七百年所失愛薩斯、鹿林二省。德力不能拒，土耳其既附三國同盟，而俄國以得巴爾幹之援，遂克之，逐土國於歐洲以外，而君士坦丁遂爲俄國第四都府，與聖彼得堡、莫斯科、計由富并列。會猶太富人琅司岱廣購俄國公債券，給以金貨，以無使俄國破産，蓋爲流寓俄

俄國小説家言
近日莫斯科新出小說。題爲五十年未來記。俄人斯鍥拉浦著。斯氏與前戶部大臣
維式持論相左。肆言攻擊。不遺餘力。此書出而政府不之禁者。以有內務大臣伯里
威及西佩新等袒之也。其書略曰。某甲自一千九百二年春就眠。及一千九百五十
三年。始覺。是時俄之版圖。西至柏林。東暨旅順。南抵多里斯式及雅典。北達北冰洋。
如歐洲之東普魯士。呵善。奧地利。匈牙利。羅馬尼亞。巴爾幹半島。
亞洲之波斯。阿富汗。滿洲。皆失其獨立權。爲俄屬地。但其地亦非一戰而得者。五十
年間。乘機占據。煞費經營。初。中國義和團再起。因戮外人。俄助之。以俄將率華兵與
英德軍戰。大勝。屏之境外。而中國割滿洲於俄。以爲酬。德國虜一華軍中之俄將。鎗
殺之。俄索償於德。宣戰。德求援於同盟國之奧。奧以兵八十萬赴援。軍忽離散。而降
於斯拉夫軍。於是德軍不振。此間義大利援德。英守中立。及德人日暮途窮。英遂侮
其殖民地。巴黎復亂。法政府平以兵力。遂提軍壓德境。克復一千七百年所失愛薩
外交叢談 十七

國之猶太人籌其進步也。於是額里西亞、呵善、羅馬尼亞諸地之猶太人，群集於俄，創立工廠、銀行、商肆，兼有爲將校者。無何，猶太人之將軍私賣俄國要塞圖於德，爲俄人所知，舉國皆言宜攘猶太人，俄政府遂自告破產，以公債券皆在猶太人之手也。猶太人既盡逐，而國力益充，疆域愈廣，財政理，外患寧，國富家榮，萬民鼓腹，有如某甲夢覺時之情狀云。斯之小説，大意如是，是誠癡人說夢之類，然俄人包藏禍心，與內務大臣伯里威對待猶太人之意嚮，亦可以此而推知已。

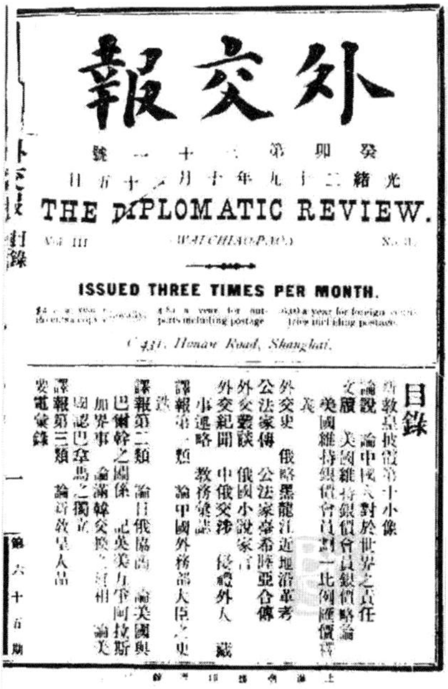
外交報

癸卯第六十一號

光緒二十九年十月二十五日

THE DIPLOMATIC REVIEW.

Vol. III (WAICHIAOPAO.) No. 31.

ISSUED THREE TIMES PER MONTH.

C 431, Honan Road, Shanghai.

目錄

插畫 教皇披假第十小像

論說 論中國人對於世界之責任

文牘 美國維持銀價會員銀價略論

美國維持銀價會員劃一比例匯價議

外交史 俄略黑龍江近地沿革考

公法家傳 公法家蓀希脫亞合傳

外交叢談 俄國小說家言

外交紀聞 中俄交涉 侵礙外人 藏事述略 教務彙誌

譯報第一類 論中國外務部大臣之史

譯報第二類 論日俄協商 論美國與巴爾幹之關係 記英美方爭阿拉斯加界事 論滿韓交換之利相 論美國認巴拿馬之獨立

譯報第三類 論新教皇人品

要電彙錄

第六十五期

好小説，好政治小説

佚　名　撰

本文載於光緒二十九年癸卯（一九〇三）七月十五日（九月六日）《國民日日報》『新書評騭』欄。作者不詳。這實際上是一篇關於政治小説《自由結婚》的廣告。《自由結婚》的作者是張肇桐，其『萬古恨』、『自由花』等都是化名。小説的主人公男的叫『黄禍』，女的叫『關關』，他們在反清、革命的基礎上建立了愛情。但這部小説主要不是寫他們的愛情，而是寫他們的革命。通過他們的所作所爲，表達了他們對『盜主國體、賊民政體』的極度痛恨，爲建立起一個『自由』、『獨立』的共和國而奮鬥。全書充滿著激情，但流露了狹隘的民族主義情緒，在藝術上也有概念化的傾向。本文對這部小説的評價顯然過分，也只是爲了宣傳而已。

昨日東京回來幾個留學生，帶來好幾部新出的書來，有一個朋友送給我一部，就是這部《自由結婚》。我道這《自由結婚》也不過歡喜言情，充其量到《紅樓夢》那樣好罷了，怎麽叫做政治小説？那曉得掀開一看，有什麽『萬古恨』，有什麽『自由花』，有什麽『關關』，有什麽『黄禍』。這是他的名字，也不要去管他。我一回一回細讀過去，又有什麽『殺賊』，又有什麽『斬奴』，又有什麽『倒異族政府』，又有什麽『殺外國人』。讀了一遍又一遍，真是説得透徹，説得痛快。好筆墨，好思想，回回好，句句好，真是好得不得了。我想列位最喜歡讀小説，這部小説是一定不可不讀的。列位又不要誇口説小説看得多，這部小説是一定不曾看過的。列位要曉得，這做小説『自由花』的本領，比施耐庵、金聖歎還大多少倍哩！這『自由花』我也曾認識過他，於今他住在瑞西日内瓦府震旦自由寓。我要等到愛國獨立之朝，『關關』與『黄禍』定情之夕，先期打一個電報，請起自由花回來，陪著『關關』、『黄禍』連我四個人，一同入共和府上獨立廳，登平等閣，撞自由鐘，吃幾杯血酒，唱幾句《大風歌》，正是：將軍馬到成功日，記取當年嚼墨時。你看，愛國獨立，不是這一部《自由結婚》有大大的影響嗎？我特表一點我的微忱，向『自由花』申謝一申謝。咳，今日還早著哩，列位暫且讀一讀罷。留到明日，好做榜樣。

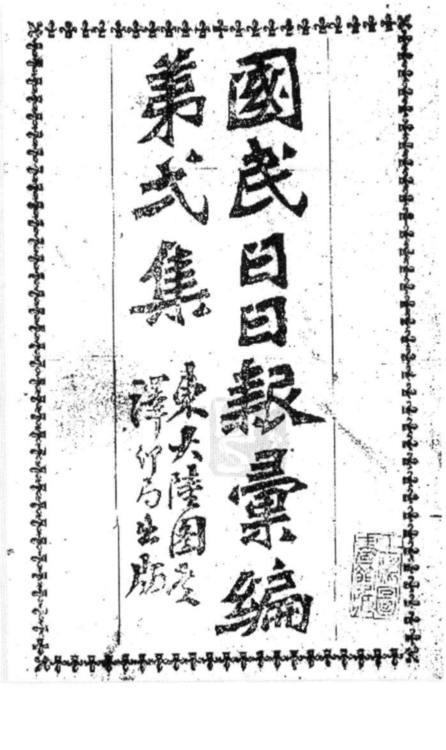
國民日日報彙編
第弍集
東大陸圖書譯印局出版

小説經眼録

顧燮光 撰

見於光緒三十年(一九〇四)《譯書經眼録》。阿英在《晚清文學叢鈔·小説戲曲研究卷》小説話一欄中,曾將《譯書經眼録》中有關小説的著録輯成一帙,題名爲《小説經眼録》。作者顧燮光(一八七五—一九四九),字鼎梅,號穄膢、穄堪,石言等,浙江會稽(今紹興)人。光緒間貢生。曾官度支部主事等。工書法、繪畫,尤精碑板金石目録等學。《譯書經眼録》收録了譯書五百六十八種,爲當時重要的譯書目。《小説經眼録》中的提要,與徐維則的《小説書録》相比,所著録的書目大增,且分『政治』、『科學』、『偵探』、『兒女』、『冒險』、『神話』諸細目,所述内容與評價也較詳細,如《世界末日記》一書的著録,在介紹其内容之後，指出此書『蓋爲寓言類也』，不但從一般的文筆上評以『語極淒慘奇鑿，譯筆典雅』，而且指出：此書『以科學精確之理，與哲學高尚之思，融會而成斯著，小説中奇構也。』可見其更有參考價值。

《雪中梅》一卷　江西廣智書莊洋裝本

日本廣重恭著，熊垓譯。書成於明治十年，當時黨派紛争，互相水火，外侮内患，交迫而來。因著此書，以調停平民貴族之間。約十餘萬言。以政治家言作先河之導。文筆亦旖旎可讀。

《星球游行記》一卷　彪蒙譯書局洋裝本一册

日本井上圓了著，戴贊譯。凡六章，記覺世生歷游共和、商德、女子、老人、理學、哲學六世界，蓋寓言之類也。書中立意頗有秩序，大旨以變法各事非一蹴可幾，必循序爲之，乃可立於不敗之地也。

《政海波瀾》四卷　作新社洋裝本

賴子譯。書凡四卷，三十五滴。爲政治小説。所記係十餘年情形，爲彼都風俗議論之影。書中如東海國治及松葉、竹枝、梅花三女史，情形纏綿，講求政治而無佻達之行，大異吾國小説家所記才子佳人幽期密約之事。所論自由講演各節，亦措辭正大，無偏激詭隨之習。吾於小説而知國家盛衰、社會興替之由矣。至其文筆旖旎，頗得六朝氣習，是亦大可觀者。

以上政治

《世界末日記》一卷　北京經濟叢編本

法佛林瑪利安著，某氏譯。言地球日老，太陽日冷，世界遂成冰雪，而人類盡矣。其末日也，僅有男名阿美利加，女名愛巴，以終其局，蓋寓言類也。語極凄慘奇鑿，譯筆典雅，足以達之。著者爲法之著名文學家兼天文學者，是書爲其所著。原名《地球末日記》，以科學精確之理，與哲學高尚之思，融會而成斯著，小説中奇構也。

《夢游二十一世紀》一卷　商務印書館洋裝本一册　綉像小説排印本

荷蘭達愛斯克洛提斯著，楊德森譯。書紀西歷紀元後二千〇七十一年事。屆時科學日精，造成大同世界，人民樂利，銷盡戰争。氣球御風於天中，氣筒運暖於地下。文明極點，讀之令人神往。此書風行歐土，遞相繙譯。此本英文譯成，文筆亦暢達可讀。

《空中飛艇》上下二卷　明柯社洋裝本二册

日本押川春浪著，海天獨嘯子譯。是書以科學之思想爲主腦，復以才子佳人之事組織之，遂覺結構新奇，一洗陳腐。譯筆復雅馴修潔，尤覺豁目。書中所記法武柄博士日本一條，武文輕城伯，薔薇娘諸事，各具情狀，洵屬寫生妙手。

《環游月球》一册　商務印書館洋裝本

法焦奴士威爾士著，日本井上勒譯，商務印書館重譯。書爲科學小説，發明礟彈速率，星月引力各理，而以美人巴毘根尼哥爾、馬斯頓亞騰諸人乘礟彈，飛行天空，環游月球一轉組織之。事雖子虛，然所論製造各事，非深於科學者不能。譯筆亦修潔可讀。

以上科學

《毒蛇案》一卷　成都啓蒙通俗報本

黄鼎、張在新合譯。書記英議探休洛克福而摩司於西曆一千八百八十三年所緝英醫牢愛勒此用印度毒蛇殺女子鞠利歐一案。於案中情節，言之極詳。譯筆亦奇警可喜。

《寶石冠》一卷　同上

黄鼎、張在新合譯。記福而摩斯緝英某銀行股東亞歷山德花而特遺失寶石冠一事。案情離奇，福能精細考察，俾股東之子阿收得以昭雪，誠智矣哉。

《離魂病》一卷　文明書局本一册　新小説報本

披髮生譯述。本書所演奇案，乃美國事實，年月無考，約二十年前事也。所記乃美之奥利安州厚利銀行失銀一事。中如阿松之貞，雁英之義，院長之酷虐，真二福太阿桃之陰險，余金藏之病，縷晰言之，一洗翳障。惟譯筆間有冗復，然演義體固宜爾也。

《毒美人》一卷　東方雜志附刊本

美國樂林司郎治原著。是書記美人孛㔁來設塾於格偏維爾鎮，被傑姆森槍斃一案。經偵探福拉史偵破，其中情節變遷，頗有出人意表，亦足見西人偵探之術精矣。

《郵賊》一卷　東方雜志附刊本

美某氏著。記美人㔁而飛爲偵探，盗婚書以成友人梅甫葛麗蘭婚姻之事。書中記穆漢爾之陰險，卒以自敗，於以知天道之尚存，而機械適以自害也。譯者用演義體譯之，尤覺一洗翳障。

《唯一偵探談·四名案》一卷 上海文明書局洋裝本一册 商務印書館譯本名《案中案》

英休洛克呵姆斯緝案。英愛考難陶列輯述，吴榮鬯意譯，嵇長康作文。本書原文爲醫士華生筆記，凡十二章。蓋記英兵官鏄丟背約，獨挾珍寶五十萬磅，自印度遁歸倫敦。友人莫敦索之於前，罪人思麻報復於後，卒致子死非命，寶沉諸江。首謀四人，固未得之，而鏄丟父子或以憂死，或被害死。象以齒焚，財能賈禍，天理循環報應之説，固不盡誣也。惟華生隨呵氏探案多年，竟因此得偕嘉偶，殆由天定。書中所記，如呵氏察表而知華生之兄之爲人，用犬而得罪人之蹤迹，神妙莫測，實存至理。讀麻思所供一章，知負人之宜譴，而怨毒之於人甚矣哉。譯筆冗復，可删三之一。然寫情栩栩如生，固小説之佳構也。

《補譯華生包探案》一卷 商務印書館説部叢書第一集本

英華生筆記。商務印書館譯。最先譯包探案者，爲上海時務報館，即所謂《歇洛克晤斯筆記》是也。呵爾晤斯即福而摩斯，滑震即華生，蓋譯寫殊耳。嗣上海啓明社續譯凡六則，上海文明書局復選譯七則。顧華生自言，嘗輯福生生平所偵奇案多至七十件，然此不過三分之一耳。本書所譯凡六節，情迹離奇，令人目眩。而《禮典》一案，尤爲神妙。機械變詐，今勝於古，環球交通，智慧愈開，而人愈不可測。得此書，棖觸之事變紛乘，或可免鹵莽滅裂之害乎？

《新譯俄國包探案》□卷　商務印書館繡像小説報本

繡像小説報譯。書記俄包探梅嘉諧偵探女士裘麗華用海留卜兒汁毒死俄大豪伊坤圖及侄伯蘭一案。其述包探梅嘉諧改變面目，爲某伯爵至裘氏家借宿各節，尤奇鑿可讀。

以上偵探

《俄國情史》一卷　作新書局洋裝本

俄普希罄著，日本高須治助譯，戢翼翬重譯。書凡十三章，一名《花心蝶夢録》，記俄人彌士與瑪麗結婚，中更兵燹，幾經患難，而後團圓，蓋傳奇類也。全書三萬餘言，情致纏綿，文筆亦雋雅可讀。

《兒童修身之感情》一卷　文明書局洋裝本一册

天笑譯。書凡五章，記意大利瑞那地方工人子十三齡，尋其母於北美洲事。途中備歷艱辛，卒得達其目的。至孝格天，固無中外别也。譯筆亦清晰可讀。

《懺情記》上下二卷　商務印書館洋裝本二册

日本黑岩淚香原譯，商務印書館重譯。原著爲法蘭西小説。記法女花娜鍾情醫士穆洛根事。中經男爵福雷曼爾，法女憶女各變，因案繫獄，幾陷謀殺二夫之罪。卒以昭雪，得與穆洛根成夫婦。譯者仿章回體出之，寫情頗覺栩栩。

以上兒女

《航海述奇》一卷　文明書局洋裝本一册

阿臘伯原本，英谷德譯，錢鍇重譯。西人以商立國，視海若户庭，涉險探奇，列爲專學。若教士，若輿地家，均以此爲要事。科侖布、古克等，其名固昭昭在天壤也。是書凡八章，記黑盧臘希時代排倍特航海家新倍特七次航海遇險各事，事迹離奇，譯筆雅馴，足可當《述異記》讀也。

《小仙原》□卷　商務印書館綉像小説本

瑞士文學家某著，泰西戈特爾芬美蘭女史重訂，綉像小説報譯。原著係德文，記瑞士人洛萍生夫婦及子五人泛海遇險，居南洋小島，經營田宅家居，纖悉之事，記載極詳。雖事涉子虚，足徵西人性質强毅果敢，勇往不撓，其殖民政策可畏也。

《汗漫游》□卷

英司忒夫脱著。綉像小説報譯。書仿章回體，記英人猾里物泛海遇險，至小人國；年餘，乘舟得歸，復遇險至長人國。見聞各事，情節離奇，蓋《鏡花緣》類也。

《絶島漂流記》一卷　開明書店洋裝本

英狄福撰，沈祖芬譯。狄福氏爲英之小説家，繫獄作此，以述其不遇之志。原名《勞下生克羅沙》，日人譯改今名。兹由英文譯出，而用日名。書凡二十章，記勞下生氏泛海，漂流海島，及經商於北支那、印度各處，所遇頗經危險，而得安泰返國。蓋以激勵青年爲宗旨者。

《金銀島》一卷　明柯社洋裝本一册

英司的反生著，商務印書館譯。書記霍根司哲姆者，得海盗弗令脱地圖，偕醫士弗利山等往海島掘藏鏹一事。審知同舟中盗黨密謀，旋相攻殺，卒能以寡勝衆，而桀驁如錫爾福卒受其制，可謂智矣。

《環瀛遇險》□卷　商務印書館繡像小説本

泰西奥愛孫孟著，繡像小説報譯。所記皆西人遇險之事，情狀離奇，譯筆暢達，讀之可增人急智焉。

以上冒險

《吟邊燕語》一卷　商務印書館洋裝本

英莎士比著，林紓、魏易同譯。書凡二十則，記泰西曩時各佚事，如吾華《聊齋志異》、《閱微草堂》之類。作者莎氏，爲英之大詩家，故多瑰奇陸麗之譚。譯筆復雅馴雋暢，遂覺豁人心目。然則此書殆海外《搜神》，歐西《述異》之作也夫。

《天方夜譚》□卷　商務印書館《繡像小説》本

繡像小説報譯。是書爲亞剌伯著名小説，歐美各國均迻譯之。最前十則，已見他報。兹擇其未印者譯出。篇中所記《三噶棱達五幼婦事》，尤爲奇闢。至記某魔情狀，則有類《西遊記》焉。

以上神話

（光緒三十年〔一九〇四〕《譯書經眼録》）

成一家言然其中精理名詞固有足供社會研究者譯者間附按語頗有特見更

刪書中無關宏旨者十節

鐵外劍客雜著六種 政法學報本

耐軒譯鐵外劍客日本波邊國武子也子爲日本政治家明治維新與有力焉此爲其二十年前所著議論透澈論者謂以禪理演政治非大政治家不能去書凡六種一政談一夕話二政海一瀾三先進遺響四獅子球五輪廿自言六餘論

以上叢編

小說第二十五 首政治次科學次偵探次兒女次冒險次神話次社會次理想

雪中梅一卷 江西廣智書莊洋裝本

日本廣重恭著熊垓譯書成於明治十年當時黨派紛爭互相水火外侮內患交迫而來因著此書以調停平民貴族之間約十餘萬言蓋以政治家言作先河之導文筆亦綺繞可誦

星球遊行記一卷 彪蒙譯書局洋裝本一冊

日本井上圓了著戴贊撰凡六章記覺世生歷遊共和尚德女子老人理學哲學

甲戌夏五月

譯書經眼錄

仁和高豐篆

紅樓夢史表

懺紅盦主人　撰

上海圖書館藏稿本。署「怡紅院主人軼事、悼紅軒主人纂文、懺紅盦主人編輯」。卷首有《讀書偶識四則》，記録了若干有關《紅樓夢》本事的傳聞，又記「陳蝶爍（?）《花月痕》論《紅樓夢》云：『寶玉對面非黛非釵，亦非甄寶玉，乃是妙玉。以一住怡紅，一住櫳翠；一號檻外人，一號檻内人。一自命爲濁物，到頭重歸清浄；一自命爲清高，到頭反墮淫污。一僧一尼，恰爲對照。』亦有别見。」正文列「夢中人名號」、「寶玉交涉」、「寧榮二府世系」、「寧榮二府家人」、「寧榮二府閨秀」、「紅樓夢侍史」、「賈氏僕妾」、「賈氏門下雜人」、「賈氏族屬」、「賈氏外戚」、「賈氏世交」、「書中局外人」表十二，另附「夢中人生辰」、「軒、館、園、樓、寺院』兩表，共十四表。每表前均有小序。比之先前苕溪漁隱《癡人説夢》所列之表，顯然更爲全面與精細，足資參考。編者懺紅盦主人，生平不詳，據《讀書偶識四則》所署，又號坡生、公蓍。最後所署的時間爲甲辰（一九〇四）仲冬。

讀書偶識四則

袁簡齋《詩話》謂《紅樓夢》紀隨園事，其説全無徵信。余友伊鑒湖明經（人鏡），謂紀仁廟廢太子理密親王事，謂第三十五回寶玉被責後賈母遣人慰問之言，與聖訓之慰理邸口詔相同，然亦不能據此一端以定全書。壽州孫洛隱孝廉（傳綺）云，是書耑紀攝政睿親王府事，謂以賈赦、賈政、王夫人暗寓『攝政王』三字，此外亦無左證。惟亡友達縣吴鐵樵（樵）謂紀納蘭太傅（明珠）事，似乎信而可徵，俟得暇考證之。庚子亂後，坡生識於邗江。

大觀園，在北京厚載門外積水潭之東，爲納蘭太傅（明珠）府舊址（今爲醇親王之新府）。是書記明府之事爲較真，所謂『寶玉』者，對乎『明珠』而言也。其記豪華奢侈，皆指明相，而寶玉反面則是賈蘭，緣明相之子爲納蘭容若（成德），故名賈蘭，而蘭之父則名賈珠。作者爲明府西席，與李紈有染，故能詳其瑣事。且於通部女子皆有貶詞，雖賈母猶不免，而李氏獨推重不遺餘力，似與『石頭獅子乾净』之説不合。是殆阿其所好，有不得不爾者也。以上乃聞諸覺羅半聾先生（炳成）。半聾爲香東侍郎（桂芳）之孫，熟於掌故，爲八旗老輩最博雅者，伯羲祭酒（盛昱）、伯愚將軍（志鋭）皆其暮年弟子，其説當不爲無據。辛丑嘉平月公蕃再識。

閩中陳蝶爍《花月痕》一書，久已風行海内，其中論《紅樓夢》有云：『寶玉對面非黛非釵，亦非甄寶玉，乃是妙玉。以一住怡紅，一住櫳翠；一號檻外人，一號檻内人。一自命爲濁物，到頭終歸清净；一自命爲清高，到頭反墮淫污。一僧一尼，恰爲對照。悟此雖熟睹其旖旎纏綿之文，亦不過作僧尼合傳觀也可。』必如此看古人書，方不爲古人所縛，化紙墨爲煙雲，文人心思，信手拈來，都成妙諦。壬寅九月公蕃再識。

《郎潛紀聞》謂《紅樓》十二釵皆影明珠門客，如寶釵指高淡人（士奇）；妙玉指姜西溟（宸英），謂妙字從少從女，姜字亦從女，且瘐死獄中，與被盜劫去亦相類。余依其意類推之，李紈似是徐健庵（乾學），熙鳳應是王横雲（鴻緒），探春似是愷功總憲（揆叙），湘雲疑是葉子吉侍郎（方藹），黛玉當是吴園次（綺），可卿應是吴漢槎（兆騫），馬道婆即文襄公（馬圖海），義忠親王即睿親王。餘則無從推測。然則寶玉影射理密親王，亦不爲無因矣。甲辰仲冬懺紅再識。

紅樓夢史表目録

怡紅院主人　軼事
悼紅軒主人　纂文
懺紅盦主人　編輯

賈氏世交表第十一

書中局外人表第十二

附

夢中人生辰表一

軒館園樓寺院一覽表二

夢中人名號歸一表第一

序曰：《紅樓夢》一書，所載除古人及無姓名外，男女各二百餘人，其間有名僅一見者，有因一事、兩事而著名者，有連篇累牘詳叙其事迹者，固有賓主之分，然其命名别號，與夫目録中一字之評，均有深意。苟忽略讀過，殊負作者匠心，兹謹擇其有可憑者，特表而出之，以告世之讀此書者。

姓名	别名	渾名	詩社别號	一字評
賈寶玉	寶二爺 檻内人 神瑛侍者 文妙真人	無事忙	絳洞花主 富貴閒人 怡紅公子	癡 情 莽
妙玉	妙姑 檻外人 畸人			孤

續表

姓名	別名	渾名	詩社別號	一字評
林黛玉	顰顰 顰兒 林丫頭 絳珠仙子		瀟湘妃子	幽 淑 苦 癡
薛寶釵	寶丫頭		蘅蕪君	賢 譎
賈元春	元妃			才
賈迎春		二木頭	菱洲	懦
賈探春	探丫頭	玫瑰花兒	蕉下客	敏
賈惜春			藕榭	孤 介
史湘雲	雲丫頭	詩瘋子	枕霞舊友	憨
李紈	李宮裁 珠大嫂子	菩薩奶奶	稻香老農	

續表

姓名	別名	渾名	詩社別號	一字評
王熙鳳	王鳳姐 鳳丫頭 璉二奶奶	潑辣貨 鳳辣子		毒 酸 辣
賈巧姐	大姐兒			賢 良
秦可卿	可兒 小蓉大奶奶 兼美			
尤三姐				情 烈
薛寶琴	薛小妹 琴兒 琴丫頭	小薛		
金鴛鴦				忠

續表

姓名	別名	渾名	詩社別號	一字評
紫鵑				慧情
白金釧				烈
晴雯				勇俏
花芳官				美
四兒	芸香 惠香			
平兒	平姑娘			俏
尤二姐				苦
甄香菱	英蓮 秋菱	詩獃子		美獃

續表

姓名	别名	渾名	詩社别號	一字評
林小紅	紅玉			癡
傻大姐				癡
花襲人	花珍珠			俊 嬌
薛姨媽	姨太太			慈
賈母	史太君 老祖宗			
邢夫人				愎
王夫人				偏 執
趙姨娘				愚

續表

姓名	別名	渾名	詩社別號	一字評
賈赦	賈恩侯 赦老			剛
賈政	賈存周 政老			孝
林海	林如海			
甄應嘉	甄友忠			
邢忠	邢德全	傻大舅		
王仁		忘仁		
賈璉	璉二爺 賈二舍			俗
賈瑞	賈天祥			
賈環		小凍猫子		惡

續表

姓名	別名	渾名	詩社別號	一字評
薛蟠	薛文起 薛大傻子	獃霸王		獃
孫紹祖		中山狼		
多官人		多渾蟲		
林之孝		天聾		
林之孝家		地啞		
王道士		王一帖		
倪二		醉金剛		
秦鍾	秦鯨卿			
柳湘蓮	柳二郎 小柳兒			冷
甄費	甄士隱			

續表

姓名	別名	渾名	詩社別號	一字評
賈化	賈時飛 賈雨村 興隆街大爺			
劉老老		母蝗蟲		村

右五十三人(男二十人,女三十三人),皆就原書及目録考證而得者,以後諸表仿此。

寶玉交涉表第二

序曰：寶玉爲書中主,猶木有本,水有源也。若金釵侍史,木之花果,水之長江大河也。其餘諸婦,側生旁挺及内河支流也。諸男則枝葉也,汊港也。明乎此,則書中所載,雖有四五百人,究其指歸,不過寶玉一人而已。是故與寶玉有交涉者,均爲主中之賓,賓中之主,其爲名分限定如祖宗、父母、伯叔、兄弟、姊妹、姑侄等,皆無庸表。兹特著其意中之人與夫幻境所遇及異姓男女樂爲之交者,其有所迫而不得不相處者附焉。

神交	絳珠仙子 西方靈河岸三生石畔絳珠草。 警幻仙子 離恨天之上，灌愁海之中，放春山遺香洞太虛幻境主人。 癡夢仙姑 種情大士 引愁金女 度恨菩提 兼美 五人均在幻境。 木居士 灰侍者 二人在迷津，以上并見書中。 茫茫大士
情交	林黛玉 見《閨秀表》 晴雯　附 見《侍史表》
緣交	秦可卿 見《家人表》 花襲人　附 見《婢女表》 王熙鳳 見《家人表》 薛寶釵 見《家人表》 史湘雲 見《閨秀表》 金鴛鴦　附 見《侍史表》 李紈 見《家人表》 妙玉 見《閨秀表》
意交	
外交	秦鍾 見《外戚表》 北靜王 見《世交表》 馮紫英 見《世交表》 蔣玉函 見《侍史表》注 雲兒　附 見《書中局外人表》 柳湘蓮 附見《閨秀表》注 薛蝌 見《外戚表》 慶國公 梅翰林
勢交	賈代儒 賈瑞 賈薔 賈藍 賈菌 五人并見《族屬表》 金榮 附見《族屬表》 香憐 玉愛 并見《書中局外人表》 賈芸 見《族屬表》 薛蟠 見《外戚表》

續表

神交	渺渺真人 并見書中《局外人表》
情交	四兒 附 見《侍史表》 金釧 附 見《侍史表》 紫鵑 附 見《侍史表》 花芳官 附 見《雜人表》 柳五兒 附 見《侍史表》
緣交	平兒 見《家人表》 薛寶琴 見《閨秀表》 甄香菱 邢岫煙 并見《外戚表》 尤二姐 附 見《家人表》 尤三姐 見《閨秀表》 李紋 李綺 并見《閨秀表》
意交	二丫頭 紅衣女 并見《書中局外人表》 齡官 見《雜人表》 傅秋芳 附見《世交表》 若玉小姐 見《書中局外人表》 真真國女子 見《書中局外人表》
外交	楊侍郎 李員外 并見《世交表》
勢交	張道士 見《雜人表》 王濟仁 見《雜人表》 賈雨村 見《族屬表》 賴尚榮 見《僕妾表》 王道士 見《雜人表》 甄寶玉 見《世交表》

右神交十一人，情交七人，緣交十六人，意交六人，外交十一人，勢交十六人，共六十七人（男三十人，女三十七人）。

寧榮二府世系表第三

序曰：表以世名，著世系也。存世以五，明君子之澤五世而斬，小人之澤五世而斬也。世系冠以寧、榮二府者何？明表中所載者皆二府之所出也。曷言乎寧、榮二府？言其始受封之爵也。婦人不備載者何？以有《家人表》也。《閨秀列表》何以載之？著賈氏所出也。賈氏出何以細字書其名姓？別男女也。譜系昭，長幼順，親疏分，名位正。表之爲用，可忽乎哉！

一世	二世	三世	四世	五世
賈演 始封寧國公	賈代化 演長子 原任京營節度使，襲一等神威將軍	賈敷 代化子，九歲亡		
		賈敬 代化子 丙辰科進士，出家京師無真觀爲道士，追賜五品銜	賈珍 敬子 世襲三品爵威烈將軍，因事革職，發往海疆效力，遇赦復職	賈蓉 珍子 防護内廷紫禁道御前侍衛龍禁尉
			賈惜春 敬之幼女，詳見《閨秀表》	

續表

世					
一世		賈源 始封榮國公，寧國公演胞弟			
二世	代化有三弟 不詳其名	賈代善 源子 世襲一等威遠將軍			
三世		賈赦 代善長子，字恩侯，世襲三品爵威烈將軍，因事發往臺站效力贖罪，世爵弟政承襲，遇恩赦回			
四世		賈某 赦長子 早夭，名不詳於書	賈璉 赦次子 同知銜，因事革去職銜	賈迎春 赦庶出女 詳見《閨秀表》	賈琮 赦幼子
五世	賈薔 寧府嫡派，其上代名不可考，父母早亡，幼依賈珍過活，在家塾讀書，後分居		賈巧姐 璉女 詳見《閨秀表》		

續表

一世	二世	三世	四世	五世
		賈政 代善次子 字存周，欽賜主事銜，升補工部員外，放學政，任滿升郎中，京察一等，放江西糧道，被劾，降三級，仍在工部員外上行走，兄赦革職，承襲榮國公世職，丁憂起服，復升郎中	賈珠 政長子 十四歲入學，二十歲死	賈蘭 珠子 與寶玉同榜，中式一百三十名舉人
			賈元春 政長女 詳見《閨秀表》	
			賈寶玉 政次子 銜玉而生，中第七名舉人，亡去不知下落，欽賜文妙真人	有遺腹子
			賈探春 政庶出女 詳見《閨秀表》	
			賈環 政庶出子	
		賈敏 代善幼女 詳見《閨秀表》		

右表寧府男七人，女一人；榮府男十一人，女五人；共男十八人，女六人。

寧、榮二府家人表第四

序曰：歐陽公作《五代史》，爲梁、唐太祖立《家人傳》。於是妻妾子女及義兒得有所歸，此史家提綱挈領之法也。余師其意爲《紅樓夢》作《家人表》，蓋以著親親之誼，明統緒之歸焉。統緒一，則支庶晰；親親篤，則根本固。有家室者可不慎乎？

人名	出場	妻	妾	子	女
賈演	第二回詳其爵，五十三回見其名			代化 三人失名	
賈代化	第二回出其名			敷 敬	
敷	第二回冷子興口中敘出				

續表

人名	出場	妻	妾	子	女
賈敬	第二回詳其名			珍	惜春 別見《閨秀表》
賈珍	第二回出其名位，第四回出見	尤氏 第五回出見	偕鸞 六十三回出見 佩鳳 六十三回出見，七十一回作配鳳 文花 七十五回出見	蓉 尤氏生	
賈蓉	第六回出見	秦可卿 養生堂抱來，小名可兒，死後人謂自縊，疑案也。無出。第五回出見 胡氏 二十九回出見			假女 寶珠 假女 瑞珠 均見《婢女表》

續表

人名	出場	妻	妾	子	女
賈薔	演元孫，第九回出見				
以上寧府男七人，女六人，又別見三人。					
賈源	第三回見其名位 一作賈法，見第二回批語				
賈代善	第二回出其名位	史太君 即賈母，金陵世家史侯女，生於八月初三，享年八十三歲。第三回出見		赦 政 均史氏生	長、次女無考 敏 別見《閨秀表》。史氏生
賈赦	第二、三回出其名字，十一回始登場	邢夫人 無出。第三回出見	嫣紅 四十七回出見 翠雲 七十四回出見 失姓氏 迎春之母	某 早夭，無名，不詳其母氏 璉 其母不可考 琮 其母不可考	迎春 母不可考。別見《閨秀表》

續表

人名	出場	妻	妾	子	女
賈政	第二、三回出其名字，第九回出見	王夫人 金陵人，第三回出見	周姨娘 二十五回出見 趙姨娘 家生女，二十回出見	珠 王氏生 寶玉 王氏生 環 趙氏生	元春 王氏生。別見《閨秀表》 探春 趙氏生。別見《閨秀表》 （義女）薛寶琴 別見《外戚表》
賈璉 璉有一兒，早死，無名，故不列於表	第二回出名，第七回出見	王熙鳳 小名鳳哥，即政妻王夫人內侄女。死年二十六歲。第三回出見	平兒 本熙鳳贈嫁婢，後扶正。第六回出見 尤二姐 珍妻尤氏後母妹，原受張華聘，後爲璉妾。吞金死。六十三回出見 秋桐 賈赦婢。六十九回出見		巧姐 王氏生。別見《閨秀表》

續表

人名	出場	妻	妾	子	女
賈琮	十三回出名，二十四回出見				
賈珠	第二回冷子興口中敘出	李紈 字宫裁，少年守節。第三回出見		蘭 李氏生	
賈寶玉	第三回出見，一百十九回出家	薛寶釵 政妻王夫人姨侄女，第四回出場	花襲人 賈母婢。王夫人命爲寶玉私室妾。寶玉出家後，改嫁蔣玉函	薛氏有遺腹子 義子賈芸 別見《族屬表》	
賈環	第二十回出見				
賈蘭	第四回出見				
以上榮府男十一人，女十四人，又別見七人。					

右二府家人共四十八人。

寧、榮二府閨秀表第五

《閨秀表》何爲而作？爲十二釵也。十二釵者何？黛玉、寶釵、湘雲、妙玉、及元、迎、探、惜四春、李紈、熙鳳、秦氏、巧姐也。爲十二釵作表，何以李紈、鳳姐、秦氏不書？以皆賈氏婦也。寶釵亦賈氏婦，何以書之？以待字賈府有年，爲婦日淺也。彼喜鸞、四姐何以書之？以賈氏宗女曾住園中也。其有非宗女而書者何？因親及親，久住府中，尤三姐、邢岫煙、小薛、二李是也。尤二姐何以不書？賈妾也。其首賈敏奈何？尊黛玉所生，明閨秀之最長者也。終妙玉，方外也。

人名	事迹	夫族	侍史（乳母附）	住居
代善女賈敏	史太君所生，適林氏，殁於揚州鹽院任所，第二回叙出	夫林海 字如海，蘇州人，探花及第，蘭臺寺大夫，揚州巡鹽御史，九月初三日巳時殁於任。第二、三回出見		

續表

人名	事迹	夫族	侍史（乳母附）	住居
		子某 三歲夭 女林黛玉 詳後表		
政女賈元春	王夫人所生，生於甲申年正月初一日，八字甲申丙寅乙卯辛巳，因賢孝才德選入宮作女史，晋封鳳藻宮尚書，加封賢德妃，薨於丙寅年十二月十九日，存年三十一歲，謚曰賢淑貴妃。第二回叙出，十八回出見		抱琴 帶入宮，省親回來	
赦女賈迎春	庶出，行二，人稱二木頭，適孫氏，被其夫磨折死，第三回出見	夫孫紹祖 山西大同府人，世襲指揮，綽號中山狼。七十九回出見 姑孫親家太太 紹祖母，八十四回邢夫人口中叙出	乳母某氏 七十三回出見 司棋 別見《婢女表》，下同 繡橘 小婢蓮花兒	綴錦樓 見二十三回 紫菱洲 見三十七回

續表

人名	事迹	夫族	侍史（乳母附）	住居
政女賈探春	趙姨娘所生，行三，人稱玫瑰花兒，適周氏。第三回出見	夫周某 名無考，一百十九回出見 翁周瓊 鎮守海門等處總制，九十九回出見	侍書 翠墨 小婢小蟬	秋掩書齋 見二十三回 秋爽齋 見三十七回
敬女賈惜春	母無考，珍之胞妹，行四，一百十八回在大觀園櫳翠庵出家爲女道士，第三回出見		入畫 彩屏	蓼風軒 見二十三回 藕香榭 見三十七回
璉女賈巧姐	王鳳姐所生，爲祖母邢夫人母舅王仁、族兄賈芸等賣與外藩作妾，賴庶母平兒與劉老老救出。許字周氏。第七回叙出，四十二回題名，九十二回出見	夫周某 劉老老莊上富户之子，十四歲入學。一百十九回叙出 姑周媽媽 一百十九回出見	乳母李媽 教巧姐認字，見九十二回，第七回出見 劉嬷嬷 教巧姐做針綫活計，九十二回在巧姐口中叙出	

續表

人名	事迹	夫族	侍史（乳母附）	住居
㻞妹賈喜鸞	七十一回隨其母與賈母拜壽始留入大觀園居住，未幾回去。一百十七回擇日出閣			
瓊妹賈四姐	七十一回隨母來拜壽留住大觀園中，未幾去，一百十七回出嫁			
以上賈氏女八人				
林黛玉 史太君外孫女	父林如海 母賈敏 先世封列侯世襲，至其祖止，父如海始從行甲出身。幼喪母隨業師賈雨村入都依外祖母以居，寶玉取字曰顰顰，人呼顰卿，又曰顰兒，年十七歲死於大觀園瀟湘館。第三回出見		乳母王奶媽 隨侍進京，後扶柩回南。 第三回出見 紫鵑 本係賈母婢 鸚哥 同上 雪雁 南邊帶來婢 春纖	瀟湘館 見二十三回

續表

人名	事迹	夫族	侍史（乳母附）	住居
史湘雲 賈母内侄孫女	父母早亡，依叔嬸以居，後叔父史鼎出爲外任，遂爲賈母留住入大觀園，與薛寶釵同居。適人早寡。第二十回出見。參見《外戚表》	夫無名氏	翠縷 本係賈母婢 乳母周奶媽 三十一回出見	蘅蕪院
邢岫煙 邢夫人内侄女	父邢忠。四十九回始入園中，與迎春同住。適薛氏。參見《外戚表》	夫薛蝌 別見《外戚表》	篆兒	紫菱洲 見四十九回
薛寶釵 王夫人姨侄女	父無考，母薛姨媽第四回入賈府，後嫁賈寶玉，詳見《家人表》	夫賈寶玉 詳見《世系表》	鶯兒 原名金鶯 文杏	蘅蕪院 見二十三回
薛寶琴 王夫人義女	父母無考，有胞兄薛蝌，寶釵堂妹，四十九回始入賈府，與賈母同住。適梅氏。參見《外戚表》	夫梅公子 父爲翰林。五十回薛姨媽口中説出	小螺	

續表

人名	事迹	夫族	侍史（乳母附）	住居
尤三姐 尤氏後母妹	父無考，母尤老娘，六十三回始入寧府居住。許字柳氏。後柳聽人言，前往索還聘禮。即以聘物鴛鴦劍自刎。參見《外戚表》	夫柳湘蓮 尤三姐死後哭奠畢，即隨道士出家，後不知所終。四十七回出見		
李紋 李紈堂妹	父無考，母李嬸娘，四十九回隨母入賈府，與李紈同住。一百十五回言已有人家，不知其夫家姓氏。參見《外戚表》			稻香村 見四十九回
李綺 李紈堂妹	李紋胞妹，與姊同至賈府。適甄氏。參見《外戚表》	夫甄寶玉 巡撫甄應嘉子，賈府老親，與賈寶玉、賈蘭同榜中式舉人。一百十五回出見		同前

續表

人名	事迹	夫族	侍史（乳母附）	住居
妙玉 大觀園櫳翠庵中女尼，王夫人遣林之孝家聘請入園者	姓氏、父母無考。蘇州人，在元墓蟠香寺帶髮修行，隨師入京，住西門外牟尼院，年十八歲入大觀院。善扶乩、弈棋、撫琴、作詩，與惜春、岫煙最善，自號檻外人，後爲盜劫去，不知所終。十七回敘出，四十一回出見		有帶來老嬤嬤二人，小丫頭一人。	櫳翠庵 見十七回
以上外姓女九人（内賈氏婦一人）				

右賈氏竝外姓閨秀，凡十七人，内除薛寶釵外，實十六人，其婢女别見他表者十八，至附見而可考者，男十人，女七人，寶玉、薛蝌亦不在數内。

紅樓夢侍史表第六

序曰：侍史者，副乎閨秀之稱，婢女之美名也。雖其人出身微賤，然醴泉無源，芝草無根，美玉碔砆，正未可一概而論。其間如鴛鴦之忠、紫鵑之義、晴雯之潔、金釧之烈，即男子中亦百不一獲一二者，外此若平兒之權術，香菱之勤學，侍書、繡橘之口才，縱閨閣中亦不多得，矧婢女耶？用特録之，以愧世之愚夫愚婦而自是者。

主人	人名	事迹	親丁	戚黨
賈母名下	鴛鴦	姓金氏，賈母知心婢。賈赦欲圖作妾，不遂，賈母死，遂自縊以殉。第二十回出見	父金彩 在南京看房 兄金文翔 當賈母買辦差 嫂金某氏 四十六回出見	
	鸚鵡	二十九回出見		
	琥珀	二十回出見		

續表

主人	人名	事迹	親丁	戚黨
賈母名下	珍珠	與襲人原名同。二十九回出見		
	珊瑚			
	翡翠	五十九回出見		
	玻璃	同上		
	可人	早死。四十六回鴛鴦口中叙出		
	傻大姐	拾繡春囊。七十三回出見	母某氏 營漿洗。七十四回出見	
王夫人名下	金釧	姓白氏，因被王夫人攆出，羞忿投井死。第七回出見。有妹玉釧	母白老媳婦 三十回出見	
	玉釧	金釧妹。二十五回出見		
	彩鸞	六十二回出見		
	彩鳳	二十三回出見		

續表

主人	人名	事迹	親丁	戚黨
王夫人名下	彩雲	與賈環有染，曾偷茯苓霜贈之。二十三回出見		
	彩霞	與賈環有舊。因年長打發出府。鳳姐作主配與來旺之子。二十五回出見	妹小霞 七十二回出見	
	繡鸞	二十三回出見		
	繡鳳	同上		
尤氏名下	銀蝶兒	七十五回出見		
李紈名下	素雲	二十九回出見		
	碧月	同上		
鳳姐名下	平兒	從嫁，爲賈璉妾，後扶正。第六回出見		
	豐兒	第七回出見		
	彩明	識字。第七回出見		

續表

主人	人名	事迹	親丁	戚黨
鳳姐名下	小紅	先在寶玉房		
	善姐	派尤二姐用。六十八回出見		
秦可卿名下	瑞珠	殉死，賈珍以孫女禮葬之。見十三回		
	寶珠	後爲假女。十三回出見		
趙姨娘名下	小吉祥兒	五十七回出見		
	小鵲	七十三回出見		
元春名下	抱琴	帶入宮，省親同來。十八回出見		
迎春名下	賈府規矩，凡姑娘每人除自幼乳母外，另有四個教引嬷嬷，除貼身常管釵釧盥沐兩個丫頭外，灑掃房屋係另有四五個丫頭即供來往使役等事			
	司棋	與姑表兄弟潘又安約爲夫婦，贈以十錦春意香袋，事發擕出，縊死。又安亦同殉。二十七回出見	嬸母秦顯家 大觀園上夜，曾代理園中厨房半日。六十一回出見	外祖母王善保家 七十四回出見 表兄潘又安 七十一回出見

續表

主人	人名	事迹	親丁	戚黨
迎春名下	繡橘	二十九回出見		
	蓮花兒	小婢。六十一回出見		
探春名下	侍書	二十七回出見		
	翠墨	二十九回出見		
	小蟬	小婢。六十回出見		外祖母夏婆子 五十八回出見
惜春名下	入畫	因𩌏被逐歸寧府。二十七回出見	兄某 無名。賈珍小廝。七十四回叙出	
	彩屏	二十九回出見。六十二回又作彩兒	母某氏 在園内侍候，因嘴不好，攆出。六十二回出見	

續表

主人	人名	事迹	親丁	戚黨
寶玉名下	襲人	姓花氏，原名珍珠，本賈母房中婢，分與寶玉，遂與寶玉私通。王夫人命爲私室妾。寶玉出家後，因改嫁蔣玉函。第三回出見	兄花自芳　十九回出見	後夫蔣玉函　一名琪官，唱小旦出身，住京城外紫檀堡。二十八回出見
	晴雯	不知其姓，本賴大家所買，時年十歲，獻與賈母。賈母分給寶玉，爲襲人所譖，被攆出，即病殁姑表兄吴貴兒家，年十六歲，在寶玉房五年八月有奇。第八回出見		表兄吴貴　園中買辦。七十七回出見 表嫂吴貴媳　婦有淫行。七十七回出見
	麝月	二十回出見		
	秋紋	十九回出見		
	碧痕	二十回出見		
	檀雲	二十四回出見		
	綺霞	二十回出見		
	茜雪	爲吃茶被逐。第七回出見		

主人	人名	事迹	親丁	戚黨
寶玉名下	蕙香	原名芸香,又名四兒,因與寶玉同生辰,有願爲夫婦之語,與晴雯同時被攆。二十一回出見		
	春燕	十六歲進府當差,派在怡紅院。五十九回出見	母何媽寡居。伺候怡紅院端飯。五十八回出見	
	小紅	姓林氏,原名紅玉。初在怡紅院,後爲鳳姐要去。遺帕屬意賈芸。二十四回出見	父林之孝榮府總管	
	柳五兒	貌似晴雯,管厨柳嫂子之女,幼年多病,因玫瑰露幾罹大禍,後鳳姐派入寶玉房,以補小紅之缺。六十回出見	母柳嫂子園中管厨。六十回出見	
	墜兒	爲小紅、賈芸傳遞,後因偷蝦鬚鐲被晴雯攆出。二十六回出見		
	佳蕙	二十六回出見		

續表

主人	人名	事迹	親丁	戚黨
寶玉名下	良兒	偷玉。五十二回平兒口中叙出		
	定兒	五十二回出見		
黛玉名下	奶媽王氏，後扶柩回南。第三回出見			
	紫鵑	本賈母婢，分給黛玉。黛玉死後，遂伴惜春出家。第三回出見		
	鸚哥	亦賈母婢。第三回出見		
	雪雁	年十歲從揚州帶來，黛玉死後配了小廝。第三回出見		
	春纖	二十九回出見		
湘雲名下	奶媽周。三十一回出見			
	翠縷	本賈母婢。二十一回出見		
岫煙名下	篆兒	五十七回出見		
	笑兒			

續表

主人	人名	事迹	親丁	戚黨
薛姨媽名下	同喜	二十九回出見		
	同貴	同上		
寶釵名下	鶯兒	姓黄氏,本名金鶯,善結絲絡。第七回出見	母黄媽。五十六回叙出	義母葉媽,茗煙母。五十六回出見
	文杏	二十九回出見		
寶琴名下	小螺	五十二回出見		
薛蟠名下	香菱	姓甄氏,本名英蓮,被拐賣入薛家,初爲薛姨媽婢,繼爲蟠妾。蟠娶夏氏後,改名秋菱。夏氏死,遂扶正,以産難死。第十七回出見		
	寶蟾	夏金桂從嫁婢,爲薛蟠妾。八十回出見		
	小舍兒	夏氏婢。八十回出見		
	臻兒	香菱婢。二十九回出見		
	葉兒	同上		

續表

主人	人名	事迹	親丁	戚黨
附	靚兒	不知何房，向寶釵索扇。三十回出見		
	卍兒	寧府中使女，不知何房，與茗煙偷期。第十九回出見		

右表七十三人，除小紅復見，平兒、襲人入家人表，香菱、寶蟾入外戚表，實六十八人；又附見男八人，女十五人，共九十一人。

賈氏僕妾表第七

序曰：《禮》：男曰僕，女曰妾，供奔走之役，不假以事權。自世風不古，士大夫信任奴隸，假之以權，奴隸不自知其非分，妄作威福，於是坐擁貨財，侮慢親友，蔑視宗族者比比皆是，甚至濫膺頭銜，盜竊政柄，一奴隸富從而富之者數十人，一奴隸貴從而貴之者亦數人，顛倒名聲，敗壞王章，莫此爲甚，爲之主者不自知其可愧，且美其富貴而結交，樂其易狎而自小也。《易》曰：履霜堅冰至，其所由來也漸矣。君子能勿懼諸？

主人	男僕	小廝	女僕
寧府 賈珍名下	來陞 寧府總管，第十回出見，十七回作來升		來陞媳婦 十四回出見
	焦大 第七回出見	興兒 五十三回出見	
	賴昇 五十三回出見，似是來陞之訛		
	俞禄 六十四回出見	喜兒 六十五回出見	
	李德 傳送揭帖	壽兒 同上	
	烏進孝 黑山村莊頭。五十三回出見		

續表

主人	男僕	小廝	女僕
榮府 賈母手下	賴大 榮府總管。十六回出見		賴嬤嬤 賴大母，四十三回出見
	賴尚榮 賴大子，任知縣。四十七回出見		賴大家 四十五回出見
	林之孝 榮府總管，司收管各處田房。十六回出見		林之孝家 四十三回出見。女小紅。有兩姨親家
	吴新登 銀庫房總領。第八回出見		吴新登家 三十四回出見
	余信 管各廟月例銀。第七回出見		余信家 第七回出見
	戴良 倉房頭目。第八回出見		老王媽 賈母遣送古董佛手與鳳姐
	錢華 買辦。第八回出見		

主人	男僕	小廝	女僕
榮府 賈母手下	張材		張材家 管繡匠工。十三回出見
	王興 買辦		王興媳婦 十四回出見
	鄭好時		鄭好時媳婦 三十四回出見
	金彩 在南京看莊。四十六回叙出。有女鴛兒		
	金文翔 金彩子，買辦。四十六回出見		金文翔媳婦 即鴛鴦嫂子。漿洗頭兒。四十六回出見
賈赦名下可考者		拴兒 一百二回出見	玉桂兒媳婦 迎春乳母兒媳。七十三回出見

續表

主人	男僕	小斯	女僕
邢夫人陪房			王善保家 七十四回出見。外孫女司棋
			費大娘 七十一回出見。有子
賈政帶赴 糧道任	周二 李十二 均九十九回出見		
	附詹會 糧道房書辦。九十九回出見		
王夫人陪房	周瑞 兼管春秋兩地租子。有女嫁冷子興		周瑞家 第六回出見。有子，四十五回叙出。干兒子何三，八十八回出見
			吳興家 鄭華家 均七十四回出見

續表

主人	男僕	小厮	女僕
王夫人陪房	來旺 十五回出見。有子配彩霞		來旺家 十四回出見 來喜家 七十四回出見
賈璉名下		昭兒 十四回出見	趙媽媽 璉乳母。十六回出見。有子二人
	趙天樑 趙天棟 均乳母子。十六回叙出	住兒 三十九回出見 興兒 隆兒 均六十五回出見	
	多官人 渾名多渾蟲，充當厨子。二十一回叙出		多姑娘 多官人妻，與賈璉有染。多官人死，改嫁鮑二。二十一回出見

續表

主人	男僕	小廝	女僕
賈璉名下	鮑二 六十四回出見		鮑二家 與賈璉通，爲鳳姐捉住，自縊死。四十四回出見
		彩哥 四十五回賴嬤口中叙出	
		慶兒 六十八回出見	
			李媽 巧姐乳母。第七回出見
			劉媽 教巧姐做花。九十二回叙出
寶玉名下			李嬤嬤 即乳母。第三回出見。有子李貴
	李貴 乳母子。第九回出見	茗煙 姓葉，改名焙茗。第九回出見	老葉媽 承值怡紅院香料、香草。五十六回出見。有子茗煙，乾女兒鶯兒

續表

主人	男僕	小廝	女僕
寶玉名下	王和榮 張若錦 趙亦華 錢啓 右四人均五十二回出見	掃紅 鋤藥 墨雨 均第九回出見	宋嬤嬤 送湘雲禮。三十七回出見
		雙瑞 壽兒 均二十八回出見	何媽 寡居。伺候怡紅院端飯。十八回出見。有女春燕。乾女兒芳官
		伴鶴 五十二回出見	
		引泉 掃花 挑雲	

續表

主人	男僕	小厮	女僕
賈環名下	趙國基 趙姨娘弟。五十五回叙出 錢槐 趙姨娘内親，曾屬意柳五兒，父母庠上管帳，六十回出見		
大觀園當差	吴貴 園中買辦。七十七回叙出。有姑舅表妹晴雯		吴貴兒媳婦 有淫行。七十七回出見 柳嫂子 園中管厨。六十回出見。有女柳五兒，哥、嫂、侄兒、妹子 單大娘 吴大娘 均因史湘雲有病領大夫進園。五十六回出見 老田媽 管稻香村菜蔬稻植。五十六回出見

續表

主人	男僕	小厮	女僕
大觀園當差	包勇 甄家薦來，看園。九十三回出見		老祝媽 管打掃竹子。五十六回出見 夏婆子 五十八回出見。有子黑兒、姊何媽、姨侄女春燕、乾女兒藕官 秦顯家 大觀園西南角子上夜，曾代理管厨半日。六十一回出見。侄女司棋 張媽 管後門。七十四回叙出

右賈氏男僕三十五人，小厮二十人，女僕三十七人，又附見男三人，共男五十八人，女三十七人。

賈氏門下雜人表第八

序曰：女尼、僧道、太監、醫生列諸雜人，固已已。若門下清客，其流品較若輩固自有别，然其人，類多品卑行污，妾婦不若，外具上達之貌，中藏下流之心，以故爲東人者，每視爲玩物，不以朋友之道待之，彼亦不敢自居於朋友，《石頭記》所以類叙斯人於家丁之下也，人惡可不自重乎？至於女伶，雖多曾爲侍史，而始以優進，爲婢不終，固不得與鴛、紫、晴輩同年而語。冠諸雜人之首，不亦宜乎？

女伶	女尼	太監	清客	醫生	僧道
	水月庵智能 老媽子净虛徒弟，與秦鍾偷期，第七回出見		冷子興 京中古董行貿易，周瑞女婿，與賈雨村交好，第二回出見 詹光 字子亮，善畫，工細樓臺，第八回		葫蘆廟小沙彌 後還俗爲應天府門子，賈雨村因事將伊發配。第四回出見

續表

僧道	鐵檻寺住持色空 十三回出見 僧録寺正堂萬虚 十三回出見 道紀司正堂葉生 十三回出見
醫生	張友士 第十回馮紫英薦看秦氏病
清客	出見 單聘人 第八回出見 程日興 古董行，善畫美人，十六回出見
太監	戴權 大明宫掌宫，秦氏喪，來上祭。十三回出見 夏秉忠 六宫都太監，十六回出見
女尼	水月庵净虚 先在長安縣善才庵出家，與鳳姐勾通，拆散婚姻事。第十五回出見 水月庵智善 净虚徒弟，十五回出見
女伶	

續表

女伶	小旦齡官 屬意賈薔，十八回出見
女尼	櫳翠庵妙玉 十七回出見，別見《閨秀表》 達摩庵沁香 十二名小尼姑之一，後歸水月庵。十七回敘出，九十三回出見，下同 玉皇廟鶴仙 十二名小道姑之一，後歸水月庵
太監	
清客	卜固修 十六回出見 附胡山子野 又稱胡老名公，十六回出見，調度修造大觀園 附方椿 花兒匠，二十四回出見 胡斯來 二十六回出見
醫生	鮑太醫 黛玉曾吃其藥，見二十八回
僧道	玉皇閣張道士 二十五回敘出，一百二回捉怪 清虛觀張道士

女伶	小生寶官 正旦玉官 均三十回出見，後於五十八回放出 班長文官 後分賈母房 正旦芳官 何媽乾女，分寶玉房，後爲水月庵尼智通徒
女尼	水仙庵老尼 四十三回出見
太監	
清客	
醫生	王濟仁 六品御醫，前太醫院正堂，王君效侄孫。三十一回出見 張太醫 五十一回叙出 胡君榮 五十一回出見
僧道	榮國公替身修行，御賜大幻仙人，掌道録司印，封終了真人。二十九回出見

續表

女伶	女尼	太監	清客	醫生	僧道
大净葵官，後分湘雲房。右三人五十四回出見 小生藕官，夏媽乾女，分黛玉房，後爲地藏庵尼圓信徒 小生蕊官，分寶釵房，後爲尼圓信徒 小丑荳官，分寶琴房 老外艾官，分探春房 老旦茄官，分尤氏房。右五人五十八回出見					

續表

女伶	小旦藥官 早死，五十八回敘出
女尼	水月庵智通 收芳官爲徒弟 地藏庵圓信 收藕官、蕊官爲徒，均七十七回出見 散花寺大了 一百一回出見
太監	周太監 七十二回出見 裘世安 都檢點太監，一百一回敘出
清客	王作梅 字爾調，善弈棋，與寶玉提親。八十四回出見 嵇好古 善琴，八十六回寶玉口中敘出
醫生	畢知庵 九十八回敘出 劉大夫 一百九回敘出
僧道	天齊廟王道士 渾名王一貼，八十回出見

右女伶十二人，女尼十人，太監四人，門下清客十人，醫士七人，僧道七人（癩和尚、跛道士辭入幻境，不在其内），共男二十八人，女二十二人。

賈氏族屬表第九

序曰：《書》親九族，《禮》重宗親。先聖先王，莫不以篤宗族爲要務。後世人挾偏私，睦族道鮮，往往視同姓若路人。即有時一堂聚處，而待之不若私親之厚，信之不若奴隸之深。此行彼效，視爲固然，第不知其於宗祠展拜時，曾一引領望其始祖否耶？吁！丈夫垂名勳萬年，依賴門第非英賢，惜賈氏子弟見不及此。

人名	事迹	親丁	至戚	鄰里附家人
賈代儒	行大，充家塾中先生。十三回秦氏喪中出見，下同	孫瑞 詳另表		
賈代修	十三回出見			
	以上代字輩二人			

續表

人名	事迹	親丁	至戚	鄰里附家人
賈赦	十三回出見			
賈政	同上			
賈敏	同上			
	以上文字輩三人			
賈瑞	行大，字天祥，代儒孫，想鳳姐不遂而死。第九回出見			
賈璜	行大，住東衙里	妻金氏 第十回出見	舅嫂胡氏 第十五回出見 內侄金榮 附家塾讀書，第九回出見	

續表

人名	事迹	親丁	至戚	鄰里 附家人
賈㻞	二等管事。十三回出見	母某氏 姓無考，七十一回出見 妹賈喜鸞 七十一回出見		
賈珩	二等管事，十三回出見			
賈珖	二等管事，十三回出見			
賈琛	十三回出見			
賈瓊	十三回出見	母某氏 姓無考，七十一回出見 妹賈四姐 七十一回出見		

續表

人名	事迹	親丁	至戚	鄰里附家人
賈璘	十三回出見			
賈瓚				
賈瓔	二等管事，六十三回出見			
	以上玉字輩十人			
賈薔	別見世系表			
賈藍	在家塾讀書，第九回出見。十三回賈藍、賈菌次序在賈芳後	母婁氏 五十三回出見		
賈菌	少孤，在家塾讀書，第九回出見	母胡氏		
賈菖	二等管事，除夕與祭。十三回出見			

續表

人名	事迹	親丁	至戚	鄰里 附家人
賈菱	二等管事，除夕與祭。十三回出現			
賈芸	行二，住西廊下，父行五，十三回出見，二十四回起始進西府辦事	母卜氏	母舅卜世仁 二十四回出見 表妹銀姐 同上，附對門王奶奶家	緊鄰倪二 綽號醉金剛，二十四回出見
賈芹	三房人，行四，管理水月庵尼姑月錢事。十三回出見	母周氏 二十三回出見		
賈荼	十三回出見			
賈萍	監花園磨石鐫字工，十三回出見			
賈藻	十三回出見			
賈蘅	同上			
賈芬	同上			

續表

人名	事迹	親丁	至戚	鄰里附家人
賈芳	同上			
賈芝	同上			
賈荷				
賈荇	除夕與祭，五十三回出見			
賈芷	除夕與祭，五十三回出見			
以上草字輩十七人，内別見一人，實十六人				
賈化	字時飛，別號雨村，浙江湖州人，由進士外班選知縣，因事革職。起用拜金陵應天府，推升御史，轉升吏部侍郎，署兵部尚書，協理軍機，參贊朝政，緣事降三級，復升京兆府尹，兼管税務，獲罪遇杖，遞籍爲民。第一回出見 蘇寓葫蘆廟，京寓興隆街。	妻某氏 姓無考，第二回叙出 繼妻嬌杏 甄士隱家中婢，初爲雨村妾，雨村妻死，遂扶正，第一、二回出見		蘇寓緊鄰甄費 字士隱，別見《書中局外人表》

續表

人名	事迹	親丁	至戚	鄰里附家人
賈化	雲南人，太師鎮國公，因家人鮑音私帶神槍火藥出邊，被雲南節度使王忠參奏，一百一回叙出			家人鮑音 一百一回出見
賈範	世襲三等職銜，因家人時福圖奸不遂，殺死節婦人命三口，被蘇州刺史李孝參奏。一百一回叙出			家人時福 一百一回出見
	以上遠族三人			

右賈氏本族男三十四人，女十一人，又附見男六人，女二人。

賈氏外戚表第十

序曰：兩漢信用外戚，尚矣。魏晋以後，上至國家，下迄黎庶，其所日攘攘而熙熙者，名與親友交接，實彼此爲外戚作嫁。捨公德，顧私情，流風馴至於今不改。《紅樓夢》雖言情之書，然於處親友、交戚族之狀，言之綦詳。且於重外戚、薄公親之處，尤三致意焉。嗚呼！悼紅軒主人，有心人也。世人不知，徒震驚其寫兒女情致，是猶未能真知悼紅軒者，吾故表而出之，以爲世之讀《紅樓夢》者告。

賈氏婦	父　母	姊妹兄嫂	侄男女	侄孫男女
代善妻 史氏	父史侯 名不可考，世襲侯爵，第二回冷子興口中叙出。金陵人		侄史鼎 世襲忠靖侯，十一回出見 侄婦忠靖侯夫人 史鼎妻，十三回出見	侄孫女史湘雲 幼喪父母，依叔父史鼎過活，後適人早寡，第二十回出見
赦妻邢氏		弟邢忠 字德全，綽號傻大舅，四十九回出名，七十五回出見	侄女邢岫煙 邢忠女，後適薛蝌，四十九回出見	

續表

賈氏婦	父母	姊妹兄嫂	侄男女	侄孫男女
政妻王氏	父王某 名無考，第六回敘出，係鳳姐之祖	兄王某 名無考，第六回敘出，係鳳姐之父，王夫人之長兄 弟王子騰 京營節度使陞九省檢點，奉旨查邊，拜内閣大學士，未到京死於十里屯，賜謚文勤，第三回見 附 家人王信 十八回出見 弟婦舅太太 即王子騰夫人，二十五回出見 弟王子勝 一百一回賈璉口中敘出 姊某 本書不詳，觀第六回劉老老口	侄王仁 其綽號忘仁。十四回出見 侄女王熙鳳 又名鳳姐，適賈璉，見《家人表》 侄女王小姐 王子騰女，許於保寧侯子爲妻 姨侄薛蟠 字文起，領内帑錢糧採辦雜料，充當皇商，其綽號獃霸王 姨侄女薛寶釵 後適賈寶玉，見《家人表》	族侄孫王板兒 三十九回出見，狗兒子劉氏生

續表

賈氏婦	父母	姊妹兄嫂	侄男女	侄孫男女
		中便知 妹薛姨媽 適金陵商人薛姓者，有子薛蟠、女寶釵，均第三回出見		
		族兄王成 其父與王氏連宗，後因家業蕭條，移居外鄉中	族侄王狗兒 王成子，娶妻劉氏，第六回出見 附 岳母劉老老 第六回出見	族侄孫女王青兒 一百十三回出見，狗兒女劉氏生
珍妻尤氏	繼母尤老娘 重婚婦，十一回出	妹尤二姐 尤老娘帶來女，後爲賈璉妾，見《家人表》 妹尤三姐 尤老娘帶來女，許嫁柳湘蓮，後柳聽人言，疑其不貞，即以聘禮鴛鴦劍自刎，烈女也，六十三回出見		

續表

賈氏婦	父母	姊妹兄嫂	侄男女	侄孫男女
珠妻李氏	父李守中 國子監祭酒，第四回叙出 嬸母李嬸娘 寡居，四十九回出見	堂兄某 名無考，五十三回叙出 堂妹李紋 李嬸娘女，四十九回出見 堂妹李綺 同上，後適甄寶玉。四十九回出見		
璉妻王氏	父王某 叔王子騰 叔王子勝 以上三人并見前	胞兄王仁 見前		
寶玉妻薛氏	母薛姨媽	胞兄薛蟠 見前，後因人命監禁，遇赦得免 嫂夏金桂 蟠妻，富商桂花夏家女，誤服		

續表

賈氏婦	父母	姊妹兄嫂	侄男女	侄孫男女
		毒死。七十九回出見 附　繼弟夏三 九十一回出見 繼室嫂甄香菱 甄士隱女，本名英蓮，因看燈被拐，賣入薛家爲婢，繼爲薛蟠妾，迨夏金桂死，蟠遇赦出，遂扶正，以産難死。第一回出見 兄妾寶蟾 夏金桂婢，薛蟠收作妾。八十回出見 堂兄薛蝌 四十九回出見 附　家人李祥 八十六回出見 堂嫂邢岫煙		

續表

賈氏婦	父母	姊妹兄嫂	侄男女	侄孫男女
		蝌妻，見前 堂妹薛寶琴 蝌胞妹，許字梅翰林之子，四十九回出見		
蓉妻秦氏	父秦業 字邦業，營繕司郎中。第八回出見	弟秦鍾 字鯨卿，第七回出		
蓉繼娶妻胡氏	父胡某 名無考，官京畿道御史。九十二回賈政口中叙出			

右賈氏外戚四十五人，除重見、別見外，實男十八人，又附見三人；女十八人，又附見一人；共四十人。

賈氏世交表第十一

序曰：親戚不在五倫之中，世交列於朋友之内，此世交所以可貴也。歷來賢達君子，賴世交之力以成立者，代不乏人。然世風日趨澆薄，人心習於勢利，亦有起家寒素，致身榮顯，而不知朋友艱苦者；縱知之，不過偶一援手，使之進不可、退不能，欲思大得其力，不可得也。又况紈絝膏粱子弟，平日以飲食狗馬相徵逐，不知道義爲何物，一旦有事，宜乎望望然去之，甚且擠之入井又下石焉。然則，有世交者，亦何樂乎有世交耶？

人名附爵銜	子孫	事迹	女眷
東安郡王穆蒔 第三回作東安，十一回作東平		題榮禧堂對聯	
西寧郡王 十一回作西寧，十四回作西安，一百五回作西平	有孫 十四回送秦氏殯	查抄榮國府	西安郡王妃 十四回華誕

續表

人名附爵銜	子孫	事迹	女眷
南安郡王 十一回出見	有孫 十四回送秦氏殯		南安王老太妃 二十五回馬道婆口中叙出，七十一回與賈母拜壽
北静郡王世榮 十四、十五回出見		送秦氏殯。贈寶玉蓁苓香念珠。過壽，贈寶玉玉一塊。查抄寧國府	北静王妃 七十一回與賈母拜壽
以上稱四王			
鎮國公牛清 十四回叙出	孫牛繼宗 世襲一等伯	送秦氏殯	鎮國公誥命 十四回生子
理國公柳彪 十四回叙出	孫柳芳 世襲一等子	送秦氏殯	
齊國公陳翼 十四回叙出	孫陳瑞文 世襲三品威鎮將軍	送秦氏殯	

續表

人名附爵銜	子孫	事迹	女眷
治國公馬魁 十四回叙出	孫馬尚 世襲三品威遠將軍	送秦氏殯	
繕國公石	孫石光珠 十四回叙出	在家守孝	繕國公誥命 十四回亡故
修國公侯曉明 十四回叙出	孫侯孝康 世襲一等子	送秦氏殯	
以上與寧、榮二公稱八公			
忠靖侯 十一回叙出	孫史鼎 世襲忠靖侯，詳見《外戚表》	送秦氏殯，遷外省大員	忠靖侯夫人 史鼎妻，詳見《外戚表》
平原侯 十四回叙出	孫蔣子寧 世襲二等男	送秦氏殯	
定城侯 十四回叙出	孫謝鯤 世襲二等男，兼京營游擊	送秦氏殯	

續表

人名附爵銜	子孫	事迹	女眷
錦鄉侯 十三回叙出	子韓奇 十四回作錦鄉伯公子	秦氏喪上祭，送秦氏殯	錦鄉侯誥命 二十五回馬道婆口中叙出，七十一回與賈母拜壽
襄陽侯 十三回叙出	孫戚建輝 世襲二等男	送秦氏殯，弟老三捐龍禁尉	
景田侯 十四回叙出	孫裘良 五城兵馬司	送秦氏殯	
川寧侯 十三回叙出		秦氏喪上祭	
保寧侯 七十回叙出	有子	侯公子爲王子騰之婿	
以上稱八侯			
壽山伯		秦氏喪上祭	

續表

人名附爵銜	子孫	事迹	女眷
臨安伯 九十三回叙出		府中唱戲	臨安伯老太太 第七回作生日
神武將軍馮唐 二十六回叙出	子馮紫英 第十四回出見	薦醫醫秦氏，送秦氏殯。請寶玉、薛蟠與蔣玉函會飲。清虛觀送禮。托賈母珠、鮫綃帳、圍屏、自鳴鐘等物	
神武將軍	子陳也俊 十四回出見	送秦氏殯	
神武將軍	子衛若蘭 十四回出見	送秦氏殯	
永昌駙馬 七十一回出見		拜賈母壽	
樂善郡王 七十一回出見		拜賈母壽	

續表

人名附爵銜	子孫	事迹	女眷
慶國公　七十八回叙出		賞秋菊，給寶玉檀香小護身佛	
太傅王希獻　五十三回叙出		題宗祠匾對	
大學士王子騰　詳見《外戚表》		有女許保寧侯子	王子騰夫人　即舅太太，詳見《外戚表》
樞密張　九十六回叙出			
侍郎趙　二十九回叙出		清虚觀送禮	
翰林梅　七十八回叙出	子梅公子　即薛寶琴之婿	賞秋菊	
侍郎楊　七十八回叙出		賞秋菊	

續表

人名附爵銜	子孫	事迹	女眷
員外李 七十八回叙出		賞秋菊	
長安節度使雲光 十五回出見		斷離張金哥婚姻	
粤海將軍鄔 七十一回叙出		送賈母圍屏壽禮	
提督楊			楊提督太太
巡撫吴 八十五回出見		陛見，密保賈政	
安撫使甄應嘉 一百十四回出見	子甄寶玉 與賈寶玉、賈蘭同榜中式舉人。第二回自其業師賈雨村口中叙出。一百一十五回出見	字友忠，欽差，金陵省體仁院總裁，緣事抄家革職，起用進京，奉旨安撫海疆	甄夫人 一百一十五回出見，與伊子寶玉求親

續表

人名附爵銜	子孫	事迹	女眷
鎮守海門統制周瓊 九十九回出見	子周公子 即探春婿，一百十九回出見	與伊子求親探春	
指揮孫	子孫紹祖 即迎春婿，見《閨秀表》注		孫親家太太 即迎春婆，詳見《閨秀表》注
平安州 六十六回叙出		與賈赦往來，被李御史參劾	
通判傅試 三十五回叙出		賈政門生。嘗遣老媽子至賈母處請安	妹傅秋芳 長寶玉八歲，三十五回叙出

右賈氏世交五十三人，附無名三人，女眷十四人，共七十七人。

書中局外人表第十二

序曰：司馬子長有言：『伯夷、叔齊雖賢，得夫子而名益彰；顔回雖篤學，附驥尾而行益顯。』古今人之不克自樹名稱，附驥以傳者，豈少也哉！《紅樓夢》一説部而附驥者數百人，除其親族戚黨奴僕而外，尚有七八十人，無可歸類，名之以書中局外人，亦附驥尾之意也夫。

男	女
癡和尚即幻境之茫茫大士 第一回叙出，二十五回禳玉，一百十五回還玉，末回接引	警幻仙子 第一回叙出，第五回出見
跛道士即幻境之渺渺真人 第一回叙出，十二回送風月寶鑒，二十五回禳玉，末回接引	
空空道人 以此書問世，見第一回與末回	
東魯孔梅溪 題書名曰《風月寶鑒》。見第一回	
悼紅軒曹雪芹 此書經曹披閲十載，增删五次，纂成目録，方爲定本。見第一回與末回	

續表

男	女
甄費字士隱 住姑蘇閶門外十里街仁清巷内葫蘆廟前，被回禄，往依岳丈大如州人封肅家，旋隱去。見第一回及末回。有家人霍啓帶英蓮看燈，將英蓮失落即亡去，與封肅并見第一回	封氏 甄士隱妻。第一、二回出見。有女英蓮，看燈被劫，賣入薛蟠家，取名香菱，詳見《賈氏外戚表》。丫鬟嬌杏，初爲賈雨村二房，後扶正，詳見《賈氏族屬表》
嚴老爺 第一回來拜甄士隱者	
張如圭 揚州人，賈雨村同案被參。第三回出見	
馮淵 爲買英蓮被薛蟠打死，見第四回	
王老爺 第四回來拜賈雨村者	

續表

男	女
木居士 在迷津掌舵，第五回警幻口中叙出	癡夢仙姑 種情大士 引愁金女 度恨菩提 右四人均第五回幻境出見
灰侍者 在迷津撑篙，同上	可卿 小字兼美，警幻妹，第五回在幻境出見
于老爺 第七回智能口中叙出	劉老老 王夫人本家王狗兒之岳母，第六回出見
香憐、玉愛 家塾小學生，姓名不詳，均於第九回出見	周瑞女兒 即冷子興之妻，第七回出見
義忠親王 十三回薛蟠口中叙出	

續表

男	女
永興節度使馮胖子、襄陽侯兄弟戚老三 均於十三回戴太監口中叙出	
户部堂官老趙 同上	
胡老爺 十五回净虚口中叙出	二丫頭 即紡車女，十五回出見
長安守備公子 因聘妻自縊，遂投河而死。十六回叙出	張金哥 許字長安守備公子，後父母毁婚，改字李氏，遂自縊。十五、十六回叙出
李衙内 長安府小舅子。十五、十六回叙出	
周貴妃之父 吴貴妃父親吴天祐 均於十六回賈璉口中叙出	紅衣女 十九回黛玉於襲人家中見

續表

男	女
倪二 渾名醉金剛，賈芸鄰居，有妻有女，二十四回出見	
馬販子王短腿 二十四回倪二口中叙出	馬道婆 寶玉寄名乾娘，曾受趙姨娘賄以邪法魘鳳姐、寶玉，後因潘三保事發，拿交刑部監問，減死罪。二十五回出見
仇都尉兒子 二十六回馮紫英口中叙出	
沈世兄 二十六回寶玉口中叙出	錦香院妓女雲兒 二十八回出見。與寶玉、薛蟠、馮紫英配酒
忠順親王 三十三回叙出	某小姐 二十九回張道士與寶玉提親口中叙出
附忠順親王府長府官 三十三回出見	

續表

男	女
張德輝 薛家當鋪攬總人。四十八回出見	若玉小姐 三十九回劉老老口中叙出
石獃子 家藏古扇，賈赦强欲買之，不遂，被賈雨村枉法抄没入官，將扇轉送賈赦。四十八回平兒口中叙出	真真國女子 工詩，五十二回薛寶琴口中叙出
張華 尤二姐原夫，祖當皇糧莊頭。六十四回出見	李先兒 女説書的，五十四回出見。一百零一回點出姓來
潘三保 囑馬道婆壓當鋪，被人告發。八十一回賈母、王夫人口中叙出	老太妃 五十八回亡故
吴良 太平縣人，同薛蟠在李二家吃酒，八十六回出見	官媒婆婆朱嫂子 與迎春説親，七十二回出見
張三 李二家酒店當槽兒，被薛蟠打死，年二十三歲。父張大住太平縣南鄉里，早死，母王氏，叔張二。見八十六回	南韶道張之女張小姐 八十四回同王爾調與寶玉提親口中叙出

續表

男	女
張二 見八十六回	稅官女 八十五回賈芸與寶玉作媒，一百十七回叙明
何三 周瑞家乾兒子。八十八回出見	周貴妃 八十六回薨
張老爺 工部司官，因有病，請賈政代爲該班。九十三回從門上口中叙出	
劉鐵嘴 善測字，九十四回林之孝家口中叙出	
毛半仙 一百二回在寧府占課	
錦衣衛堂官趙全 查抄榮國府。一百五回出見	

續表

男	女
李御史 奏參賈赦及平安州知州。一百五回薛蝌口中叙出	
安國公 奉旨征剿賊寇。一百十四回甄應嘉口中叙出	
外藩藩王 欲娶巧姐爲妾，後知其爲賈氏女，遂退之。見一百十九回	

右男四十四人，女二十三人，又附見男五人，女六人，共男四十九人，女二十九人。

紅樓夢史表別集

附：夢中人生辰表一

序曰：人生最樂者曰生日，人生最苦者亦曰生日，何則？境遇之逼人不同，日中之景象自異，藉此以覘家運盛衰，時勢遷變，亦人生紀念日之不可少者。若身入夢中，則此生業屬虛空，似可無須紀念，乃不謂仍蹈塵世之習，且一再紀之不已，似亦假此覘盛衰，觀變遷也者。誰謂人生不與夢中同耶？

春	夏	秋	冬
正月 初一日 元春	四月	七月 初七日 巧姐	十月
二十一日 寶釵			
北静王	寶玉 寶琴 岫煙 平兒 四兒		

續表

春	夏	秋	冬
二月 十二日 黛玉 襲人	五月 初三日 薛蟠 賈赦 初十日 薛姨媽	八月 初三日 賈母	十一月 西安郡王妃
三月 初一日 王夫人 初二日 探春 初九日 賈璉 二十五日 王子騰夫人	六月	九月 初二日 鳳姐 金釧 賈敬	十二月 賈政

附：軒館園樓寺院一覽表二

序曰：衆山多祖泰岱，衆水多宗東海，良以歸宿之地，莫能外也。大觀園爲《石頭記》歸宿之地。寧、榮二府，園之夾室，猶山海之有岳瀆也。其餘庵觀寺院，譬如土壤細流，無觀輕重，略一點綴而已，然其間軒館樓臺參差互列，有令人一目不能了然者。爰依韻次類叙爲表，并就書中所載聯額及不甚着意事迹，詳注於各地之下，亦如頭緒紛如，其間不無挂漏，閱者諒焉。

	寧府	榮府	大觀園	額外
風			桐剪秋風 十八回元妃賜名	
峰			大主峰 在大觀樓西，園中假山總脈	

續表

	寧府	榮府	大觀園	額外
齋		夢坡齋 小書房，第八回賈敬在內歇中覺 綺散齋 賈母儀門外書房	秋掩書齋 探春住，在瀟湘館左沁芳橋南，一名秋爽齋。中曰曉翠堂；畫：米襄陽《煙雨圖》；聯：「煙霞閒骨格，泉石野生涯。」探春結社於此，同黛玉賦《海棠詩》。賈母還史湘雲席於此擺飯 秋爽齋 即秋掩書齋	
芬			蘅芷清芬 寶釵住，寶玉題名，元妃賜名「蘅蕪院」。自花溆登山盤道攀藤撫樹而至即是。聯：「吟成豆蔻詩猶艷，睡足荼蘼夢也香。」	
園	會芳園 尤氏請賈母等賞梅，後拆并大觀園		大觀園 元妃題此園之總名	

續表

	寧府	榮府	大觀園	額外
軒	凝曦軒 逗蜂軒 賈珍讓內監戴權於此獻茶商捐龍禁尉	絳芸軒 賈母房，碧紗廚，寶玉、黛玉住處，寶玉題名	蓼風軒 元妃賜名。在過街門樓中，此地近秋爽齋，亦云與稻香村鄰近。惜春住。聯：「芙蓉影破歸蘭槳，菱藕香深瀉作橋。」賈母從蘆雪亭到此，看惜春畫大觀園圖。寶玉訪惜春，見妙玉於此下棋	
門		聚錦門 在府西南角上，湘雲病，領大夫於此進園	後門 有房五間。諸姊妹住園中，以此爲內廚房，派柳嫂子管理，專辦園中食用	
村			稻香村 李紈住。寶玉題名「杏簾在望」，元妃賜名「浣葛山莊」，又改此名。在瀟湘館西。聯：「新漲綠添浣葛處，好雲香護採芹人。」李嬸娘、李紋、李綺同居	

續表

	橋
寧府	
榮府	
大觀園	沁芳橋 爲園中出入所必經諸處總路。寶、黛於此花下看《會真記》。赴探春招於此接賈芸信。自蘆雪亭回怡紅院，於此遇探春，一同出園。同寶釵、寶琴自薛蝌處回，於此遇香菱。襲人看魚，訪黛玉於此，見雪雁領婆子送菱藕等。受紫鵑氣於此發獃。遇岫煙於此，商寫答妙玉帖。小紅往蘅蕪院，問鶯兒取筆，於此遇李嬤。黛玉訪寶玉，於此看各色水禽。遇儍大姐於此，言明聚寶釵事。晴雯送傳試家婆子於此止。香菱以《詠月詩》送黛玉，於此遇李紈等。賈母還湘雲席於此小座 翠煙橋 在瀟湘館側，由此達怡紅院。小紅往黛玉處借噴壺經此 蜂腰橋 在蘅蕪院側，以板爲之，通怡紅院。小紅取筆
額外	

續表

	寧府	榮府	大觀園	額外
			於此，遇賈芸。寶玉於此遇李紈請熙鳳諸人 曲折竹橋 在藕香榭後面，編竹爲之，行則有聲，熙鳳所云「咯吱咯吱」者也	
儀			有鳳來儀 黛玉住。寶玉題名。元妃賜名「瀟湘館」。在沁芳亭右。聯：「寶鼎茶閒煙尚緑，幽窗棋罷指猶凉。」畫：《斗寒圖》。聯：「緑窗明月在，青史古人空。」	
堂	叢緣堂	榮禧堂 王夫人正室，聯：「座上珠璣昭日月，堂前黼黻煥煙霞。」 榮慶堂 賈母八旬，各王妃誥命至此拜壽	曉翠堂 即秋爽齋中室 榆蔭堂 平兒生日於此答席 嘉蔭堂 賈母八旬於此擺茶，請各王妃及諸誥命。中秋夜賈母於此焚香陳瓜果	

續表

	寧府	榮府	大觀園	額外
莊			浣葛山莊 即稻香村原賜名 凸碧山莊 在大觀樓西、大主山峰脊上。中秋夜，賈母領賈赦、賈政諸男暨王夫人等於此賞月聞笛	
航			苦海慈航 元妃題佛寺額，想當在櫳翠庵中	
亭			沁芳亭 在沁芳橋上。聯：『繞堤柳借三篙翠，隔岸花分一脈香。』 滴翠亭 在翠煙橋畔傍池而築，四面游廊曲欄，雕鏤格子。四月二十六日餞花會寶釵撲蝶至此，聞小紅、墜兒説還帕事 牡丹亭 自稻香村至芍藥圃經此	

續表

	寧府	榮府	大觀園	額外
			蘆雪亭 過曲折竹橋即是。自紫菱洲至此水路。李紈於此開社，同寶玉、釵、黛、寶琴、湘雲等雪中聯句，并賦紅梅詩	
廳			議事廳 在沁芳橋西南，即省親時太監所起坐者。額：『體仁沐德』。後熙鳳病，李紈、探春、寶釵於此辦事	
幽			曲徑通幽 寶玉題名。入園進山口路	
樓	天香樓 秦氏死，道士於此設壇打醮		大觀樓 賜名。在正殿後 綴錦樓 二十三回作迎春住，未知與綴錦閣是一是二 過街門樓 匾：『東度月，西穿雲。』自藕香榭至蓼風軒過此	

續表

	寧府	榮府	大觀園	額外
洲			紫菱洲 迎春住。元妃賜名。在秋爽齋側。賈母還史湘雲席，從瀟湘館來，於此登舟至秋爽齋，比陸路稍近	
庵			櫳翠庵 妙玉住。四面植紅梅，與凹晶館、藕香榭皆相近。賈母攜劉老老、寶玉、釵、黛於此品茶。寶玉於此乞紅梅。黛玉、湘雲中秋夜聯句後同至此 達摩庵 與櫳翠庵同在大主山左右，十二名小尼姑所居	水月庵 在城外，離鐵檻寺不遠，因庵内饅頭做的好，故又名饅頭庵 水仙庵 寶玉於此借香爐祭金釧 地藏庵 藕官、蕊官於此出家 饅頭庵 即水月庵

續表

	寧府	榮府	大觀園	額外
雨			梨花春雨 賜名	
渚			苻葉渚 賜名。近秋爽齋，又名柳葉，亦作杏葉。賈母於此登舟過花漵至蘅蕪院。鶯兒同蕊官至瀟湘館，於此摘柳條編花籃 柳葉渚 即苻葉渚 杏葉渚 同上	
圃			芍藥圃 在牡丹亭、薔薇院之間。湘雲醉眠處 紅香圃 即芍藥圃内小廳，廳三間。寶玉、平兒、岫煙、寶琴同日生辰，探春、李紈、尤氏諸人及鴛鴦、襲人、紫鵑等於此擺酒祝壽	

續表

	寧府	榮府	大觀園	額外
館			瀟湘館 即『有鳳來儀』賜名 凹晶館 自凸碧山莊下坡，彎曲一轉即是，蓋在池邊，與凸碧一上一下、一明一暗、一山一水遥相對，直通藕香榭路徑。此二處均黛玉題名。中秋夜湘雲、黛玉、妙玉於此聯句，同至櫳翠庵	
義			顧名思義 賜名。即正殿匾。聯：『天地啓宏慈，赤子蒼生同感戴；古今垂曠典，九州萬國被恩榮。』省親前，元妃先御正殿，賈政等男戚於月臺下排班行禮，史太君等女戚於月臺上排班行禮。省親後，於殿上開宴	

續表

	寧府	榮府	大觀園	額外
寺				智通寺 在揚州，雨村曾至其地。聯：『身後有餘忘縮手，眼前無路想回頭。』 鐵檻寺 在都城外。賈氏家廟 蟠香寺 在蘇州玄墓妙玉出家處 散花寺 鳳姐曾去求簽
溆			花溆 寶玉題爲『蓼汀花溆』，元妃改此名。自芭蕉塢盤旋曲折，忽聞水聲潺潺，出於石洞，上則蘿薜倒垂，下則落花浮落即是。由此分水陸兩路。陸則從山上盤道攀藤撫樹至蘅蕪院；水則由秋爽齋側至紫菱洲、藕香榭、蘆雪亭等處 蓼汀花溆 即花溆原名	

續表

	寧府	榮府	大觀園	額外
墅			省親別墅 賜名。寶玉原擬名『天仙寶境』。正殿外玉石牌坊額	
塢			芭蕉塢 自芍藥圃至花溆必經之路 暖香塢 在蓼風軒内，其中即惜春卧室	
榭			藕香榭 過蓼風軒穿入一條夾道通此。元妃賜名。榭蓋池中，遥對綴錦閣，四面有窗，臨水，左右有回廊，跨水接峰，後面即曲折竹橋。湘雲請賈母等吃蟹，於此賞菊賦詩。賈母還席亦於此，先命女優吹彈	

	寧府	榮府	大觀園	額外
院		梨香院 東南角上有十餘間房舍，爲榮國公暮年養静之所，另有通街一門，薛姨媽初來住此，後因元妃省親，買置女伶住此教演	怡紅院 賜名。原額「紅香緑玉」，改「怡紅快緑」。寶玉住。通櫳翠庵，近瀟湘館，自蘅蕪院至此爲花溆陸路 蘅蕪院 即「蘅芷清芬」賜名 薔薇院 在芍藥圃、芭蕉塢之間	牟尼院 在京西門外。妙玉初至京住此
觀				清虛觀 元妃曾在此打醮三日 元真觀 賈敬在此静養修道

續表

	寧府	榮府	大觀園	額外
廟			玉皇廟 在大主峰左右。十二名小道姑所居	葫蘆廟 在蘇州。賈雨村曾寓此 天齊廟 在京。寶玉曾往燒香，遇王道士謅治妬婦藥方
望			杏簾在望 即稻香村原名	
境			天仙寶境 即省親別墅原名	
緑			怡紅快緑 即怡紅院額	
雪			荻葉夜雪 賜名	

	寧府	榮府	大觀園	額外
玉			紅香緑玉 即怡紅院原名	
閣	登仙閣 秦氏停靈於此		綴錦閣 賜名。正殿東面飛樓。閣上藏圍屏、桌椅、船篷、篙槳、花燈之類。閣下史太君還湘雲席，三宣牙牌令 含芳閣 賜名。正殿西面之叙樓	枕霞閣 史侯府中舊有 玉皇閣 廟中道十善捉怪
德			體仁諭德 即議事廳額。原名『體仁沐德』	
閘			沁芳閘 花溆水之來源	

右表記書中之軒館、樓臺、寺院及各處匾額可考者，此外如：

曠性怡情　迎春題詩
萬象争輝　探春題詩
文章造化　惜春題詩
文采風流　李紈題詩
凝輝鍾瑞　寶釵題詩
世外仙源　黛玉題詩

等額雖書中各有吟詠，以其地無徵，不敢必其在園内與否，故不列於表。

又幻境内地名不便與園中同列於表，謹擇其可考者附於表後：

宫　春霞宫
　　絳珠宫
峰　青埂峰
司　癡情司　寶玉第一次幻境所見
　　結怨司　同上
　　朝啼司　同上
　　暮笑司　同上
　　春感司　同上

春愁司　同上

薄命司　同上　聯：『春恨秋悲皆自惹，花容月貌爲誰妍。』

癡　引覺情癡　寶玉第二次幻境所見配殿額。聯：『喜笑悲哀都是假，貪求思慕總因癡。』

崖　無稽崖

津　迷津

山　大荒山

放春山

北邙山

天　離恨天

孽海情天　寶玉第一次幻境所見宮門額。聯：『厚地高天，堪嘆古今情不盡；癡男怨女，可憐風月債難酬。』

淫　福善禍淫　寶玉第二次幻境所見宮門額。聯：『過去未來，莫謂智賢能打破；前因後果，須知親近不相逢。』

海　灌愁海

洞　遺香洞

地　真如福地　寶玉第二次幻境所見石牌樓額。聯：『假去真來真勝假，無原有是有非無。』

岸　靈河岸

境　太虛幻境　寶玉第一次幻境所見石牌樓額。聯：『假作真時真亦假，無爲有處有還無。』

石　三生石

此外，如急流津、覺迷渡等以與幻境無涉，故不載。

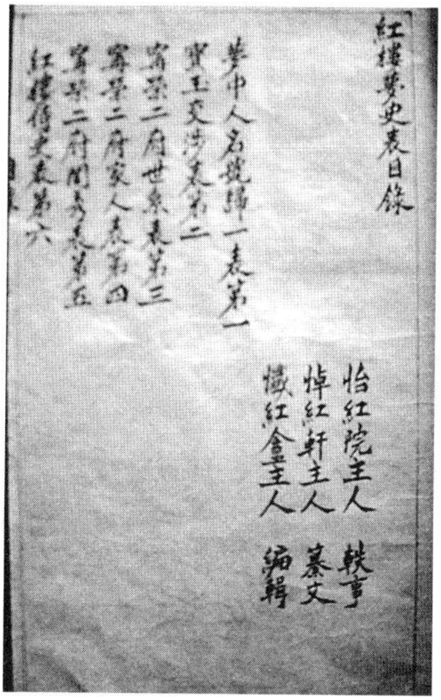

紅樓夢史表目錄

怡紅院主人　執事

悼紅軒主人　纂文

擷紅盦主人　編輯

夢中人名覽譜一表第一

寶玉交涉表第二

寧榮二府世系表第三

寧榮二府家人表第四

寧榮二府閨秀表第五

紅樓傳史表第六

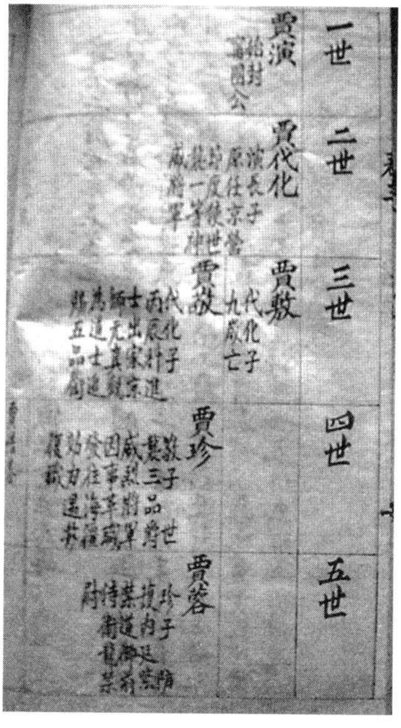

一世	二世	三世	四世	五世
賈演	賈代化	賈敷 賈敬	賈珍	賈蓉

（抄本）

西國小説

佚名 撰

本文載於光緒三十一年乙巳正月初十、十一日（一九〇五年二月十三、十四日）《中外日報》之《續莊諧選録》（卷一）。《中外日報》，其前身是於一八九八年五月由汪康年創刊的《時務日報》，其年八月易名爲《中外日報》。該報擁護清政府『新政』，實由汪康年弟汪詒年主持其事。作者爲周宏業（一八七八—？），湖南湘鄉人，原名崇業，又名逵，字伯勛。就讀於湖南時務學堂，戊戌後流亡日本，入梁啓超所辦的高等大同學校，曾譯日本著名的政治小説《經國美談》。後參加興中會、自立會。辛亥後任財政部賦稅司司長、代理財政次長。本文列舉了當時暢銷的各類翻譯小説，多『於社會無益』，或是『憑空結撰』而非『事實』，甚至涉荒誕、太怪異。言下之意，這類小説儘管很暢銷，却不爲作者所重。作者推重的是觸及時事、感發國人愛國精神的政治小説如《經國美談》、《黑奴籲天録》、《佳人奇遇》之類，且希望小説在談政治的同時，『以美人韻事穿插其間，使人讀之忘倦』。他希望這樣既講政治，又有感染力的作品『吾國四萬萬人人手一編，讀萬遍也』。

近人譯西人小説至多，《茶花女》最著名，然實小仲馬借茶花女名爲之，言情極纏綿悱惻，而於社會無益也。又如《歇洛克包探案》，自《時務報》譯外行，如泰西説部第一叢書，如《續譯包探案》、如商務印書館《繡像小説》中所譯，皆即此書而尚未盡。此書誠極離奇變化之致，然亦是一名手憑空結撰，非事實也。又如《露漱格蘭》、《奪嫡奇冤》、《決鬥緣》、《離魂病》，亦《包探案》之類。《長生術》奇而無當，《一千零一夜》一書爲天方著名小説，近商務印書館譯之，亦太涉怪異。前申報館所譯《昕夕閒談》，近有重印者，事亦荒怪，足見歐洲風俗。《經國美談》極可感諷吾國之人，而事迹不甚足動人。《黑奴籲天録》可歌可泣，吾國人見之足發深省。又，《佳人奇遇》一書，將西國擾亂人國之術及壓制弱小諸國之慘狀，條舉無遺，且時以美人韻事穿插其間，使人讀之忘倦，吾願吾國四萬萬人人手一編，讀萬遍也。

品低劣者。欲求價之極廉。以與各國爭銷路也。今則商務暢旺。故更求精良。彼國規畫有秩序如此。而我國人不深求其故。但據所見以爲疵點。不意俄頃之間。彼已超然遠邁。我則并低劣之品。倘無能製者。正如我則維舟不進。見人之舟起碇發錨。方且引爲笑端。豈知彼之容與中流者。今且一駛千里。我猶祇目送而已。噫。可恥孰甚。可笑孰甚。

蘇州人

壬寅歲。湘人趙君在上海。乘馬車而蹶。傷臂。覓西醫。西醫曰。是宜奏刀。趙君曰。諾。既竟。趙陽陽如平時。西醫問曰。君非蘇州人乎。趙曰。非。是西人曰。吾固知非是。若蘇州人者。必大啼矣。

前葉天士在蘇行醫。適疫癘甚行。須用麻黃。而蘇人畏聞麻黃名。葉乃徧屬諸藥肆曰。麻黃之名。吾已改爲某名。汝肆如見吾方有此名者。即與以麻黃可也。諸肆均如其言。活人無算。而蘇人猶未知也。

西國小說

近人譯西人小說至多。茶花女最著名。然實小仲馬借茶花女名爲之。言情極纏綿悱惻。而於社會無益也。又如歇洛克包探案。自時務報譯行外。如泰西說部第一叢書。如續譯包探案。如商務印書

小説餘話(《白雲塔》投書)

静觀　漢精　杜任子　撰

連載於《時報》一九〇五年七月二十三、二十四、二十五、二十七、三十、三十一日。署名分别爲『江陰禮延學舍静觀』、『漢精』、『松江杜任子』，具體情况不詳。三位論者，都是以『勸善懲惡』來解讀這部小説。或認爲小説頌揚了俠義、愛情、正氣、深心四種善念，喝破塵障、嫉妬、勢利、險詐等惡念；或則認爲它歌頌了忠、孝、節、義，否定了奸、盗、邪、淫。總之，能明造惡之因，與爲善之念。

白雲塔投言（第一）

江陰禮延學舍静觀

《白雲塔》，小説也，然可作一則史鑒讀。何也？以其勸善懲惡故。

《白雲塔》，又寓言也，然可作一場實事觀。何也？以其斟情酌理故。

今請一一表明其四種善念、四種惡念而解釋之。

一曰俠義。

解曰：爲《白雲塔》之主人翁者，風伯也。故無風伯，則《白雲塔》可以不作。何也？以其無俠義故。惟有風伯之俠義，故一切可敬可快可喜可恨之事實，靡不賴以發生，爲亞丁埠之偉人，即爲《白雲塔》之共主。觀其不下銀山王，而自爲一種高尚之人格，扶危救厄，慨然爲楓子洩冤，贈以衣服銀幣而不吝。以下連寫白游先生如何爲楓子策劃，如何爲楓子變相，至以小露灰兒，爲草蛇之灰綫，而已則僕隸自供。此皆風伯之苦心作用，而實作者俠義之一念之爲之也。小馬夫誓不他適，甘蹈湯火，其殆受風伯俠義之化歟？

一曰愛情。

解曰：人孰無情，而情每種於男女之交際，此小説家所習聞也。而《白雲塔》之所謂愛情，則更有特異之點焉。寫石公子與楓子之恩愛，每於無情處見真情。雖間以緑姬之讒毁，而鶯華街迎接以及心怨而口不言，與不肯捨戒指而忘其記念，聞白游不赦石公子之言而猶爲之曲諒，皆楓子之藴藉也。石公子聞楓子溺死而熱淚不容不灑，甚至紅葉出現而欲與楓子魂魄相隨，可見緑姬之狐媚爲無情，而楓子之冷淡爲真情也。此是兩人愛情獨到處，亦即作者愛情特異處。

一曰正氣。

解曰：正直爲交際上之重要點，無時可缺。作者叙述風伯之訶斥緑姬呼爲狐媚，如斬蛇劍，如照妖鏡，是何等正直。他如楓子寫讓産證書，决不慳吝。石公子嘗抵押憑據，不肯反悔，又何等磊磊落落，見緑姬嫵媚而羞，見淫尼妖冶而恨，是正直人身分（爽爽快快不要推三做四），是正直人口吻。中間夾寫白雲塔地震不倒，謂某内中有骨格，是爲正直人寫照，見人不正直，必有身敗名裂之禍。

一曰深心。

解曰：風伯喝破戀字，爲楓子指迷；説明報字，爲楓子平氣，是作者金針度人處。老尼思殺小猴子，而反爲小猴子所殺；緑姬欲賣楓子，而卒爲楓子所賣；伯爵陷害八郎，而身死於八郎之手。害人自害，是作者現身説法處。石公子入緑姬彀中，苦了楓子；緑姬入楓子彀中，又苦了石公子，畢竟塵障未消也。迨塔上老（風伯）作片言之偈，車中人（緑姬）無一顧之情，始悟如此之悔人者，乃適以自爲鴆毒，細思之能不㸌然。讀四十二冷熱一段，苦口婆心，發人猛省。

叙女尼寺之淫穢，爲紅樓邸之怙惡作一小影。叙小猴子失火燒得尼寺乾乾净净，爲風伯設計破壞紅樓邸作一小影。人亦何樂而爲女尼寺、紅樓邸耶？佛家喜云莊嚴世界，作者叙述之意，得毋類是。此等處吾無以名之，名之曰晨鐘（此善念總會處）。

以上四種爲關於善念者。

一曰塵障。

解曰：綠姬狐媚，而石公子着其魔；八郎狼貪，而楓子罹其虐。石公子以溺情而負約，楓子以負氣而傷情。麥那麓山路崎嶇，女尼寺房間齷齪。與夫老尼□黷，由賊之□凶，無一非世上俗情，即無一非眼前塵障，是爲俗人萬惡之□因，亦即作者惡念之起點。

一曰嫉妒。

解曰：嫉妒爲正直之反面，觀此可明楓子之生於憂患，而綠姬之死於安樂矣。作者言綠姬性慧黠，獵象之役，笑謂石公子曰：『可惜少一人。』惋惜而以笑貌出之，其黠也，乃其妒之見於面者也。被象驚絶，而僞爲未見，其黠也，正其妒之發於辭者也。聞楓子溺死而逞情適意，因打猪不中而竭力追趕，此嫉妒之流露於不自知者也。且惟嫉妒人最畏他人嫉妒，綠姬惟恐紅葉嫉己之盡情於石公子也，故愈不得不衝突石公子。又惟恐紅葉盡情於他人以妒己也，故聞紅葉往白雲塔而亟欲瞷其有無相識。此其所以受牧童之紿而中風伯之計歟？果而則塔下之投，微嫉妒之力不及此。他若八郎怒侄女復回，而以爲冒託，白氏期風伯必死，而以爲乾净，是又嫉妒之餘波，而作者之概念也。

一曰勢利。

解曰：叔季之世，勢利之心，人所難免。作者熱心冷語，藉小説爲風世之資。篇中如厭白雲塔而喜紅樓邸一語，是爲勢利人點睛。他如八郎之附勢、老尼之罔利、衆人之迎接主人嬌婿、尋覓主人令郎，與綠姬聞紅葉之華貴而前往迎，家人見公子破產而鳥獸散。推之交好時則摯款視若一家，厭棄時則討債儼同秦越。舉走狗魔鬼之活劇，而一一演之於塵世，可謂畫盡勢利情形。吾不知作者胸中有何塊壘，而作惡劇乃爾。

一曰險詐。

解曰：林間私語，地上遺書，險詐之發端也。楓子之馬車碰破，而綠姬決不介懷；八郎之銀壙採枯，而伯爵聊以示惠，險詐之行徑也。八郎領楓子之產，聞楓子溺死而快心；伯爵占公子之居，逼公子絶交而恝意，險詐之心曲也。以若而人，而生於光天化日之下，宜楓子之嘆無乾净土也。吾恨作者，吾尤恨不假手於小猴子其人而一一斧斫之、火化之，使我黄帝子孫，無罹兹慘酷也。雖然，作者非叔寶全無心肝者，蓋將藉若輩以警醒世人耳。謂予不信，請看女尼寺，請看紅樓邸。

以上四種關於惡念者。

（一九〇五年七月二十三、二十四、二十五日《時報・小説餘話》）

白雲塔投言（第二）

漢　精

四種善念。

一曰忠。　如白衣兒之於楓子，灰兒之於石公子。灰兒言『我去公子誰與俱之』一言，實足以愧世之作事懷二心者。

一曰孝。　如秋山楓子之遵父命，將家産悉付於八郎。世之男子，往往背父遺命，何况婦人？觀於楓子，可以愧矣。

一曰節。　如秋山楓子之入山，雖歷盡千磨萬劫，而終不失其身，卒至能如願以償。雖與坊間小説至落難團圓之説相同，而其中艱苦情形，如老尼之逼，猴子之迫，均爲人所不能爲。終至自全其身，以歸於素所愛慕之石公子，此其所以爲節也。

一曰義。　如風伯老人之仗義，中國小説裏中所謂義士者，不過曰仗義疎財。然其所疎之財，不過及於國人之利益已耳。至風伯老人，則亞於埠内之人幾無一不受老人之惠，則其所疏之財必廣。又因石公子、楓子之事，爲之變形，爲之設策，爲之運動，而卒令彼二人同歸於好。且盡贈己産，使理舊業，卒代銀山大王之位。此中國小説中之俠客奇人，斷斷乎莫能望其項背者也。

四種惡念。

一曰奸。　秋山八郎之勒逼楓子寫讓産證文，緑姫林間來往之信，皆奸謀也。秋山八郎之奸謀，人或知之；緑姫之奸謀，人不知之。蓋緑姫知石公子於己之情未深，楓子於石公子之情亦未忘，故作此信以激石公子之心，又作覆信故令楓子見之，以决楓子之意。其用心亦周且密矣，而孰知猶有周密於彼之風伯老人在。

一曰盗。　猴子、伯爵皆盗也，猴子之盗盗其形，伯爵之盗盗其心。盗其形者不過披髪握刀，劫人之財於道路而已。盗其心則嬉笑怒駡，皆能戕人之生。如伯爵之逼秋山八郎還礦産，逼石公子還借款，皆先用誑騙之術，以牢其心，繼用狠毒之手，以破其産，非盗而實盗也。

一曰邪。　邪則如老尼是。夫庵觀寺院固清净地也，而乃有紅衣數襲，青年數輩，且又惟錢是圖，儼若妓院勾欄之老鴇，是亦清净地變作歡喜場矣，烏得謂之非邪乎？幸楓子始終堅貞自守，否則其不爲猴子之口中肉也幾希。邪教是害人，亦至於此哉！

一曰淫。　淫則緑姫是。楓子、緑姫，固皆以石公子爲將來之夫婿者也。故楓子一經見棄，即遁迹山林，以自表其愛慕之真。而緑姫則有人盡夫也之致，見牧童而喜，見石公子而喜，見紅葉公子而亦喜。且悦後即棄前，得新即間舊。故前此對石公子者，後又轉而對紅葉公子。此風伯老人所謂狐媚子者也，烏得謂之非淫婦乎？

（一九〇五年七月二十七、三十日《時報·小説餘話》）

白雲塔投函（第三）

松江杜任子

吾讀《新紅樓》，不覺胡然而驚，胡然而愛，胡然而廢書嘆，胡然而拍案叫，胡然而淚承睫，胡然而喜上眉。

吾讀《新紅樓》，而知紅樓邸爲造惡之因，白雲塔爲收善之果。紅樓邸内之緑姬爲造惡因之名花，白雲塔頂之風伯爲收善果之佳種。

吾讀《新紅樓》，不覺興種種之惡感情。門前車馬，座上杯盤，宵宵跳舞，日日宴賓，吾願化身爲銀山王。千嬌百媚，斜睇宜人，爲交際場花，是良夜中月，吾願化身爲笑西施。貧無聊賴，一朝得爲富翁，則吾羡八郎之奇遇。風流年少，逸度翩翩，既受薔薇之寵，又聯牡丹之緣，則吾妬石公子之艷福。

吾讀《新紅樓》，又不覺興種種之善觀念。俠情高義，壯快淋灕，吾願鑄金以像風伯。情之所鍾，至死不渝，吾願捐身以援楓子。殺尼焚寺，依然清净之場，轉羡山賊之辣手。地震淪沉，暗寓報施之理，益知天道之可憑。

咄！才子佳人，固小説之情懷。俠客劍仙，亦稗官之寓意。吾讀而思，吾思而夢，吾何夢？夢見野廣草長，昔時歌舞之鄉，歸於烏有，而惟白雲塔，聳峙於中央。

（一九〇五年七月三十一日《時報·小說餘話》）

時報館

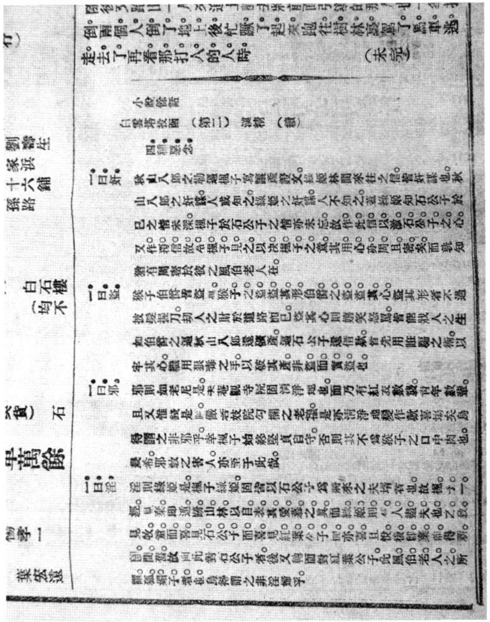
倒。兩個人倒了地上。後忙賺了起來。跑往樹林裏避了。馬車逃
走去了。再看那打人的人時。
（未完）

小說餘話
白雲塔投函（第二）謹替（續）
四罪惡念
一曰奸。狄山人臥之勸還楓子寫讓產證文。綠姬林間寄往之信。皆奸謀也。狄山人臥之奸謀。人或知之。綠姬之奸謀。人不知之。蓋綠姬知石公子於己之情未深。楓子於石公子之情亦未忘。故作此信。以離石公子之心。又作覆信。故令楓子見之。以決楓子之意。其用心亦周且密矣。而孰知猶有[illegible]於彼之風伯老人在。
一曰盜。猴子伯爵者盜也。猴子之盜盜其形。伯爵之盜盜其心。盜其形者不過拔[illegible]持刀。劫人之財於道路而已。盜其心則談笑[illegible]皆能戕人之生。如伯爵之還狄山人臥遺讓產證。[illegible]石公子遺借款。皆先用甜蜜之術。以牢其心。繼用狠毒之手。以破其產。非盜而實盜也。
一曰邪。邪則如若尼是。未花觀寺院固清淨地也。而乃有紅衣數點。[illegible]年數輩。且又惟錢是[illegible]。儼若妓院勾欄之老鴇。是亦清淨地變作歡喜場矣。烏得謂之非邪乎。幸楓子始終堅貞自守。否則其不為猴子之口中肉也。[illegible]哉邪教之害人。亦至于此哉。
一曰淫。淫則綠姬是。楓子綠姬。固皆以石公子為將來之夫婿者也。故楓子一意[illegible]。[illegible]歸山林。以自表其愛慕之真。而綠姬則[illegible]人盡夫也之段。見故當面[illegible]見石公子而喜。見紅葉公子而亦喜。且[illegible]即棄而得新。[illegible]此對石公子者。後又與面對紅葉公子。此風伯老人之所[illegible]。狐媚子者也。烏得謂之非淫也乎。

孫路 十六舖 家浜 劉鑄生
白石樓（均不
寶）石
甲萬餘
物李一
葉宏遠

小説叢話

佚名　撰

載於一九〇五年《新新小説》第八期，無署名，疑爲該雜志主編陳冷（一八七九—一九六五）撰寫。冷字景韓，又字景寒，上海松江人，筆名用冷、景、冷血、冷笑等。早年留學日本，曾任《大陸報》記者，一九〇四年任上海《時報》主筆。一九一三年後任《申報》總編輯。著有《白雲塔》等小説。解放後任上海市政協委員等。此《小説叢話》，與《新小説》所載以評論爲主之《小説叢話》不同，純是記録小説的故實，且主要是摘録前人筆記，己意不多。它是錢静方《小説叢考》、蔣瑞藻《小説考證》、魯迅《小説舊聞鈔》的先導。

《封神傳》俶詭譎怪，荒唐極矣。相傳爲明代名宿所撰，意欲與《西遊記》、《水滸傳》相鼎足也。其間事實，因偶讀《尚書·武成篇》『惟爾有神，尚克相予』二語演成，且隱據《六韜·陰謀》、《史記·封禪書》、《唐書·禮儀志》等而鋪張之，非盡無本。如述太公困窮各狀，遲暮相周，見稱於子史者甚夥。即爲老婦出夫朝歌，屠佐棘津迎客舍人，亦略見於《説苑·尊賢編》，特演義者甚其詞，以重其困耳。景浩吾謂《封神傳》爲革命派之小説，其中所稱各神及法寶軍器，皆代數之碼號，五花八門，非僅炫悦讀者，若細味之，實各有寓意也。誠得能者爲之擬詮，揭其意旨，庶不至爲大雅所斥。其語不爲無見。

甘羅十二爲秦相，至今膾炙人口，婦孺皆知，蓋以盲詞常引用以爲典故，流傳遂廣，是經史之功用反有賴小説矣。按《史記·甘茂傳》：『羅年十二事秦相吕不韋，以説張唐，説趙功，封爲上卿。』又《儀禮疏》云：『甘羅相秦。』杜牧詩云：『甘羅昔作秦丞相。』皆其所本也。

或謂明時有士人，罄家所有，嫁其長女，而次女有怨色，士人慰之曰：『無憂貧也。』因指所著《封神傳》，以稿授之，後其婿梓行，竟獲大利。按《史記·封禪書》曰：『八神將，太公以來作之。』《舊唐書·禮儀志》一引《六韜》云：『武王伐紂，雪深丈餘，有五車二馬，行無轍跡，詣營求謁，怪而問焉。太公曰：此必五方之神來受事耳。遂以其名召入，各以其職命焉。』《太平御覽》十二引《陰謀》所載，與此略同，而以祝融、元冥、句芒、蓐收爲四海神名，馮修爲河伯神名，使謁者各以其名召之，五神皆驚云云。則太公封神，古原有此説矣。

《説唐》言李元霸勇力事，正史毫無可考，惟《唐書》實有其人，則不誣也。按《高祖諸子傳》：『高祖二十二子。竇皇后生建成、太宗皇帝、元吉、元霸。元霸字大德，幼辨惠，隋大業十年薨，年十六，無子。武德元年，追王及謚曰衛懷王。』

單雄信者，正史亦有其人，後降王世充爲大將軍，尤能馬上用槍。《新唐書·尉遲敬德傳》：『秦王與王世充戰，驍將軍雄信騎直趨王，敬德躍馬大呼，横刺雄信墜，乃翼王出。』則所謂尉遲救駕云云，殆實出於有因也。

《長生殿》傳奇，諳昆曲者無不喜之，惟其緣起，人人言殊。虞山王東溆《柳南隨筆》云：『康熙丁卯、戊辰間，京師梨園子弟以内聚班爲第一。時錢唐洪太學昉思昇著《長生殿》傳奇初成，内聚班試演，大内覽之稱善，賞諸優人白金二十兩，且向諸藩稱之。於是諸王府及閣部大臣，凡有宴集必演此劇，而纏頭之賞，其數悉如内賜，先後所獲殆不貲。内聚班優人因語洪曰：「賴君新製，吾獲賞賜多矣。請張宴爲君壽，而即演是劇以佑觴，凡君之交游當邀之俱來。」乃擇日治具，大會於生公園，名流之在都下者悉爲羅致，而獨不及趙星瞻徵介。時趙適館給諫王某所，乃言於王，促之入奏，謂是日係國忌，設宴張樂爲大不敬，請按律治罪。奏入，得旨下刑部獄，凡大夫及諸生除名者幾五十人。益都趙秋谷贊善執信、海昌查夏重太學嗣璉，其最著者也。後查以改名登第，而趙竟廢置終身矣。』而錢唐梁應來《兩般秋雨庵隨筆》則云：『黄六鴻者，康熙中由知縣行取給事中，以土物及詩稿遍送諸名士。至趙秋谷贊善，趙答以柬云：「土物拜登，大集璧謝。」黄遂銜之刻骨。乃未幾而有國喪演劇一事，黄遂據實彈劾。朝廷取《長生殿》院本閲之，以爲有心諷刺，大怒，遂罷趙職；而洪昇編管山西。京師有詩詠其事，其一云：「國服雖除未滿喪，如何便入戲文場？自家原有些兒錯，莫把彈章怨老黄。」其二云：「秋谷才華迥絶儔，少年科第盡風流。可憐一齣《長生殿》，斷送功名到白頭。」其三云：「周王廟祝本輕浮，也向《長生殿》裏游。抖擻香金求脱網，聚和班裏製行頭。」周王廟祝者，徐勝力編修嘉炎，是日亦在坐，對簿時賂聚和班伶人，詭稱未遇，得免，徐豐頤修髯，有周道士之稱也。是獄成，而《長生殿》之曲流傳禁中，布滿天下。故朱竹垞檢討贈洪稗畦詩有「海内詩篇洪玉父，禁中樂府柳屯田。梧桐夜雨聲凄絶，薏苡明珠謗偶然」之句，樊榭老人嘆爲字字典雅者也。然兩書所記各有不同，一以著者爲洪，一以著者爲趙。總之，當時因此一大獄，趙秋谷因以罷官則斷然矣。

《荆釵記》傳奇悠謬其詞，以誣梅溪。施孟山《短齋雜記》曾詳辨之。《天禄識餘》云：『玉蓮乃王梅溪之女，孫汝權乃同時進士，梅溪之友，敦尚風誼。梅溪劾史浩八罪，汝權實慫恿之。史氏所最切齒，遂令其門客作《荆釵記》傳奇以蔑之。』《甌江逸志》載：『王十朋年四十六，魁天下，以書報其弟夢齡、昌齡曰：今日唱名，蒙恩賜進士及第，惜二親不見，痛不可言。嫂及聞詩、聞禮可以此示之。』則梅溪之爲人可知，焉有入贅權門、弱妻投江之事？且《梅溪文集》中有《令人壙誌》載：『令人賈氏，王、賈同邑，且世姻，故令人歸於我。初封恭人，再封令人，卒年五十五。』又《祭令人文》云：『子歸我家，今三十年。』則梅溪夫婦，固世好舊姻，琴瑟偕老者也。閨閫隱秘，人所不察，世每藉此以誣大賢，如謂歐陽文忠納其甥女爲妾，并引艶詞證之，蓋亦此類，所謂莫須有之談。惟此爲最易造，殆亦我國之道德習慣風俗有以使之然歟？是中原因非一言所能盡矣。

《笑中緣》之秋香，確有其人，特演義者移其事以屬唐伯虎，則太謬矣。按所謂唐伯虎者，實吉道人之誤。道人父秉中，以給諫論嚴氏，廷杖死。道人七歲爲任子，十七與客登虎邱，適上海有宦家夫人擁諸婢來游，一婢秋香，姣好。道人有姊之喪，外衣白衫，裏服紫襖絳裩，風動裾開，秋香見而含笑去。道人以爲悦己，物色之，乃易姓名葉昂，改衣製作寠人子，往賄宦家縫人，鬻身爲奴。宦家見其閒雅，令侍二子讀書，二子愛昵焉。一日求歸娶，二子曰：『汝無歸，我言之大人，爲汝娶。』道人曰：『必爲我娶者，願得夫人婢秋香，他非願也。』二子爲力請與之。定情之夕，解衣，依然紫襖絳裩也。秋香凝睇良久曰：『君非虎邱少年耶？君貴介，何爲人奴？』道人曰：『吾爲子含笑目成，屈體惟子故耳。』會勾吴學博遷上海令，道人嘗師事者。下車，道人隨主人謁焉。既出，竊假主人衣冠入見。令報謁主人并謁道人。旋道人從兄東游，其僕偶見道人，急持以歸。宦家始悉道人顛末，具數百金，裝送秋香歸道人。道人名之任，字應生，江陰人，本姓華，爲母舅趙子。見姚旅《露書》。

高則誠撰《琵琶記》填詞，几上燒雙燭，填至《吃糠》一齣，句云『糠和米本一處飛』，雙燭花交爲一。蓋文字之祥，雖小技有如此者。

高則誠，名明，元末永嘉人，避世鄞之櫟社，以詞曲自娱。《青溪暇筆》謂則誠因陸放翁有『死後是非誰管得，滿村聽唱蔡中郎』之句，遂編《琵琶記》，用雪伯喈之耻。放翁，宋人，當時已有蔡中郎之説，則則誠以前必另有所謂《琵琶記》者，亦必假名蔡邕，特未知所傳何事，中又作何語耳。或云亦永嘉人王魁所著，當在宣和之後，南渡之際。葉子奇《草木子》云：『戲文始於王魁。』《莊嶽委談》云『今王魁本不傳，而傳《琵琶記》』，則高則誠之前，明明復有王魁之作矣。

則誠同時有王四者，亦能詞曲，相與友善，則誠勸之仕，登第後即棄其妻，而贅於太師百花家。則誠悔之，因借此記以諷。名『琵琶』者，取其四王字爲王四。元人呼牛爲不花，故謂之牛太師，而伯喈曾附董卓，乃以之託名也。明太祖微時，嘗賞此戲，及登極，乃捕王四置之極刑。使徵辟則誠，不就。既卒，有以《琵琶記》全本進呈者，太祖覽畢嘆曰：『《五經》、《四書》在民間如五穀不可缺，此記如珍羞百味，富貴家其可無耶？』其見推許如此。殷斗南謂《琵琶記》可爲閨閣中之教科書，感人深處，直可下淚。紅牙低唱，以之陶鎔德性，其功用當勝讀《烈女傳》也，正與此意相同。

唐人小説云：牛相國僧孺之子繁，與蔡生文字交，尋同舉進士，才蔡生，欲以女弟適之。蔡已有妻趙矣，力辭不得。後牛氏與趙處，能卑順自將。蔡官至節度副使。此節與《琵琶記》中所述人物姓氏無一不同。又《太平廣記》引《玉泉子》云：鄧敞初以孤寒不第，牛僧孺子蔚謂之曰：『吾有女弟，子能婚，當相爲展力，寧一第耶？』時敞已婿李氏，顧私利其言，許之。既登第，就牛氏婚。不日，挈牛氏歸。李撫膺大哭，牛知其買己也，請見曰：『吾父爲宰相，豈無一嫁處耶？其不幸豈惟夫人？今願一與共之。』李感其言，卒同處終身。兩書所記不同，顧其情節，不甚相遠，殆即則誠之所本也。

其不直舉其人，必託之蔡中郎者，或以放翁之詩，且故謬其詞令，人知爲刺王四耳。按蔡邕父名棱，字伯直，母袁氏，曜卿姑也。而《琵琶記》則作蔡從簡秦氏，是則誠故爲狡獪也。

《一捧雪》傳奇，蓋蘇州事，有能言其本末者。其中之莫懷古，乃隱名，若謂莫好古玩之意。《野獲編》謂嚴分宜勢熾時，以諸珍寶盈溢，遂及書畫骨董。時鄢懋卿以總鹺使江淮，胡宗憲、趙文華以督兵使吴越，各承奉意旨，搜取古玩，不遺餘力。傳聞有《清明上河圖》手卷，宋張擇端畫，在故相王文恪家，難以阿堵動，乃託蘇州湯臣者往圖之。湯以善裝潢知名，客嚴門下，亦與婁江王思賢中丞往還，乃説王購之。王時鎮薊門，即命湯以善價購之。既不可得，遂屬蘇人黄彪摹一本應命。黄亦畫家高手也，嚴氏既得此卷，珍爲異寶，用以爲諸畫壓卷，置酒會諸貴人賞之。有妬中丞者，直發其爲贋本。嚴世蕃大慚怒，頓恨中丞，謂有意紿之。禍本自此成。又《廣彙》云：嚴世蕃嘗索古畫於王忬，云值千金。忬有臨幅絶類真者以獻。乃有精於辨畫者，往來忬家，有所求，世貞斥之。其人知忬所獻畫非真跡也，以語世蕃。會大同有虜警，巡按方恪劾忬失機，世蕃遂告嵩，票本論死。又《二申野録》注云：世蕃受刑，弇州兄弟贖得其一體，熟而薦之父靈，大慟，兩人對食，畢而後已。詩畫貽禍，一至於此！況又有小人交搆其間，釀成尤烈也。

《三國演義》言王允獻貂蟬於董卓，作連環計。正史實無貂蟬其人。惟《開元占經》卷三十三熒惑犯須女占《注》云：『《漢書通志》：曹操未得志，先誘董卓，進刁蟬，以惑其君。』大約貂蟬即刁蟬之誤，又以曹操爲王允耳。《董卓傳》云『卓嘗使布守中閤，布與卓侍婢私通』云云。李長吉作《吕將軍歌》亦曰『榼榼銀龜摇白馬，傅粉女郎火旗下』，似即指刁蟬事，而演義者從而演也。

周倉爲關公裨將，擒龐德，死麥城，亦不見諸正史。《山西通志》云：『周將軍倉，平陸人，初爲張寶將，後遇關公於卧牛山，遂相從。樊城之役，生擒龐德，後守麥城死。』《順德府志》亦謂『與參軍王甫同死麥城』。里居事跡，卓然可紀，則《三國演義》所述，未可盡謂爲憑臆造也。

《演義》寫關公單刀赴會，初疑不近人情，繼讀《三國志·魯肅傳》有曰：『肅邀與羽相見，各駐兵馬百步上，但諸將軍單刀赴會。肅因責數羽……云云，語未竟，坐有一人曰：「夫土地者，惟德所在耳，何常之有？」肅厲聲呵之，詞色甚切。羽操刀起謂曰：「此自國家事，是人何知？」目之使去。』正史不言其人誰何，演義遂派之爲周倉，亦頗近理。至劇出所演之《單刀會》所摹關公風度神味，恰與正史逼肖，亦奇事也。

《關西故事》載：『蒲州解梁關公，本不姓關，少時力最猛，不可檢束，父母怒而閉之後園空室。一夕，啓窗越出，聞墻東有子啼女哭甚悲，有老人相向而泣，怪而排墻往詢之。老者訴云：「我女已受聘，而本縣舅爺聞女有色，欲娶爲妾，我訴之尹，反受叱罵，以此相泣。」公聞大怒，仗劍徑往縣署，殺尹并其舅而逃。至潼關，聞關門圖形捕之甚急，伏於水旁，掬水洗面，自照其形，顔色變蒼赤，不復認識，挺身至關，關主詰問，隨口指「關」爲姓，後遂不易。東行至涿州，張翼德在州賣肉，其賣止於午，午後即將所存肉下懸井中，舉五百斤大石掩其上，曰：「能舉此石者，與之肉。」公適至，舉石輕如彈丸，攜肉而行。張追及，與之角，力相敵，莫能解。劉玄德賣草履亦至，從而御止。三人共談，意氣相投，遂結桃園之誼』云云。語多荒誕，殆齊東野人之言，特其情節離奇，絶好小説材料，不識《演義》者何以不録用？其意想彼時，或未見其書歟？抑以其太不雅馴而棄之也？

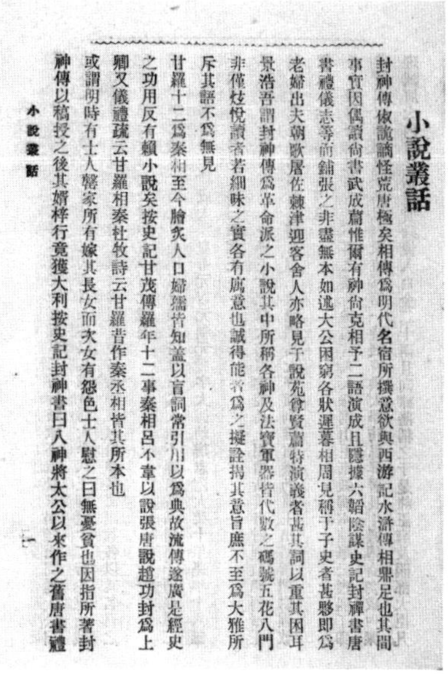
小說叢話

封神傳俶詭譎怪荒唐極矣相傳爲明代名宿所撰意欲與西游記水滸傳相鼎足也其間事實因僞讀尚書武成篇惟爾有神尚克相予二語演成且隱據六韜陰謀史記封禪書唐書禮儀志等而鋪張之非盡無本如述大公困窮各狀遲暮相周見稱于子史者甚夥即爲老婦出夫朝歌屠佐棘津迎客舍人亦略見于說苑尊賢篇特演義者甚其詞以重其困耳

景浩吾謂封神傳爲革命派之小說其中所稱各神及法寶軍器皆代數之碼號五花八門非僅炫悅讀者若細味之實各有寓意也誠得能者爲之擬詮揭其意旨庶不至爲大雅所斥其語不爲無見

甘羅十二爲秦相至今膾炙人口婦孺皆知蓋以盲詞常引用以爲典故流傳遂廣是經史之功用反有賴小說矣按史記甘茂傳羅年十二事秦相呂不韋以說張唐說趙功封爲上卿又儀禮疏云甘羅相秦杜牧詩云甘羅昔作秦丞相皆其所本也

或謂明時有士人饕家所有嫁其長女而次女有怨色士人慰之曰無憂貧也因指所著封神傳以稿授之後其婿梓行竟獲大利按史記封神書曰八神將太公以來作之舊唐書禮

小說叢話

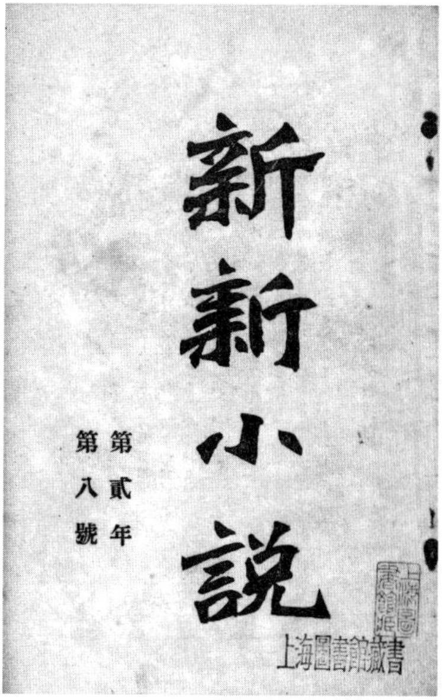

讀小説《曇花夢》

媧石女氏　撰

本文載於光緒三十二年丙午十二月十二日（一九〇六年一月二十五日）《漢幟》第二期『附録』欄。《漢幟》係當時革命派陳家鼎、寧調元、楊守仁、傅熊湘等在一九〇七年上海創辦的雜志，係由《洞庭波》易名改組而來。《曇花夢》由俄羅斯薩那斯苛夫著，商務印書館編譯，於一九〇五年出版。初標爲『社會小説』，後再版時標爲『義俠小説』，叙俄國警察總局之女投身於虚無黨反專制暴政的活動，贊揚了女子的政治才能與獻身精神。本文作者署名『媧石女氏』，即燕斌，女，山西或河南人，筆名用煉石、煉石女士、媧魂等。清末留學日本，在《漢幟》、《夏聲》、《廣益叢報》等報刊上發表文章。一九〇七年在東京倡辦與主編《中國新女界》月刊六期，并自撰文章，鼓吹革命與女權等。本文對《曇花夢》中的英雄人物及會黨組織贊頌不已，認爲他們『其學之邃，其德之高，其才之敏，其志之堅，聖賢豪傑，若彼黨者，可謂兼之矣』。就一些英雄個人而言，他們能『蹈水火而不辭，冒鋒刃而莫顧，千磨百折，瀕九死而不悔，唯達其正鵠之是求』，特别是一些女英雄，能『燭知其國政之腐敗，國民之危險。乃毅然犧牲一切庸福，排百障歷千艱，於修業之餘，組織一秘密機關，可謂獨立特行』，更爲評者所欽佩。而對照我國之女性，其猶如『鹿豕』的『命婦貴女』姑且不論，即使是『投身學界，位尊名重之女學生，功課分數而外，能計其民族國家者，其有幾人？』就組織而言，他們是『完善秘密』，收録的黨員都經嚴格考核，能終身嚴守紀律，而對照中國觸目皆是的會黨『大都厚私薄公，旋合旋散』，『其中人員又良莠不齊，薰蕕渾濁，甚至有卑無人格』。因此，她深切地希望革命黨人當以這部小説爲借鑒，『痛誡而深省者也』。

吾讀《曇花夢》，不禁神焉往，心焉醉，色焉喜，膽焉壯，觀其中人物如風蓮，如摩尼孔真，如巴枯寧，其學之邃，其德之高，其才之敏，其志之堅，聖賢豪傑，若彼黨者，可謂兼之矣。苟非真具公情熱血者，奚由步其後塵，且當其苦心孤詣，忍慈割愛，蹈水火而不辭，冒鋒刃而莫顧，千磨百折，瀕九死而不悔，唯達其正鵠之是求。噫！是殆知將來有國民之幸福而不知有現在個人之苦樂者，推此志也，雖與日月争輝可也。嗚呼！是真高尚純潔之民黨歟？吾國近來會黨觸目皆是，大都厚私薄公，旋合旋散，求之人物若彼輩，團體若彼黨，渺不可得。嗟！我漢族抑可耻矣。

偉歟奇哉！彼絶代之二蓮姊妹也。出身貴族，綺羅珍饈，其衣食也。民賊魔鬼，其親父也。而能以如炬之眼光，燭知其國政之腐敗，國民之危險。乃毅然犧牲一切庸福，排百障，歷千艱，於修業之餘，組織一秘密機關，可謂獨立特行，出淤泥而不染者矣。凡所爲者較人之所難者爲尤，又豈可與彼窮民死士同日而語哉？我國之命婦貴女，何止千萬，有能如彼二蓮者耶？雖然，命婦貴女固愧，然其如鹿豕也，吾何責爲？即今已投身學界，位尊名重之女學生，功課分數而外，能計其民族國家者，其有幾人？嗚呼！女學生如是，吾爲女界悲。

然而彼二子者，吾亦崇拜風蓮，蓋以其機敏决絶之能力，之手腕，乃姊莫及。當其不遠萬里而趨巴枯寧也，其志堅，其氣勇，其意摯，百折不回，壯夫不若矣。然非道高學博如巴氏者，奚足當耶？及巴氏誠以持志養氣，而所以修煉之法門一一指導之，固不負其崇信之熱誠也。風蓮既受教巴氏，乃憬然走法蘭西，肄業某學校，潛心形氣諸學，孜孜不倦也。嗟乎！風蓮以妙年盛氣之時代，能屏除一切以力求踐履，蓋欲儲精養鋭，以俟他日功成圓滿而一發其藴蓄，以達生平目的。設天假之年，其成就之偉，固可想見。嗚呼！風蓮死矣，然其鋭志宏願不足以風世乎？吾書至此，吾神往露西亞之女界矣。每觀我國青年志士，慨然以救國自任，欲憑此一腔熱血，洗夷狄之腥膻，購同種之幸福，然屢經挫折而不成，豪情盛氣亦消滅以漸，其故何哉？蓋不知修養之皐也。夫天下事，成就之大小，必與其所預備之時期爲正比例，苟毫無潛養預備之功夫，而大事即唾手可得，則世界之奇勳偉業，尚有價值乎哉？我國青年觀風蓮，其愧感若何？又觀彼黨之組織也，完善秘密，雖日處於民賊肆威之漩渦中，而安若磐石焉。其收録一黨員也，察視周詳，而後使發重誓，中以嚴律，必使終身持之，其授人以宗旨也，以言語不以筆墨，其章程，以實踐不以繁文，故一舉一動，期於影響全國，曾不輕發也。且當其機關遍布國内，有若人身之神經焉，無微不至，爾乃杳無蹤迹之可尋。是以每謀一事，苟當未萌，雖神出鬼没，如彼歐之偵探家，亦莫能窺測其一二也。嘻！其組織神妙爲何如哉？嘗聞我國之所謂會黨者，其組織既漫無紀律，其機關亦實乏基礎，且其中人員又良莠不齊，薰蕕渾濁，甚至有卑無人格，動輒氣質用事，虛憍狂妄，喜逞空談，固每當一舉手一投足，而鶴唳風聲已騰於報掌朝野矣。事未舉而血獄四起，志未竟而同胞慘傷，此苦志孤誠之士所宜痛誡而深省者也。吾民黨勉乎哉！

寧調元

説小説

新　盦等　撰

載於一九〇六年《月月小説》第一卷第三號及第五至第八號。此篇也由多人分别撰寫而成。其中吴趼人的《雜説》篇頗具份量。它既反對『動輒喜訾議古人』的民族虛無主義態度，也否定了『動輒索引古人之理想，以闌入今日之理想』的古人現代化的傾向，論《水滸》爲『一部貪官污吏之别裁』，《鏡花緣》爲理想小説、科學小説，都有一定見地。《恨海》一則，可謂作家創作的自白，也有一定參考價值。其他諸人之作，多係批評當時的新作和翻譯，如新盦（周桂笙）之評《恨海》、《胡寶玉》，報癖（陶佑曾，字蘭蓀，號薌林，别署報癖，又稱崇冷訪盧主，湖南安化人，曾在《揚子江小説報》、《月月小説》、《小説林》等雜志上發表小説，論文有《論小說之勢力及其影響》、《論中國之傳奇》等）論《新石頭記》、《恨海》、《佛羅紗》、《海底漫遊記》等，都有替朋友捧場而誇大其詞之嫌，但間或也有可採之言。

恨海

新盦

予友南海吴君研人，性好滑稽，雅善詞令，議論風生，滔滔不倦，每一發聲，輒驚四座，往往以片辭隻義，令人忍俊不禁，蓋今之東方曼倩也。尤善文章，下筆千言，不假思索。君與予爲莫逆交，倏忽將十年矣，予非敢阿其所好也，蓋從未見君作文嘗先用一紙草稿云。君性喜小説，於古今人所著譯之篇，殆無所不讀，而尤喜自作小説，與予有同嗜焉。君所著小説，無體不備，紙貴一時，海内君子莫不知之，予亦不必贅陳矣。邇日廣智書局復出版一新書——寫情小説，題曰《恨海》，亦吴君所撰也。書分十回，都四萬言，洋洋灑灑，淋漓盡致，情文兼至，藴藉風流，筆墨之妙，無以復加。惟書中情節，哀艷非常，予嘗盡半夜之力，循誦再過，而於心有戚戚焉。蓋寫情小説，大抵總不出『悲歡離合』四字，今是篇所述，爲庚子拳亂中遷徙逃亡，散失遭難之事，蕩析流離，瘡痍滿目，所以有悲無歡，有離無合。用情之深，所以足多者在此；寫情之難，所以足多者亦在此。蓋歡場之情，不特易用易見，而寫之亦殊易，然如是等情，總不免近於輕薄淫邪，故寫情小説，人每目之爲誨淫之書者，良有以也。是書獨出心裁，不落窠臼，一往情深，皆於亂離中得之。夫亂離之情，不特難有少見，而寫之亦綦難。故其爲情也，如松風明月，如清泉白玉，皎潔清華，温和朗潤，誠爲天地男女之至情哉！夫以寫情之作，而以《恨海》名之，則其所解於此情字者可以見矣。故自有寫情小説以來，令予讀之，匪特不能欣欣以喜，轉爲悁悁以悲者，此其第一本矣。雖然，予之所以讀此篇而感不絶於予心者，豈傷心人别有懷抱耶？毋亦悲吾中國風俗之不良耳。綜觀此事始末，皆早婚不良之結果而已。仕宦温厚之家，每喜爲弱小女子早訂婚媾之約，而卒乃演此悲慘之劇，不其傎歟！予願善讀書者，其各以早婚爲戒，而毋再蹈此覆轍焉。然則此文也，豈得僅以寫情小説目之哉！

新盦諧譯

紫　英

泰西事事物物，各有本名，分門别類，不苟假借。即以小説而論，各種體裁，各有别名，不得僅以形容字别之也。譬如短篇小説，吾國第於小説之上增『短篇』二字以形容之，而西人則各類皆有專名，如 romance、novelette、story、tale、fable 等皆是也。吾友上海周子桂笙所譯之《新盦諧譯》第二卷中，則皆能兼而有之。其第一卷中之《一千零一夜》即《亞拉伯夜談録》也，原名爲『Arabian Nights Entertainment』。此書在西國之價值，猶之吾國人之於《三國》、《水滸》，故男女老少無不讀之，宜吾國人翻譯者之多也。先是吾友劉志沂通守接辦上海采風報館，聘南海吴趼人先生總司筆政。至庚子春夏間，創議附送譯本小説，劉君乃訪得此本，請於周子，周子慨然以義務自任。蓋彼此皆至交密友，時相過從，且報中亦恒有周子譯著之稿也。當時風氣遠不如今，各種小説亦未盛行。周子雖公餘之暇時有譯述，而書賈無過問者，故慨然允爲劉君迻譯此篇。惜乎是年炎威肆虐，酷暑逼人，周子乃延涼於姑蘇臺畔，譯事遽廢。自是以後，公私爟集，不遑兼顧，遂未卒業，然續譯之志，未嘗少怠也。亡何，上海《大陸報》小説欄中亦譯登此書矣。周子見之，喜曰：『吾未竟之志，今可如願以償矣。』然未盡數十頁，亦即中輟。又越數載，商務印書館之《天方夜話》既出版，而全書乃始告成焉。此外如連孟青所主之《飛報》中，亦嘗略譯一二，不過片鱗殘爪而已。是此書開譯之早，允推周子爲先，而綜觀諸作，譯筆之佳，亦推周子爲首，彰彰不可掩也。蒼古沉鬱，令人百讀不厭，不特爲當時譯著中所罕有，即今日譯述如林，亦鮮有能勝之者。至第二卷中所載諸篇，大抵爲《寓言報》而譯者。當時《寓言報》爲吴門悦庵主人沈君習之之業，筆政亦吴君趼人所主也。會壬寅春，吴君應《漢口日報》之聘，客居無俚，乃取此書詳加編次，且爲文以序之，旋付上海清華書局，遂得公之於世云。

新盦

胡寶玉

《胡寶玉》，一名《三十年上海北里之怪歷史》，此書於丙午初冬出版，頗風行一時，大有洛陽紙貴之概，作者不知何許人，亦不詳其姓氏，第自署爲「老上海」而已，要亦一有心人也。胡寶玉爲中國近代唯一之名校書，香名鼎鼎，負盛譽者四十餘年。南北諸名妓中，非無翹然特出、色藝雙絶者，然對於寶玉，皆自嘆弗如焉。蓋寶玉不獨以色勝藝勝，而其才實足以横絶一時云。此書之作，即所以傳寶玉者也，故名之曰《胡寶玉》，仿《李鴻章》之例，其體裁亦取法於泰西新史。全書節目頗繁，叙述綦詳，蓋不僅爲胡寶玉作行狀而已，凡數十年來上海一切可驚可怪之事，靡不收採其中，旁徵博引，具有本原，故雖謂之爲《上海之社會史》可也。文筆亦極雄健簡煉，一字不苟，而且條理井然，前後一致，到底不懈，誠近今游戲文章中不可多得之大手筆也。大抵小説一道，言之無文，則事跡雖奇，一覽之後，無復餘藴矣；文筆佳勝者，則自能耐人尋味，百讀不厭。雖然，余反復閲之，而不覺重有感焉。蓋中國自古至今，正史所載，但及國家大事而已，故説者以爲不啻一姓之家譜，非過言也。至於社會中一切民情風土，與夫日行纖細之事，惟於稗官小説中可以略見一斑，故余謂此書可當上海之社會史者此也。惟是吾國自與東西各邦通商以還，上海一埠首當要衝，駸駸乎爲全國繁盛之冠，而近人且擬之爲中國文明之中心點焉。顧如此重要之地，而數十年來，其間達官貴人、富商巨賈之所作所爲，可以昭示來兹者，乃不過如是如是。嗚呼！往者已矣，來日方長，吾願居是邦者毋再醉生夢死，使後之視今，猶今之視昔也。

雪中梅

縵　卿

是書爲日本廣末鋏腸所著，譯者江西熊夢九君也。譯筆雅馴，流利條鬯。篇中所述，爲明治初年改革時代故事，寫幾多英雄兒女致身國事，奕奕如生。其國野基於少年英雄樓演説『社會如行旅』一段，議論縱横，滔滔汩汩，誠足鼓動人之政治思想，吾預備立憲國民，尤堪借鑒。至於國野基與春兒，自幼訂婚，未經謀面，既而數遇，兩各傾心，乃有人從而覬覦，設計讒間。詎知兹因非偶，徒用心機；誰謂好事多磨，竟成眷屬。余嘗題七絶二章於其後云：『扶桑島國逞雄妍，立憲徒强詎偶然？我國只今龍見首，何如明治卅年前？』、『相逢夫婿不相識，但識斯人抱負奇。海内英才誰個是？丈夫國野女春兒。』

西遊記

阿閣老人

《西遊》者，中國舊小説界中之哲理小説也。細觀其自借煉石化身起點，以至遠逝異國，學道而歸，恢復昔時一切權利，吾人苟能利用其前半段之所爲，即可得今日出洋求學之效果，以精器械，以致富强，保種在是，保教亦在是。古人謂妙訣即在書中，吾於《西遊》亦云。

又　微庵

《西遊演義》一書，吾國舊時學者以及普通婦孺咸愛讀之。惟原本未列撰者姓氏，毛奇齡據《輟耕録》，以爲元代邱長春所著，世多信之。錢辛楣曾正其謬，定爲明人之作。按是書本爲明吴承恩所撰。吴字汝忠，山陽人，嘉靖中歲貢生，官長興縣丞，見丁儉卿《石亭紀事》。

恨史　文癖

余友陶子報癖，湘中大文豪也。著述等身，尤擅短篇小説。一日往謁，值握管疾書，遂趨而窺之，則知書小楷也；捧而閲之，則知著《恨史》也。又逐次讀之，則知《恨史》之原因。秋瑛有約，唐生無緣，有約忽爽，抱節以終，無緣空愛，亦是負心，此秋瑛之恨，而唐生之史也。恨而有史，史之幸也；史而曰恨，恨之不幸也。史幸而有恨，恨不幸而有史，此《恨史》之所以著，此《恨史》之所以傳。且恨之爲物，一缺月也，一奇數也，雖人力莫能陶其圓，齊其偶者也。缺不圓，烏乎不恨！奇不偶，烏乎不恨！男女不遂，固屬可恨，然亦私情，在彼謂之私，在此則不然，故表而傳之，以見天地之至情莫如男女，男女之不遂莫如私情。故遂則生，否則死，生者不可恨，死者長已矣，私情之關係大矣哉！余本恨人，其恨有三：一恨天下大事不可爲，二恨文字不遇知己，三恨從來淪落不偶的佳人。是知湯卿謀之三哭，與余之三恨，又何異焉！今讀報癖是書，而余之恨殆永無澌滅之時期也。噫！

新石頭記

報　癖

自曹雪芹《石頭記》出現後，大受社會之歡迎，紙貴洛陽，名馳東島。而吾國一般操觚之士，心焉羡之，不慮貽譏，亦覥然續貂而學步，後先迭出，名目漸繁（如《風月夢》、《紅樓再夢》、《紅樓重夢》、《紅樓綺夢》、《紅樓圓夢》、《續紅樓夢》、《後紅樓夢》、《疑紅樓夢》、《疑疑紅樓夢》之類），試調查其内容，非紀瀟湘館主之返魂，即稱怡紅公子之還俗。況言詞錯雜，事跡荒唐，陳陳相因，毫無特色，較之曹著，不啻天淵，似俚似文，殊乖體例。有如此之好材料，而運用不得其當，良可惜已！前乙巳，《鳩江日報》亦刊有《大紅樓題解》一種，然原書未獲一覩，僅於題解中求之，究不審其結構之若何。要之，以上諸作，其失曹本之真相，固無庸解決者也。南海吴趼人先生，近世小説界之泰斗也，靈心獨具，異想天開，撰成《新石頭記》，刊諸滬上《南方報》。其目的之正大，文筆之離奇，眼光之深宏，理想之高尚，殆絶無而僅有。全書凡四十回，以寶玉、焙茗、薛蟠三人爲主腦，未涉及一薄命兒。且先生亦現身説法，爲是書之主人翁（書中之老少年，先生之化身也）。而其所發明之新理，千奇百怪，花樣翻新，大都與實際有密切之關係，循天演之公例，愈研愈進，愈闡愈精，爲極文明極進化之二十世紀所未有。其描模社會之狀態，則假設名詞以隱刺中國之缺點，冷嘲熱駡，酣暢淋漓。試取曹本以比較之，而是作自占優勝之位置。蓋舊《石頭》艷麗，新《石頭》莊嚴；舊《石頭》安逸，新《石頭》勤勞；舊《石頭》點染私情，新《石頭》昌明公理；舊《石頭》寫腐敗之現象，新《石頭》揚文明之暗潮；舊《石頭》爲言情小説，亦家庭小説，新《石頭》係科學小説，亦教育小説；舊《石頭》兒女情長，新《石頭》英雄任重；舊《石頭》銷磨志氣，新《石頭》鼓舞精神；舊《石頭》令閲者癡，新《石頭》令閲者智；舊《石頭》令閲者入夢魔，新《石頭》令閲者饒希望；舊《石頭》使閲者淚承睫，新《石頭》使閲者喜上眉；舊《石頭》浪子歡迎，新《石頭》國民崇拜；舊《石頭》如曇花也，故富貴繁華，一現即杳，新《石頭》如泰嶽也，故經營作用，亘古長存。就種種比例以觀，而二者之性質、之體裁、之損益既已劃若鴻溝，大相徑庭，具見趼公之煞費苦思，大張炬眼，個中真趣，閲者其亦能領悟否乎？

恨海

報　癖

情者，地球中一不可思議之原質也，人非木石，疇能出其勢力之圈？僕亦多情，曾編《恨史》，今讀趼公《恨海》，益有感焉。

吾讀《恨海》覺其纏綿悱惻，咄咄逼人，而萬種之感情，爰薈萃一時，轆轤五内。始而目炯炯注，繼而心怦怦動，終而淚潸潸墮。時而廢書長嘆，時而拍案狂呼。瞬息變遷，有不期然而然者。

吾讀《恨海》，不覺絞腦回腸，悲棣華之薄命；不覺神怡色喜，欣仲藹之多情；不覺疾首蹙額，忿伯和之負心；不覺怒髮衝冠，駡娟娟之無耻。

吾讀《恨海》，益信夫戟地矛天，殊多缺憾。當三造之聯居燕土，四小之聚首芸窗，方期莽莽前途，慰情有日。竊祝盟諧秦、晉，弟弟兄兄；好結朱、陳，夫夫婦婦。行行雁鷺，兩兩鴛鴦。鳥比鶼鶼，魚稱鰈鰈。豈非絶代之鍾期，一時之佳話哉！奈何世態靡常，韶光易老，千枝萬葉，秒忽華嚴，而逆境之飛來，誠有出人方寸懸揣之外者。故一則自甘墮落，一則素藉陶鎔；一則祝髮空門，一則投身樂籍。夢魂顛倒，狀態迷離，造化小兒，弄人太甚！於以知伯和之捐塵，實爲棣華大解脱之起點；娟娟之獻媚，又爲仲藹大醒悟之終期。

噫嘻！於血肉横飛，存亡呼吸之秋，能上奉垂暮之慈親，下護未來之夫婿，奔馳南北，等生命於鴻毛，則捨棣華外，誠未聞以一婀娜之令娘，而具有如此之大愛力、大膽力者。乃紅羊之浩劫甫過，白首之良緣虚訂，運胡此蹇，夫也不良！既徵逐於青樓，復銷磨於黑籍。遂令有用之精神，天然之豐采，漸次凋傷，而棣華竟擯絶嫌疑，殷殷看護，引躬自咎，舊愛難忘，迨二豎深侵，而慨慨一息之陳郎頓成永訣：缺幾重離恨之天，媧皇莫補；灑一掬珠璣之淚，破鏡難圓。軀殼孤存，靈魂無主，三千煩惱，一剪了之。從兹禪悟曇花，經翻貝葉，既全大節，更表真情。而不意前此之目爲獃笨者，至是始克見其真相也。

嗟嗟！才子佳人，率難償願，三生石上，野草茸茸，小妮子身世如斯，醜業婦本來安在！　昏昏月老，錯繫紅絲； 默默天公，不憐金粉。吾讀而思，吾思而夢。吾何夢？ 夢恨海銀潮，汪洋澎湃，時作嗚咽之聲，舉脂黛釵鈿，盡捲入其活潑之盤渦裏。

佛羅紗

陳壽彭筆譯　夏元鼎潤詞

佛羅紗者，乃嶷崖泊島中一女主之名也。嶷崖泊島崛起於地中海，長廣四十餘里，爲土耳其南之屬境。其地膏腴天賦，百穀蕃衍，樹木蓊翳，風景絶佳，四時晴雨，皆成美觀。惟是此島自古以來，閉關自守，不與人通，故島民知識鄙陋，性情拘執，一切舉動，近乎野蠻，幾難理喻，而對於島王則極尊敬服從，有古專制之遺風焉。其先島主相傳之號，曰史帝芬拿破勒思，撫有全島，萬民貼服。島主衣租食税之外，僅歲納英金百磅爲土政府壽，餘俱獨享，故甚富饒； 然至島主而中落矣。亡何，島主春秋既高，政事不免於惰廢，而其子復放蕩不羈，無能約束，日與從兄康思堆太呧漫游倫敦、巴黎間，荒淫無度，揮霍甚豪。尤好博，千金一擲不稍吝，以致逋負累累，無以爲償，旋即早世。於是索逋者乃群集於島主一人。島主羅掘既空，無復爲計，不得已謀貸其島，土政府允焉。先是有英人揮脱來者，新襲遺産，謀購别業，喜島地静僻，願以鉅金相易，遂輾轉入島，而島中人不能從也。交哄久之，島主逝，女主佛羅紗嗣位，與揮脱頗相愛悦，而女之從兄康思堆太呧唆之，幾至不測。康故有妻，秘不使出，而欲强女與之婚，且奪其位焉。揮出死力以救之，康敗，女主乃適揮云。全書三十有三章，波瀾叠起，奇偶相生，閲之殊有五光十色、目不暇給之概，譯筆亦甚飾，誠近今不可多得之作也。惟條理不甚連貫，倏東倏西，狀極凌亂，亦是一病。此自是著者之過，然亦可見譯書之難矣。

海底漫游記

近年來，吾國小説之進步，亦可謂發達矣。雖然，亦徒有虚聲而已，試一按其實，未有不令人廢然悵悶者。別出心裁自著之書，市上殆難其選。除我佛山人與南亭先生數人外，欲求理想稍新，有博人一粲之價值者，幾如鳳毛麟角，不可多得；即略有意義，位置妥貼者，亦不數數覯也。而新譯小説，則幾幾乎觸處皆是，然欲求美備之作，亦大難事哉。最可恨者，一般無意識之八股家，失館之餘，無以謀生，乃亦作此，無聊之極，思東剿西襲，以作八股之故智，從而施之於小説，不倫不類，令人噴飯。其尤黠者，稔知譯書之價，倍於著述之稿也，於是閉門杜造，面壁虚構，以欺人而自欺焉。雖然，小説之道，本無一定之理，苟能虚造成篇，亦未始非理想小説，惜乎其不能也，其技不過能加入一二口旁之人名而止矣。譯界諸君，亦有漫不加察，而所譯之書，往往與人雷同者。書賈不予調查，貿然印行者，亦往往而有。甚至學堂生徒，不專肄業，而私譯小説者，亦不一而足。嗚呼！吾國之小説至於今日，不其盛歟！然而此等小説，謂將於世道人心，改良風俗，有幾微之益，儔其能信之耶？一昨余於坊間獲見一新小説，封面題曰《海底漫游記》，而書中則又作《投海記》，上加『最新小説』四字，其邊際復書作『新聞小説』，支離至此，可謂極矣。迨細閲其内容，則竟直抄横濱《新小説》中之科學小説《海底旅行》一書。此書本爲紅溪生所譯述，而彼書忽題曰『著作者海外山人』云。噫！異矣，其爲無耻者之剽竊欺人耶？抑爲書賈之改頭换面耶？殊欲索解人而不得也；然二者必居一於此矣。所可笑者，彼書之後，居然亦大書特書四字：『不許翻印。』

迦因小傳兩譯本

一爲蟠溪子譯本

一爲林畏廬譯本

吾向讀《迦因小傳》而深歎迦因之爲人清潔娟好，不染污濁，甘犧牲生命以成人之美，實情界中之天仙也。吾今讀《迦因小傳》而後知迦因之爲人淫賤卑鄙，不知廉耻，棄人生義務而自殉所歡，實情界中之蟊賊也。此非吾思想之矛盾也，以所見譯本之不同故也。蓋自有蟠溪子譯本，而迦因之身價忽登九天；亦自有林畏廬譯本，而迦因之身價忽墜九淵。

何則？情者，欲之媒也；欲者，情之蠹也。知有情而不知有欲者，蟠溪子所譯之迦因是也。知有情而實在乎欲者，林畏廬所譯之迦因是也。他不具論，試問未嫁之女兒遽有私孕，其人爲足重乎、不足重乎？吾恐中西之俗雖不同，殆未有不以爲耻者。蟠溪子不知幾費躊躇，幾費斟酌，始將有妊一節爲迦因隱去，而但寫其深情高義，念念不忘亨利，而勢又不能嫁亨利，因不惜犧牲一身，以玉成亨利。又慮無以斷亨利之念，遂勉與石茂（林譯本作洛克）訂婚，而使亨利得專心以娶章茂（林譯本作愛瑪）。觀其與亨利剖白數語，血淚交迸，字字沈痛，且謂與石茂名爲夫婦，誓不與以一分愛情，此其心爲何如心，此其語爲何如語？是固情界中所獨一無二者也。至於迦因與亨利以前若何互結愛情，皆削而不書，以待讀者意會。其自叙云：『殘缺其上帙，而郵書歐美名都，思補其全，卒不可得。』非真殘缺焉，蓋曲爲迦因諱也。故又云：『迦因之原委，由後度前思過半矣，可勿贅焉。』誠哉，其可勿贅焉！不意有林畏廬者，不知與迦因何仇，凡蟠溪子所百計彌縫而曲爲迦因諱者，必欲歷補之以彰其醜。所叙登塔取雛，此鄉里小兒女戲嬉之事，而即以爲迦因與亨利結情之緣起，甚矣其不正也。至以陌路不相識之人，而與之互相偎抱，雖曰救死則然，亦復成何體統？宜乎來文傑（蟠溪子譯本作李文）痛詆之曰：『此女先慫恿格雷芙（即亨利）登塔，已乃張兩膊以拯其死，見者無不同聲以韙其神勇，而吾則甚恨其人。』（見第九章）夫來文傑何人，迦因之父也，乃不憚盡情痛詆如是。至於卧病其家，非真卧病也，以迦因之有妊卜之，乃日恣淫樂也。觀此而迦因之淫賤爲何如乎？厥後與爵夫人（蟠溪子譯本作林南夫人）客邸傾談，在蟠溪子譯本則何等慷慨，何等決烈，而林本其意雖同，其語則一味辯駁，且一則曰『懷中之兒，且蒙無父之辱』，再則曰『未乳之兒，同付一擲』。念念及於私胎，此豈未嫁女郎對情人之母之口吻乎？而迦因竟無耻若是！試取兩書互勘之，迦因之身價，孰高孰低，孰優孰劣？嗚呼！迦因何幸而得蟠溪子爲之諱其短而顯其長，而使讀《迦因小傳》者咸神往於迦因也？迦因何不幸而復得林畏廬爲之暴其行而貢其醜，而使讀《迦因小傳》者，咸輕薄夫迦因也？世不少明眼人，當不河漢斯言。

且不特迦因之身價忽高忽低有如是也，即就亨利論之，從蟠溪子譯本以觀，儼然一昂藏自立之男子也。而就林本觀之，其始也，途遇彼美，冒險登塔，自忘生命，其對母爵夫人云：『吾戀其美，實欲媚之，故不憚險。』夫亨利何人？蓋勳爵之裔也，乃一遇彼美，遽喪其品，至於卧病其家，日恣淫樂，與禽獸何異？且天性之親，人孰無之，即甚忤逆，未有覩其父臨死而猶嘵嘵置辯者。乃老勳爵臨終，至再至三，殷殷以迎娶愛瑪爲囑，而亨利竟溺於情人，不顧父命，肆口强辯，此尚得爲人子乎？是皆蟠溪子所删而不叙者也。第渾言之曰：『由後度前，思過半矣，可勿贅焉。』不解林氏何心，而必欲一一贅之。

且傳之云者何謂乎？傳其品焉，傳其德焉，而使後人景仰而取法者也。雖史家賢奸并列，而非所論於小説家言。今蟠溪子所謂《迦因小傳》者，傳其品也，故於一切有累於品者皆删而不書。而林氏之所謂《迦因小傳》者，傳其淫也，傳其賤也，傳其無耻也，迦因有知，又曷貴有此傳哉！甚矣，譯書之難也，於小説且然。蟠溪子自叙有云：『念今日需譯之急，而乃虚牝光陰，消縻於小説家言，不幾令有識者齒冷乎？』自視何等歆然。而林氏則自詡譯本之富，儼然以小説家自命，而所譯諸書，半涉於牛鬼蛇神，於社會毫無裨益，而書中往往有『讀吾書者』云云，其口吻抑何矜張乃爾！甚矣，其無謂也！ 或曰：林氏雖得罪迦因，不可謂非蟠溪子之功臣焉。吾輩未見原書，不知原書之何若。凡蟠溪子所苦心孤詣而曲爲迦因諱者，又孰從而知之。得林氏足本，而後蟠溪子譯本之佳處彰焉，而後蟠溪子譯書之苦心見焉，是不可謂非蟠溪子之功臣焉。噫嘻，是亦一說也。

雜說

研

吾人生於今日，當世界交通之會，所見所聞自較前人爲廣。吾每見今人動輒指摘前人爲謭陋者，是未嘗設身處地爲前人一設想耳。風會轉移，與時俱進，後生小子，其見識或較老人爲多，此非後生者之具有特別聰明也，老人不幸未生於此時會也。非獨後生於老人爲然，即一人一身之經歷亦然。十年後之理想、之見識，必較十年前爲不同，此則風會轉移之明徵矣。今之動輒喜訾議古人者，吾未聞其自訾襁褓時之無用，抑又何也？

輕議古人固非是，動輒索引古人之理想，以闌入今日之理想，亦非是也。吾於今人之論小說，每一見之。如《水滸傳》志盜之書也，而今人每每稱其提倡平等主義，吾恐施耐庵當日斷斷不能作此理想，不過彼叙此一百八人聚義梁山泊，恰似一平等社會之現狀耳。吾曾反復讀之，意其爲憤世之作。吾國素無言論自由之說，文字每易賈禍，故憂時憤世之心，不得不託之小說。且託之小說，亦不敢明寫其事也，必委曲譬喻以爲寓言，此古人著書之苦况也。《水滸傳》者，一部貪官污吏傳之別裁也。

梁山泊一百八人，强半爲在官人役，如都頭也，教師也，里正也，書吏也，而一一都歸結於爲盗，則著者之視在官人役之爲何如可知矣。而如是等等之人，之所以都歸結於爲盗者，無非官逼之使然，則著者之視官爲何如亦可知矣。吾雖雅不欲援古人之理想以闌入今日之理想，然持此意以讀《水滸傳》，則謂《水滸傳》爲今日官吏之龜鑒也亦宜。

《鏡花緣》一書，可謂之理想小説，亦可謂之科學小説。其所叙海外各國，皆依據《山海經》，無異爲《山海經》加一注疏，而其諷世理想、科學等，遂借以寓於其中。吾最喜其女兒國王强迫林之洋爲妃，與之纏足一段，其意若曰：『汝等男子，每以女子之小足爲玩具，盍一返躬爲之，而親其痛苦哉？』全書所載各種藝術，又皆分配於各人，尤爲得體，不似《野叟曝言》獨以一文素臣爲通天本事之人，荒誕不經也。

《金瓶梅》、《肉蒲團》，此著名之淫書也，然其實皆懲淫之作，此非獨著者之自負如此，即善讀者亦能知此意，固非余一人之私言也。顧世人每每指爲淫書，官府且從而禁之，亦可見善讀者之難其人矣。推是意也，吾敢謂今之譯本偵探小説，皆誨盗之書。夫偵探小説，明明爲懲盗之書也，顧何以謂之誨盗？夫仁者見之謂之仁，智者見之謂之智，若《金瓶梅》、《肉蒲團》，淫者見之謂之淫，偵探小説則盗者見之謂之盗耳。嗚呼！是豈獨不善讀書而已耶，毋亦道德缺乏之過耶！社會如是，捉筆爲小説者當如何其慎之又慎也！

作小説令人喜易，令人悲難；令人笑易，令人哭難。吾前著《恨海》，僅十日而稿脱，未嘗自審一過，即持以付廣智書局出版。後偶取閲之，至悲慘處，輒自墜淚，亦不解當時何以下筆也。能爲其難，竊用自喜。然其中之言論理想，大都皆陳腐常談，殊無新趣，良用自歉。所幸全書雖是寫情，猶未脱道德範圍，或不致爲大君子所唾棄耳。

（一九〇六年《月月小説》第一卷）

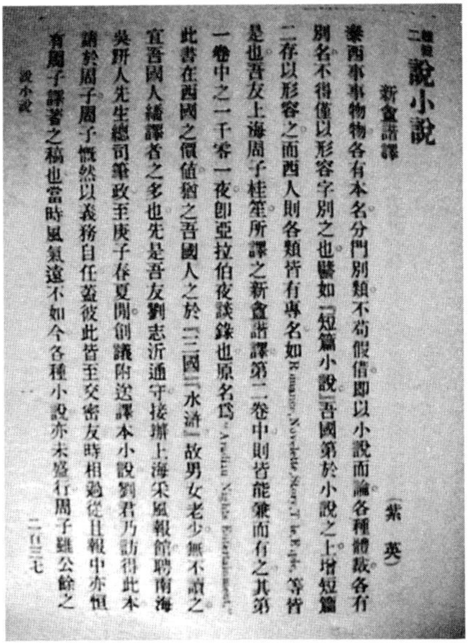

雜錄二 說小說

新盦諧譯

（紫英）

泰西事事物物各有本名分門別類不苟假借卽以小說而論各種體裁各有別名不得僅以形容字別之也譬如「短篇小說」吾國第於小說之上增短篇二字以形容之而西人則各類皆有專名如Romance, Novelette, Story, Tale, Fable等皆是也吾友上海周子桂笙所譯之新盦諧譯第二卷中則皆能兼而有之其第一卷中之一千零一夜卽亞拉伯夜談錄也原名爲"Arabian Nights Entertainments"此書在西國之價值猶之吾國人之於『三國』『水滸』故男女老少無不讀之宜吾國人繙譯者之多也先是吾友劉志沂通守接辦上海采風報館聘南海吳趼人先生總司筆政至庚子春夏間倡議附送譯本小說劉君乃訪得此本請於周子周子慨然以義務自任蓋彼此皆至交密友時相過從且報中亦恒有周子譯著之稿也當時風氣遠不如今各種小說亦未盛行周子雖公餘之

二百三七

說小說

吴趼人

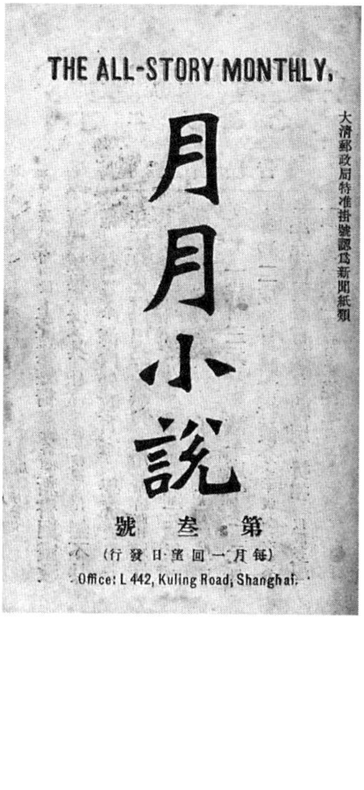
THE ALL-STORY MONTHLY,
大清郵政局特准掛號認爲新聞紙類
月月小說
第叁號
（每月一回望日發行）
Office: L 442, Kuling Road, Shanghai.

小説閒評

寅半生　撰

載於《遊戲世界》第一至第十八期。作者鍾駿文（一八六五—？），字八銘，筆名寅半生，浙江永興人。他仕途失意，於一九〇六年四十二歲時在杭州創刊《遊戲世界》雜志。本篇就近時新出諸書，記其崖略，品其優劣，意在『披沙揀金，畫龍點睛』，爲購小説者作指南，故其體例近似書目提要。作者評論作品之時，欣賞文情曲折、結構謹嚴、筆墨細膩、神情活現之作，見解一般。在思想内容上雖然主張『有益於社會』，但斥《洗耻記》爲『立撕小説』，似非如有人所説他傾向革命。此篇的主要價值在於保存了當時新小説的一些資料。

叙

十年前之世界爲八股世界，近則忽變爲小説世界，蓋昔之肆力於八股者，今則門心角智，無不以小説家自命。於是小説之書日見其多，著小説之人日見其夥，略通虚字者無不握管而著小説。循是以往，小説之書，有不汗牛充棟者幾希。顧小説若是其盛，而求一良小説足與前小説媲美者卒鮮。何則？昔之爲小説者，抱才不遇，無所表見，借小説以自娱，息心静氣，窮十年或數十年之力，以成一巨册，幾經鍛煉，幾經删削，藏之名山，不敢遽出以問世，如《水滸》、《紅樓》等書是已。今則不然，朝脱稿而夕印行，一刹那間即已無人顧問。蓋操觚之始，視爲利藪，苟成一書，售諸書賈，可博數十金，於願已足，雖明知疵累百出，亦無暇修飾，甚有草創數回即印行，此後竟不復續成者，最爲可恨。雖共推文豪之飲冰室主人亦蹈此習（如《新羅馬傳奇》、《新中國未來記》俱未成書），他何論焉。鄙人素好小説，於近時新出諸書，所見已不下百餘種，求其結構謹嚴，可稱完璧者，固非無其書，而拉雜成篇，徒耗目力，閲之生厭者，不知凡幾。甚且有一書而異名者，幾令購者望洋生嘆，無所適從。因決意嗣後凡閲一書，必撮其綱領，紀其崖略，興之所到，或間以己意評隲是非，隨見隨書，不分體類，彙爲一編，顔曰《小説閒評》，以爲購小説者作指南之助，云胡不可。是爲叙。光緒丙午春季寅半生識於鏡秋閣。

題詞

峰石張麟年

佛説微塵中現無量世界，吾於小説家亦云。小説雖小道，然持論平正者，可以移風俗，正人心。貪夫廉，薄夫敦，懦夫有立志，吾於小説家賴焉。然近人小説，可觀者不過什之一二，朝甫脱稿，夕則鬻諸肆，不一年、二年，不一日、二日，覆瓿糊窗，竟無過而問者。鍾君八銘有鑒於此，作《小説閒評》，辨其真贋，品其優劣。八銘曰：『爲世之購小説者作指南之助，胡不可？』爰題詞曰：

披沙揀金，畫龍點睛。注千萬人觀書之目的，爲二十紀著述之典型。然具兹才者誰歟？誰歟？曰鍾其姓，駿文其名。

題詞

陳鉢

最誇小說樣翻新，《小說閒評》更莫倫。一字一珠都可愛，不多著墨已堪珍。
《搜神》、《天寶》前賢記，豆架瓜棚父老談。此是奇新新譯本，何妨鼎足立而三。
我羨先生筆一枝，纖塵不染艷如斯。浣紗溪上澄清水，早洗吟毫絶俗思。
了了數言非草草，董狐直筆一般看。《閒評》莫道尋常事，也要同文驚服嘆。
海國奇聞傳軼事，嘔心難得替《閒評》。撰書人感評書德，感德龍飛壁點睛。

卷一

〔冒險小說〕獅子血　一名支那哥淪波　保定何迥撰　雅大書社印行

書凡十回，初叙查二郎鬥天龍，擒海豹，繼叙二十餘人冒險駛入冰洋，在海龍島度歲。查二郎者，素稱拳力家，由少林出身，復入武當山鍊習，以故南北兩派，獨得其宗。在墨西哥角力，哄動全府。後與李大、嚴八、王七、倪五等五人，被海風刮入德拉村。力搏兩獅，村人奉爲酋長。鄰村鄂薄與薩樸連，均係吃人部落。二郎乃選村人五十人進征，次第歸化，將三處地方，整頓一新，全書從此歸結。

第一回至第五回，寫查二郎不過一粗蠻武夫，毫無趣味。第六回起首叙入德拉村，與前回并不接筍，忽疑另起爐竈。玩書中主人翁，自以查二郎爲主，而查之出身，不過於第五回自述數語。而此回叙加富倫，竟不辭出力描寫，一似細爲作傳者，實則加不過藥中之引耳。筆墨殊嫌太費。

第七回寫查二郎等五人，忽從天而下，遂成後半篇文字。就前而觀查不過一武夫耳，入後整頓三村，頗具經濟，前後幾成兩橛。

〔科學小説〕黑行星　西蒙紐加武著　東海覺我譯述　小説林印行

全書叙一黑行星，與太陽衝突，將太陽外殼衝破，其元質便流散地球，焚燒殆盡。此外别無事實，科學家或有意味可尋，非小説家所能索解也。

〔偵探小説〕手足仇　法國波羅彌寧著　皖南江之泳口譯　江之屏筆受　新小説社印行

是案叙一猶太人，名喀倫達，在美設立船廠二十餘年，家貲千萬。弟喀立特，亦係高等工匠，新發明一種沉水魚雷船。喀倫達願以重價購之，不允。遂僞爲送行也者，賄通水手，乘夜於船中謀殺之，削其面目，使人不復認識，拋屍入水；復恐水手漏言，并殺之以沉諸海。偵探科比威林，以奇巧之心思，敏鋭之手段，嚴密細查，得其證據，率役往捕。喀知事敗，即與同謀二人，藉電力自裁，遺書一通，自述崖略。明年船成，即名曰喀倫達。全書叙偵探，離奇恍惚，不可思議。至自述一通，詳簡合宜，可云佳構。

〔艷情小説〕車中美人　小説林社員譯述

書凡十二章。叙一倫敦富人加格佛之子，名小加，性情磊落，三十未娶，途遇一麗人，眷戀倍至。麗人者，名雪夫人，與一老者罕葛巴偕。罕待之酷，雪不能堪，遂萌死志，適爲加所見，護之歸。是夜，罕被殺，雪亦亡去，判者遂疑雪。且事前雪曾至肆購手槍一，肆主出而作證，愈見雪不堪其虐蓄意謀斃，懸賞緝捕。加心知其冤，遂聘著名偵探白來爾訪緝凶手，既而得之。蓋凶手名來百音革，與罕有殺父之仇，雪夫人之母女，亦爲罕所劫，故與雪之父奇古活幾二人，謀所以報。罕適獨居，遂扼殺之。雪歸，載與俱去。案定，二人皆自裁，雪遂與加合婚。

名爲艷情小説，實則偵探小説耳。前半寫加之眷戀，雪之凄楚，活現紙上。後半索然無味，不及他種偵探書之離奇變幻，令人拍案叫絶者。且雪夫人之購手槍，亦未叙明其故，處處插入加之友曰密特梅，實則毫無助力之處，未知何意。

〔游記小説〕神女緣　荷蘭麥巴士著　嘉定吴竟口譯　秀水洪光筆受　時報館印行

此書乃摘譯麥巴士游記中一篇。敘麥巴士與友凱加特君共游印度，至卡夫多村，遇一神女，引入石窟寺院。該處風俗，每年四月初九、初十、十一三日，大合有情男女，於此結婚。適當其時，遂得見所未見。盤桓二日，神女欲以印度道術相授，麥等不悟其旨，受書一册而返。書中所述，皆佛教上乘之旨云。

〔寫情小説〕阿難小傳　英國笠頓著　支那平公譯　時報館印行

書凡十五回，無回目。書中叙長者森羅納鐸之主人禮斯多有二女，長曰華娜，幼曰伊娜，偶眺晚景，遇凶漢杜蕃兒，避入草溪村烏鍾阿難家。阿難者，博學士也，名重一時，以幽絕之書室，忽睹絕世之嬌姿，焉得不情動？自此遂與華娜兩情眷戀，彼來此往，悱惻纏綿。玩第五回在淑女座各訴心曲，語語沁人心脾，爲自來寫情小説中所未能夢見。禮斯多有姊早没，姊夫不知所之，遺一甥曰善夫禮，依舅氏以居，輒仇視阿難，一日飄然而去。杜蕃兒，阿難舊友也，入盜黨，自是村中多警。阿難助其貲斧，遂遠去。於是阿難與華娜婚有日矣。忽善夫禮率役至，謂阿難係殺父之仇，遂捕去。華娜不捨，伴送至裁判處。書即於此結束。噫！豈阿難果有是行，潛身避捕，而爲是隱居耶？惟婚期已届，倉皇就捕，亦未免太殺風景矣。爲華娜者，其何以堪？

〔偵探小說〕狡童　仁和頑石著　科學會社發行

書凡十章。敘某書館一年幼學童，竊同學海虎絨馬褂及呢袍，互啓猜疑，卒爲偵探查明，群出意外。書中曲布疑陣，且處處插入該童之狡，筆墨簡練，允稱名作。

〔寫情小說〕玉雪留痕　英國哈葛德原著　閩縣林紓、仁和魏易同譯　商務書館印行

書凡二十三章，無回目。敘一英國才女名奧古司德，善著書，曾與大書肆主米仁者訂約，五年之內，不得售稿他處。會女弟紹美病劇，醫生令其移居，費無所出，走商米仁，大爲所辱，妹遂死。米仁有侄曰幼司透司，憫之，與叔力爭。叔憤甚，逐之出，意猶未足，至律師處立囑，身後遺產二百萬鎊，悉付同事愛迭生、露司哥兩家平分，侄分文無所得。奧古司德聞之，感甚，因思僻居窮巷，青眼無人，且欲脫五年之約，憶有從兄客於紐西蘭，擬往依之，附輪而往。米仁適與同舟，誤觸鯨船，舟立碎，全船之人盡沉没。奧與米仁及二舵工，由救生船飄至克爾格冷荒島。米仁病劇，垂死，甚悔所爲，奧力勸重立遺囑，將遺產付侄，苦無筆墨，欲刺血書，并無寸帛，計窮力竭。奧念幼司透司爲己故而失產，今事迫矣，此老一死，無可爲力，慨然請黥背以代血書。翌日，米仁遂死。未幾有船過島，載以歸，乃與幼司透司請一律師雅各訟之。兩家廣延律師至二十三人，卒翻前囑。幼司透司遂與奧古司德合婚。奇事奇情，古今罕見。前半敘米仁之驕踞，令人生怒，敘奧古司德之窮窘，令人生憐，敘幼司透司之

義憤，令人生敬。中間叙米仁之結局，令人生快，叙奥古司德之受黥，令人生愛，末後叙公堂之涉訟，令人生急，叙二人之合婚，令人生羡生妬。山陰金爲鶴笙父曾題《金縷曲》一闋於簡端云：『愛國非吾理，判料事，纏綿歌哭，爲情甘死。便令刳心噴熱血，臠肉一丸而已。况談笑劙皮代紙。却羡春痕留玉雪，剔香瘢取次諧連理。僥倖者，有如此。含瓢瓣瓣成瓜字，渾不似桃花薄命，梅陰結子。知否大千三千界，情種彌天罊地。含悲愛更無佛諦。獃女癡兒皆至性，借丹忱揞拄人間世。法華轉，一彈指。』

〔寫情小説〕電術奇談　一名催眠術　日本菊池幽芳氏原著　東莞方慶周譯述　我佛山人衍義

書凡二十四回。叙英人喜仲達在印度辦礦，得利回國，有貴族女林鳳美背父私隨。喜令其暫寓韶安埠客舍，俟取得允許狀然後結婚。只身赴倫敦，先訪舊友蘇士馬。蘇故業醫，精催眠術，顧貧甚，見喜，款洽備至，欲炫其術，用電過重，誤斃仲達，因投屍於河，捲其所有，潛逃於法。林久候不至，追尋至倫敦，復不遇，託偵探甄敏達訪查，尤杳然。甄以爲喜之有意撇林也，勸林置之。林在客邸久，幾爲歹人所誘，幸機警得脱，無路可歸，遂投河，爲鈍三所救。鈍三者，四股五官，與常人殊，人以其鈍也，故名之，而待林頗熱心。林在鈍家，貲斧漸罄，顧自幼喜音樂，徇技師金龍馬之請，習曲登臺，艶名日著，法人以重價聘之。蘇本在法，一見消魂，思以利誘，出金鐲相贈。鐲故林物，蘇蓋得之於喜者。林見之，大惑，遂電告甄敏達，欲探其實。子身訪蘇，喜物具在，蘇不能辨，大恐，復用其術偕遁。敏達得電後即至法，得其故，遂偕龍馬、鈍三，連夜追襲，至梧州客舍，獲之，案遂破，蘇論抵。初蘇之投仲達於河也，實不死，特受電過重，肢體五官，失其常度。遇救，蠢如木偶。鈍三者，即喜之原身也。後重觸電氣，返其原，使林認之，果喜也。互述前事，驚爲隔世，遂合婚。聞原書僅六回，衍義者剖分二十四。其中寫仲達之達，鳳美之美，敏達之敏，鈍三之鈍，允能名副其實，而情跡離奇，筆墨變化，穿插布置，尤有草蛇灰綫，匣劍帷燈之妙。

第二回，痛駡時醫，窮形盡相，定非原書所有，特譯者借題發揮耳。

第四回，寫鳳美纏綿凄楚，因耳内觸着『亡夫』兩字，想到『我這未婚妻，只怕還不能以此稱喜君』，酸楚之詞，不堪卒讀。

第五回，寫索債一段，調侃不少。

第六回，寫阿卷之勸鳳美，忽爾癡獃，忽爾决絶，絶筆歌墨舞之態。

第七回，寫鳳美在銀行中問信，心中猶如開了千朵蓮花一般，想到如何見面，如何埋怨，如何體諒，一霎那間，偏有如許波折，不知作者如何體會出來。

第九回，寫鳳美對偵探説，不肯節外生枝一段，惟至情人方有此至情語，令人痛哭。

第十三回，寫鳳美在着衣中看破舉動，何等機警，掉换酒杯，何等敏捷，區區輝鳳，豈是敵手？

第十六回，寫鈍三熱心處，令人可感，癩蝦蟆想吃天鵝肉，拿起鏡子一照，不由的灰心起來，寥寥數語，神情活現。

第十七回，寫鳳美厠身梨園，入於下流社會，論者或爲鳳美惜。不知外國大戲曲家亦頗有聲望，不比華人視優伶爲輕賤，蓋不如此，何足以動蘇士馬？讀至二十三回，立志不再登臺，仍不失尊貴身分。可知此番全爲遇士馬張本，况又曾經改名乎？君子之過也，如日月之食焉，過也，人皆見之，及其更也，人皆仰之，於鳳美乎何害？

第十八回，鈍三説，頭腦子痛的好像翻轉來是的，是畫龍點睛法。

〔家庭小説〕小公子　小説林社員譯述

書凡十六回，叙一解意小兒，名錫特黎，本英國特凌考侯爵之裔，幼孤。父哀魯，爲侯爵幼子，母美産，出身微賤，侯以是絶之，居於美。父死，母子二人，零丁孤苦，顧錫甚解事，無異成人。未幾侯長次二子均歿，繼續無人，遣使迎之歸，意謂鄉僻小兒，定然頑劣，不意一見後，天真爛漫，委婉可人。侯雖暴戾性成，亦與俱化，遠近贊賞，争以一見爲榮。後忽來一少婦，自稱曾與侯長子皮弗斯結婚，遺子一，例應襲爵。此婦實係錫友桀克之嫂。底藴畢露，事破遠颺。遂爲祖孫如初。於是迎母入城，一家完聚云。

初讀此書，頗有静氣，其叙錫特黎拯濟窮困，并與霍布士、桀克等往還，純乎一片天真。叙夫人亦落落大方，居然有名貴氣象。至迎錫入侯邸後，曲意承歡，饒有天趣。惜乎喋喋家常，并無變化。至叙錫庚司及奥斯考忒市已爲司空見慣，一望而知。未叙争襲一事，正好大起波瀾，以娱閲者之目，乃竟旋起旋伏，易如反掌，毫無波折，甚爲可惜。

難者曰：『子言喋喋家常，一似有不滿意者然，《紅樓夢》獨非喋喋家常乎？何以萬口同聲，推爲説部領袖？』應之曰：『此《紅樓夢》之所以佳也。不但喋喋家常，即如吃飯一事，《紅樓夢》中屢見不一見，而閲者并不討厭。他人學之，便同嚼蠟，問之我心，我亦不解，即問之普天下讀小説者，恐亦不能自解也。謂予不信，請質高明。』

〔唯一偵探談〕四名案

原文醫士華生筆記　英國愛考難陶列輯述　無錫吴榮鬯、嵇長康同譯　文明書局印行

此《福爾摩斯包探案》也。華生筆記，多至七十餘案。其首先譯出而爲小説家所歡迎者，始於《時務報》，曾經彙印成册，名曰《包探案》。而商務書館《繡像小説》中《續包探案》繼之，然皆集録之體，自成篇段。惟此書奇情壯采，於離奇變幻中，更寓一段美滿姻緣，巧爲作合，實爲探案中生一特色。嵇序有云：『譬諸講圖學者，摹寫一種横槊高歌，看劍引杯之豪情勝概，必間以紅鬢低唱，翠袖提壺情韻以點綴之，倍覺有聲有色。』書凡十二章，叙一英國女子名梅麗莫敦，父由印度歸，忽不見，自後歲歲由郵局寄來明珠一顆，凡六次。又得一匿名信，招之使去。女遂約福爾摩斯與華生同往。至則晤主人名腮杜鏄丢，備言女父實死其家，歷年寄珠之由，出自伊父遺命，尚有珍寶一箱，價值五十萬鎊，在兄盤沙路姆處，亦女應分之物，其他語多不解。乃共至其兄處，兄已於是夜被人刺死，寶箱亦失去。經福嚴密訪探，始知該賊思麻得寶後，已乘汽船遠循，并力窮追及之，僅存空箱，珍寶已

爲思麻抛入海中。據思麻供：『此寶得之非義，四人共之，實以性命相易，後被愢杜父麥喬及女父甲必丹謀攫，飲恨多年，必有以報，不甘爲人所有，故抛諸海。』案既破，華生遂與女結婚云。

第一章論理審之學，趣味雋永，不愧偵探唯一，惜乎全書人名多至五六字，易啓閲者之厭，苟易以中國體例，當更增趣味不少。

〔偵探小説〕案中案 商務印書館編譯所譯

是書即《四名案》，其中情節，一無增減，然依事直叙，不及《四名案》之有神韻。書中女名美蘭馬斯頓，寄珠之人，兄名勃沙洛茂，弟名撒特斯喜爾拖。其餘諸人，亦無一雷同者。

〔冒險小説〕青年鏡 南野浣白子譯述 廣智書局印行

書凡十八回，即《新小説》中所刻《二勇少年》。曼殊謂小説回目，不宜草率，若《二勇少年》之目録，雖内容絶佳，亦將減色。浣白子殆因是言，重加修飾，易以今名，於醒目處略加圈點，每回添撰回目。然裁對牽强，仍未出色，顧視原書，則較勝矣。

鄒談一噱 菰城秘院鈔胥裒輯

書凡二十四回，借《孟子》中事實，參以新學，異想天開，無出其右。初將回目刊布，竊謂題目甚佳，而文字實難着筆，若就題直叙，便參獃相，即使别開生面，亦覺硬派古人，有何趣味。况每回字數約祇二千，安能曲折如志。及第一、二回出，閲之果然，以下可想而知。然回目之裁對新穎，匪夷所思，實足爲説部中放一異彩，不可没也。爰備録如下：

齊宣王授室興大學　楚大夫聘傳訂專科

借好游句踐出重洋　因悦道陳良通四譯

定館餐樂正吃番菜　辨朝服曹交改洋裝

考政治滕世子敦誼　使聘問宋先生議和

述古禮咸邱蒙訂朝儀　裁冗禄北宫錡商官制

權郵政暫委公孫丑　釐税則特派戴盈之

練兵處慎子作將軍　仕學館周霄論君子

通軌道高子督工程　測水性白圭習駕駛

畢戰新插礦地標　陳臻力辦賑捐票

講國際調停用萬章　融宗教介紹由徐辟

明人倫責善怨匡章　背師説變夷規陳相

爲神農言許行通商　證皋陶事桃應修律

談農政揠苗病宋人　創工藝斲木怒齊匠

梁惠王課蠶桑實業　孔距心立畜牧公司
習唱歌王豹歌淇　論圖畫彭更畫墁
通古今莊暴出開音樂會　鈞大小公都來閱體操場
畜囿鹿敷設幼稚園　觀追蠡擴充陳列所
齊王子獨冠親貴胄　淳于㛐權充女教員
東家處子行文明結婚式　北宮勇士編完全巡警章
廉士妻繅絲充監督　乞人婦習練作包探
館上宮滕人疑作竊　宿晝邑齊客强留行
死矣盆成括憤蹈海濱　異哉子叔疑貪登壟斷
捐私塾鉅室獲優獎　圖公款鄉愿斂鉅貲
停科舉旁求天下士　設文部豫備王者師

〔艷情小説〕忍不住　安徽沈友蓮著　文明書局發行

書凡四卷，叙一世家子，姓顧，字愚莽，席先人餘貲，廣購姬妾。最寵者曰歡娘，吟詠倡酬，極盡繾綣。死後，愚莽傷之，門客芙初百端勸慰，久之，遂悟。第一卷風流旖旎頗有清趣。後三卷寫芙初清談拉雜，似覺太費。

〔**社會小説**〕**曇花夢**　俄國薩拉斯苛夫原著　商務書館編譯所

此薩拉斯苛夫自悼其亡妻風蓮而作也。風蓮爲俄國警察總監麥撒羅夫之女，投身虛無黨，反抗政府。以一弱女子抱此熱腸，較我國之所謂才女閨秀，相去不啻霄壤。書中叙結黨之秘密，愛友之真摯，捐産之慷慨，救父之委婉，俱奕奕有生氣。卒之麥撒羅夫脱離政界，養疴巴黎，不及於難。蓋風蓮爲薩氏妻，故紀載獨詳云。

〔**傳奇小説**〕**海天嘯**　小説林社印行

余素不譜曲，故未敢評曲。曲之合譜與否，姑不必論，但觀其第一齣押韻，忽爾『尤』、『有』、『又』，忽爾『東』、『董』、『棟』，忽爾『經』、『景』、『敬』，演唱頗不順口。且中間忽插入尾聲。所見詞曲，雖不甚廣，亦不下百餘種，似覺無此體例。

泉唐天虛我生陳君蝶仙，爲近時詞曲家名手，舉以質之，亦不贊一辭，但問何處出版，告以小説林社，伊乃瞠目久之。

〔**艷情小説**〕**萬里鴛**　英國婆斯勃原著　洞庭吴步雲譯　小説林社印行

書凡三十三回。叙英國一女子名白蘭姬，因胞兄古蘭芬在美辦礦，三年無信，存亡未卜，託兄好友羅騰郎訪查。適美國墨霍孫亦訪古蘭芬而至。羅以其行蹤詭秘，避之。古有姑表兄馬格蘭夫，以謂古之必不返也，謀占其産。白蘭姬乃與羅騰郎航海追尋，墨亦繼至。初古之在美也，與西班牙皇族富來拉之女耐珠互結愛情，爲馬所妬，置富於死地，并陷古於獄，意謂道遠莫之知也。卒爲墨探得，遂偕羅騰郎等赴救得出，乃與耐珠并返。馬謀之畢生，始終失望，無顔共處，遂附輪他往，不知所終。羅與白蘭姬亦訂婚焉。

寫墨霍孫訪友，來得突兀，初似熱心可取，乃行蹤詭秘，忽隱忽現，令人莫測，所以此是筆墨狡獪處。

第六回，寫馬格蘭夫對羅騰郎純是滿心滿意語，開首再不肯露出破綻，讓人看破云云。匣劍帷燈，讀者可以意會。

第十四回，百忙中忽插入白蘭姬與羅騰郎因愛生感，因感生情一段，及二十回『情切切并肩求好約，意綿綿對面結同心』，細膩風流，遂覺文情異常鮮艶。

第二十二回，寫馬格蘭夫忽然驚倒，此中情節，不言而喻，自是寫生妙手。

第二十五六回，寫越獄之後，又生風波，文情曲折，便覺好看。

第二十八九回，古蘭芬自談歷史，有頓挫，有跌宕，自是絶好一篇傳紀。

〔滑稽小説〕大除夕　德國蘇虎克著　卓呆譯　小説林社印行

書凡十五回。叙一跛足更夫信丞，於大除夕夜，雪冷難行，命兒子吉兒代巡。吉兒本與羅花姐有約，途遇幽籬庵皇子戴面具出行，互换裝束，吉遂入宫，赴跳舞會。所遇諸人，皆誤以爲皇子，吉亦隨機應對，一無破綻。至十二點鐘，始易原裝。時皇子巡更，唱歌駡人，爲警察所追，俱執之面君，以游戲，赦之。吉本習種花樹之業，皇子遂賞銀五千圓，命作園丁。吉返，詳述之父母，與花姐皆喜。於是與花姐成婚。

此書以吉兒與花姐爲主腦，配以灑脱詼諧之皇子。顧天下斷無更夫可以入宫冒充皇子者，亦斷無皇子代作更夫者，雖各國風尚容有不同，且此事原屬一時游戲，然游戲亦須近理，方有趣味可尋，若此書所述，未免太覺離奇矣。管見如是，請質高明。

〔言情小説〕禽海石　符霖著　群學社印行

書凡十回。著者自言秦姓，名如華，字鏡如，杭人。幼年隨宦湖北，與同學女友顧阿紉兩小無猜，互結愛情。後因母亡，隨父至京。父固由進士點主事簽分刑部者，適顧父亦點翰林，挈眷至京，與秦同寓，兩人遂離而復合，朝夕相見，愈形親愛，於是挽媒説合訂婚。時正拳匪擾事，秦隨父出京，顧及於難，阿紉與母流落至申，及爲秦訪得，阿紉已一病不起，見面而卒。秦自此幽鬱成疾。是書皆病中自述幼年情事，纏綿悱惻，曲折淋灕，事事從身歷處寫來，語語從心坎中抉出，一對可憐蟲活現紙上。『天長地久有時盡，此恨綿綿無窮期』，讀竟不禁爲之廢書一嘆。

〔冒險小説〕險中險　英國亨利美士著　鴐水不因人譯　科學會社印行

是書原名《航海遇險日記》，爲意人莫克傑而律士所著，後由英人亨利美士點綴成書。叙傑而律士乘輪探險，由意大利入印度洋，忽遇颶風，全船沉没，獨傑入一險島，遇巨蛇，遇猛獸，并遇種種可怖可駭之奇驗。傑并不畏險，且冒險以窮其險。凡一年零六日，卒能由險以出險，且所愛之獵犬，亦隨之入險，復隨之出險。人謂其入險而能出險，其冒險爲不可及，吾謂其處險而不以爲險，其探險爲尤不可及。

〔婚姻小説〕雙碑記　法國金威登原著　鐵英生譯

是書叙法國女子媚蘭色斯克幼與畢斯姆互結愛情，叔愛比克厭畢之貧，而心貪華利之富，凡遇畢致書於媚蘭，皆匿不使見。久之，媚蘭漸怨畢負心，而華利又百般迎合，遂與華利結婚。華利者，富而無行人也，卒爲所棄，乃大歸。時叔已死，發遺篋，得當日畢所致書甚夥，於是悔恨成疾，託女友羅生致書與畢。不得達，反遇華利。時華利亦甚悔，轉託羅生迎媚蘭。至則媚蘭已死。死之夕，魂赴畢處，與永訣，畢遂號哭奔喪，爲之立碑紀念。事竣，發狂，蹈海而死。羅生親見之，亦爲之立碑紀念。故名《雙碑記》云。

婚姻爲男女大倫，西人自相擇配，父母不能參權，所以免怨耦也。然使吾國人效之，適滋流弊。蓋風俗所宜，習慣自然，不能强爲之同也。譯者本意，蓋欲諷世，恐非數十年後，不可以轉移此事。盲瞽之見，偶附於此。

〔科學小説〕地心旅行　一名地球隧　上海周桂笙譯　廣智書局發行

書凡六章。叙英人濮齡錫，富有家貲，耽於科學。師哈馥卿，積學士也，發明地球由北極以達南極，有隧道可通，所謂地心也，擬與濮偕作是游。哈有猶女曰寶林，亦願從，濮遂與女訂婚。哈製成一器，式若鳥籠，三人共入其中，由南極隧道而入。將至北極，吸力甚盛，哈遂犧牲一身，以減重量，俾二人得以出隧。詳叙各節，皆科學家言，以小説之眼觀之，實不得其趣味云。

〔歷史小説〕洗耻記　厭世者著　冷情女史述　湖南苦學社發行

據苦學社主人記，書共六册，先印一册。凡六回，大旨以革命爲主。不倫不類，事同兒戲，閲之令人頭腦脹痛。鄙意以後數册，不如藏拙爲是。

既有膽量播革命之説，何用藏頭露尾，甚至連地名都隱諱？如壺北港、南户上之類，殊堪發噱。則請援其例，改爲『立撕小説』何如？

〔彈詞小説〕女兒花　仁和柳浦散人著　廣益書局發行

是書以彈詞體演成四十八回，大旨以勸戒溺女爲主。起首先叙河南城隍上奏玉帝，呈明善惡。玉帝立遺金童、玉女、牛郎、織女、破敗、掃帚等星，下凡投生，演出種種善惡果報，不脱從前鄉愚迷信惡習。不意二十世紀新理漸明時代，尚有此種迷信小説發現，殊堪怪異！

〔偵探小説〕日本劍　英國屈來珊魯意原著　沈伯甫譯意　黄摩西潤辭　小説林印行

書凡上下兩卷。叙英人韓夫來大衛，因堂弟亞來被人戕殺，輿論嘩然，咸以大衛爲凶手，經二次審判，雖遇赦得釋，而惡名未除，乃求包探白來特來勤拿特訪緝凶手，以雪己冤。白查得凶手貌似大衛，而實非大衛，卒之水落石出，凶手亞買，以毒藥自戕。全書所叙偵探，本屬平庸，絶無出人意外之處，而姓名又往往六、七、八字不等，甚屬可厭。予最喜閲偵探小説，而於此書不知何以索然無味，勉强終卷。白自言：『予生平從未遇案情如是之紊亂者也。』余亦謂然。

〔言情小説〕愛河潮　英國哈得葛著　元和奚若譯　武進許毅述　小説林印行

書分上中下三卷，共三十章。上卷叙荷蘭少女麗斯佩斯，與中表都克約觀冰賽，爲西班牙貴官猛得爾復所悦。女遺產甚富，猛傾心結之，卒捨都克而嫁猛，産業遂爲揮霍。猛故有舊婦，經人告發，處以死罪。女遺腹生一子，窮無所依，復嫁都克，亦生一子。上卷即以此結。

書曰言情，實則無情可言。故中下二卷，不復取閱，僅記上卷之略如此。

〔哀情小說〕寒牡丹　日本尾崎紅葉原著　錢唐吴檮譯　商務書館印行

書凡二十四回，分上下兩卷。叙俄羅斯貴族柯列基伯爵與薩開那、李召夫兩參將，黑夜途遇休職軍醫之女霍麗查，乘醉擁入紅茶館，肆行囉唣，至夜半送回。麗查之母本久病，一憤而亡。父女遂立意告發，柯等悔且懼，賂以金不受。事聞於皇，御斷將三家財産，概與麗查。復賜與柯列基伯爵結婚。婚禮畢後，將柯等三人充發西伯利亞。此前半之節略也。後半叙麗查身爲伯爵夫人，毫無貴族氣習，整頓門庭，不遺餘力。總管福華斯心悦誠服，屢致信於柯，稱道主婦之賢。柯宿怨未消，不之信。柯有妹曰愛蓮，冒殺夫之名，久不齒於人類，麗查竭力訪查，寃爲之雪。愛蓮感甚，亦致信於兄，白其才德。柯不爲動。後柯病，女入宫奏請恩赦。女固精醫術者，隻身赴配所，親爲診治調理，柯得以轉危爲安。然舊怨未釋，病痊後，遽謀離婚，女慨然出指環還之。薩、李二人勸之不聽，遂結伴還京。將到家，柯忽悔悟，復以指環强納於女，認爲夫婦，書遂結。

柯列基等三人，本係貴族，并非風狂之輩，觀其後任罪不辭，毫無推諉，人品可知，特爲酒所誤，幾使毁家辱身，甚矣，酒之爲害烈矣哉！

御斷結婚一節，實爲千古奇聞，不特身受者出諸意外，即閲者亦無不驚以爲異，所謂怨耦者非耶？

麗查整頓門庭，不愧爲賢婦，觀其前却金一事，即非尋常女子所能，有此氣概，自後一切作爲，求之古今列女傳中，何可多得？

以仇人爲夫婿，況又虛挂其名，成禮後即充發而去，麗查心中，何等境界。妙在寫來却落落大方，不露圭角，而一種怨悵情形，時流露於不言之表，此是筆墨善於寫生處。

柯列基爲女而充軍，一腔怨恨，自未能遽釋。惟福華斯告之，不信，愛蓮告之，不信，至隻身尋夫，竭力調護，仍不能感動，卒至離婚，可爲匪石難轉矣，何以轉關如此易易？此處似嫌太率。鄙意到家後，宜實行離婚，女還產獨處，怡然自得。當由愛蓮知恩報恩，竭力斡旋，大費一番周折，然後破鏡重圓，則結局較爲有味。況有柯夫人可用，有福華斯可效力，盡可欲擒故縱，欲合故離，騰挪變化，做一篇大好文章。作者見不及此，惜哉。

〔探險小説〕紅柳娃

美國拍拉蒙原著　商務書館編繹所繹述

是書拍拉蒙叙其友耶芳斯，自言探險至一處，爲諸小人所困。其人皆僅長五六寸。相處數月，略通語言，始知彼族不下數十萬人，近爲虎頭王所制服。虎頭王者，大於彼種二倍，或至三倍，僅數百人，野蠻凶暴，慘無人理。初以耶爲神，敬奉備至，繼又以爲仙果，謀烹食之。後復來一族曰哈馬國，虎頭王爲所敗，問計於耶，耶遂爲之媾和。擬振興教育，不果，乃乘氣球而遁，出日記以貢於世。

紀曉嵐《閲微草堂筆記》言烏魯木齊有一種小人，棲於林間，居民名之曰紅柳娃，譯者遂以名是書云。

譯者原序，言此編爲美國人所著，其言多汗漫自肆，滑稽隱射，然往往有見道語，可以見著者之語重心長，有爲而言也。夫曰滑稽，則語進於妄，曰隱射，則意有所指。閲者勿以辭害志也可。

〔言情小説〕阱中花

英國巴爾勒斯原著　商務書館編譯所譯

書凡三十二回，分上下兩卷，叙俄國船政大臣巴爾得之女愛德，本英人而入俄籍者，與英公使隨員賈爾登互結愛情，爲俄宗室貴女亞娥所妬。時警察大臣佳爾閣專制横行，威權炙手，謀弑俄皇於戲園之中，卸其罪於愛德。適愛德爲避禍計歸國，爲佳所偵知，截以去。巴爾得争之，不釋，欲訴於皇，佳遣人於朝房中毒斃之。時亞娥亦入佳黨，入密室，見愛德，縱之。愛德不知亞娥之將害己也，甚德之。佳知之，恐爲亞娥所挾制，乃陽與亞娥謀，遺之毒藥，使斃之，實則將借殺人罪并除亞娥也。爲虚無黨魁樂納福破其奸，亞娥乃悟，與愛德共謀見皇。佳先發制人，使警兵捕二女，定其罪，連夜充發西伯利亞。車已備矣，樂納福復面陳俄皇，引之來，盡得其隱，即以所備之車，充發佳於西伯利亞，送亞娥入道院，使終其身。攜愛德去，與賈爾登結婚，書遂結。

寫佳爾閣之横暴，覺自古奸雄，無此機警，無此殘酷，令人髮指目裂。著者自云『書中事實，親見親聞，毫無虚構』，宜乎虚無黨之遍地皆是。考察俄國政治者，此書可略見一斑。

後半寫警察部與虚無黨各施手段，爲自來小説中所僅見。《水滸傳》寫宋江、戴宗臨刑，語語着急，然法場之劫，倘屬意想得到。此書自見影魂飛，至請君入瓮數回，無不出自意外，耐庵有知，亦當退避三舍。

全書結構謹嚴，無懈可擊，惟愛德之母，據第六回巴爾得自述，是個假屍首，權當真的入殮，實則存亡未卜，意謂後文必當出現，母女定有重會之日，乃意不然，不知作者何意忽插入此一段無用筆墨。

〔偵探小説〕彼得警長　洞庭吴步雲譯　小説林社印行

是書即《阱中花》，彼分兩卷，此分上中下三卷。書中姓名與《阱中花》無一雷同。船政大臣名白雅德，女名愛黛，英公使隨員名古登，公主名華佳，警察大臣名哥老羅開親王，而其中事實，無一不同。是一書而兩譯者。

彼曰言情小説，此曰偵探小説，實則兩義均未愜當。以云言情，則并未叙及若何鍾情之處；以云偵探，則并無奇案之煩偵，奇情之煩探。全書所叙，重在警察部之殘忍，虚無黨之秘密，無已，則不如歸之政治小説也可。

〔道德小説〕一束緣　英國索來姆原著　商務書館編譯所譯印

是書凡二十回。叙英國女子列德，先與賴虚登訂婚，後復心艷富貴，冒認亞脱之女，與李飛力襲爵結婚，卒以一束敗露，爲賴虚登槍斃，足爲慕勢隳德者戒。亞脱真女黛西，始則寄養貧家，繼則力學遠游，終且按律與襲爵成婚，不慕富貴而富貴自至。書中寫列德之狡獪，黛西之純正，兩兩比較，奚啻天淵。情節固屬離奇，筆墨亦能雋雅，是亦小説中之上乘者。

〔社會小説〕啞旅行　日本末廣鐵腸著　昭文黄人譯述　小説林社印行

書凡上下兩卷。叙日本紳士隱太郎，游歷英法，不通語言，無論汽船、火車、旅館、市場，種種可笑之事，如癡如顛，如盲如啞，故名曰《啞旅行》。然試設身處地，不諳語言者，確有此種形狀，描摹神情，淋灕盡致，足爲漫游者鑒。

〔國民小説〕無名之英雄　法國迦爾威尼原著　吴門天笑生譯　小説林社印行

書分上中下三册，凡二十五章。叙加拿大法人秘密運動覆英政府事。主動者爲無名氏，乃賣國奴史孟毛雅之子，名次安。抱幹蠱之志，爲革命黨首領，不願以姓名顯，故自號曰無名氏。全書所叙，筆力矯健，令人爲國捐軀之念油然而生。腻友絳靈，至性纏綿，尤足令人感泣。惜乎衆寡不敵，志士流血，讀竟爲之憮然。

學生現形記　遁廬著　樂群小說社印行

書凡八回。叙極樂國積弱相傳，爲出雲國所壓制。該國領事過大雄，一舉一動，無不竭力趨奉。雖曰媚外之道宜然，恐亦不至於此。河間府有一秀才吴幼莊，得罪政府，爲過大雄所救，一時奉若神明。惟書中所叙，不倫不類。名曰《學生現形記》，實則於學生毫無描摹，所現何形，殊爲不解。

當頭棒　遁廬著　樂群小說社印行

書凡八回。叙雁宕山白蟒精，修成女體，招李長吉爲駙馬，居民立廟奉祀，尊爲白娘娘，經知縣屠黄民改作學堂。立意本極正大，惜全書事跡，近於兒戲，毫無理想，令閱者如墮五里霧中，的與《學生現形記》同一手筆。

斯文變相　遁廬著　樂群小說社印行

書凡十回。叙揚州宜陵鎮斷雲庵内冷眼道人，年老厭世，一日不知去向。留書一卷，自叙生平。書中自言姓冷名鏡微，幼年好學，不能得志，尋師訪友，所見所聞，無非寒儒落拓情狀，卒至痛憤時事，上萬言書，收入刑部，即以作結。書中所叙唐金鑒之迂腐，彭道三之奸詐，韓伯尼之落魄，無一不窮形盡相。覺《儒林外史》一書，不能專美於前，可稱佳構。

蘇州新年　遁廬著　樂群小説社印行

此書并無章回，本由《乙未消閒録》逐日排印，著者自名真舊人。自正月初一起，至初五止，逐日描摹蘇州人新年情狀，凡官界、商界、學界，無不歷歷如繪。此種腐敗情形，恐不獨蘇州人爲然，即改爲《中國新年》，云胡不可。

《學生現形記》、《當頭棒》兩種，著者亦名遁廬。乃彼兩種則不倫不類，此兩種則維妙維肖，何以同一手筆，竟有天淵之隔，令人疑竇莫明。

〔冒險小説〕舊金山　英國諾阿布羅克士原著　會稽金石、海寧褚嘉猷譯述　商務書館印行

書凡十二回。叙數十年前美國加里奉尼亞——一名舊金山——金礦出現，伊黎瑙省有童子四人，結伴同行，前往開採。路隔二千餘里，仗冒險精神，卒能達其目的，獲利而返。所叙途中艱苦，大有一波未平，一波又起之概。妙在寫來情景逼真，且又處處不脱孩子氣，的是寫生妙手。

環球旅行記　一名八十日環游記　法人朱力士房原著　琴瑟寄廬外書　逸儒口譯　秀玉女史筆述

書凡三十七回，叙倫敦非利士福格，在維新會作葉子戲，論及環游地球一周，僅八十日已足，願以二萬金磅，與諸友作賭，遂與僕阿榮即刻啓行，計七十八日而返。在印度時救一婦，名阿黛，挈之

回英，遂以爲夫婦云。

全書不過叙水陸行程耳，幸有包探非克士誤認爲劫賊，疑神疑鬼，一路隨行，否則毫無生趣矣。

卷 二

〔偵探小説〕地中秘　日本江見忠功著　鳳仙女史譯　廣智書局發行

書凡五十九章。叙日本富户小田切家祖代相傳豢一大蛇，每年産出血塊，由京都富源九主上谷儀三收採合藥，互守祖訓，不許人知，知則必藥殺之，以此致富。定右衛門爲小田切家贅婿，眷一婢仲子，生子雪雄，主婦鹿子悍妬性成，將仲子閉入地窟，使爲飼蛇之役，永不見天日。慮定右衛門泄其秘，遂日謀毒殺之。定右衛門自知必死，乃遺書二通，備述其事，藏之秘所，留示雪雄。後經雪雄之友西岡純次郎發掘古冢，得第一書，莫明其故，遂請偵探菊池氏悉心偵探，案乃破。鹿子及儀三均死之，雪雄遂得奉母仲子以終天年云。

此書之奇幻，妙在先得第一書，書中隱約其詞，但言將受毒而死，欲知其詳，須閲第二書，而第二書卒不能得，遂致一個悶葫蘆無從打破。

書中忽插入盗案，其叙鷺本平次郎、挂井慶三郎及女盗阿玉等，皆係有名劇賊，每叙一事，無不奕奕如生，筆情恣肆，不可捉摸。

觀瀧兒之於平次郎，幾如飛鳥入籠，無從幸免，乃竟能自完清白，匹配西岡，此中殆關天緣。

第二十七章，鹿子不惜犧牲生命，竭力護一鑰匙，卒之家貯藏庫，無一合者，洵屬奇幻莫測。

第三十章怪吼一段，不獨時子心膽俱碎，即讀者亦覺毛骨悚然，筆力之妙，如是如是。

第二十六章，平次郎持秘密書，力索三千金，鹿子應對從容，且能乘其不備，蹴入穴中，此種膽量，洵不可及。

此章叙平次郎親以秘密書付鹿子，鹿子即就庭前燈下細讀，則此秘密書，已入鹿子之手，平次郎并未索還，何以第五十一章菊池入穴，向平次郎索秘密書，此書仍在伊手，前後矛盾，殊欠經意。

第三十九章，慶三郎竟死於阿玉之手，出人意外。鹿子從容不迫，蹴平次郎於地窟，阿玉從容不迫，殺慶三郎於荒郊，可謂無獨有偶。恐鬚眉男子，有此權變，無此膽量。

第四十一章情諜一段，描摹小女子情態，活現紙上。

第四十五六章，菊池之誘上谷儀三，以前并未埋根，似覺突如其來，特嫌殊圓。

第五十七章，寫鹿子手刃時子，凶悍之狀，盡情畢露，於親生骨肉如此，則定右衛門之死乃無疑義。

第五十八章禍水一段，先世早有預備，累傳惡業，宜受滅門之報。彼五人者，未遭毒手，誠關天幸。若鹿子之飲刃，儀三之投溺，按之法律，尚覺從輕，又何惜焉。

〔偵探小説〕情魔　美國某著　無歆羨齋譯　廣智書局印行

是書不分章回。敘紐約茶商王咏仙無故被殺，咏仙本富家子，有兩侄女相依，一名梅英，一名巧珠，年亦相若。復有一書記程雲越。偵探邱貞，綽號小鬼，因詠仙遺書，將家産盡與梅英，遂疑巧珠爲奪産起見刺死詠仙，舉動神情，無不合拍。辯護士賴春田，力保巧珠斷非凶手，於是群疑梅英，因梅英曾與嚴千里秘密結婚，爲詠仙所惡，被刺之前一日，嚴千里曾冒名投刺。惟侍婢阿花，忽於是夕逃去。偵探乃密探嚴千里行徑，及阿花下落，及覓得阿花，已先服毒自盡，枕畔留書一通，詳細考核，確是梅英、嚴千里二人所爲，梅英情急自盡，遇救得免。於是程雲越良心不昧，自行吐實，實爲欲得梅英起見。適梅英爲嚴千里事與叔齟齬，心思若殺詠仙，則梅英定當感激，婚事可望，遂入詠仙房，從後轟殺之。爲阿花所見，乃許以重賂，囑其遠颺。繼思阿花不死，必將吐實，乃遺以毒藥，誘其自盡，并假作遺書，以冀脱卸己罪。至是盡得其實，按律施行，案遂結。

凡偵探小説，往往將一無罪之人認爲凶手，乃至事事合拍，證據顯然，幾將定案，然後由偵探查出真真凶手，重翻前案，閲者於是如撥雲霧而見青天，各種偵探，無不如是，幾乎千部一律。此案始疑巧珠，繼疑梅英，閲者已心知其非，然凶手必須由偵探查出，方有趣味，若程雲越自行吐實，則需偵探何用？全書減色不少。

〔偵探小説〕雙金球　法國小説　日本黑巖淚香原譯　中國祥文社重譯印

是書凡四十回。叙英國貴族竹田男爵家藏金兩球，重九百四十斤。年老無子，作一遺言書，託青山老人作公證人。竹田有女甥二：一柳娘，法人；一櫻娘，英人。竹田喜櫻娘而不喜柳娘，視如奴婢。又有一忠實黑奴，名片助，甚勤謹。一日疾篤，遺言以金球一與櫻娘，未及簽名而卒。於是青山老人開發遺言書，由荒川醫士作證，書中備述幼年曾與法國貧女清水娘結婚，生一子清水巖夫，一切家産及金球，均與巖夫承受，并留十萬元作尋訪之費，有照片作證。柳娘一見甚喜，謂此即伊未婚夫，衆皆驚異。突來一少年自稱清水巖夫，與照片相合，除片助外無人能識，而片助已於前夜被人刺死，兩金球亦失去。衆論嘩然，乃囑巖夫回國取證據，一面報警察請偵探探案。偵探乃疑公證人因謀産起見，特雇人將片助刺死，另覓假巖夫承受家産。荒川醫士信之，私偵公證人，果覺形跡可疑。適巖夫爲人刺死，另來一人，自稱真巖夫，攜有證據，遂群疑公證人所爲，共入警署。後查得前巖夫係假冒，皆柳娘所爲。柳娘者，亦非真柳娘，案破逸去。公證人遂得白其冤，真巖夫乃與櫻娘結婚。金球亦并未竊去，片助恐爲人盗，藏入男爵棺内，失而復得。巖夫遵男爵遺言，仍分一金球與櫻娘云。

既曰公證人，必爲男爵素所信服者，何人不可疑，乃竟疑及公證人？殊出情理之外。觀柳娘一切舉動，不及櫻娘萬萬，想竹田早洞悉其奸，故視如奴婢云。

〔政治小説〕煉才爐　英國亞力杜梅原著　乍浦甘作霖譯　商務書局印行

是書凡十八章。敘法國譚德斯爲番龍船副主，時正拿破崙潛謀返國，譚受船主李克來遺命，投遞書函，爲仇家所陷，下入區都獄。獄中先有一僧番蘭，學識過人，在獄數年，製造筆墨，著書數十萬言。譚於是事之以師，悉心受教。不數年，學業大成，僧且以秘密窖金相授。後僧死於獄，譚潛逃得出。在獄凡十四年，前後判若兩人，殆《孟子》所謂動心忍性，增益其所不能者歟！不愧稱爲《煉才爐》云。

〔歷史小説〕鬼山狼俠傳　英國哈葛德原著　閩縣林紓、長樂曾宗鞏同譯　商務書局印行

是書分上下兩卷，凡三十六章。敘蘇嚕酋長查革事。查革幼年，曾隨其母乞食於藍靖尼族摩波之母，乞牛乳不與，乞水又不與，摩波憐之，乃與以水。查革曰：『他日得志，當赤爾族，所留者僅爾摩波一人，以報今日杯水之賜。』卒如其言，甚至弑母，殺妻，戮子，慘無人理，蓋所殺者不下一百兆云。摩波一族，盡爲查革所殲，而查革卒死於摩波之手。子洛巴革，初生時，查革即命殺之，爲摩波潛易。後入鬼山，與革拉氏如兄弟，驅使狼族，雄踞一方。愛蓮花娘，卒以致敗。全書所敘，野蠻殘酷，達於極點。譯者自云：『奇譎不倫，大弗類於今日之社會。』誠哉言也。然筆力之顯豁雄偉，則查革之梟雄，摩波之詭譎，洛巴革之果敢，革拉氏之俠烈，蓮花娘之情愛，均活現於紙上云。

〔義俠小說〕俠黑奴　日本尾崎德太郎著　錢塘吳檮譯　商務書局印行

是書凡六節。敘西印度哲美加島有兩英人，一名郗菲里，刻薄寡恩，視黑奴如牛馬；一名愛德華，天性仁慈，視奴婢如一體。有黑奴西查夫婦，郗日加鞭撻，愛德華見之不忍，遂買歸，馭之以恩。後郗氏之奴有海克道者，不堪其虐，糾集黑人，欲盡殺白人以雪憤，西查勸之不聽。及起事，西查力護其主，至以身死，故名俠黑奴云。

寫西查護主情形，出於天性，誰謂黑奴中無人心者？惜乎篇幅太短，令人一望無餘。

〔偵探小說〕簾外人　英國格利吾原著　商務書局編譯所譯述

是書凡三十四章。敘紐約富人奇來伯，有一老僕曰伊烏孫。曾立遺書，死後與伊洋一千元。伊利其速死，遂毒殺之，移禍於小主人萊登。經偵探甘泉細心研究，乃得其實，於是置伊於法云。

奇來伯自知必死，乃不呼其子，不呼女甥，而獨呼一路人，此老用心，可謂奇突。伊烏孫服役多年，觀奇來伯之遺囑，與以千金，則平日之忠實可知，乃竟以此啓其殺機，見利忘義，人心之叵測，一至於此。

天性至親，何來大逆？亞爾夫之言，自是正理。顧萊登之被疑，實緣於奇來伯授花薛之信。竊不解彼時伊烏孫雖障其面，獨不能辨其聲耶？因其冒呼我父，遂疑及三子之一，平日家庭之間，必有不堪設想者。不然，此老臨死尚細心如是，何當夜竟漫不加察也耶？

海外軒渠録　英國狂生斯威佛特原著　閩縣林紓、長樂曾宗鞏同譯　商務書局印行

是書分上下兩卷，每卷八節。上卷叙葛利佛航海遇礁，飄流至一島，曰利里北達，其人長不及六寸，見葛，大驚異，奉爲人山。下卷叙葛至一巨人國，其人身直如塔，每一舉步，高逾百碼，見葛，又驚異，視爲頑物。一細一巨，却好相反，殊令觀者捧腹。及歸，尚有巨人國之物，遺帶還鄉云。

原叙有云，『葛著書時，叙記年月，爲一千七百餘年，去今將二百年』。當時英政不能如今美備，葛利佛傺侘孤憤，拓爲奇想，以諷宗國。言小人者，刺執政也。試觀論利里北達事，咸歷歷斥其弊端，至謂貴要大臣，咸以繩技自進，蓋可悲也。其言大人，則一味稱其渾樸，且述大人詆毀歐西語，自明己之弗勝，又極稱己之愛國，以掩其跡。然則當時英國言論，固亦未能自由耳。嗟夫！屈原之悲，寧獨葛氏？葛氏痛斥英國，而英國卒興，而後人抱屈原之悲者，果見楚之以三户亡秦乎？則不敢知矣。

賣國奴　德國蘇德蒙原著　商務書館編譯所譯印

是書凡十六回。叙一千八百零六年俄、德兩國聯滅波蘭，法國拿破崙援波蘭爲名，直壓德境，德國史那特男爵私引法兵進境，遂犯衆惡，目爲賣國奴。子約西諫而不聽，乃出亡，易名雅曼投軍，授

千總之職。後聞男爵身死，冒險回家，舉行葬禮。約西又與教士之女福萁甚契，至是福萁心變，與梅克戴訂婚，梅愈與約西爲仇，屢欲陷害，卒不可得，反隸約西部下出征。約西立意戰死，以雪先人之恥，卒如其願云。

寫約西初次回家，一片瓦礫，踽踽獨行，凄涼情狀，令人不堪卒讀。歐麗一無知女子耳，乃實心爲主，生死以之，其一種天真爛漫處，令人可憐，亦復可敬。梅村長確是市儈暴發，雖是封翁，不脱村夫氣派，其聚衆集議時，處處留心酒杯酒壺，爲之絶倒。第九回郡長審問約西，村衆虎視眈眈，欲得甘心。乃至展讀敕書，忽授金鵄勛章，不獨村衆愕然，即約西亦出諸意外。此時情形最難描寫，作者却能面面都到，絶無遺漏。約西有約西神情，郡長有郡長神情，教士有教士神情，梅克戴有梅克戴神情，村民有村民神情。百忙裏又插入穆斯克痛打歐麗，紛紜嘈雜中竟能一絲不亂，此爲全書最占勝處。

〔家庭小説〕鴻巢記　酒瓶著　飯囊譯　小説林社印行

是書凡十四章，没頭没腦。叙蘇格蘭人鴻衛爾家稻倉，藏匿教匪叛黨數人，子鴻阿雷實心保護。繼恐爲軍士所偵知，乃遷匿他處。以外并無事實。此種小説，觸目皆是，欲開民智，欲有益於社會，難矣。

〔寫情小説〕恨海

南海吴趼人著　廣智書局印行

是書凡十回。叙工部主事陳戟臨之子，長名祥，字伯和，與同鄉張鶴亭之女棣華訂婚；次名瑞，字仲藹，與中表王樂天之女娟娟訂婚。三家同住京師，四人遂自幼同學。庚子亂起，時鶴亭經營在申，戟臨乃遣伯和偕鶴亭之妻白氏及棣華避亂出京。途遇拳匪失散，白氏驚慌成疾，遂死客邸。及鶴亭訪接，只女一人而已。伯和轉輾至申，得意外財，習於游蕩，迨鶴亭招訪之，已入下流，卒致客死。棣華守貞入庵。時戟臨夫婦已遭拳禍，仲藹隻身避亂，幸遇父執，薦至陝西某觀察幕中，得保舉功名。乞假尋訪王娟娟，不遇。不意偶入平康，遇之。憤恨已極，披髮入山，不知所終。

『天若有情天亦老，月如無恨月常圓。』世無無情之人，即無無恨之人。情與恨如磁石之相引，如膠漆之相黏，而未嘗頃刻離者也。顧同一情也，兒女私情，則謂之癡，如顰卿之於寶玉是也。不應用情，不必用情，而浪用其情，則謂之魔，如子玉之於琴言是也。作者悟徹其旨，故於開首先將『癡』字『魔』字分别清楚，遂覺從古一切言情之書皆不得謂之真情，此非深於情者不能知也，亦非善言情者不能達也。區區十回，獨能壓倒一切情書，允推傑構。

第一回，觀仲藹之不肯輕離父母，出於至性至情，伯和便不出一語，明眼人自當分别。

第二回，寫未嫁小兒女情事逼真，蓋被一段，細膩熨貼，爲歷來小説中所僅見。《兒女英雄傳》張金鳳與安公子同路，與此同一情景，却無如此傳神筆墨。不知作者如何體貼出來，令人愛不釋手。

第三回，寫棣華心如轆轤，七上八落，却俱是應有之義。文情如水銀瀉地，無孔不入。作者前著《電術奇談》，將林鳳美忽憂忽喜之事，曲曲傳出，今却無一語相犯。乃知才人筆下，無所不有，的是寫生妙手。

第四回，寫棣華荒村侍疾，何等委婉，妙在處處插入惦記伯和，遂不致冷落一邊。心靈手敏，異常活潑。

第五回，入夢情景，亦癡心人應有之事。

寫五哥、五姐，的真是村夫村婦口吻，神情活現。

因用被褥而想到將來，心癢難撓，此種癡念，爲從來小説家所無，作者以第一等慧心體會出來，聖歎復起，當不知若何拜倒矣。

第七回，寫伯和隨口謊騙八口皮箱，出人意外。使仲藹處此，便無此本領。應第一回『人是聰明』一語，即伏後文溺於下流張本。

第八回評論《紅樓》，可云精當。寫到白氏客死，著墨不多，而凄慘情形，活現紙上。

第九回，寫伯和宛然是下流樣子，而棣華則處處自怨自艾，必如此方是至情，方是真情。

伯和見棣華，試問如何開口？乃突然説出：『這兩口煙一輩子也戒不掉的了』，不覺令人拍案叫絶。蓋此等處，最難著筆，失之毫釐，謬以千里。故數語以後，即用彭伴漁衝散。是作者狡獪處。不然，試問如何説法？

第十回，寫棣華客邸侍疾，至遁跡空門，是筆是墨，是淚是血，凝成一片。燈下讀此，真覺悲風四起，鬼語啾啾。林蘁卿焚稿，有此纏綿，無此沉痛，爲之不歡者累日。筆墨之感人有如此。讀之結末，仲藹入山，造物弄人，未免太甚，此之謂《恨海》云爾。真耶僞耶，不得而知。

〔偵探小説〕髑髏杯　英國楷陵著　元和奚若譯　小説林印行

是書分上中下三卷，都二十四章。書中所叙凡兩案。前半叙露基福將杜興殺死，而移禍於馬維爾。馬妻勃來克夫人攜其子阿特列斯僦居於奎列克斯。露基福恐人之疑己也，特將馬維爾救出。馬歸家，追兵蹤至，馬放手槍，誤斃其妻，復逸去。後半叙馬維爾本係貴族來文嫡派，因所出非正，爲異母弟奥雷負謀斃，遂襲爵産。時露基福之女利未駱麗，已知父爲前案罪犯，阿特列斯應襲來文爵産，乃佯與侯爵子亞愛伐結婚，以催眠術使侯爵自言一切。侯爵遂死，亞愛伐亦憤憤而去，未幾病死，駱麗仍往侍疾，後乃一去無蹤。阿特列斯誓不他娶，以待駱麗，卒如其願云。

高手下棋，必無閒着，往往有落子於數十着以前，而得力於數十着以後。小説之起伏照應，亦不外此法。此書閒文極多，如第一章叙泊而馬刺斯夫妻，雖爲勃來克夫人僦居而設，然觀其詳寫一切，似乎爲書中要緊脚色，乃後文全無所用，此等處甚多，不無可議。作者譯本甚夥，筆墨甚爲乾净，極無支蔓，此書竟若另出一手，何歟？

〔歷史小說〕瑞西獨立警史　雲間陸龍翔譯　譯書彙編社印行

是書凡十六回，并楔子、結尾兩回。敘西洋女教習韻蘭娘，於課餘對諸生演講瑞西獨立故事。瑞西本以一小國，受制於日耳曼。酷吏却士勤郎田山壓制國民，慘無人理。於是民權黨瓦爾德、威爾尼、亞兒那脱等，聯合同志三十餘人，約期起義，全國響應，卒至驅除虐吏，恢復自由，成一獨立之國。有志者事竟成，區區瑞西能奮發有爲如是，而况皇皇大國乎哉！

書本爲豪傑立傳，而激昂慷慨中，忽爾深情款款，如慧利那之於威爾尼，利姿之於亞兒那脱，悱惻纏綿，自有一種愛情，躍然紙上。倏爾俠客，倏爾美人，倏爾英雄，倏爾兒女，遂覺異樣好看。

〔偵探小說〕福爾摩斯最後案　宿上白侶鴻譯　新世界小說社印行

是書凡二十二節。敘法國鏡巖村富紳石雅魯，中年喪耦，無子，僅一女錦霞，遂續娶律師柯利弁之女柯施媚爲繼室。時錦霞年已及笄，爲母舅馬利達攜去，與女立娥同入學堂。兩美相逢，異常莫逆。忽接父病電音，馬利達父女親送錦霞歸家。至則雅魯已殁，父女乃暫留，幫辦喪務。一日，立娥早起，閒步入園，陡被手槍轟斃，遍緝凶手不獲。旋由神探福爾摩斯與幫辦國海，查係柯利弁爲謀産起見，買囑赫立木謀害錦霞，誤斃立娥，案遂破。初，立娥曾與博士嘉萍訂婚，一聞凶信，嘉萍即往鏡巖村哭祭，爲柯施媚陷害，誘入警署，至是得釋，後遂與錦霞結婚云。

立娥不死於家，而死於石氏，其爲錦霞替身，善讀小説者一望而知。乃神探如福爾摩斯，猶細詢馬利達家世，并欲檢看乃侄舊信，雖係曲布疑陣，未免錯尋綫索。西國法律，苟非證據確鑿，未能輕易捕人。嘉萍之被誘入署，在中華差役慣有此種伎倆，似與西律未合。且國海明知嘉萍無辜，而不爲出脱，似非偵探家所爲。此等處不無可議。

〔立志小説〕**美人煙草**　日本尾崎德太郎原著　錢塘吴檮譯述　商務書館印行

是書凡八節。叙私立大學學生吉見義久與女學科學生五十嵐琴子相契，苦無學費，勢將黜業。琴子自願力任苦工幫助吉見，私在源兵衛村開設煙草鋪，賺錢以供吉見學費衣服等用。二年後，吉見卒業，因被友人金原揭破，并添設污蔑等語，遽形反目。及查明原由，互相認罪，而琴子已决意守貞不字云。

前半寫琴子爲成就學業起見，力任艱苦，深情款款，那得不使吉見五體投地，迨金原證明來歷，陡然决裂，爲琴子者，其何以堪？終身不字，人謂其立志可嘉，而實則其勢有不得不如此者。

〔偵探小説〕**鐵錨手**　英國般福德倫納原著　商務書館編譯所譯印

是書凡四十二章，所叙命案重叠。凶手醫士馬亘，毒殺情婦雷亞勝之妻，復扼殺雷亞勝，屍爲人竊去，遇救得未死。復用毒氣殺青衛而解其屍，又閉死看護婦曼娘。其他殺機時起。欲殺雷萱郎，而圖全得産業，欲殺高偵探以滅口，幸皆無隙可乘，未遭毒手。至於李佐治之自戕，長海雷之癲㽺，雖不關馬事，而仍與案情牽連。一波未平，一波又起。後經高偵探查獲證據，案遂破。

高偵探謂自古命案，皆因財色而起，誠哉是言。惟凶狠如馬亘，實爲世界所僅見。無時不起殺心，即無時不欲逞毒手。總之不外一『貪』字，『色』字一關尚在其次。甚矣，利之害人也，如是如是。

〔義俠小説〕刺客談　新中國之廢物撰　新世界小説社印行

是書借甲辰年萬福華事，演成小説六回。筆墨尚屬乾净，惜事實無多，遂致一覽即盡。然自是實事，不比空中樓閣，可以任意構造也。

〔寫情小説〕波乃茵傳　英國赫拉原著　商務書館編譯所譯印

是書凡十五章。叙英國女子波乃茵，孑然一身，依姑丈助維化姆家。年及笄得病，乃養疴於波得府。遇少年亞利生，兩情眷戀，遂訂婚約，病亦日起。亞利生誤犯命案，因波乃茵力得昭雪。未幾得姑丈書促歸，遂與亞利生別。一日，亞接助維化姆書，言波乃茵乘車出游，爲貨車衝擊，傷腦莫救。亞一痛幾絶，親至葬處祭奠，後乃不知所往云。

全書所叙，皆言情小説中應有之事，毫無耐人尋味處，且篇幅甚短，令人興趣索然。

〔言情小説〕埋香記　伯熙陳榮廣著　小説林社印行

是書僅一短篇小説耳，不分章回。敘迂闊生自云，教授村塾時，得女弟子龔美姑爲匹。美姑有侍女曰翠環，通翰墨，願作妾媵，生力拒之，未幾，美姑死，生亦就館他方，音信阻隔，遂幽鬱以死。遺書與生，備述情況。生見之，哀痛不已，輒呼負負云。

此書較波乃茵傳尤短，不過如札記小説一則。所敘似是實事，然列之小説中，實屬司空見慣，無出奇制勝處。

〔偵探小説〕霧中案　英國哈定達維著　支那笑我生譯　小説林社印行

是書凡三章。敘英國秘密會，名曰金鍋，會中各員，均不相識。聚會時，有一會員，喜閱偵探小説。時會中有美國人特捏造一命案以聳其聽，詳敘顛末，一若實有其事者然。實則案中人亦同在座，故秘不言，以誤其入議院時刻，道破後一哄而散。

初閱之，似是實事，然各種偵探小説，大半皆由意造，是在作者之善於附會耳。盡信書則不如無書，經史且然，况小説乎？必欲刻舟求劍，誤矣。

〔社會小説〕天足引　武林程宗啓佑甫演説　新世界小説社出版

是書以白話體演成八回。書中叙姊妹二人，一小脚，一天足，處處形容纏足之苦，天足之樂。語極粗淺，然開通風氣，裨益社會，允推此種。蓋爲勸化婦女起見，正不必過於深文也。越土越好，誠哉是言。

〔探奇小説〕女人島　孔群子譯　新世界小説社出版

是書共分三十二篇。叙法國海濱游家岡古邸伯爵游朗如，於十六年前，將親子秀春放逐，身邊僅男女二甥，男名林優進，女名高琬貞。未幾病篤，登報招子。及殁，遺言家産悉歸親子秀春，萬一不歸，則由二甥平分。琬貞於是與優進謀吞全産。適秀春之女穆須美乘輪而返，至女人島，觸礁舟溺，爲琬貞所救，見戒指中一『游』字，疑之，乃使優進盗其鐵函，得證據，焚之，須美不知也。高與林遂結婚，坐擁其産。旋復謀斃須美，誘入地窟，遇救得出。時琬貞已溺於海。秀春返，父女相會，仍受遺産。林亡去，不知所終。

謀産之心，起自琬貞，優進不過爲其所用。觀其或以柔媚，或以威脅，陽迫陰誘，務使墮其術中，乃知婦人之貪，勝於男子，婦人之險，亦勝於男子。

因須美戒指上一『游』字，即防到秀春之女，琬貞之機警實不可及，彼頑鈍如優進，那得不奴畜之而隸役之？

鐵函已毀，證據已焚，他人應享之産業，攘奪不留餘地，琬貞可以高枕無憂矣。況須美感恩之不暇，亦斷無絲毫疑忌，乃必欲謀斃之者，實一念之妬，有以啓之。嗟乎！世未有貪而不妬者，亦未有妬而不狠者，彼須美尚在夢中，抑何可憐。

海溺一篇，優進竟能歷數其罪，不特琬貞出於意外，即讀者亦爲一快。乃琬貞遽爾溺斃，遂令全書從此結穴。以後，秀春父女重逢，承襲産業，皆意中事，毫無興味。蓋此種謀案，必須由著名偵探逐一探出，庶能步步引人入勝。乃案尚未破，凶手先斃，以後事皆屬可有可無，令人意興索然。

〔偵探小説〕纖手秘密　鐵冰譯　小説林印行

是書叙畫師韓得生，與同業文司登爲友。韓眷一少女突來惜那，曾繪一小像，因之得名。文司登勸其勿入情網，適得遺産，乃同作遠游。後韓因母病而返，遂與非非恩之女馬來互結愛情，婚有日矣，忽遇突來惜那於途。時文司登已陰與結婚。既而愛情中變，遽將突來惜那殺死，移禍於韓，復潛藏凶器於其家。案發，得生被捕，乃請一著名偵探家包樓悉心偵探，盡得其故。文司登乃認罪，韓因得釋，與馬來成婚云。

文司登勸韓得生勿爲『情』字所累，義正詞嚴，少年人俱當奉爲圭臬。君子不以人廢言，願讀者三復之。

〔偵探小説〕新劍俠傳　美國史露斯翁著　香港中國日報編譯處譯印

是書以白話體演成十回。叙法國著名劇盗山蒺藜，黨羽四布，無惡不作。法政府向美國聘請聖手偵探祁軒利與虢雅梨二人偵緝凶案。一正一邪，可稱勁敵，山蒺藜卒爲祁偵探所獲。雖係白話體裁，却寫得聲勢奕奕，精采動人，一路無懈可擊，令閲者全神貫注，不讀至終卷不止。此小説中龍轡集也，必傳無疑。

〔言情小説〕情海劫　吴江任墨緣譯意　武進李叔成潤詞　小説林社印行

是書分上下兩卷，凡五十七篇。叙白脱蘭梅使任倍恩以刑餘之人與哈蘭、羅特力等航海取寶。哈蘭故與白脱女芬恩交情甚密。途次，羅特力與鼎特等潛起謀心，爲倍恩所知，乃與哈蘭遁入荒島。哈蘭以所喪甚巨，無顔復歸，倍恩乃隻身返。白脱蘭梅聞信後，遂與芬恩、倍恩入海，冀尋哈蘭。羅特力窮追不已，并吞其所有，復將芬恩劫去。倍恩捨身保護，屢遇難而屢救之。卒能父女會合，重返家園。時哈蘭已置身外事，芬恩遂與倍恩結婚云。

率真子總評有云：『以一囹圄囚人，而負百折不回氣，品奇。以一脆弱女子，而存歷劫不磨想，情奇。以素所夷落，素所疾惡之人，而卒乃白頭矢志，緣奇。以絶無希望，絶無僥倖之事，而竟致青眼有加，遇奇。以兩不相投之緣，若遇蒼蒼者故爲造作，使之合而離，離而合，合而仍離，離而終合，文奇。』

噫嘻！　率真子可謂少見多怪者矣。倍恩之犯法也，不詳其何事，安知非深文羅織，誤入法網者？　且囹圄中人，豈盡一無志氣？　古今來英雄豪傑，半出於此，小說中如倍恩其人者，正不堪屈指計，則其品何足爲奇？　歐美女子與男子并立，非如華女之俯仰依人。如芬恩者，隨在皆是，更有較勝萬萬者。無論芬恩并不存歷劫不磨之想，即有此想，亦與『情』字何涉？　則其情未足爲奇。芬恩與倍恩本未嘗夷落，未嘗疾惡，况能捨身保護，屢出於險，其白頭矢志也，亦屬應有之事，則其緣未足爲奇。倍恩於芬恩未必絕無希望，觀其處處以情相感，以恩相結，何嘗不作僥幸之想？　夫以如是捨身從事，而猶不加以青眼，必非人情，則其遇未足爲奇。離合悲歡，小說家必然之事，近來文人鈎心鬥角，無不肆力於小說，真覺無奇不有，無美不臻，往往有出人意外者。此書所叙，猶是尋常解數，則其文亦未足爲奇。乃竟極力推崇之曰『品奇』、『情奇』、『遇奇』、『緣奇』、『文奇』，真令人拍案大呼曰：『奇奇奇！』

〔偵探小說〕女首領　英國媚姿女史著　井蛙譯述　小說林社印行

是書分上下兩卷，凡九章。叙七皇黨女首領古蘭甘，名爲聖醫。所叙凶案，如用毒藥水針謀斃耿恩，用刺刺繩謀害烏虬以傾覆賈朝坡，刺殺杜爾果，計碎畢珊堂玉杯，裝炸藥於寒暑表以害杜法蘭，竊竇海之子魯賓，而并謀斃竇海以滅口，使羅格赫謀死武蘭西，挾制解爾通妻，以盗取露尾爾寶。種種罪案，無不出人意外。偵探海得，與律師杜法蘭，百計搜羅證據，卒不可得。杜法蘭反爲所害，海得亦幾瀕於死。著名女偵探博令琚，亦爲所窘，窮極搜捕，凡歷四年，乃與警察等獲之。而古蘭甘預埋炸藥於室内，卒自轟死，警員福德亦同死，海得幸而免。

所叙各案，一波未平，一波又起，而無不歸罪於古蘭甘，卒無證據可獲。元凶巨憝，偏致頌聲遍地，寫來却是好看。

第八章放鴿之後，意謂可以一鼓成擒，乃竟變詐百出，李代桃僵，元惡卒脱網而去，可謂出人意表。

讀新小説法

佚名　撰

載於一九〇六年《新世界小説社報》第六、第七期，未署名。本篇首先以『小説之哲學家』的新桂冠許與金聖歎，説明了作者頗重小説理論的思維。它認爲新小説具備經史子集之長，且尤動情感人。而要體會新小説的奥妙，就必須换新腦筋，用新眼光來閲讀，即掌握西方傳入的『科學』與『哲理』的新知識。這使這篇小説論本身也具有相當『新』的氣息。

泰西學術，有政治之哲學家，有格致之哲學家，有地理之哲學家，有歷史之哲學家。而中國金聖歎氏，實小說之哲學家也，所評諸記，類例、讀法數十則，善哉善哉！林氏本之以讀《莊》，馮氏本之以讀《左》，似乎陋矣。竊以爲諸書或可無讀法，小說不可無讀法；小說或可無讀法，新小說不可無讀法。既已謂之新矣，不可不換新眼以閱之，不可不換新口以誦之，不可不換新腦筋以繡之，新靈魂以游之。讀新小說，而不以讀舊小說之法讀，猶唐突吾新小說；讀新小說而仍以讀舊小說之法讀，愈唐突吾新小說。然則讀法之作，又烏可以已耶？惟《七發》既成，乃奏《七命》；《九歌》不作，因續《九思》。竊恐聖歎見之，必又曰：『何用作？何可作？何必作？汝偏要作，便看汝作。』

我昔怪夫舊世界反對小說之人，惡讀小說，以冷落我極熱鬧之舊小說；我今怪夫新世界崇拜小說之人，喜讀小說，以污穢我極潔净之新小說。小說固不許淺人讀得耶？不識廬山，妄喜忘惡，臧、穀亡羊，所失相伍，其弊在於不知讀法。

有李卓吾而後可以讀《西廂》、《拜月》，有金人瑞而後可以讀《西遊》、《水滸》，有拿破崙而後可以讀布爾特奇之《英雄傳》，有瑪志依而後可以讀沙伯里昂之《流血記》。沉沉支那不受小說之福，而或中小說之毒，無讀人耳。小說固所以激刺人之神經，挹注人之腦汁。神經不靈，腦汁不富，欲種善因，翻得惡果，其弊在於不知讀法。

新小説宜作史讀　《雪中梅》，日史也；《俄宫怨》，俄史也。《利俾瑟》、《滑鐵盧》，法史也。歷史有官性，故只寫表面之情狀；小説無官性，故并寫裏面之情狀。歷史有國界，故只寫一方面之情狀；小説無國界，故并寫各方面之情狀。託兒女以英雄，感不平於千載。其文詞則艷於史，其事實則詳於史。不能讀史，安能讀吾新小説？

新小説宜作子讀　《伊索寓言》，一莊、列之遺也；《卑妻謾言》，一鄧、惠之遺也。如聽口伎，聲百出而不窮；如觀影戲，影一瞥而即逝。必執實事以求之，則馬或化人，狐方語犬，不幾爲三家村語乎？文有奇而實正，理無幻而非真。不能讀子，安能讀吾新小説？

新小説宜作志讀　讀通志，人苦之；讀小説，人樂之。小説雖無通志之艱深，小説却有通志之博大。讀《世界末日》，勝於讀《五行志》：一理想的，一非理想的也。讀《環球旅行》，勝於讀《輿地志》：一世界的，一非世界的也。六合以内，通志所游；六合以外，小説所游。其文淺，其旨深；其詞約，其義大。不能讀志，安能讀吾新小説？

新小説宜作經讀　唯其名耶，則經固揚雄《太玄》所不可擬，束皙《笙詩》所不可補，何況小説？唯其實耶，則經所以正人心，小説亦所以正人心；經所以明庸德，小説亦所以明庸德。次安幹蠱，『無名之英雄』可與言孝；批茶放奴，『五月花』可與言仁。新小説又欲擬經矣。不能讀經，安能讀吾新小説？

匪直此也。飛仁揚義，發揮道德，可作《人譜》讀。割皮解肌，推闡生理，可作《内經》讀。朝四暮三，慨嘆社會，可作《風俗通》讀。天動地岋，指陳軍情，可作《兵法志》讀。抉摘宫闈秘密，可作《唐宋遺事》讀。描摹兒女愛情，可作齊、梁樂府讀。魯濱孫漂流之記，維廉濱冒險之編，可作殖民志讀。大彼得遺謀之發現，俾斯麥外交之狼狽，可作國際史讀。埃及之塔，奢們之洞，岣嶁所不能鐫，琅環所不能記，可作《金石録》讀。王大俠之刀，蘇非亞之彈，公孫弘失其詐，梅特涅失其奸，可作《劍客傳》讀。

以小說讀小說，則思想所有之事，不必世界所無之事，小說又宜以非小說讀；以非小說讀小說，則世界所有之事，不必思想所有之事，小說又宜以非非小說讀。

因其所有而有之，則萬物莫不有；唯知幻觀之無非實觀也，方可讀吾新小說。因其所有而無之，則萬物莫不無；唯知實觀之無非幻觀也，方可讀吾新小說。

文章固非吾輩所重耶？即論文章，新小說之感人也亦摯矣。以言其繕性也：常者登山陟水，如《尋親記》讀之可令人敬；奇者萬死一生，如《歷險記》讀之可令人奮；平者布帛粟肉，如《小公子》讀之可令人正；幻者翻雲覆雨，如《女人島》讀之可令人淡；以《退累馬克》（法國小說，費納龍氏所著）之餘波，收蘇格拉底之效果，則作性理書讀，又何不可？

以言其懺情也：顯明如《啞旅行》，冷嘲熱罵，讀之可令人笑；含蓄如《賽金花》，窮形盡相，讀之可令人嘆；孤潔如《白雲塔》，萬金脱屣，讀之可令人羡；委瑣如《可憐娘》，一燈豆暗，讀之可令人慘。以致悲慨如《新羅馬》，讀之可令人拔劍而舞；纏綿如《雙碑記》，讀之可令人停針以思；拗曲如《偵探案》，讀之可令人目眩而神迷離；正大如《經國談》，讀之可令人心曠而神爽拔；慘淡如《人肉樓》，讀之可令人八萬四千寒毛孔，一時起粟；富麗如《繁華記》，讀之可令人三百六十窮骨節，滿室生春。人感文耶？文感人耶？僕嘗一室一人，一燈一卷，一哭一笑，一歌一叫，而不知其何以哭，何以笑，何以歌，何以叫也。翻廣長舌，醒大衆生，則作《楞嚴經》讀，又何不可？

善讀之，則雅鄭不異其聲，堇荼不異其味。微特《三國志》可讀，《桃花扇》可讀，即污穢如《金瓶梅》，亦何嘗不可讀？微特《籲天録》可讀，《美人手》可讀，即荒唐如《吾妻鏡》，亦何嘗不可讀？

不善讀之，則指白可以作黑，看朱可以成碧。微特《金瓶梅》不可讀，即司馬子長之史、歐陽永叔之志，亦何嘗可讀？微特《吾妻鏡》不可讀，即孟德斯鳩之哲理、斯賓塞爾之學説，亦何嘗可讀？

窮天地，亘古今，其爲人也恒河沙數。窮天地，亘古今，其爲書也恒河沙數。而善讀書却無幾人。《阿含》四經，《華嚴》十論，試問是何真詮？何物惡僧，演而爲暮鼓晨鐘、趺坐膜拜諸惡像，唯不善讀佛典故。穀神不死，流沙化胡，試問是何妙諦？何物惡道，演而爲燒丹煉鼎、捏訣宣咒諸惡狀，唯不善讀道經故。孔、墨尚實，老、莊尚虚，試問是何哲理？何物惡儒，演而爲規行矩步、孝廉方正諸惡相，唯不善讀儒書故。韓、蘇毗陽，歐、曾毗陰，試問是何文章？何物惡奴，演而爲詩賦策論，『且夫』、『嘗謂』諸惡拍，唯不善讀漢文故。達爾文天演之祖，黑智兒唯心之宗，何學術哉？何物惡少年，演而爲眼懸金鏡、嘴銜雪茄、一口『阿那大』、『密西斯』諸惡腔，唯不善讀西文故。湯臨川『四夢』文，李笠翁《十種曲》，何劇本哉？何物惡伶倫，演而爲胡琴咿呀、拍版咭咶一派，爲皇帝坐江山諸惡調，唯不善讀戲曲故。耐庵明義而作《水滸》，雨苟（法國大文豪）言情而作戀書，何文學哉？何物惡學究，演而爲才子佳人、狀元伯爵，一味引火導欲，誨盜海淫諸惡罵，唯不善讀新舊小説故。

無格致學不可以讀吾新小説　新小説有奪瓦特之錘，以造新器者：天上可以鼓輪，海底可以放槍，上碧落而下黄泉，幻言也，見諸實事。不解此理，則讀《地心旅行》，必以爲土行孫復出矣；讀《空中飛艇》，必以爲孫悟空復出矣；讀《游行月球》，必以爲葉法善復出矣。驚人工爲仙術，指至理作危言，恍惚迷離，無有是處。辜負吾新小説。

無警察學不可以讀吾新小説　新小説有奪滑震之觚，以造新文者：量足印於鴻泥，認齒痕於蘋果；境則曲而復曲，事則歧之又歧。不解此理，則睹呼爾唔斯之假面，得非謂楊戩化身乎？誦馬丁休脱之奇文，得非謂張角天書乎？挾《洗冤録》，以驗《眼中留影》；按《大清律》，以繩《火裏罪人》：方鑿圓枘，無有是處。辜負我新小説。

無生理學不可以讀吾新小説　新小説有奪亞當之爐以造新人者：發電術之奇，靈魂可盜，則陸判换心，不足奇也；抉人種之秘，怪齒頓生，則女媧摶土，不足異也。移三光，倒九泉，神乎技哉！不解此理，則求金鷄那於《本草》，比庫雷唉以仲景，盲探瞎索，無有是處。辜負吾新小説。

無音律學不可以讀吾新小説　新小説有奪擺倫之席以造新曲者：一聲《菲立般》，血海生花；半闋《瑪拉頓》，蕪城入夢。銅琵鐵板，有此慨慷；殘月曉風，無其凄楚。以平、上、去、入之音，求徒、來、米、發之譜，難矣。不解此理，則請姜白石以正《渣阿亞》之絃，寄《西江月》以填《端志安》之調，（《渣阿亞》、《端志安》，擺倫詩篇名。）移宫换羽，無有是處。辜負吾新小説。

無政治學不可以讀吾新小説　政論有三界，而新小説亦有三界：《獨立史》，言既往也；《活地獄》，言現在也；《新中國》，言未來也。以但丁之腦，寫盧梭之魂，託實事於空言，心焉傷矣。不解此理，則『寡頭體』、『多頭體』是何名詞？『山岳黨』、『燒灰黨』是何徽號？不將以新小説作《革命軍》乎？如啞子之説戲文，指天畫地，無有是處。辜負吾新小説。

無論理學不可以讀吾新小説　論理有『真』、『申』（二詞名見嚴譯《名學》），而新小説亦有『真』、『申』。因是因非，因非因是，其『真詞』也；非馬喻馬，非指喻指，其『申詞』也。《文明小史》，其『真詞』也；《天方夜談》，其『申詞』也。不解此理，則妖魔攝人以入洞，姹女遇仙而墜井，不將以新小説作《封神榜》乎？如盲人之談骨董，驚奇道怪，無有是處。辜負吾新小説。

以論讀地：其寫戀愛也，宜對月讀；其寫高潔也，宜對雪讀；其寫富麗也，宜對花讀；其寫孤憤也，宜對酒讀；其寫道德也，宜正襟書齋危坐而讀；其寫義俠也，宜掉舟絶壁之下長嘯而讀；其寫史乘也，宜倚紅袖翦燭而同讀，而決不可於市塵所會，囂塵而瞎讀；其寫社會也，宜召同胞四萬萬人，登百尺臺而宣讀，而決不可於三家兩舍，埋頭縮頸而偷讀。

以論讀人：《現形記》出，可令官場讀；《發財記》出，可令志士讀；《叩閽記》出，可令文人讀；《雙碑記》出，可令倩女讀；《無名英雄》出，可令賣國奴讀；《秘密使者》出，可令保皇黨讀；《茶花女遺事》出，可令普天下善男子、善女人讀。而獨不許浪子讀，妬婦讀，因首垢面之販夫讀，秤薪量水之富家翁讀，胸羅《四書五經》、腹飽《二十四史》之老先生讀。

要而言之，舊小説，文學的也；新小説，以文學的而兼科學的。舊小説，常理的也；新小説，以常理的而兼哲理的。讀舊小説，須具二法眼藏，一作如是觀，一作如彼觀。吾恨不令漆園老叟鑿我渾沌人，以觀遍四千年來之舊小説。讀新小説，須具萬法眼藏，社會的作社會觀，國家的作國家觀，心理的作心理觀，世界的作世界觀。吾祇得求吾佛慈悲，生萬眼，生萬手，生萬口，以閲遍持遍讀遍無量劫無量數之新小説。

雖然，木不能祇有長松翠柏，而不有枳棘；物不能祇有麒麟鳳凰，而不有梟獍；人不能祇有西施、南威，而不有無鹽、嫫母；文不能祇有韓海蘇潮，而不有牛鬼蛇神。世非無託西籍以欺人，博花酒之浪費：連篇累牘，不外伯爵夫人、男爵夫人之頭銜；倒篋傾筐，不外男女交合、婚姻指南之生活。言女權，必致一妻多夫；言平等，必致父不能有其子，子不能有其父。其崇拜則金錢而已，其敷衍則唾餘而已，其希望則無賴少年、嗜淫大腹賈而已。讀之令人頭痛，讀之令人髮上豎，讀之令人懨懨欲睡，讀之令人欲嘔不能，欲瀉不能，其氣直向下部出。梁啓超見之曰：殺！殺！殺！余則曰：不必殺，不必殺。讀優美小説，如登天堂一通，瓊樓玉宇，固羽化而登仙；讀齷齪小説，如入地獄一通，馬面牛頭，眼界何曾不廓？人能讀優美小説，而不能讀齷齪小説，如能居天堂，而不能居地獄也。仍是梁啓超之不善讀！仍是梁啓超之不善讀！

噫吁嘻！豈惟讀之而已哉？吾將請李龜年點版，柳敬亭扣舷，以彈唱之；吾將請優孟被衣冠，亞子傅粉墨，以歌演之。豈惟演唱而已哉？吾將請昆提倫（羅馬大雄辨家）登演説臺以宣講之。

豈惟演説而已哉？吾將開小説學堂以教課，策其進步；吾將開小説科舉以考試，定其出身。客曰：『足矣！足矣！毋再混説爲。此皆迂談也，此皆妄説也，此皆癡人説夢也。汝新世界小説社中人耶？仍還汝小説社，輯小説報，以騙人去。毋再混説爲！』迂與不迂，妄與不妄，癡與不癡，此大問題，請以質之讀者，請以質之讀《讀新小説法》者。

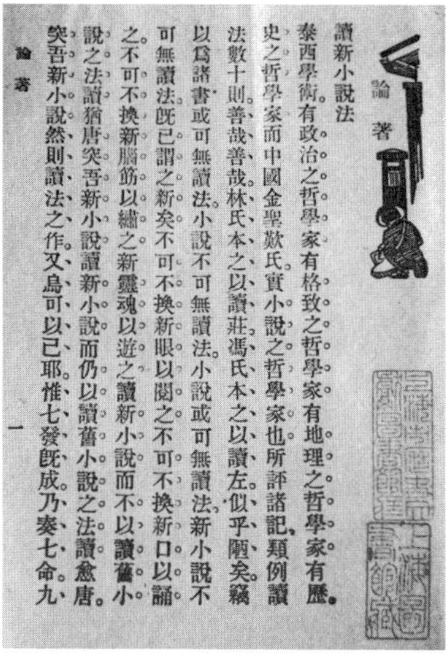
論著

讀新小說法

泰西學術有政治之哲學家有格致之哲學家有地理之哲學家有歷史之哲學家而中國金聖歎氏實小說之哲學家也所評諸記類例讀法數十則善哉善哉林氏本之以讀莊馮氏本之以讀左似乎陋矣竊以爲諸書或可無讀法小說不可無讀法小說或可無讀法新小說不可無讀法既已謂之新矣不可不換新眼以閱之不可不換新口以誦之不可不換新腦筋以繡之新靈魂以遊之讀新小說而不以讀舊小說之法讀猶唐突吾新小說讀新小說而仍以讀舊小說之法讀愈唐突吾新小說然則讀法之作又烏可以已耶惟七發既成乃奏七命九

論著　一

（一九〇六年《新世界小説社報》第六、七期）

紅樓夢評論

藍公武　撰

本文載於一九〇六年十月《教育》第一期『雜俎』欄。《教育》雜志是由張東蓀與藍公武等『愛智社』成員在東京創刊，主要用『愛智學』（即哲學）來『教育』大衆，以『使世界莊嚴潔净爲旨歸』。共出二期。作者藍公武（一八八七——一九五七），字志先，一作知先。筆名知非等，吴江人。早年留學日本，一九〇四年加入光復會。一九一一年畢業於日本東京帝國大學哲學系。曾任《時事新報》總編輯。一九一三年赴德國留學。第一次世界大戰前回國，任《國民公報》社長、《晨報》董事等。一九二三年起先後在北京大學等校任教，講授馬克思的《資本論》。抗戰時曾被日本軍拘禁。抗日戰争勝利後到解放區，歷任察哈爾人民政府教育廳廳長、北岳行署民政廳廳長等。建國後任最高人民檢察署副檢察長兼政務院政法委員會委員。譯有康德《純粹理性批判》。本文是對王國維《紅樓夢評論》的批評與補充。他認爲王氏這篇文章『獨具卓見』，但『惜見理一端，不免猶有缺憾』。他所認同的『卓見』，即是用叔本華的哲學思想來剖析《紅樓夢》，但藍公武在這裏并没有重複王國維或叔本華的話頭，而是用佛學語言來作新的詮釋：『是書示諸行之無常，爲成佛之要道，蓋吾人日在生滅中而不知生滅之苦，必有外緣刺擊乃有所感，有感成悟，由悟成道。』這倒不是藍公武故意用了這一聰明的辦法，實際上是佛理與叔本華的思想確有相通之處。但藍公武并未完全用厭世的觀點來看《紅樓夢》的，而同時用積極入世的態度來分析了《紅樓夢》中的人物，他説：『黛玉，哲學家也，不同流俗，超然高攀，不能與世推移。寶釵、鳳姐，政治家也，才具可愛。妙玉，才子也，才高遺妬，過潔受嫌，不僅當時大觀園中人嫌之，即至今讀者亦多嫌之。史湘雲，文豪也，跌宕可愛。惜春，大師也，獨具慧眼。探春，英雄也，有任事才。寶琴，君子也，守身如玉。』應該説，這與他前面所論并不十分合榫。值得注意的是，這裏又指出每一形象『代表』了社會中的一種人物，已具有後人所説的人物的『典型意義』的意味。後來成之的《小説叢話》就在這基礎上詳細地分析了《紅樓夢》中的一些主要人物的『代表主義』。文章最後對『女子最清潔』之説也作了合理的解釋。由於同一期《教育》中發表了藍公武等人批評章太炎的文章，因此章氏即在《民報》第十號（一九〇六年十二月）發表《與人書》進行辯説，談到了『《紅樓夢》爲成佛之要道』之説，後魯迅在《關於太炎先生二三事》中將此事上升到章太炎與梁啓超等三次『所向披靡，令人神旺』的『鬥争』之一，或許説得有點過分了。

《紅樓夢》一書，評者多矣，均無高尚思想，不知作者本意，徒斤斤於事蹟，或稱黛玉，或取寶釵，而惜寶黛之不合者，則幾一致焉。惟海寧王氏，獨具卓見，惜見理一端，不免猶有缺憾。鄙人素愛此書，讀逾百數，每讀必有所感，感輒書諸案頭。近整書簏，遽得數章，兹録其要者，聊以示思想之一斑而已。若引申己説，會集成篇，以補王氏之不足，則尚需俟諸異日。

是書示諸行知無常爲成佛之要道，蓋吾人日在生滅中而不知生滅之苦，必有外緣刺擊乃有所感，有感成悟，由悟成道。《起信論》云：「以熏習因緣力故，則令人厭生死苦，樂求涅槃。」又云：「此人依於諸佛菩薩等，從初發意始求道時，乃至得佛，於中若見若念，或爲眷屬父母諸親，或爲給使，或爲知友，或爲怨家，或起四攝，乃至一切所量行，以其大悲熏習之力，能令衆生增長善根。若見若聞，得利益故。」而《紅樓夢》一書即如是也。如二十二回中，寶玉所填之《寄生草》云：「無我原非而，從他不解伊，肆行無礙憑來去。茫茫著甚悲愁喜，紛紛説甚親疏密。從前碌碌却因何，到如今試想真無趣。」是即以因緣力，令其安心生厭。弟斯時，寶玉之因緣力尚淺，未能起大悲熏習之力。故釵黛一言，此念頓變。必至九十一回，飽經變故，才有「任憑弱水三千，祇取一瓢飲」之悟。吾人日常生活，亦以《紅樓夢》等耳。雖所事不同，貪、嗔、癡、愛，種種苦樂，則無異處。特陷溺既深，熏習未起，得由是書藉以自鏡以起大悲熏習之力，其非成佛之道而何哉？是以警幻仙子之授寶玉以雲雨之事也，對之云：「不過令汝領略仙閣幻境之風尚且如此，何況塵寰之情境哉？」是即欲以起其熏習之力已耳。其述塵世之生死苦也，已總括於寶玉一夢，如《紅樓夢》引子云：「開闢鴻蒙，誰爲情種，都只爲風月情濃。奈何天，懷舊日，寂寥時，試遣愚衷，因此上演出這悲金悼玉的《紅樓夢》。」首二句言泰初一步本無事也，下數句言無明薰染而起因緣，因緣起而有煩惱。因者，因於心也；緣者，緣於境也。風月情濃，內因也；「奈何天」三句，外緣也。因緣相構，自有悲金悼玉的《紅樓夢》來矣。

《紅樓夢》者，世界之縮影小本也。種種事業，皆當作如是觀。蓋事業雖各不同，而貪、嗔、癡、愛則相同也。寶玉，宗教家也，故無往而不用其情，其情爲至情，爲純粹無私之情。黛玉，哲學家也，不同流俗，超然高攀，不能與世推移。寶釵、鳳姐，政治家也，才具可愛。妙玉，才子也，才高遺妬，過潔受嫌，不僅當時大觀園中人嫌之，即至今讀者亦多嫌之。史湘雲，文豪也，跌宕可愛。惜春，大師也，獨具慧眼。探春，英雄也，有任事才。寶琴，君子也，守身如玉。凡此皆舉其大者而已。若其餘，亦各合社會中一種人物而足以代表之也。

世人每以寫情小説視《紅樓夢》，殊不知是書雖爲寫情之作，其中尚有至高之理，膚於見者，或不知之耳。如寶玉謂女子最清潔，嫁則沾染男子習氣，不可近矣。又一聞女子將嫁，即代爲不快。若自常人視之，以爲寶玉愛女子而惡男子耳。實則不然。蓋女子常不與社會相接，故思想單純，不雜俗念，不雜俗念，故清潔；嫁則非沾染男子習氣也，沾染俗念耳。是以未嫁之時，不知世事，清潔可愛；既嫁之後，則氣質必大變，卑鄙常較男子爲甚。此吾人得徵之於事實者也。甄寶玉與賈寶玉相反，世間一俗人而已，所謂浪子回頭者是也。特塵世渾濁，茫茫天地間，安得如寶玉其人哉？一爲真，一爲假。假者，無其人，而設想之耳。（未完）

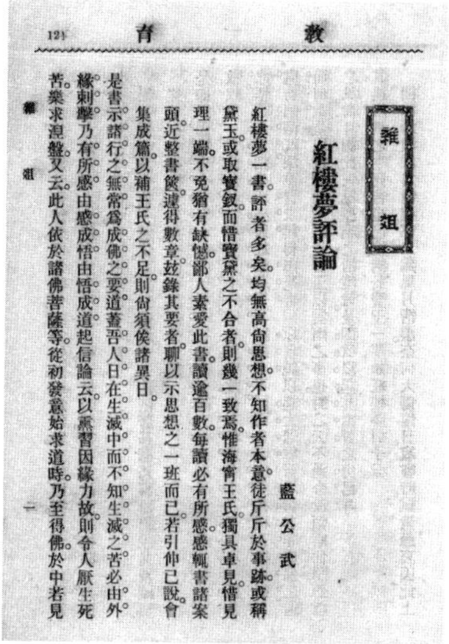

121　教　育

雜俎

紅樓夢評論

藍公武

紅樓夢一書。評者多矣。均無高尚思想。不知作者本意。徒斤斤於事跡。或稱黛玉。或取寶釵。而惜寶黛之不合者。則幾一致焉。惟海甯王氏。獨具卓見。惜見理一端。不免猶有缺憾。鄙人素愛此書。讀逾百數。每讀必有所感。感輒書諸案頭。近整書篋。遽得數章。玆錄其要者。聊以示思想之一班而已。若引伸己說。會集成篇。以補王氏之不足。則尚須俟諸異日。

是書示諸行之無常。爲成佛之要道。蓋吾人日在生滅中。而不知生滅之苦。必由外緣刺擊。乃有所感。由感成悟。由悟成道。起信論云。以熏習因緣力故。則令人厭生死苦。樂求涅槃。又云。此人依於諸佛菩薩等。從初發意始求道時。乃至得佛。於中若見

雜俎　一

藍公武

小說小話

蠻 撰

載於一九〇七年至一九〇八年《小說林》第一、二、三、四、六、八、九期，署名『蠻』。我曾著文疑爲蠻公張鴻，誤，當以黄人説爲妥。黄人（一八六六——一九一三），原名振元，中年以後改名爲人，字慕庵，號摩西，江蘇昭文（今常熟）人，曾執教於蘇州東吴大學，與曾樸、徐念慈等創辦小説林社。辛亥革命後，以憤懣國事，發狂疾卒。黄係南社才子，學識廣博，著述甚富，有《摩西詞》、《中國文學史》等。《小説小話》最引人注目處，乃是關於八十餘種舊小説的述評，其多種作品爲世所罕見，故史料價值甚高，魯迅曾全部抄入其《小説舊聞鈔》。其實，《小説小話》闡發小説原理處，也頗多精到之論。它指出：『小説之影響於社會固矣，而社會風尚實先有構成小説性質之力，二者蓋互爲因果也。』因此，他要求小説作者當於社會『無一不知』，描寫人物時『當如鏡中取影，妍媸好醜令觀者自知』。關於小説的結構、語言等也有論述。它在分析我國歷史小説、俠義小説等特點以及大團圓結束、因果思想等『陋習』時，也頗中肯。總之，它確爲我國近代小説話中的佼佼者。

小説之描寫人物，當如鏡中取影，妍媸好醜令觀者自知。最忌攙入作者論斷，或如戲劇中一脚色出場，横加一段定場白，預言某某若何之善，某某若何之劣，而其人之實事，未必盡肖其言。即先後絶不矛盾，已覺疊床架屋，毫無餘味。故小説雖小道，亦不容着一我之見，如《水滸》之寫俠，《金瓶梅》之寫淫，《紅樓夢》之寫艷，《儒林外史》之寫社會中種種人物，并不下一前提語，而其人之性質、身份，若優若劣，雖婦孺亦能辨之，真如對鏡者之無遁形也。夫鏡，無我者也。

小説與時文爲反比例。講究時文者，一切書籍皆不得觀覽，一切世務皆不容預聞。至其目小説也，一若蛇蝎魔鬼之不可邇。而小説中，非但不拒時文，即一切謡俗之猥瑣，閨房之詬誶，樵夫牧豎之歌諺，亦與四部三藏鴻文秘典，同收筆端，以供饌箸之資料。而宇宙萬有之運用於爐錘者（施耐庵《水滸記》自序，可爲作小説者之標準）更無論矣。故作時文與學時文者幾於一無所知，而作小説與讀小説者幾於無一不知，其不同也如此。

語云：『神龍見首不見尾。』龍非無尾，一使人見，則失其神矣。此作文之秘訣也。我國小説名家能通此旨者，如《水滸記》（耐庵本書止於三打曾頭市，餘皆羅貫中所續，今通行本則金采割裂增減施、羅兩書首尾成之），如《石頭記》（《石頭記》原書，鈔行者終於林黛玉之死，後編因觸忌太多，未敢流布。曹雪芹者，織造某之子，本一失學紈袴，從都門購得前編，以重金延文士續成之，即今通行之《石頭記》是也。無論書中前後優劣判然，即續成之意旨，亦表顯於書中。世俗不察，漫指此書爲曹氏作，而作《後紅樓夢》者，且横加蛇足，尤可笑焉），如《金瓶梅》（此書相傳出王世貞手，爲報復嚴氏之督亢圖，要無左證。書實不全，卷末建醮託生一回，荒率無致，大約即《續金瓶梅》者爲之。中間亦原缺二回。見《顧曲雜言》），如《儒林外史》（編末爲一傖牽連補綴而成，已見原書敘述中，兹不具論），如《兒女英雄傳》（原書終於安驥簡放烏里雅蘇臺大臣），皆不完全，非殘缺也，殘缺其章回，正以完全其精神也。即如王實甫之《會真記傳奇》、孔雲亭之《桃花扇傳奇》，篇幅雖完，而意思未盡，亦深得此中三昧，是固非千篇一律之英雄封拜、兒女團圓者所能夢見也。

或問：『《西遊記》果寓言金丹大道乎？抑演説房中術乎？』曰：『房中術差近。』『何以知其然也？』曰：『請問金箍棒爲何物？』、『尚有別證據否？』曰：『火雲洞之少陽，甚於火焰山之老陰（房中家有以狎比頑童爲採補者，散見各記載）；車遲國之提過夾脊，實爲泥水搬運之秘要：此其最顯者也。』

古來無真正完全之人格，小説雖屬理想，亦自有分際，若過求完善，便屬拙筆。《水滸記》之宋江、《石頭記》之賈寶玉，人格雖不純，自能生觀者崇拜之心。若《野叟曝言》之文素臣，幾於全知全能，正令觀者味同嚼蠟，尚不如神怪小説之楊戩、孫悟空騰拿變化，雖無理而尚有趣焉。其思想之下劣，與天花藏才子書，及各種盲辭中王孫公子名士佳人之十足裝點者何異？彼《金瓶梅》主人翁之人格，可謂極下矣，而其書歷今數百年，輒令人嘆賞不置。此中消息，惟熟於盲、腐二史者心知之，固不能爲賦六合、嘆三恨者之徒言也。

《水滸》一書，純是社會主義。其推重一百八人，可謂至矣。自有歷史以來，未有以百餘人組織政府，人人皆有平等之資格而不失其秩序，人人皆有獨立之才幹而不枉其委用者也。山泊一局，幾於烏託邦矣。曰『忠義堂』，盡己之謂忠，行而宜之之謂義，固迥異乎本書石秀所罵之奴奴，及《石頭記》中怡紅公子所謂濁氣者之忠義也。曰『替天行道』，山泊所出死力而保護，揮多金以羅致者，固社會所欲得而馨香之，屍祝之者也。山泊所腐心切齒而漆其首，啖其肉者，固社會所欲得而唾罵之，投畀之者也。社會之心，天心也。且更取山泊之團體，與趙氏之政府而一比較之，呼保義與道君皇帝孰英明，孰昏暗乎？智多星、小李廣等與蔡太師、童郡王、高太尉輩孰賢孰不肖乎？花石綱、生辰綱之斂萬民膏血以資一二人之欲，與揮金如土，求賢若不及者，孰是孰非，孰得孰失乎？仁和龔自珍曰『京師如鼠壤，則山中之壁壘堅』，即此日之現象也。耐庵痛心疾首於數千年之專制政府，而又不敢斥言之，乃借宋、元以來相傳一百有八人之遺事（《水滸》以前，宋、元人傳奇小説中述梁山事者甚多），而一消其塊壘，而金采乃以孫復、胡安國之徽纆加之，豈不可怪哉！

勇如林、史，俠如武、魯，謀如花、吴，藝如蕭、金，將略如呼延、關勝，神奇如公孫勝、戴宗之屬，皆天下才也。然皆待用於人，而非能用人者也。於此而欲求一統攝駕馭之者，若徑寫作豁達大度之君主，休休有容之一人臣，則又不合分際。故耐庵尚論千古，特取史遷《游俠》中郭解一傳爲藍本，而構成宋公明之歷史。郭之家世無徵，產不逾中人；而宋亦田舍之兒，起家刀筆，非如柴進之貴族，盧俊義之豪宗也。郭短小精悍，而宋亦一矮黑漢，非有凛凛雄姿、亭亭天表也。解亡命餘生，宋亦刀頭殘魄，非有坊表之清節，楷模之盛譽也。而識與不識者，無不齊心崇拜而願爲之死，蓋自古真英雄自有一種不可思議之魔力，能令賁、育失其勇，儀、秦失其辯，良、平失其智，金、張、陶、頓失其富貴，而疏附先後，驅策惟命，不自見其才而天下之人皆其才，不自見其能而天下之人皆其能。成則爲漢高帝、明太祖，不成則亦不失爲一代之大俠，雖無寸土尺民，而四海歸心，槁黄之匹夫，賢於衮冕之獨夫萬萬也。故論歷史之人格，當首溯郭解；而論小説之人格，當首溯宋江。史遷之進游俠，其旨趣與尊孔子無異，皆所以重人權而抑專制也。此其意惟耐庵知之，亦惟耐庵能紹述之。不幸而有奴性之公孫宏，悍然爲當門之鋤；又不幸而有鼠目寸光之金采，簧鼓邪説以取好於民賊。然宏之爰書數言，尚不失爲解之知己；而采則鸚從前呵，但知辟人，以張乘輿者之威福耳。此則地下之耐庵有知，所當笑破唇頰者也。

《水滸》魯智深傳中，狀元橋買肉妙矣，而尚不如瓦官寺搶粥之妙也。武松傳中景陽岡打虎奇矣，而尚不如孔家莊殺狗之奇也。何則？抑豪强，伏鷙猛，自是英雄本色，能文者尚可勉力爲之；

若搶粥吃狗，真無賴之尤矣。然愈無賴愈見其英雄，真匪夷所思矣，而又確爲情理所有者，此所以爲奇妙也。此種頰上添毫手段，惟盲左有之，史遷尚有未逮也。

歷史小説，當以舊有之《三國志演義》、《隋唐演義》及新譯之《金塔剖屍記》、《火山報仇録》等爲正格。蓋歷史所略者應詳之，歷史所詳者應略之，方合小説體裁，且聳動閱者之耳目。若近人所謂歷史小説者，但就書之本文，演爲俗語，別無點綴斡旋處，冗長拖沓，并失全史文之真精神，與教會所譯土語之《新舊約》無異。歷史不成歷史，小説不成小説。謂將供觀者之記憶乎？則不如直覽史文之簡要也。謂將使觀者易解乎？則頭緒紛繁，事雖顯而意仍晦也。或曰：『彼所謂演義者耳，毋苛求也。』曰：『演義者，恐其義之晦塞無味，而爲之點綴，爲之斡旋也。兹則演詞而已，演式而已，何演義之足云！』

曾見芥子園四大奇書原刻本，紙墨精良尚其餘事，卷首每回作一圖，人物如生，細入毫髮，遠出近時點石齋石印畫報上。而服飾器具，尚見漢家制度，可作博古圖觀，可作『彼都人士』詩讀。

董若雨《西遊補》一書，點竄《楞嚴》，出入《三易》，其理想如《逍遥》、《齊物》，其詞藻如《天問》、《大招》。身丁陸沉之禍，不得已遁爲詭誕，借孫悟空以自寫其生平之歷史，雲譎波詭，自成一子。紬其宗旨，與木皮居士鼓詞，蘖庵和尚《擊筑餘音》（即《萬古愁》），或謂歸玄恭作，或謂王思任作，余曾見國初人抄本，則確出蘖庵手）異曲同工，而於《西遊》原書，固毫無關涉也。其係於三調芭蕉扇後者，以火焰山寓朱明焉。俗稱本朝爲清唐國，故曰『新唐世界』。大禹之戮防風，始皇之逐匈奴，皆爲漢種摧伏異族之代表，故欲向之乞驅山鐸，及治妖斬魔秘訣，以遂廓清之志。由崧溺於聲色，唐、桂二藩皆制於艷妻，故託西楚霸王以隱諷之。緑珠請客，而有西施在座，譏當時號爲『西山餓夫』、『洛邑頑民』者，不免與興朝佐命往還也。西施兩個丈夫之招詞，其即洪遼陽之兩朝行狀乎？天門不開，靈霄寶殿被人偷去，而在未來世界中，殺却百秦檜，請得一武穆。而天門大開，寶殿再造，蓋不勝恢復之將來希望也。萬鏡樓指明代學者之門户，天字第一號爲時文世界，從頭風世界分出，不錯亂其腦機，不能爲時文，不能養成一班無眼、耳、鼻、舌、心、肺、血氣之人才也。第二號乃爲古人世界，即在頭風世界隔壁，蓋當時積習，捨時文而從事古學者，亦近於腦病也。且古人世界，隔一未來世界，即是懞懂世界。彼敝敝然以繼往開來自負者，其不懞懂也幾希！祖龍之雄才大略，猶且不免，况若輩一孔之儒乎？玉門伏道，沉沉無底，窮老盡齒，鑽研故紙，而妄冀身後之名，其現象亦復如是，安得無人世界中人一爲之指迷哉！愁峰頂上抖毫毛，蓋謂積愁如山，雖化千百萬億身，一一身出一一舌，而不可説，不可説也。紅綫傷平日虚名之累，翠繩指興朝文網之密，一恃其自救，一望其自斃，無可解脱中之解脱法也。新古人有内外兩父，即指兩朝領袖馬首、巢由一輩人物。波羅密王出身火焰山，雖事涉曖昧（家父、家母、家伯一段，隱指入漢軍籍），不可謂非炎漢、朱明之末裔，而忍於敵視其所生，躬戮其同種，此平西、平南諸名王所挾以自豪，而又非新古人之僅認兩父者所能望其項背者也。遂令八部旗翻，盡掩天下之目；赤幟長偃（五色旗中獨無赤旗），無復故國之遺。際此，雖有三頭六臂，大鬧天宫之法身，亦無可措手，不得不遁入空門，覓我本師，而聽虚空主人之解嘲矣。此書國初僅有傳抄本，初刻於申報館，近日翻印者有病禪跋語，多與鄙意暗合。雨窗無事，偶與友人論及，覺其一字一意，皆無泛設，病禪唯發明其大要耳。就所記憶，拉雜徵引數條，以資談柄。若悉數舉之，累百紙不能盡也。

少時曾評此書，十五不復記憶，就他人摭録者，更附數則，與前條互證。

牡丹紅鯖魚吐氣　牡丹寓富貴，屈身異類，不過爲富貴耳。一班孌童弱女，直得一棒打殺。

牡丹不紅，徒弟心紅　紅，朱氏也；知有富貴，則忘朱氏矣。心乎朱氏者，獨大聖耳。

萬物從來祇一身　一身對異種言。

一身還有一乾坤　勉同種努力恢復也。

敢與世間開眇眼　開眇眼，復明也。

肯把江山别立根　立根，立主也。

惟大唐正統皇帝　與大唐新天子針對。

日麗鳳凰城　鳳凰城，在遼地。

伯欽道：『如何説個「同」字，你在别人世界裏，我在你的世界裏。』　伯欽，孝子也，求忠臣必於孝子之門，伯欽所以不認别人世界，此語惜不令向别人世界尋外父之新古人聞之。

女媧不遇，神禹不見　可見矯揉造作之古人世界中，只有結賓客媚妻子之人，而補天平水者，無處可覓也。

三個師父　皆指石齋。第一個師父，師石齋之學；第二個師父，師石齋之道；第三個師父，師石齋之忠義（以岳武穆比石齋，本周宜興對莊烈帝語）。所謂三位一體也。三個師父，正與兩個丈夫、兩個父親針對。

新居士名新在　新在，在新也。新指愛新。薇蕨精光，夷、齊下山，而居士新矣。住不穩古人世界，而入懞懂世界矣。

東邊不收，西邊不管　恰好入《貳臣傳》。

一池綠水　綠水，青水也。心平紅者，綠水不能陷，而朱闌縛之。

一個師長聚幾個學徒，正講着一句『範圍天地而不過』　以石齋《易》學授受淵源結全篇。

附龍尾曰：『蒙叟《吾炙集》載太倉黄翼十羽《三月十九日感事》一絶云：「腐儒兩度滯京華，日落園林慘暮笳。一似東風能解意，韋祠不放牡丹花。」與「牡丹紅」一段同一寄興。』

賈寶玉之人格，亦小説中第一流，蓋抱信陵君、漢惠帝之隱衷者也。或曰：『書中《西江月》兩首，醜詆寶玉，可謂至矣，其人格之可珍者安在？』曰：『君自不善讀《紅樓夢》耳，所謂但看正面而不看反面者也。全書人物，皆無小説舊套，出場詩詞，獨寶玉有之。非特重其爲主人翁，全書宗旨及推崇寶玉之意悉寓於此。其詞云：「無故尋愁覓恨，有時如傻如狂。」言寶玉性情獨醒獨清，不與世俗浮沉，而舉國皆狂，則以不狂爲狂也。「縱然生得好皮囊，腹内原來草莽。」好皮囊謂有膏粱紈袴之皮囊，而其性則與山林之士無異。「潦倒不通庶務，愚頑怕讀文章。」不通庶務，便謂之潦倒；怕讀文章，便謂之愚頑；而庶務文章之外，雖有奇行卓見，概謂之偏僻乖張。世人肉眼所見，往往如是。故續云：「行爲偏僻性乖張，那管世人誹謗。」所謂舉世非之而不加懲者也。「富貴不知樂業，貧窮難耐淒涼。」不樂富貴，豈有難耐貧窮者？反言難耐，謂其一簑一鉢，自尋極樂境界，與政老之束手無措、璉二爺之仰屋咨嗟者迥乎不同。「可憐辜負好時光，於國於家無望！」此二句皆當貼寶玉一面說，謂但憐韶光之易逝，而鄙科第若土苴，棄勛閥如敝屣，無所希望於家國也。「天下無能第一，古今不肖無雙。」此二句之崇拜寶玉，幾於孔氏之稱泰伯爲至德，堯爲無能名矣。何也？蓋天下之所謂能者，不過能通庶務而已，更進則能讀書博高第而已，更進則能歷九命之榮、膺五等之封而已，最上則文死諫，武死戰，能博青史之虛名而已，臧與穀之爲亡羊一也。所謂肖者，就賈氏一門而論，政則腐，赦則傖，敬則誕，代儒則酸，珍則聚麀，璉則歸豭，將奚肖乎？即寧、榮二公，固爲從龍俊傑，而警幻雲雨，出之家教（警幻語寶玉，寧、榮二公囑其引寶玉歷飲饌聲色之幻，蓋微詞也），祖武亦豈易繩哉？寶玉之無能不肖，正所以爲天下古今第一人格也。「寄言紈袴與膏粱，莫效癡兒形狀。」莫效，莫能效也。言世之紈袴膏粱，非特不能效寶玉之真際，即形狀亦莫能仿佛也。詆寶玉乎？贊寶玉乎？無待辨矣。然寶玉平生，亦只有瀟湘一人知己，亦世所謗爲偏僻乖張者。滔滔者皆賈天祥之徒，又惡足以知寶玉？又惡足以讀《紅樓夢》？」

中國歷史小說，種類頗夥，幾與四庫乙部所藏相頡頏。然非失之猥濫，即出以誣謾，求其稍有特色者，百不得一二。惟感化社會之力則甚大，幾成爲一種通俗史學。疇人廣坐，津津樂道，支離附會，十九不經。試舉史文以正告之，反嘩辨而不信。即士林中人，亦有據稗官爲政實，而畢生不知其誤者。馬、班有知，得無喪氣！最熟於人口者，爲《三國演義》中之諸葛、關、張，其次則唐之徐敬業、薛仁貴，宋之楊業、包拯，明之劉基、海瑞，偶一徵引，輒不勝其英雄崇拜之意；而對於其反對者，則指摘唾罵，不留餘地。至於古來之有此人物否，人物之情事果真確否，不問也。即其小説之善者，亦不必皆賢，所非者未必皆不肖（如潘美、張居正，小説中輒與杞、檜等觀）。故所是者未必盡傳，而傳者又不必盡善，此其中亦皆有幸不幸焉，而爲之助因者，則有三事：

一、宗教　如崇拜關羽之爲無上上人物，廟社遍天下，其由歷代祀典之尊崇故。

二、平話　平話別有師傳秘笈，與刊行小説互有異同。然小説須識字者能閲，平話則盡人可解。故小説如課本，説平話者如教授員。小説得平話，而印入於社會之腦中者愈深。

三、演劇　平話僅有聲而已，演劇則并有色矣。故其感動社會之效力，尤捷於平話。演劇除院本外，若徽腔、京腔、秦腔等，皆別有專門脚本，亦小説之支流也。

聞羅貫中有十七史演義，今惟《三國演義》流行最廣（據陳鼎《黔滇紀游關索嶺考》，則以《三國演義》爲王實甫作，不知何本）。其次則《隋唐演義》，亦稍傳布，餘無可稽矣。兹據余少時所見而能追憶者，依歷史時代，不問良劣，略次於左：

《開闢傳》　顢頇無可觀。

《禹會塗山記》　點竄古書，頗見賅博，惟大戰防風氏一段，未脱俗套。聞此書係某名士與座客賭勝，窮一日夜之力所成，不知是原本否？

《采女傳》　係叙彭祖興霸，娶八十一妻，生百五十子，皆擅長智。殷不能制，物色得采女，進於彭祖，以房中術殺之。設想頗奇，但多淫穢語。

《封神榜》　相傳爲一老儒所作，以板值代奩贈嫁女者。

《西周志》　鋪張昭王南征，穆王見西王母及平徐偃王事。較《列國志》稍有變化，而語多不根。

《東周列國志》　亦見經營慘澹之功，惟《左》、《國》、《史記》之叙事妙絶千古，妄爲變换鋪張，不免點金成鐵。

《前後七國志》　惡劣。

《西漢演義》　平衍。

《昭陽趣史》　本《飛燕外傳》，不脱通常色情小説習氣。

《東漢演義》　與《西漢演義》如出一手。

《班定遠平西記》　杜撰無理，不如近人所著雜劇也。

《三國演義》　武人奉爲孫、吴，傖父信逾陳、裴，重譯者數國，頗見價值。

《後三國志》　惡劣。

《兩晋演義》　平衍。

《南北史演義》稍有興味，惟裝點鬼怪，殊爲蛇足。

《禪真逸史》有前後篇。書中主人公前編爲林澹然，後編爲瞿琰，而點綴以薛舉、杜伏威諸人之三生因果，憑空結撰，不知其命意何在。

《梁武帝外傳》與《東西漢演義》伯仲。

《隋煬艷史》不俗。

《隋唐演義》證引頗宏富，自隋平陳至唐玄宗復辟止，貫穿百數十年事跡，一絲不紊，頗見力量，信足與《三國演義》抗行。

《説唐》《**征東**》《**征西**》皆惡劣。蓋《隋唐演義》詞旨淵雅，不合社會之程度，黠者另編此等書，以徇俗好。凡余所評爲惡劣者，皆最得社會之歡迎，所謂『都都平丈我，學生滿堂坐』，俗情大抵如是，豈止葉公之好龍哉！

《錦香亭》以雷萬春甥女爲主，而間以睢陽守城事，不倫不類，亦惡札也。

《反唐》《**緑牡丹**》與《説唐》等略同。

《則天外史》頗有依據，筆亦姚冶，可與《隋煬艷史》相匹，非《濃情快史》、《如意君傳》、《狄公案》等所能望其項背也。

《殘唐演義》《**飛龍傳**》《**太祖下江南**》《**金槍傳**》《**萬花樓**》《**平南傳**》《**平西傳**》皆惡劣。

《**平妖傳**》　雖涉神怪，然王則本以妖妄煽亂，非節外生枝。而如張鸞、嚴三點、趙無暇、諸葛遂多目神事，皆有所本。叙次亦明爽，不可與《許旌陽傳》、《升仙傳》、《四游記》諸書鬼笑靈譚、絶無意識者等觀。

《**水滸記**》　已有專論(見前)。

《**英雄譜**》　即羅貫中之《續水滸》，筆墨亦遠不如前集，無論宗旨，宜金采之極口詆斥也。

《**水滸後傳**》　處處模仿前傳，而失之毫釐，差以千里。

《**蕩寇志**》　警絶處幾欲駕耐庵而上之(如陳麗卿、楊騰蛟諸傳，及高平山採藥，筍冠仙指迷各段，皆耐庵屐齒所未經)，惜通體不相稱；而一百八人之因果，雖針鋒相對，未免過露痕跡。

《**精忠傳**》　平衍。

《**岳傳**》　較《精忠傳》稍有興會，而失之荒俚。岳忠武爲我國武士道中之山海麟鳳，即就其本傳鋪張，已足震鑠古今，此書多設支節，反令忠武减色。凡通俗歷史小説中，於第一流人物，輒暗加抑置，謂并世似彼者有若而人，勝彼者有若而人。如《説唐》中之秦瓊、尉遲恭，《英烈傳》中之常開平，此書之忠武，皆若僥幸成名者。意謂天下之大，成名者不過數人，其無名之英雄，淪落不偶者蓋不知凡幾焉，然而矯誣亦甚矣。

《**後精忠傳**》　以孟珙爲主人翁，程度與《岳傳》相似，而稍有新意。

《**采石戰記**》　書中雖以叙虞允文戰功爲主，而多記完顔亮穢亂事，直海陵之外史耳。

《**雪窖冰天録**》　即《阿計替》、《南渡録》而變爲章回小説。然著者熟於宋人稗史，其增益者頗有所依據。

《**賈平章外傳**》　其叙述閒静，即爲《紅梅閣傳奇》所本。襄、樊城守數回，涉及神怪，殊覺無謂。

《**雙忠記**》　以張順、張貴爲主人翁，雖寥寥短簡，尚能傳二張忠勇之神。

《**楚材晋用記**》　以譚峭爲仙人，而張元昊、叩馬書生、施宜生、張宏範等，皆出其門下，作者之用意，蓋不勝其沉痛也。

《**大元龍興記**》　鋪揚蒙古功德，誠覥然無耻。然崇拜番僧回將，虜醜畢陳；而侈述元之發祚，較蒼猿白鹿尤覺可笑，亦可謂不善獻媚者矣。

《**庚申君外傳**》　大半採《演揲兒傳》，加以裝點，無甚歷史小説價值，然宫禁秘事，多有所本。

《**奇男子傳**》　元末群盜，史多不詳，此書足補其闕。惟以常開平與擴廓爲伍胥、申胥變相，未免擬不於倫。

《**英烈傳**》　一稱《雲合奇蹤》，相傳爲郭勛覬覦襲爵，使人爲此書以張其祖功。書甚惡劣，尚不能出《東西漢演義》上，而託名天池，抑何可笑。

《**真英烈傳**》　似因反對前書而作。開國諸將中，於郭英多所痛詆而盛述傅友德、胡德濟（即平話中之王于）、邵榮（即平話中之蔣忠）功業。平川之役，特表萬勝，而所謂飛天將、鐵甲將者，亦多有來歷，勝前書多矣（今日説平話者，當即以此爲藍本）。又此書中謂沐黔國爲高后私生子，而懿文與永樂則皆畜養於中宫者。永樂爲庚申君遺腹，其母甕妃，藍玉北征時俘獲，太祖納諸宫中，而玉曾染指焉。故玉之禍，不僅爲長樂之功狗，且因於長信之奇貨也。以上散見於明人野史中。而甕妃一事，張岱《陶庵夢憶》、劉獻廷《廣陽雜記》中皆載之，未必盡委巷之談也。

《女仙外史》　青州唐賽兒之亂，奉惠帝年號，而《石匱奇書》（即谷應泰《明史紀事本末》原本）中，更盛述賽兒奇跡，即是書所本也。作者江南吕某，書中軍師吕律，即作者自命。國初王士禎、劉廷璣輩，皆詫爲説部中之奇作。平心論之，其言魔仙佛并稱三教，理想殊奇特；而即以成祖慘酷刑法，對待一輩靖難功臣，請君入甕，痛快無似，至全書結構，則仍未脱四大奇書之窠臼也。

《西洋記》　記鄭和出使海外事。國土方物，尚不謬於史乘，而仙佛鬼怪，隨手扭捏，較《封神榜》、《西遊記》尤荒唐矣。近時碩儒有推崇此書而引以考據者，毋亦好奇之過歟！

《魚服記》　惠帝遁荒一事，千古疑案。此書事跡，作者謂得諸程濟後人，殆與今日親見福爾摩斯之子而得聞奇案者同一可笑（作者爲本朝人而言遇程濟子）。惟所記山川方物，頗有可觀，而組織處亦見苦心。

《鴟鴞記》　其體格頗特别，似分非分，似連非連。（章回小説有兩體，平常皆以一人一事聯絡，而中分回目。若《今古奇觀》、《貪歡報》、《國色天香》之類，皆一事爲一回。）此書自高煦稱兵以及寘鐇、宸濠而至靖江王爲止，或數回叙一事，或一回叙數事，雖事有詳略，不能匀稱，然亦見其力量之弱矣。

《**太妃北征録**》　此書余未見，首尾約有百餘回，筆意頗恣肆。太妃不知指何人，蓋合周天后遼蕭后爲一人者。而清唐國招親一段，尤極怪異。

《**正統傳**》　大約係石亨、曹吉祥之黨徒所爲。書中以于忠肅爲元凶大憝，可謂喪心病狂。然明人小説，以私怨背公理，是其積習；惟此書與《承運傳》（亦記靖難事者，痛詆方、練、景、鐵諸公，不留餘地）顛倒是非爲尤甚耳。若以張江陵爲巨奸，楊武陵爲大忠者，固數見不鮮矣。

《**野叟曝言**》　作者江陰夏某（名二銘，著有《種玉堂集》，亦多偏駁。此書原缺數回，未刊，不知何人補全，先後詞氣多不貫），文白即其自命，蓋析夏字爲姓名也。康熙中，當道諸公争尚程、朱學説，而排斥陸、王，作者曾從某相國講學，故雅意迎合，書中所謂時太師者雖若影射彭時，實指某相國也。其平生至友爲王某、徐某，則所謂匡無外、余雙人者是也。同邑仇家周某，則所謂吴天門者是也。夫小説雖無所不包，然終須天然凑合，方有情趣。若此書之忽而講學，忽而説經，忽而談兵論文，忽而誨淫語怪，語録不成語録，史論不成史論，經解不成經解，詩話不成詩話，小説不成小説，《雜事秘辛》與昌黎《原道》同編，香奩妝品與廟堂禮器并設，《陽阿》、《激楚》與《雲門》、《咸池》共奏，豈不可厭？且作文最患其盡，小説兼文學、美術兩性質，更不宜盡；而作者乃以盡之一字爲其唯一之妙訣，真别有肺腸也。其竭力貢獻尊王法聖之奴隸性，以取媚於權要者，固無足深論矣。

《**萃忠録**》　表揚于忠肅諸公大節，與《正統傳》正相反。然筆下枯槁無味，視盲詞中《再造天》，直一丘之貉耳。

《**玉蟾記**》　亦似爲奪門案中諸忠吐氣，然庸劣特甚。

《**武皇西巡記**》　作者署名江南舊吏。觀其序言，大約乾隆中官江南，因供應巡幸不善而被議者，故作此以指斥。詞采頗豐蔚，所叙事實亦似得之躬歷，非叔孫通綿蕞所習之强作解事者比。

《**豹房秘史**》　妖艷在《隋煬艷史》上。唯《艷史》皆有所依據，而此書則多憑空結撰，猶《金瓶梅》之借《水滸》武松傳中一事而發抒其胸中怨毒耳。

《**偉人傳**》　以徐武功、韓襄毅、王新建、王威寧四人爲主，蓋小說中之合傳體也。然事跡多不經，全乖於本傳。又四人功業雖可頡頏，而以人格論，則不免老子、韓非之誚。

明人小說，以序述武宗荒晏，宸濠舉兵，及江浙倭亂，嚴氏奸惡者爲最夥，然多無甚價值，故不備列。

《**金齒餘生録**》　署名爲用修自著，然未必真出其手，因詞氣多不類也。叙述議大禮事，亦多與史矛盾，唯記苗族風尚，頗瑰異可觀。

《**驂鸞録**》　叙世宗崇道事，蓋周穆、燕昭、漢武《内外傳》之流。唯書中李福建、陶仲文、藍道行，皆實有其人，事跡則出之裝點耳。

《**青詞宰相傳**》　夏貴溪亦佞幸一流，人格在張孚敬下，幸爲嚴氏所傾陷，死非其罪，故世多惜之；又得《鳴鳳記》等爲之極力推崇，儼然蹇蹇老臣矣。此書則極力醜詆之，無異章惇、蔡京，又未免太過。揚之則登天，抑之則置淵，文人之筆鋒，誠可畏哉！小説，猶其小焉者也。

《**緑野仙蹤**》蓋神怪小説而點綴以歷史者也。其叙神仙之變化飛升，多未經人道語；而以大盜、市儈、浪子、猿、狐爲道器，其憤世尤深。燒丹一節，雖以唐小説中《杜子春傳》爲藍本，而能别出機杼，且合之近日催眠學家所實驗者，固確有此理，非若《女仙外史》之好强作解事而實毫無根據者比也。唯平倭一節，詆胡梅林不留餘地，不知何意。梅林將業，雖不足觀，然功過尚足相掩，在當時節鎮中，不可謂非佼佼者，正未容一筆抹煞也。相如江陵，將如梅林，而明人小説中每痛毁之，蓋必别有不滿意於當時社會者在焉。

《**東樓穢史**》筆力恣肆，尤出《金瓶梅》上，所不及《金瓶梅》者，彼洋洋百餘回，全叙家人瑣屑，不涉門外事，而此則國政、兵務、神仙、鬼怪參雜其間，不及五十回，已成强弩之末矣。

《**大紅袍**》筆頗整飭，非今日坊間通行之本；而一傳一不傳，殊覺可怪。我國章回小説界中，每一書出，有真贋兩本，如此書及《隋唐演義》與《説唐》是也。然真而雅者，每乏賞音；贋而俗者，易投時好。一小説也，而其遭際如此，亦可以覘我國民之程度矣。尚有所謂《福壽大紅袍》者，盲詞也，蓋就贋本更翻者，則其庸惡陋劣，無待言矣。

《**檮杌閒評**》魏忠賢之外史也，亦有奇偉可喜處。唯以傳應星爲忠賢所生，且極口推崇之，不知其命意所在。今坊間翻刻，易其名曰《明珠緣》。

《**護國録**》書中所謂張閣老、朱國公者，不知指何人。叙三案事，尚未全失實，唯頗不滿意於沈四明及王之寀；而文致鄭國泰，視爲梁冀、新莽一流，雖下流所歸，而不知鄭之庸劣，實不足以當之。欲甚其罪，而反重其身價，世間事往往有此。

《**賣遼東傳**》　曾見傳鈔殘本，雖多落窠臼，而頗多逸聞。惟馮布政父子奔逃一回，即涿州與東林構怨之一原因者，則闕之矣。

《**瑶華傳**》　平空構一福藩女爲主，亦能別出手眼者。雖荒誕穢褻，不可究詰，然較之《隔簾花影》、《綺樓重夢》等蠅矢污璧者，倜乎遠矣。

《**甲申痛史**》　書中以懷宗爲成祖後身，流寇則靖難諸臣轉世報仇者。其荒邈無稽，與《續水滸》之宋江爲楊么，盧俊義爲王魔，及《三分夢》之韓、彭、英布轉世爲昭烈、操、權者，如出一轍。此固小説家之陋習，而亦可見我國民因果報應之説，中於心者深也。（成祖轉生爲懷宗之説，《霜猿集》等亦載之，而以流寇爲胡、藍案中人，則《西堂樂府》亦有此類怪談，彼稗官家，固無足責也。）

《**陸沉紀事**》　自薩爾滸之戰起至睿忠親王入關止。其事跡皆爲魏源《開國龍興紀》所不及知者。雖多道路流傳語，而作者見聞較近，且無忌諱，亦不能盡指爲齊東語也。書中於遼東李氏、佟氏逸事，特多鋪張；而九蓮菩薩會文殊一回，稽之禮親王《嘯亭雜録》，亦非全出傅會也。

《**鐵冠圖**》　此書共有三本。今所通行之《新史奇觀》，即其中之一，而亦不完全，蓋因有所觸忌而竄改也。其一則全言因果報應，與《甲申痛史》大指相同。其一以毛文龍爲主人翁，吴、耿、孔、尚皆其偏裨（耿、孔、尚確係文龍養孫），而以洪遼陽爲出毛門下，因至長白山，擬師邊大綬故智，爲神所呵，遂知天命有在，幡然歸順（此事於明人野史中亦曾見之，蓋顧亭林逸事），殊極荒謬。唯五龍會一節（五龍蓋謂世祖、明懷宗、唐王及闖、獻皆逃禪，就一師受記）尚有所本，今説評話者，似即據此爲藍本。

《**海角遺編**》　記常熟嚴栻等舉兵事。原本有四卷，後附題贊書中諸人詩一卷，今傳鈔者，僅有首二卷也。

《**江陰城守記**》　即《荆駝逸史》中之一種，而易爲通俗小説。書中四王八將，皆有姓氏，而稽之别種紀載，幾若亡是公。且國初王之陣亡者，僅有尼堪與孔有德，事在滇、粤，不在江陰也。大約所謂王者，係軍中綽號，如流寇中混世王、小秦王之類耳，非封爵也。又當鼎革時，草澤之投誠者，每要求高爵，或權宜假借，以戢反側，雖未經奏請，而相呼以自貴，亦未可知。蘇郡之變，有所謂八大王者，亦其倫也。

《**殷頑志**》　專記大嵐山朱三太子、一念和尚等之變，而於各處舉義旗者多不及，名殊未稱。聞尚有《沙溪妖亂志》一書，亦記朱三、一念事，余未之見也。

《**鯨鯢録**》　此書搜羅頗廣，自魯監國，越中水師及閩之鄭氏，太湖之吴易、黄蜚等義兵，而群盗如赤脚張三等亦附列焉。惟滿家峒伏莽，地占平原，而謂有隧道可通萊州入海，則真齊東之語矣。《投筆集》中有所謂阮姑娘者，當即此書中阮進之妹，飛龍、飛蛟，不知誰屬。

《**臺灣外紀**》　此延平别傳也。從飛黄椎埋以至克塽輿櫬，首尾數十年事跡甚詳備。作者見聞較近，當有所根據，惟叙次散漫，多近乎斷爛朝報，不甚合章回小說體裁焉。

《**前後十叛王記**》 國初武略，世多侈言前後三藩，而此書獨稱十王。蓋於弘光、隆武、永曆之外，加入魯王及李定國、孫可望爲前六王，而以孫延齡爲孔有德婿，更其姓爲孔延齡，而附於吴、尚、耿爲後四王。然明之三藩不可云叛，而孫、李人格絶然相反，又豈可并列，亦好奇之過也。然書中所記張勇激變，王輔臣、傅宏烈僞降，及射獵殺孫可望事，皆與劉獻廷《廣陽雜記》所載相合，亦非漫無根據者。

《**毗舍耶小劫記**》 記朱一貴之亂也。一貴本明裔（見日本人《朱一貴事》），所謂鴨母，其實龍孫也。惟一貴驟起驟滅，蕩平不過旬月，書中時間，未免延長。又以杜君英爲鄭忠英，指爲克塽之後，不知何本。

《**平臺記**》 事跡與前書略同。惟詞意多鄙倍，藍鼎元《平臺記略》序中所指，當即是書。

《**年大將軍平西記**》 脱胎於《封神榜》、《西洋記》而魄力遠遜之；然較《征東》、《平南》諸書，則倜乎遠矣。惟合金山、青海爲一地，又以噶爾丹策妄布坦拉爲羅卜藏丹津將帥，及以哈敦爲阿奴名，本朝人演本朝事而顛倒紕繆至此，殊令人齒冷。我鄉徐太史兆瑋素推重是書，大約因書中神怪各節，所謂陣圖法寶者皆有寓意而偏嗜之，然不免好奇之過也。

《**蟫史**》 此小說中之協律郎詩、魁紀公文也。書中主人甘鼎，蓋指傅鼐。傅之材力，在明韓襄毅、王威寧右，而未竟其用，舉世悼惜，故好事者撰爲是書，以同時一切戰績，歸傅一身，致崇拜之意。

但懼干忌諱，故出之以廋詞隱語，飾之以牛鬼蛇神，以炫閱者之耳目。但細考之，書中人物事跡，仍歷歷顯露（如石玉之爲琅玕，余舜佐之爲李侍堯，斛斯貴之爲福康安，賀蘭觀之爲海蘭察，龍木蘭之爲龍么妹，木宏綱之爲柴大紀，梅颯采、嚴多稼之爲林爽文、莊大田。其餘若群網、鶖鶬二城，則諸羅、鳳山也。青黄黑赤白五苗，則九股十三姓諸種也。五斗米賊，則川陝各號之白蓮教匪也。當時朝議甚惜齊王氏之才，有欲撫之使平苗自贖者，故尊之爲鎖骨菩薩，别樹一幟，不混於五斗米賊中。陳文述曾令常熟，爲諸名士所推服，所謂都毛子者，殆即其人也。餘不備述）。雖章回小説乎，而有如《莊》、《列》者，有如《竹書》、《路史》者，有如《易林》、《太玄》者，有如《山海》、《岳瀆》、《神異經》者，有如《雜事秘辛》、《飛燕外傳》、《周秦行記》者。蓋奄有《水滸記》、《西遊記》、《金瓶梅》諸特色，而無一語襲其窠臼，雖好用詞藻，及侈陳五行機祥，而乏真情逸致，然不可謂非奇作也。小説界中之富於特别思想者，除《西遊補》外，無能逮者，但不便於通俗耳。按此書筆意，頗與説部中《瑯珪雜記》（一名《六合内外瑣言》）相似，但彼係散篇，此爲長本，勞逸難易固不同也。乾、嘉中文字，能爲此狡獪伎倆者，惟舒位、王曇，究不知誰作也。（或即舒位所作。蓋舒參戎幕時，曾與龍么妹有情愫，其贈詩所謂『上馬一雙金齒屐，乘鸞十八玉腰奴』者是也。書中盛述木蘭神通，若有味乎其言之，當非無故。而所謂桑蜎生者，意即作者自指焉。）

《**鼎盛萬年青**》　此書有真贋二本。真本事跡與《南巡紀事》相出入，尚有稗乘價值。今坊間所發行者，蓋贋本也，三、四集下，尤惡劣萬狀，則贋之贋者也。（古今僞書極多，心勞日拙，已覺無謂。

而章回小説之下乘者，亦復襲其風氣（如此書及《説唐》、《大紅袍》、《鐵冠圖》之類），是可見人心之日下，挾葉公之好者日多，而馮贇、楊慎等作俑之流極無已焉。）

吾國小説，具歷史性質者，正指不勝屈。而鄙人見聞淺狹，且記憶力日減退，有志其書名而事跡不能追省者，亦有事跡瞭然而忘其書名者，隨手掇拾，挂一漏萬。海内博雅君子見之，寧無遼豕之誚？

小説感應社會之效果，殆莫過於《三國演義》一書矣。異姓聯昆弟之好，輒曰『桃園』；帷幄侈運用之才，動言『諸葛』。此猶影響之小者也。太宗之去袁崇焕，即公瑾賺蔣幹之故智。（太祖一生用兵，未嘗敗衄。惟攻廣寧不下，頗挫精鋭，故切齒於袁崇焕，遺命必去之。詳見《嘯亭雜録》等書。）海蘭察目不知書，而所向無敵，動合兵法，而自言得力於繹本《三國演義》。左良玉之舉兵南下，則柳麻子援衣帶詔故事慫恿成之也。李定國與孫可望，同爲張獻忠義子，其初膽肝越貨，所過皆屠戮，與可望無殊焉，説書人金光，以《三國演義》中諸葛、關、張之忠義相激動，遂皤然束身歸明，盡忠永曆，力與可望抗，累建殊勛，使興朝連殞名王，屢摧勁旅，日落虞淵，魯戈獨奮，爲明代三百年忠臣功臣之殿，即與瞿、何二公鼎峙，亦無愧色，不可謂非演義之力焉。張獻忠、李自成及近世張格爾、洪秀全等，初起衆皆烏合，羌無紀律。其後攻城略地，伏險設防，漸有機智，遂成滔天巨寇；聞其皆以《三國演義》中戰案，爲玉帳唯一之秘本。則此書不特爲紫陽《綱目》張一幟，且有通俗倫理學、實驗戰術學之價值也。書中人物最幸者，莫如關壯繆；最不幸者，莫如魏武帝。歷稽史册，壯繆僅以勇稱，亦不過賁、育、英、彭流亞耳。至於死敵手，通書史，古今名將，能此者正不乏人，非真可據以爲超群絶倫也。魏武雄才大略，奄有衆長，草創英雄中，亦當占上座。雖好用權謀，然從古英雄，豈有全不用權謀而成事者？况其對待孱主，始終守臣節，較之蕭道成、高歡之徒，尚不失其爲忠厚，無論莽、卓矣。乃自此書一行，而壯繆之人格，互相推崇極於無上，祀典方諸郊禘，榮名媲於尼山，雖由吾國崇拜英雄宗教之積習（秦、漢時尊杜伯，六朝尊蔣子文，唐時尊項王、伍胥，此我國神道權位之興替焉。自宋後特尊壯繆，以上諸人，皆有積薪之嘆矣。雖方士之呂巖，釋家之觀自在，術數家之鬼谷子，航海家之天妃，無以尚之也），而演義亦一大主動力也。若魏武之名，則幾與窮奇、檮杌、桀、紂、幽、厲同爲惡德之代表。社會月旦，凡人之奸邪詐僞陰險凶殘者，輒目之爲曹操。今試比人以古帝王，雖傲者謙不敢居；若稱以曹操，則屠沽廝養必怫然不受。即語以魏主之尊貴，且多才，子具文武才，亦不能動之也。文人學士，雖心知其故，而亦徇世俗之曲説，不敢稍加辨正。嘻！小説之力，有什伯千萬於《春秋》之所謂華衮斧鉞者，豈不異哉！（今西人之居我國者，稍解中文，即争讀《三國演義》，偶與論及中國英雄傳記，則津津樂道者，必此書也。陳、習之書，則知者鮮矣，且亦不欲知也。則《三國演義》之感應力，并及於域外矣。）

小説之影響於社會固矣，而社會風尚實先有構成小説性質之力，二者蓋互爲因果也。吾國南北兩部，風氣犂然而異，北方各行省，地斥鹵而民强悍，南人生長膏沃，體質荏弱，而習爲淫靡，故南北文學亦因之而分，而小説尤顯著。北人小説，動言俠義；而出於南人者，則才子佳人之幽期密約，千篇一律：兒女英雄，各據其所融治於社會者爲影本。原其宗旨，未始非厭數千年專制政體之束縛，而欲一寫其理想中之自由（俠義躬悍文網，與豪宗墨吏爲仇，破政府之專制也；幽期密約，婚姻自由，破家庭之專制也），而思力不充，更多顧忌瞻徇，其目的仍在封拜、誥贈，一若不得君主父母之許可，終不得爲正當者。則又第二層之普通結習，潛驅陰率之，而不復能顧其矛盾也。而閲小説者，但喜其情節之離奇，叙述之雋妙，不知就自由之一點引申而整理之，故其效果，屬於北者徒誨盗，屬於南者唯誨淫。

《五行志》有所謂文字之妖者，雖初民迷信之遺習，然亦頗有徵驗。傳記所載之童謡、語讖無論矣，小説之流行，亦有莫知其然而然，隱兆禍亂之先幾者。南人本好言情小説，前十年間，忽自北省傳入《三俠五義》一書，社會嗜好爲之一變。由是而有《彭公案》、《施公案》、《永慶昇平》諸書，皆從燕、齊輸入，而遂有庚子團匪之禍。

《三俠五義》一書，曲園俞氏就石玉崑本序行，易其名爲《七俠五義》。（書中三俠謂南俠、北俠、雙俠也。曲園因其人數爲四，疑有錯誤，遂湊入智化等；又改小義士艾虎爲小俠，而稱七俠。常笑曲園眩博而不知有三王——禹、湯、文、武亦四人，三俠蓋用其例，豈非怪事！）此書人物、地址、稱謂，多寓游戲，作者亦無一定宗旨（俗本《龍圖公案》中有五鼠鬧東京一事，作者殆惡其荒陋，而另出機杼，借題發揮。章回小説家本有此一種，如元人《二郎神》雜劇，因楊戩擅作威福，比之灌口神而作。而《西遊記》、《封神榜》，即以灌口神爲楊戩，侈叙其神通。《水滸記》有西門、潘氏通奸一段，而

《金瓶梅》之百餘回洋洋大篇，即從此出，皆其一例也），然豪情壯采，可集《劍俠傳》之大成，排《水滸記》之壁壘。而又有一特色，爲二書所不及者，則自始至終百萬餘言，除夢兆冤魂以外，絶無神怪妖妄之談（如《水滸記》高唐州、芒碭山諸回，實耐庵敗筆）。而摹寫人情冷暖，世途險惡，亦曲盡其妙，不獨爲俠義添頰毫也。宜其爲鴻儒欣賞，而刺激社會之力，至今未衰焉。

我國俠義小説，如《三俠五義傳》等書，未遽出泰西偵探小説下，而書中所謂俠義者，其才智亦似非歐美偵探名家所能及。蓋同一辦案，其在歐美，雖極疑難，而有服色、日記、名片、足印、煙、酒、用品等可推測，有户籍、守兵、行業册等可稽查，又有種種格致、藥物、器械供其研究。警政完全，一呼可集；電車神速，百里非遥；電信電話，鐵軌汽船，處處交通。越國則有交納罪人之條約，搜牢則有羈束自由之捕符。挾法律之力，君主不能侵其權，故能操縱自如，摘奸發伏。而吾國則以上者一切不具，僅恃腦力腕力，捕風索影，而欲使鬼蜮呈形，豺狼就捕，其難易勞逸之相去何可以道里計！吾國民喜新厭故，輕己重人，輒崇拜歐美偵探家如神明，而置己國俠義事跡爲不屑道，何不思之甚也？或謂俠義小説之所謂俠義者，皆理想而非事實，抑知所謂福爾摩斯、聶格卡脱者，亦何嘗真有其人？況吾國之俠義事跡，亦間有事實可據，而不盡出於文人狡獪也。

語云：『南海北海，此心同，此理同。』小説爲以理想整治實事之文字，雖東西國俗攸殊，而必有相合之點。如希臘神話、阿剌伯夜談之不經，與吾國各種神怪小説，設想正同。蓋因天演程度相等，無足異者。最奇者，若《夜叉夫人》（一勛爵之妻，有賢淑名，夫忽失蹤，備極哀悼，且謹嚴自守，人無間言。後事敗，方知其與人通奸，弑夫潛埋室中）與《謀夫奇案》，如出一轍（此案各説部多記之，即僞爲其夫遇祟自溺，實支解而瘞於坑下者），《畫靈》（商務書局發行）之與《鮑打滚冥畫》，其術正同（《畫靈》者，一畫士能視及現界外事物，而鮑打滚則就地一滚，而可目睹鬼神形狀而繪之）。《海外軒渠録》所載，葛利佛至大人國，爲宫婢戲置褻處，如臨惡溪，險醜莫狀，可謂匪夷所思矣；而《無稽讕語》中，竟有一節與之暗合者。蓋人心雖極變幻，更不能於感官所接觸之外别構一思想，不過取其收蓄於外界之材料，改易其形式質點，加以支配，以新一時之耳目。深察之，則朝三暮四，二五一十，正無可異也。又《水滸記》智取生辰綱一事，自是耐庵虚構；而閲《三洲游記》，阿非利加野人竟有真用此智而行劫者，豈黔種中亦有智多星歟？

小説固有文、俗二種，然所謂俗者，另爲一種言語，未必盡是方言。至《金瓶梅》始盡用魯語，《石頭記》仿之，而盡用京語。至近日則用京語者，已爲通俗小説。

黄　人

評林

小說小話　　蠻

小說之描寫人物。當如鏡中取影。妍媸好醜。令觀者自知。最忌攙入作者論斷。或如戲劇中。一腳色出場。橫加一段定場白。預言某某若何之善。某某若何之劣。而其人之實事。未必盡肖其言。卽先後絕不矛盾。已覺疊牀架屋。毫無餘味。故小說雖小道。亦不容着一我之見。如水滸之寫俠。金缾梅之寫淫。紅樓夢之寫艷。儒林外史之寫社會中種種人物。並不下一前提語。而其人之性質身分。若優若劣。雖婦孺亦能辨之。眞如對鏡者之無遁形也。夫鏡。無我者也。

小說與時文爲反比例。講究時文者。一切書籍皆不得觀覽。一切世務皆不

説《紅樓夢》

佚名 撰

載於一九〇七年二月二十二日《中外日報》。未署名。本文主要談了《紅樓夢》及《海上花》的認識價值及現實意義，感慨《紅樓夢》中所描寫的現象「與近日之景象何暗合歟」。如云：『舉世滔滔相壓以力，相詐以術，中外如是，古今亦如是，《紅樓夢》言之矣，曰：「不是東風壓倒西風，便是西風壓倒東風。」』

《紅樓夢》者，憂傷時事之言也，其叙賈氏，非不整飭家法，而家事之腐敗如故；非不約束子弟，而子弟之放縱如故。言財政，則侈靡既竭，而刮削且及於錐刀。言用人，則奸蠹盤踞，而斥逐乃在於柔懦，與近日之景象何暗合歟！

至於起衰救敝之策，彼亦言之矣。必如探春之明决，或可有濟。不得已而求一綫之延，亦如李紈之貞固不可。雖然，亦在喪敗之後矣。

若厭世之説，則大爲記者所呵，於探春之責惜春見之。舉世滔滔，相壓以力，相詐以術，中外如是，古今亦如是，《紅樓夢》言之矣，曰：『不是東風壓倒西風，便是西風壓倒東風。』《海上花》亦言之矣，曰：『上海灘浪，勿是客人騙小姐，就是小姐騙客人。』無不真格。

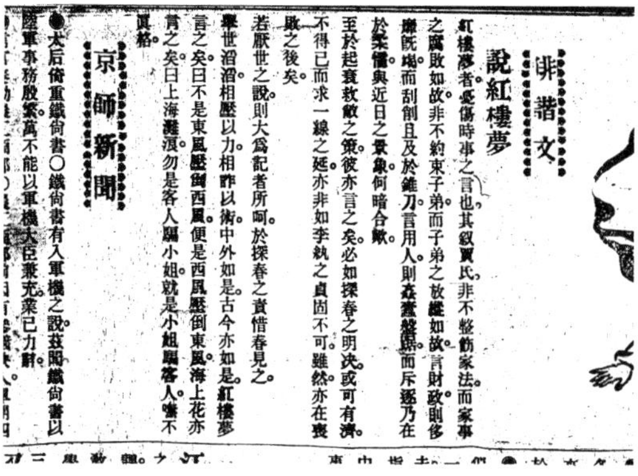

俳諧文

說紅樓夢

紅樓夢者。憂傷時事之言也。其叙賈氏。非不整飭家法。而家事之腐敗如故。非不約束子弟。而子弟之放縱如故。言財政。則侈靡既竭。而刮削且及於錐刀。言用人。則姦蠹盤踞。而斥逐乃在於柔懦。與近日之景象何暗合歟。

至於起衰救敝之策。彼亦言之矣。必如探春之明決。或可有濟。不得已而求一綫之延。亦非如李紈之貞固不可。雖然。亦在喪敗之後矣。

若厭世之說。則大爲記者所呵。於探春之責惜春見之。

舉世滔滔。相壓以力。相詐以術。中外如是。古今亦如是。紅樓夢言之矣。曰不是東風壓倒西風。便是西風壓倒東風。海上花亦言之矣。曰上海灘浪。勿是客人騙小姐。就是小姐騙客人。嘸不眞格。

京師新聞

●太后倚重鐵尚書○鐵尚書有入軍機之說。茲聞鐵尚書以陸軍事務殷繁。萬不能以軍機大臣兼充。業已力辭。

答客問本報附刊小説

丁　撰

載於一九〇七年二月二十六日《申報》。署名丁，當爲編輯部成員。《申報》於一八七二年由英國商人美查和伍華德、普萊亞、麥基洛四人合資在上海創辦，後歸美查一人所有。一九〇六年，美查公司將報館轉讓給席子佩（一九〇九年正式簽合同）。席子佩（？——一九二九），原名裕福，字子佩，祖籍江蘇吴縣，遷居青浦（今屬上海市）朱家角鎮。席子佩經辦期間，對《申報》作了改革。附刊小説亦爲其改革措施之一。至一九一一年，開闢了副刊《自由談》，登載了大量的小説話文章。至一九一二年，席等又將《申報》產業轉讓給史量才。一九一六年席另創《新申報》出版，一年後停刊。後舉家回朱家角開工廠經商至逝世。

本文借鑒西方狄更斯、薩克雷的辦報經驗，認爲報紙能附刊『可歌可泣、可驚可怒、可悲可喜、可憂可憐、可感激涕零之事，而綴之以斐美之文詞，範之於性情道義』的小説，能比詩書更有效快速地促進『人群之進化』，有益於社會。

客或問於余曰：中國初無所謂報紙也，導源歐西，沿流東亞，而中國於是乎有報。近數年來，操新聞事業者益多，報紙流傳，亦愈推而愈廣，不可謂非此業之進步也。顧吾聞泰西各國，甚重報紙。謂上之則可以監督政府，下之則可以警醒國民。報紙與國家，有治亂興亡之關係。故凡文明之國，莫不視報紙之進步爲轉移，報紙愈進步者，其國之文明，亦必與之而俱進。報紙所負之責任，既重大如此。故其所揭載，有若宗教，有若政治，有若學術，有若軍事，有若工商之實業，有若風俗之善惡，皆卓卓大者。報紙無不引導之，鞭策之，使之有無窮之觀感，而潛移默化於不自知。其餘里巷瑣屑之事情，猶且不足以費我筆墨，而况於稗官野史之類，僅足以供人驅遣睡魔乎？今子乃以之刊諸報紙，僕甚惑焉。

應之曰：客既知中國報紙，濫觴於西人，然抑知西人之報，固未嘗不載小説乎？往者英國有兩大小説家焉，一曰迭根斯，一曰薩克禮。迭根斯之倡爲日刊新聞也，特設一欄，題曰『意大利土産』；繼易一欄，題曰『叢話』。其中所載，皆小説也。迭根斯又嘗操觚於周刊新聞，載同盟罷工事，題爲《艱難時》。其時有一少女，父因負債入獄，女極盡孝養。迭根斯亦綜其事實，而爲之揭於報欄。繼又描寫法國革命之慘狀，最後又著《大希望》、《互相友》諸篇，俱陸續刊之於報。此報紙登載小說之一證也。同時又有薩克禮者，年少於迭根斯，而善爲小說之名，則與之相埒。當其人索列查雜志社，從事丹鉛，歷著《巴黎要略》、《太鼓録》、《愛國要略》及由婚姻而致富之愛蘭人軼事，均揭諸報章，流播於世。嗣後又著《四人喬基》載之於《孔哈魯雜志》。比其晚年，又著短篇小說，題曰《辣維哀賽維脱哇》，亦載之於《孔哈魯雜志》。而《辣温特》、《阿巴脱》、《派巴斯》等報，皆轉載之。是又報紙登載小說之一證也。沿及於今，流風未沫。而日本各報紙，則所載小說尤多，雖曰東施效顰，亦復何傷大雅。且客亦知小說之感人者深乎？取世界千種萬態之人物，或爲隱謀、或爲策略、或爲滑稽、或爲悲恨、或爲愛情、或爲教訓，而一一融貫其精神，摹寫其狀態，務使讀者感起趣味，而不啻身處其中。故常人之嗜讀小說也，每勝於讀經史，而小說之足以感動社會也，亦反較經史爲易。惜乎我國舊有小說，非誨淫，即誨盜；非談狐鬼，即述神仙。種種荒渺不經之言流毒世間，損人道德。而後生小子，乃背其父兄師長，忘寢食，廢職務，挾册自隨，恣

申報

申報創刊號

意瀏覽。於是小説遂爲儒林大師所詬病，相戒以爲不可觀。此非小説之爲害，乃不善著小説者之過也。若夫以可歌可泣、可驚可怒、可悲可喜、可憂可憐、可感激涕零之事，而綴之以斐美之文詞，範之於性情道義，則人群之進化，且有較之涵育詩書更速者，安見小説之無裨於社會耶？

客退，乃詮次問答語，以告閲者。

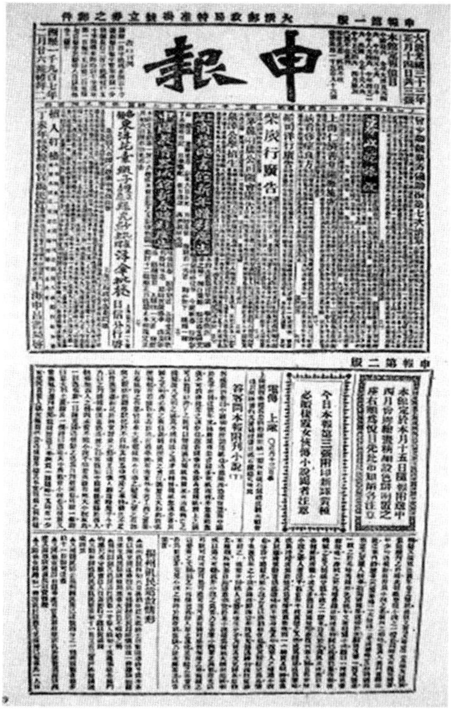
申報

觚庵漫筆

觚　庵　撰

載於一九〇七年《小説林》第五、六、七、十、十一期。作者俞明震（一八六〇—一九一八），字恪士，别署觚庵、明夷、觚齋，浙江山陰（今紹興）人。曾任魯迅學習過的路礦學堂總辦，一九〇三年以候補道往上海查辦《蘇報》。一九一五年任肅政廳肅政使，次年以病辭歸。俞在清朝官吏中思想比較開通，有人説，在查處《蘇報》案中他還有意保護了一些名士。魯迅始終對他抱有好感。《觚庵漫筆》以爲良小説家當閲歷世情，描繪真相；若主人公爲完全之天人，必成敗筆。它指出，小説有紀述派、描寫派之别，也具眼力。其論偵探小説、歷史小説、軍事小説、滑稽小説、言情小説處，多有見地，如論貫寶玉用情之摯,《紅樓夢》爲絶世妙文,就批駁了冬烘學究『誨淫誨盜』之説。對於金聖歎、毛宗崗的小説批評甚爲推許,而對護花主人、大某山民的評語譏之爲『惡劣陳腐』。作者尤痛恨者,爲大腹賈人操縱著發行小説的命運,以至小説家以金錢爲主義,鮮有精心結構之佳作。

觚庵曰:人無不喜讀小説者,然善讀者實鮮。余最佩聖歎先生所論讀法中,有急讀、緩讀之二法。急讀者,即自始至終,窮日夜之力,而一氣讀畢之,如行軍然,必合其前鋒、後應、左右翼、中堅及偵探隊、工程隊、輜重隊、衛生隊,若何支配,若何調遣,若何變化,一一綜核之,所以必待戰事告終,始擊節嘆賞曰:『此良將也。』行文亦然,必合其前引、後結、中段,開合起伏及人物、事實、境地、時間,若何鋪叙,若何省略,若何配置,一一羅列之,所以必待全卷告終,始擊節嘆賞曰:『此良書也。』使支支節節讀之,鮮有能領悟及此者矣。是小説之所以宜急讀也。緩讀者,就其一章、一節、一句、一字,低徊吟諷,細心領味,使作者當日之精神脈絡貫注經營,無不若燭照數計,心領神會,即此一章、一節、一句、一字,亦且擊節嘆賞曰:『此妙筆也。』使鹵莽滅裂讀之,鮮有能體會入微者矣。是小説之所以宜緩讀也。作小説難,讀小説亦不易。率爾操觚者,固不足入著作林;而還珠買櫝,亦爲作者所深痛也。

人無不喜讀《紅樓夢》，然自《苦絳珠魂歸離恨天》以下，無有忍讀之者。人無不喜讀《三國志》，然自《隕大星漢丞相歸天》以下，無有願讀之者。解者曰：『人情喜合惡離，喜順惡逆，所以悲慘之歷史，每難卒讀。』是已，何以尋常小說，每至篇末，讀其結合處，亦昏昏欲睡也？故余謂讀《紅樓夢》、《三國志》而遺其後半者，不可謂喜讀小說。

《水滸傳》、《儒林外史》，我國盡人皆知之良小說也。其佳處即寫社會中殆無一完全人物，非閱歷世情，冷眼旁觀，不易得此真相。視尋常小說寫其主人公必若天人者，實有聖凡之別，不僅上下床也。

偵探小說，東洋人所謂舶來品也，已出版者，不下數十種，而群推《福爾摩斯探案》爲最佳。余謂其佳處全在『華生筆記』四字。一案之破，動經時日，雖著名偵探家，必有疑所不當疑，爲所不當爲，令人閱之索然寡歡者。作者乃從華生一邊寫來，只須福終日外出，已足了之，是謂善於趨避。且探案全恃理想規畫，如何發縱，如何指示，一一明寫於前，則雖犯人弋獲，亦覺索然意盡。福案每於獲犯後，詳述其理想規畫，則前此無益之理想，無益之規畫，均可不敘，遂覺福爾摩斯若先知，若神聖矣。是謂善於鋪敘。因華生本局外人，一切福之秘密，可不早宣示，絶非勉强，而華生既茫然不知，忽然罪人斯得，驚奇自出意外。截樹尋根，前事必需說明，是皆由其布局之巧，有以致之，遂令讀者亦爲驚奇不置。余故曰『其佳處全在「華生筆記」四字』也。

或謂余：『如子言，則仍其布局，而易其事實，必可多得佳文。』余答曰：『必仍作《福爾摩斯探案》然後可。文章本天成，妙手偶得之，否則，是咬人乾屎橛，不是好狗矣。』或又問：『《福爾摩斯案》，不妨僞作乎？』余笑曰：『福爾摩斯并無其人，何一非僞作者？既有十案、八案，何不可有數十案、數百案？雖然，珠玉在前，若不自量其力而爲之，則直畫虎不成耳，不且令讀者笑煞！』

軍事小説，以林琴南先生所譯《戰血餘腥記》爲最早，亦最負盛名。因其寫戰争事實，殆非親臨戰場者，難得寫到如此淋灕盡致也。余甚惜其出現於今世。吾國軍人素以吃糧（俗名隸軍籍者爲吃糧）爲義務，即赴疆場，不過盲從旅進，有大半畏縮不前者。前書所述，何與吾人程度不差累黍哉！前歲日俄戰争，旅順之襲，廣瀨中佐之死事，激烈壯往，令聞者爲之起舞，庶足以激勵衆心，樂殉國難。若利俾瑟之戰，滑鐵盧之戰，頹喪摧敗，適足啓戰者畏死之念耳，余故恐其有影響於吾國軍人也。

余嘗選歷史事實擬著一軍事小説，遠者爲《美國獨立記》，近者爲《日俄戰紀》，而以日俄之戰，尤有裨益：一、戰具精；二、戰法備，且易調查；三、兩强相犄掎，非有程度之懸絶；四、我政府處於中立之地位，而人民實受切膚之禍。從此編輯，必有裨益於社會，但心有餘而才不足，又無餘晷以限之，奈何！

軍事小説與言情小説適成一反比例：一使人氣旺，一使人氣短；一使人具丈夫態度，一使人深兒女心腸；一使人易怒，一使人易戚；一合於北方性質，北人固剛毅，一合於南人形狀，南人本柔弱。此爲二種書分優劣處。然今日讀小説者，喜軍事小説遠不如喜言情小説，社會趨向，於此可見。

我國小説雖列專家，然其門類太形狹隘，即如滑稽一種，除《太平廣記》、《笑林廣記》、《一夕話》等雜載瑣事笑話外，殊少洋洋成巨册者，且其道僅以諷刺語妙，博人解頤而止，其影響所及，亦只造就鸜鵒名士一流人耳。近今所刊有《啞旅行》、《大除夕》、《滑稽旅行》、《女學生旅行記》、《新法螺》五種。然《新法螺》屬於理想的科學，《大除夕》描寫歐洲政界腐敗，各有趨意，惟《啞旅行》一書，實可爲滑稽小説中之泰斗，隱先生之一舉一動，一言一語，處處令人噴飯，處處可補游歷日記之不足，不必言其所以然，而自能鏤人心版，此真得小説之三昧之神髓者。近日又有《滑稽外史》之刊，共六册，爲譯本中成帙最巨者，窮形盡相，惡人、善人、僞善人、貧人、富人，一一爲之鑄鼎象物，使魑魅罔兩，不復有遁形。歐西此等小説，風行一世，有裨於社會處不少，如《孤星淚》、《旅行述異》皆同一宗旨者，但不可指爲滑稽小説耳。

余謂小説可分兩大派：一爲記述派，綜其事實而記之，開合起伏，映帶點綴，使人目不暇給，凡歷史、軍事、偵探、科學等小説皆歸此派。我國以《三國志》爲獨絶，而《秘密使者》、《無名之英雄》諸書，亦會得此旨者。一爲描寫派，本其性情，而記其居處行止、談笑態度，使人生可敬、可愛、可憐、可憎、可惡諸感情，凡言情、社會、家庭、教育等小説皆入此派。我國以《紅樓夢》、《儒林外史》爲最，而《小公子》之寫兒童心理，亦一特别者也。

文章有用於此則是，用於彼則非者。偵探小説本以布局曲折見長，觀於今世之歡迎《福爾摩斯偵探案》，可見一斑。林琴南先生所譯各本，類皆有特色擅長處，獨於《神樞鬼藏録》一書，不獨因《馬丁休脱偵探案》迻譯在前，因而減色，即統閱全文，亦殊未足鼓舞讀者興趣，只覺黯淡無華耳。余謂先生之文詞，與此種小説爲最不相宜者。

吾聞西洋各國文化之盛，每年小説之出版多者以千計，少者以數百計。吾國近年之學風，以余所見，殊覺有異。教科書——政法、實業、科學專門各書，新譯者歲有增加，而購書者之總數目益見絀，一異也。常購者不論何種，購而庋之，究之未曾一寓目，遑論其内容美惡，二異也。小説書歲亦出百餘種，而譯者居十之九，著者居十之一，抑似國中社會無有供其資料者，三異也。譯者彼此重復，甚有此處出版已累月，而彼處又發行者，名稱各異，黑白混淆，是真書之必須重譯，而後來者果居上乘乎？實則操筆政者賣稿以金錢爲主義，買稿以得貲爲盡義務，握財權者，類皆大腹賈人，更不問其中源委，曾無一有心者顧及銷行之有窒礙否，四異也。彼此以市道相衡，而乃揭其假面具，日號於衆曰：『改良小説，改良社會。』嗚呼！余欲無言！

觀於今日小説界，普通之流行，吾敢謂操觚家實鮮足取者，是何故？因艱於結構經營，運思布局，則以譯書爲便，大著數十萬言，巨且逾百萬，動經歲月。而成書後又恐無資本家仿鷄林賈人之豪舉，則以三四萬言、二三萬言爲便，不假思索，下筆成文，十日呈功，半月成册，貨之書肆，囊金而歸。從此醉眠市上，歌舞花叢，不須解金貂，不患乏纏頭矣。誰謂措大生計窘迫者？此所以歲出有百數也，是亦一大可異者也。

余向持一論，謂男子而鰥，不妨再娶，女子而寡，何妨重嫁，胡以婦人守節若爲天經地義，不能越此範圍者然？及閲西國小説，則結婚自由，婦人再嫁，絶無社會習慣之裁判，爲之一快。且亦不乏爲夫守節、立志不二者，更爲之一快。

余向又持一論，謂父母之於子女，本無二致，胡以生女不生男謂之絶嗣？及閲西國小説，則絶無此等風俗，若與余意不謀而合，爲之一快。

西國社會中，竊怪律師、醫生，胡所握之權，幾爲吾人所不可思議？所以爲善者少，作惡者多，即小説中亦鮮不涉於此等人者。余每閲小説，至醫生、律師，輒爲之懍懍，其出於余之意外者，亦卒鮮焉，殆亦立法之弊也。

偵探小説，余甚佩《奪嫡奇冤》一書，即一名《枯寡婦奇案》者，不僅案之反復曲折處見長，即搭司官之裁判時，其審度寬嚴，折衷至當，實足令人五體投地，且有裨於臨機斷事處不淺。今摘録其原文如下，第十二回云：

搭司官意謂彼爾卑爾德今已身犯大罪，此案即歸我辦理，我按我之執事，用我之權力，假公濟私，可乘間報復（前搭眷一女子庫理野亞，此時已辭搭，而與爾卑爾德婚，故云然），誠一絶好機會。（中略）復憬然自悟，謂我苟存此怨憎之私意於其間，而加人以罪，實爲不可，微特無以對天下人，即自己亦無以對自己。復自籌度，我於此案，無寧不辦，而諉諸同僚，乃爲得計。且我於往時固嘗欲槍斃彼爾卑爾德者，今乃乘其危而加之罪，於我心亦滋慚愧。

（中略）忽復念及前時，伊嘗與庫理野亞相約，後此當爲彼一好友，今若不能援救爾卑爾德之性命，未免有負前約；如能竭己之力以救爾卑爾德，而還諸庫理野亞，磊磊落落，乃不愧丈夫之所爲，何必遽將此事諉諸他人？然其心計，雖若已定，而未能定也。誠以違背法國之法律而徇私，以救有罪之人，實非司官所應爲者。於是躊躇莫決，反覆不定者久之。忽拍案啓目而自勉曰：『似此昏迷妄想，我膽量何其怯也！我今既任司官之職，即當依官行事。我目中無所謂仇，無所謂友，無所謂恩，無所謂怨，惟以公平之心，辦理罪人，亦復何顧忌？彼爾卑爾德而有罪，即當加之以罰；或無罪，即當釋之使歸。我雖爲搭卜鑾，然我此身非我有，實不啻按法律而行之一機器而已。至是而若有私心存夫其間，或爲憚，或爲怒，斯無異於自輕其職務者。我惟知有法律而已，不知其他；我惟知有罪人而已，遑問其爲爾卑爾德？』伊心中如此一想，其計遂決。

偵探小說，自譯籍風行後，於是有擬中國事實爲《中國偵探案》者。然書雖架空，著之殊非易事。吾友摩西嘗於論俠義小說時縱談及之，以爲如歐陽春、展昭、智化、蔣平等，實出偵探名家之上。蓋一切法律交通之不完全，僅恃其腦力、腕力之敏捷以摘奸發伏，難易勞逸，迥乎不同也。余謂著此等書，於西國偵探反對方面著筆，最足發人深省。何謂反對方面？如電報郵政之不能克期，租界裁判權之喪失，納賄舞弊之差役，顢頇因循之官吏，皆足僨事於垂成，虧功於九仞。若不寫其事之奏績，而記其事之失敗，失敗理由，即原因於以上種種，如是則必有痛恨此積習而思整頓挽回之者矣，其影響不將及於今之社會哉！

今世言情小説多矣，而詮解『情』字，多未得當。余讀南海吴趼人先生所著《恨海》一卷，篇首言情一段，實獲我心。其言曰：『人之有情，係與生俱來，未解人事以前，便有了情。大抵嬰兒一啼一笑，都是情，并不是那俗人説的「情竇初開」那個「情」字。要知俗人説的情，單知道兒女私情是情，我説那與生俱來的情，是説先天種在心裏，將來長大没有一處用不着這個情字，但看他如何施展罷了。對於君國施展起來，便是忠；對於父母施展起來，便是孝；對於子女施展起來，便是慈；對於朋友施展起來，便是義。可見忠孝大節，無不是從情字生出來的。至於那兒女之情，只可叫做癡。更有那不必用情，不應用情，他那浪用其情的，那個只可叫做魔。還有一説，前人説的，那守節之婦，心如槁木死灰，如枯井之無瀾，絶不動情的了。我説并不然，他那絶不動情之處，正是第一情長之處。俗人但知兒女之情是情，未免把這個「情」字看的太輕了。』是其見地何等公平正大，説得「情」字何等磊落光明，正足一翻言情之案。但於『情』字外添一『癡』字、『魔』字，亦正不必。要知『情』字、『癡』字、『魔』字本無甚分别，所謂仁者見仁，智者見智，癡者、魔者無一不自以爲多情，而有情者亦無一不絶癡入魔者也。

《恨海》中論《紅樓夢》一段謂『寶玉用情，不過是個非禮越分罷了。若要施得其當，只除非施之於妻妾之間。幸而世人不善學寶玉，不過用情不當，變了癡魔；若是善學寶玉，那非禮越分之事，便要充塞天地了。後人每每指稱《紅樓夢》是誨淫導淫之書，其實一個「淫」字何足以盡《紅樓》之罪？』是言亦不盡然。夫寶玉用情，何曾不摯？用之於妻妾之間，彼與林黛玉情深誼切，雖薛寶釵猶不能奪其初意，其情之專若是。至如兄妹親戚間，處處熨貼周旋，謂爲多情可也，謂以情癡情魔，則固寶玉之所不肯認，而況加以一『淫』字乎？《紅樓夢》自是絕世妙文，謂爲誨淫導淫，真冬烘學究耳。夫冬烘學究，何能讀絕世妙文者？

書中寫陳伯和前後竟是兩人，而其過渡處只在説謊得了八口大皮箱。拾遺金於道者，尚不得爲佳士，況以言誑得者乎？要之其前半之循規蹈矩，全是未出書房門之佳子弟，純然天性；後半之舉動氣息，全是不知自愛之少年無賴，純然人欲。嗟呼！習俗移人，至成第二天性。余年僅卅，而見人之陷此途者，已不知凡幾，深佩作者竟能以沉痛之筆，爲之一一繪聲繪影也。此種好小説，殊爲不可多得。

近年小説各書，譯著競出，其中不乏名著作，所異者於廣告中恒見大書特書，爲某某大小説家、某某大文學家。其互相標榜，冀其書風行以博蠅頭之利者，吾無罪焉；不謂竟有自稱爲大小説家，一若居之不疑、名之無愧者，豈非咄咄怪事！

聖歎之批《西厢記》也，以爲此爲聖歎之《西厢記》矣。近人所著，不少自作之而自批之者，是殆慮世不乏聖歎其人，或從而攘之乎？否則，胡爲是汲汲也？一笑！

文家下筆，於繪聲、繪色二事，頗不容易。歐陽修《秋聲賦》最膾炙人口，而其描寫聲字，不過『初淅瀝以蕭颯，忽奔騰而砰湃』，及『鏦鏦錚錚，金鐵皆鳴』數語耳。余謂不若柳柳州《小石城山記》『投以小石洞然有水聲，其響之激越，良久乃已』。眼前情景，最爲雋永有味。至若小説，尤難着筆。憶《紅樓夢》『月夜警幽魂』一段云：『只聽嘁的一聲風過，吹的那樹枝上落葉，滿園中唰喇喇的作響，枝梢上吱嘍嘍發哨，將那些寒鴉宿鳥都驚飛起來。』只是樹枝上葉和那落下的葉二項，已寫得有聲有色。文章本天成，妙手偶得之，洵非虚語。

歷史小説最難作，過於翔實，無以異於正史。讀《東周列國志》，覺索然無味者，正以全書隨事隨時，摘録排比，絶無匠心經營於其間，遂不足刺激讀者精神，鼓舞讀者興趣。若《三國演義》，則起伏開合，縈拂映帶，雖無一事不本史乘，實無一語未經陶冶，宜其風行數百年，而婦孺皆耳熟能詳也。

《三國演義》一書，其能普及於社會者，不僅文字之力。余謂得力於毛氏之批評，能使讀者不致如猪八戒之吃人參果，囫圇吞下，絶未注意於篇法、章法、句法，一也。得力於梨園子弟，如《鳳儀亭》、《空城計》、《定軍山》、《火燒連營》、《七擒孟獲》等著名之劇何止數十，袍笏登場，粉墨雜演，描寫忠奸，足使當場數百十人同時感觸而增記憶，二也。得力於評話家柳敬亭一流人，善揣摩社會心理，就書中記載，爲之窮形極相，描頭添足，令聽者眉色飛舞，不肯間斷，三也。有是三者，宜乎婦孺皆耳熟能詳矣。

戲劇與評話二者之有功小説，各有所長。有聲有色，衣冠面目，排場節拍，皆能輔助正文，動人感情，則戲劇有特色；而嘻笑怒駡，語語鬆快，異於曲文聲調之未盡會解，費時費錢均極短少，茶餘酒罷，偷此一刻空閒，已能自樂其樂，則評話有特色也。

《紅樓夢》，小説中之最佳本也，人人無不喜讀之，且無不喜考訂之，批評之。乃今日坊間通行之本，都是東洞庭護花主人評，蛟川大某山民加評，其評語之惡劣陳腐，幾無一是處。余恒擬重排一精本，用我國叢書板口，天地頭加長，行間加闊，全文概用單圈，每回之末，夾入空白紙三、四頁，任憑讀者加圈點，加批評。吾知此書發行後，必有多少奇思異想，鈎心鬬角之佳著作出現矣。

《紅樓夢》中人物伶俐即溜，以賈芸爲最。其初見鳳姐一段，兩個聰明人説話，語語針鋒相對。即此一席話，實令人五體投地。其文云：『至次日，來到大門前，可巧遇見鳳姐往那邊去請安，纔上了車。見賈芸來，便命人唤住，隔窗子笑道：「芸兒你竟有膽子在我跟前弄鬼！怪道你送東西給我，原來你有事求我。昨日你叔叔纔告訴我，説你求他。」賈芸笑道：「求叔叔的事嬸娘休提，我這裏正後悔呢。早知這樣，我一起頭就求嬸娘，這會子也早完了，誰承望叔叔竟不能的。」鳳姐笑道：「怪道你那裏没成兒，昨日又來尋我。」賈芸道：「嬸娘辜負了我的孝心，我并没有這個意思。若有這意，昨兒還不求嬸娘？如今嬸娘既知道了，我倒把叔叔丢下，少不得求嬸娘，好歹疼我一點兒。」鳳姐冷笑道：「你們要揀遠路兒走，叫我也難。早告訴俺一聲兒，什麽不成了？多大點兒事，耽誤到這會子。那園子裏還要種樹種花，我只想不出個人來，早説不早完了。」賈芸笑道：「這樣，明日嬸娘就派我罷。」鳳姐半晌道：「這個我看着不大好，等明年正月裏的煙火燈燭那個大宗兒下來再派你罷。」賈芸道：「好嬸娘，先把這個派了我罷。果然這件辦的好，再派我那件。」鳳姐笑道：「你到會拉長綫兒。罷了，若不是你叔叔說，我不管你的事。」』隨手寫來，何一非至理妙文！正是『兩個黄鸝鳴翠柳』不足喻其宛轉，『數聲清磬出雲間』不足譬其輕脆，實令人百讀不厭。

余不解音律，又拙於詞藻，故於傳奇樂府，除普通之《西厢》、《琵琶》、《牡丹亭》、《長生殿》、《桃花扇》等諸名著外，未嘗博覽廣收。八九年前，館明瑟山莊，曾假得《笠翁十六種曲》讀之，今亦全數忘却，茫昧如隔世。去臘適山莊主人東亞病夫在海上舊書肆購得《吟風閣》六册，余即攜歸，借讀一過。其寄託遥深，别闢谿徑，似非尋常隨腔按譜，填曲編白可比。余尤愛者，卷一之《窮阮籍醉罵財神》齣〔天下樂〕云：『説不盡市道紛争，也那爲你開，盡安排，圈套來。則見你换人心，都變成虎與豺。爲刀錐把道義衰，竟錙銖將骨肉猜，更有甚恩仇深似海？』炎凉世態，數語罵盡。〔那吒令〕云：『爲甚的賢似顔回教他操瓢似丐？爲甚的廉如原思教他捉衿没帶？爲甚的節似黔婁教他嗟來受餒？你把普天下怯書生、窮措大一個個都卧雪空齋。』財神聞之當百口莫解，而爲寒士吐一口惡氣。〔么篇〕云：『（前略）那個活觀音離得了善財？你把蠢金錢休亂篩。上至公臺，下至輿儓，普人間一語兼賅。七盗八娼，并九儒十丐，都總來熱趕生涯。只爲你財神呵，弄虚頭聚散無常態。（下略）』罵盡世人，不留餘地。卷二之《賀蘭山謫仙贈帶》齣〔柳葉兒〕云：『嘆屋上瞻烏誰在！笑堂開處燕無猜！眼見得銅駝荆棘時將改，則那將傾厦没個不凡材。怎救得漏乾坤東倒西歪！』愴懷時世，言下黯然。又《汲長孺矯詔發倉》齣〔南江兒水〕云：『看滿目蜚鴻起，愁雲壓虎牢，果然四野無青草。那官家閉鎖着敖倉耗，這生靈險做了溝渠料，兀自把豐登入告。（下略）』將朝野隔閡，國富民貧，重重積弊，生生道破。

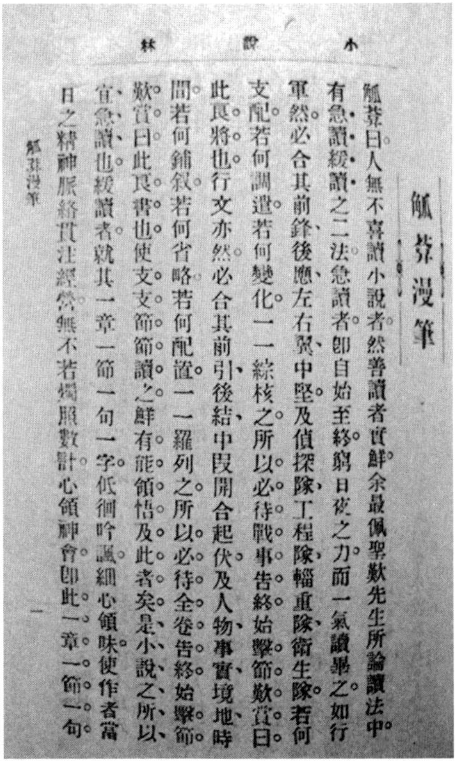
小說林

觚葊漫筆

觚葊曰。人無不喜讀小說者。然善讀者實鮮。余最佩聖歎先生所論讀法中有急讀緩讀之二法。急讀者。即自始至終。竭日夜之力而一氣讀畢之。如行軍然。必合其前鋒後應左右翼中堅及偵探隊工程隊輜重隊衛生隊。若何支配。若何調遣。若何變化。一一綜核之。所以必待戰事告終始擊節歎賞曰。此良將也。行文亦然。必合其前引後結中段開合起伏及人物事實境地時間若何鋪敘。若何省略。若何配置。一一羅列之。所以必待全卷告終始擊節歎賞曰。此良書也。使支支節節讀之。鮮有能領悟及此者矣。是小說之所以宜急讀也。緩讀者。就其一章一節一句一字。低徊吟諷。細心領味。使作者當日之精神脈絡貫注經營。無不若燭照數計。心領神會。即此一章一節一句

觚葊漫筆　一

小説管窺録

佚名　撰

載於一九〇七年至一九〇八年《小説林》第三期至第十期『新書介紹』欄（一九八〇年上海書店影印本闕），無署名。阿英將此輯録在《晚清文學叢鈔·小説戲曲研究卷》中時題名爲《小説管窺録》，并云『疑覺我撰』。覺我，即徐念慈（一八七五—一九〇八），字彦士，别號東海覺我，江蘇昭文縣（今常熟）人。他是當時著名革命團體中國教育會的常熟支部負責人之一。一九〇五年爲小説林書社編輯部主任，一九〇七年二月起竭盡全力主編《小説林》月刊，故此文極可能出自覺我之手。覺我對小説極有見解，其所著《小説林緣起》、《余之小説觀》等爲近代重要的小説論文，然《小説管窺録》旨在介紹新書，故側重在内容提要，其中也間或可見他重視小説反映『社會情狀』和『鞭策社會之進步』。他願《黄金世界》『人手一編』，反映了他的愛國精神；而對《鐵假面》『政府壓制太重』的譴責，透露了他具有革命的傾向。

本報以《小説林》名，則海内著譯新書，月有增刊，其入小説界之範圍者，宜盡紹介之責。管窺所及，時附數語，非敢雌黄月旦焉。野人獻曝，則智者笑之矣，願讀者略其迹而原其心可也。記者誌

聶格卡脱探案二　本社發行

吴門華子才譯。是書順序之一二，乃册數，非案數也。與《福爾摩斯探案》標目略異。本册共兩案：

一《雙生案》，叙一銀行主女美林出門，方入馬車，即失其蹤，遍訪不得。河中忽浮起一女屍，係馬人謀斃者，佩飾盡失，乃美林也。聶偵之，惡黨已被擒矣，忽全免脱。及案破，乃知死者非美林，爲美林之婢。而事實起於美林之妹羅斯。事跡變幻複雜，當以是案爲最。一《覬産案》，少女革來姆因弟往學校肄業後失蹤，請聶偵察。姊弟係孿生者，於本年將各得遺産二百五十萬，其後父串通醫生

毒革來姆，且藥其弟。醫生因鉅萬財産，欲從而攫之，設種種計劃，卒被偵破，繼父亦自殺，而案遂結。

新茶花上編　申江小説社發行

著者鍾心青。茶花女馬克格尼爾與亞猛著彭一段情天佳話，早膾炙人口。是書以名妓杭州武林林林與項慶如爲主，兼叙近十年海上新黨各事。語皆徵實，可按圖索焉。東鱗西爪，頗多軼聞，筆墨亦極倩麗。因武林林稱茶花第二，而慶如號東方亞猛，故以《新茶花》名書。

神樞鬼藏録　商務書館發行

林紓、魏易同譯。自序謂獨未譯偵探一種，盡十餘日力譯成。又云『讀海上所譯包探諸案，則大驚喜』云云。共六案，分上下兩卷，細細檢之，即本社上年所發行之《馬丁休脱偵探案》也。對核如下：

《窗下伏屍》　即《以維考旦其秘密案》　（五案）

《霍而福德遺囑》　即《哈爾富特遺囑案》　（十一案）

《斷死人手》　即《燒手案》　（七案）

《獵甲》　即《銀行失竊案》　（十案）

《菲次魯乙馬圈》　即《瘋人奇案》　（八案）

《海底亡金》　即《聶可勃銀箱案》　（九案）

尚有五案，未經林君譯出。想本社所印本，林君未曾寓目，否則不爲此駢拇枝指之舉也。久擬輯一譯小說檢查表，將原書名、原著者、今定名、出版年月、譯者姓氏、全書大意一一詳載，惜事冗因循未果，如成，必有裨於譯者。

空谷佳人　商務書館發行

英博蘭克巴勃原著。叙一少年入其家中之秘窟，得晤一久痼之少女。女已不能言，不知人事，惟飢食倦寢而已。少年卜乃德教之言語，教之世事，又設法穴地而出。叙男女之相愛出於天性，一種情致纏綿之狀，殊爲他書所未經道者。雖略有疏漏處，其佳處自不可掩。

秘密地窟　商務書館發行

英華司原著。培爾爲富家女，宴客之夕忽失竊。竊物者一爲女所歡高德，一爲威廉，二人相遇於竊所。然高德之竊物，乃爲一醫士所指使。威廉旋爲高德之圉人，主僕甚相得。威廉欲脱其主於阨，乃密探醫士之地窟，執醫士而置之法。高德本與培爾相愛，事覺，愧而病死，培爾雖深情眷注，無益也。令人讀之，書盡而意亦與之俱盡。以上三書，爲《小説叢書》第七集第二、第三、第四編。

憲之魂　新世界小説社發行

借陰府事，影射中國政府所辦新政。全書共十八回，所叙如警察、徵兵、學堂、地方自治、鑄幣、救荒、捕革命黨種種現象，如萬花齊放，如群英亂飛。惜前後上下無綫索起伏，無賓主開合，若坐火車然，第覺眼前景物排山倒海向後推去耳。

奇獄二　本社發行

吴門華子才譯。共四案：一、《亞門特被殺案》，二、《假死竊産案》，三、《銀柄斧案》，四、《虚無黨之秘密案》。筆墨甚簡潔，與《奇獄一》相伯仲。惟《虚無黨之秘密案》與上年《偵探談增刊》之《虚無黨》復譯，本社從英文迻譯時未及檢出。

海屋籌　本社發行

英哈葛德原著。哈氏之書，林琴南先生譯之最多，此書其遺珠也。所叙事與《長生術》相仿佛，或謂爲《長生術》後編者，實則非是。怪譎詭麗，本爲哈氏書特色，而中間第二十四章至二十七章，忽插入他人筆記，連續四章，此我國盲左、龍門筆法焉。西國咸以文豪推哈氏，不亦宜哉！

黄鑽石　本社發行

英蘇琴原著。首叙革倫司泰芬，因僞造鈔幣，監禁達摩獄中，乘間逸出，匿荒林，而與史屈來頓遇。史亦匪類，新竊坤司湯夫人之黄鑽石。次日，革先起，取史之袖珍簿而遁，不意簿内黄鑽石存焉。由是石入革手，爲此書開幕之事。後越二十年，史屈來頓有一女，名麗娜，已長成矣，與一少年喬拂蘭相友善。喬求婚於史，史謂須彼父允則可。歸謀諸父樂理摩（即革倫司泰芬之僞名），父不許。史知其父之不許也，亦拒之，然實不知彼父何以見絶。史娶外婦克來拉，而女不之知。克爲坤司湯夫人之婢。史因彼知其陰事，誘娶以掩其口。克爲寡婦，有一子曰廓品鄧溺爾，年十四，同居母派克夫人處，而史僅知克爲派克侄女，鄧爲派克之孫。鄧受役於史，蓋克使之窺史之舉動者也。適史遇樂理摩於門外，窺破行止，曳入，逼之書據，還黄鑽石，而媵以二萬五千磅。鄧悉偷見之，以告克。未幾，而史被槍斃於辦事所矣。偵騎百出，不得凶手。蒯爾者，喜鈎稽秘事，而不業偵探，於火車中遇麗娜，因事相識，爲之盡力探查，始漸悉底藴。史爲克所誤斃，而黄鑽石則爲鄧藏於屋上小樓中。前後約八萬言，有一最優點，爲寓教孝意。寫一天性狠戾之喬拂蘭，寫一天性温和之麗娜，所以善始而隙末者，均由於孝與不孝之一念。復寫一曲爲成全之小童，天性敦篤，令人不忍卒讀，孝親之心油然自生。偵探小説云乎？實可作一倫理小説讀，一道德小説讀也。本社小本小説第一集中，當以此書爲最。

劍魄花魂　新世界小説社發行

是書係虚無黨小説，詳述俄皇駕游奥國，虚無黨乘間屢行暗殺手段，而終不能成事，爲華培思一人所偵破。

福爾摩斯最後之奇案

是書顛末尚未卒讀，第其廣告有謂『友人白君留學英國，與其後嗣立露辣斯君同學，得見其家乘軼事，爲福君晚年在法偵獲之奇案，譯此』云云。案《福爾摩斯探案》係著名小説家陶高能（Sir A. Conan Doyle）所著，彼以華生自稱，業醫，本有《福爾摩斯化身》一篇，詳言著書之故。是福爾摩斯爲理想之偵探，非實有其人可知已，不意何來此後嗣立露辣斯君？本社於《化身》一篇，早已譯出，擬於刊行全案時列入，質諸當世之喜讀《福爾摩斯偵探案》者。

十字軍英雄記　商務印書館發行

英司各德原著。林紓、魏易同譯。本書叙英王李卻十字軍軼事，極詭譎壯麗。如蘇格蘭太子亭定登侯爵大隈，忽爲努比亞之黑奴，忽爲卧豹將軍撒拉定蘇丹，忽爲哈木基醫士，忽爲回騎愛米爾，非至終篇不能洞其奥隱。而寫雄暴之霸主，寫奸狡之教長，寫喜譽童騃之奥公，寫潔操堅志之翁主。

言軍事則纛影遮天，鼙聲震地； 言宗教則靈跡邃秘，神龕莊嚴。 而又蛛絲蚓跡，灰綫草蛇，前後映帶，左右縈拂，非雄於文者，蓋不能爲此。 然而讀琴南先生文者，每聞毀譽參半。 記者嘗溯近人藉口之故，大抵見描寫社會現象，與今日已迥不相同，甚者心醉歐西文明，而不知前此野蠻，則以爲所言多誣。 有心者又謂驅策社會進步，小説之影響極大，今日不宜再以神怪妖妄者浸染讀者腦筋，則以爲所言無裨。 至若擊賞心欽於先生之文，則合毀譽者而如一。 竊謂仁者見仁，智者見智，不必强同。 而高文典册，使讀天花藏才子書者移以讀之，必不解作何語。 若吾人僻居遠東，而欲覘外域舊社會狀況，又捨此奚屬哉？ 執一道以繩墨之，殆未能中肯者。 質諸喜讀小説諸君，其以不才之言爲然否？

鬼室餘生録　本社發行

小本小説第一集八册已印竣，此爲第二集第一册，共分三十六節。 内載一客寓於克郎斯大厦中之一室，室新有自殺者，故以鬼室名。 有一女人潛入室竊物，客執之。 既而離室送一信，返則女已被殺於床矣。 所延之醫生，證客爲凶手，遂被拘。 裁判日，以辯護得無罪。 女父來尋仇，又暴死室中，不得已移屍他處，而鄰室之律師又來戲之。 蓋是書之妙，在事之不可解而實不難解，不可言而實不妨言。 然已令讀者石破天驚，魂悚神動。

楊翠喜　新小説社出版

本事始末，詳載報紙，但無贅述。此册大半從報紙録下，而略分段落，絶異於日報所登章回小説體之《楊翠喜》。

聶格卡脱探案三、四、五、六　本社出版

探案三，共兩案。一爲《車屍案》，火車中發見一假裝女屍。先是少年女子迦鄧南，於十餘日前有失蹤之告，至是始發現其屍。後由聶偵得，乃爲夫謀爾來所下毒手，而聶亦幾喪於謀之手。謀早娶妻，其又訂婚於迦鄧南者，蓋欲謀其産也。一爲《蓄音案》，蓋海落特忽於留聲片中，聽得一殺人案，既不知何人，且不知何時何地，僅由十二音片中報告其事耳。惟難推測，故告之聶。設想極奇，破案亦巧。此爲近時探案中所鮮見者。

探案四，爲前《蓄音案》之後案。前案被捕之女人田雅娜，忽由獄中赦出，親臨聶室，聲言欲復前仇。既而關於前案之友人海落特被殺於逆旅，而助手溪克又爲田雅娜所惑，以鍾情而被執，及聶重破羅網，再拘凶手，而案始結。

探案五，分前後二案，名《寶刀影》。聶忽接得一郵函，此函爲坧者於途中所拾得，囑寄聶者。書係一女子名哇爾軋蒙難求其援手，訖克求得坧者，而聶又得約倫都大佐被殺桌上名刺，亦有哇爾軋

字。前後隔五星期，乃同時發見。後百計披索，始得罪人率佛尼更縛之。此爲前案。後案則越兩月，聶爲僞警察騙去，而蒙一殺人罪案。聶時大醉，一手執凶刀，一手搤女子吭。但聶非嗜酒者，何以醉？聶非殺人者，何以現象若是？得助手訖克極力施救，始得雪冤，破其巢穴。前後僅十二小時，而離奇百變，殊不可測。

探案六，亦分前後二案，名《奇窟記》。華盛頓高原有一巨廈，女主李妙蓮邀聶往觀一窟室，堅固異常，中藏巨額之金，每年省視一次，何意竟失去三兆元。及細檢，乃知有攻窟者。窟破，賊被擒，此前案也。繼李妙蓮又爲賊劫去，聶又連狙擊及救出妙蓮，而案始結。

美人魂　新世界小説社發行

松陵釣叟田鑄編著，孫金易評注。書叙許竹篔星使出使英、法時，狄夫人在上海買一難女爲妾。附會謂星使前在法國巴黎，與蘭茵定情，未成而死，轉世至中國，與夫人相遇，得續前緣。共十二回，事過不經，且亦毫無趣意也。

俠女碎琴緣　時報館發行

一名《西伯利亞流竄記》，美屠乃賴著，中國屠光裕譯。是書共十八章，記乃泉冒夫因子大佐凱旋，開筵歡迎，而命國事犯馬克兒之女埃兒達奏《天佑俄皇曲》。女不奏，擲琴碎裂，乃泉冒夫大怒。

不意碎琴之女，即爲大佐所愛者。大佐因救埃兒達，遂至窟内。窟爲秘密黨集會所，女亦黨員也。旋被捕，流於西伯利亞。二人備歷艱苦，始得赦歸。

大俠盜邯洛屏　新世界小説社發行

法國仲馬原著，英國合立森譯，中國公短重譯。英自腦門豆人王英以後，時與撒克遜人仇視。邯洛屏，撒克遜人之雄者也，聚而爲盜，於休賀林，專與腦門豆人爲難。其劫財法甚奇，每以酒食饗過客，食畢而取其囊金。寫教中之神父最爲不堪。全書取徑殊别，足爲社中發行書之冠。原著者係法國極有名之小説家，譯筆亦韶秀，一佳本也。

狡兔窟　商務印書館發行

袖珍小説，商務印書館最近發行，書品雅飭。此書實亦聶格卡脱探案之一。美國隆道村有一皮虎佛所設之酒肆，酒客二人忽相争，一爲楷達獰，一即聶也。聶因聞楷欲誘馬炳挪，行其勒贖計，僞作牧人以羅奸黨，改裝爲印第安士人，深入盜穴，遂得破案。

玫瑰花下　商務袖珍本

此書亦爲聶格卡脱探案之一，發行於上年。舊金山大地震後，有一火車客葢敦斐，挾銀券往舊金山。途中遭德林肱篋，不意券早失去。由聶偵得，爲德林妻妹所竊，查得券於玫瑰花下，始得返趙璧。

羅仙小傳　商務袖珍本

英人蹻機氏之女孫，富有礦產，其訂婚夫白洛特往訪，則女適患熱病垂死。白洛特不得見，乃薦一催眠術士，用術醫病，一星期而愈，得全眷屬。

薄命花　商務袖珍本

是書譯筆，似有欠妥處，如云『科潑洋盃』、『蘭泊洋燈』、『披斯脱爾手槍』等。按盃子，西文爲cup，譯音爲科潑，譯義則盃也；燈，西文爲lamp，譯音爲蘭泊，譯義則燈也；手槍，西文爲pistal，譯音爲披斯脱爾，譯義則手槍也。音義并列，殊爲鮮見。

三名刺　商務袖珍本

一英巡長至巨室前，見一毒蛇，遂入空室，發見男女屍各一。乃告其友訪事者同往檢查，得一女子謁客刺，刺面僅一粗墨水所畫圓圈；又一刺，則僅有一畫；第三刺，則兩面空白，并有一異樣之銅錢。輾轉探訪，至後由女子伊伐口中述其顛末，始知死者爲寇氏夫婦，寇有巨產，爲勃雷所覬，設法藥斃之。

銀鈕碑　商務袖珍本

旅客趕程高加索山中，途遇一中尉，適天雪，同宿一農家中。二人閒談，由中尉談前所經歷奇事：女子白愛娜爲喀斯皮梯所劫，受傷而死。因將其情人配邱林所給之銀鈕嵌於墓碑上，故定爲書名。

旅行述異　商務發行

書爲美人歐文作，中間寫鬼，寫名士，寫盜，寫掘藏，皆以滑稽語描寫中下社會情狀，於歐洲風俗，可見一斑。林琴南先生譯。

金風鐵雨録　商務發行

英柯南達利著，林琴南先生譯。柯南（前譯作高能）爲小説名家，《福爾摩斯偵探案》即彼所作，因著小説得受爵賞。書述美克語當雅各王時發難東偏，力争自由事。

俠隱記　商務發行

法大仲馬著。大仲馬爲小仲馬之父，文名播遐邇。中叙法王路易第十三時代，特拉維火槍營三少年及另一軍之少年，與紅衣主教爲敵，幾失敗於女偵探之手。好勇鬭狠，描寫古時社會情狀，殊非近人所能想見。書四厚册，亦一大觀也。

冷眼觀一　本社發行

是書係寶應王静莊先生近著。以三十年閱歷，成數十回巨製。隨手叙來，而人情冷暖，世態炎凉，如燭照龜計，無所遁形，較之《官場現形記》之專寫官場醜態，又上一層。其裨益處，鞭策社會之進步，隨時唤醒迷途，又惹讀者之注目。一最新佳著也。二編已付印，不日出版。

黄金世界　本社發行

上年華工被虐，我國之謀抵制者，有實行不用美貨之舉。本書即由此發端，描寫被誘猪仔情形，頗爲盡致。後半組織螺島，雖爲空中樓閣，然海外扶餘，殊足爲吾人吐氣。深願富有國民思想者人手一編焉。

少年偵探　三册全　本社發行

是書自第一章至第二十二章，叙酒室中械鬭殺人案起之原因。自第二十三章至四十二章，追叙老公爵時與樂希納交涉，横暴無禮，而樂希納父子報仇慘殺，以致彼此同歸於盡。結尾始回顧少年偵探羅高，見公爵證明前事而案結。

棄兒奇冤　本社發行

美國老斯路斯原著。村農皮叟，一日晨起，拾得一棄孩，并金千，乃撫之成人，名弗蘭克。皮夫婦死，爲其婿所逐，轉入銀行司簿記，被誣竊金入獄。弗發憤越獄出，變姓名，自探偵，務得陷己者而報仇焉。辛苦數年，終得遂意，且得本生父母而歸宗。書殊有裨益，足以策勵少年之志氣，可作一立志成功談觀。

聶格卡脱探案七　本社發行

聶於積雪中，救得一僵卧之女子歸家，及醒，已茫然若隔世，并自己之名亦不知焉。聶乃認爲己女，旋於報中悟女爲英革林蘭盤脱動爵之女，且知女將襲産，其遠親吉段夫婦與盆代及馬謀斃之。後案將破，而女又爲彼凶徒所擊暈去，及蘇，竟得復其記憶力，凶徒盡被執而案結。

飛行記　本社發行

一名《非洲内地飛行記》，英蕭爾斯勃内原著。是書雖小説，而於非洲内地山水道里、土人蠻族風俗習慣，無一非徵實者。前後三十五日，瀕於死者數次。一冒險小説，亦一地理小説也。

鐵假面　全三册　廣智書室發行

歐洲未開化前，酷刑殘殺，幾非人類所爲，鐵假面亦其一也。當時以之處置國事犯。是書叙法皇路易十五時代，政府壓制太甚，民間組織一黨，以推翻政府爲目的。其首領則宴守雄也。守雄奔走國事，妻蘋花易裝相從。及宴失敗下獄，蘋花多方營救，歷三十年而志不渝，卒出其夫於死地。布局致密，足以刻勵人情，陶冶心性，益增其堅持忍耐之度。歷史小說中之良構也。

孤星淚　商務發行

法國小說家嚣俄著。嚣俄以慘苦之筆墨，寫下等社會之情形，至令人不堪卒讀，一時馳名文學界。是書即世所稱爲《哀史》者也。前某店所發行之《慘社會》及近日《時報》所印之《逸囚》，皆節取其一節譯之者。是書叙服爾基幼失學，受撫於姊家，姊亦貧不給，乃學作竊賊。因竊面包被繫獄，屢逃屢獲。繫獄至十九年，始釋之出獄。後投宿一主教家，乘間竊其銀器遁，又爲巡士所獲，送歸主教。主教僞言係贈彼者，解免之，并以銀蠟臺贈焉。因大愧悔，立志一反前之所爲。力爲善行，成巨富。人呼爲末特里，不知即服也。後屢爲警察吏所捕，屢免脱，其險至不堪設想。繼拯一孤女，爲之婚嫁，苦心孤詣，而受者不知焉。讀至此，未有不下淚者。實近數月中不經見之名作也。友人某語余曰：『此書尚非全璧，曾見原本，有六巨册，此尚爲節本。』殆然。

金絲髮　商務印書館本

是書開首叙一富室忽於某夕失去一縫衣女子。實則此縫衣女即富室之主婦，惟主人主婦之家世，與前此之如何相逢，如何結婚，結婚之後，又如何不爲主婦而爲縫衣女，種種情節，皆爲作者藏去。而縫衣女所以失蹤之故，即在此數者之中，故其前半頗耐咀嚼。

畫靈　商務印書館本

分上下二卷。上卷爲醫士比靈德所述，下卷則芬吞所記者也。書述富人迦利士頓眷一貧女羅武英，其族兄弗拉夫謀奪其産，乘間劫羅而去。迦目有神經病，於空中見監守羅者之像，迦本善畫，乃圖之，遍託各友。比靈德亦得其一，於雪中遇焉，遂得破案，攜羅而出。書中所述，似近神怪，然自天眼通、催眠術發明後，精誠所至，形神若接，不足異焉。於此并悟《太平廣記》所載《情感》各篇，亦不盡子虚者。

花因　中外日報館本

英幾德拉原著。林紓、魏易同譯。書述少尉路登與巴路極同在軍中，積不相能，乃以美洲法决鬥，以拈鬮决勝負，得黑者於十年後自戕。巴路極得黑券。既與愛忒珈定情，請路解約，路既許之，因電阻不達，終死焉。路雖悔之，幸得間以謀愛，又自喜。愛誓復仇，惟不識姓氏。既與路結婚生子矣，伉儷極篤，而前事漸發見，愛憤鬱而卒。事跡極似《今古奇觀》諸書所載，結構無甚奇突。琴南先生諸作本以文章著，固較他譯本爲優耳。

黄鉛筆　上下二册全　本社發行

英斐立潑斯著。無錫章仲謐、季偉同譯。書述索師烹奴公爵之夫人魯西，忽不别他去。公爵追之。至紐約，爲警吏所窘，幾誤行期。旋至倫敦。時英京貴族有一同盟會，奉王子李尼索爲首領，以反對民黨，會中以黄鉛筆爲記。民黨首領爲勃洛脱。魯西亦爲貴族黨，有殊色，李尼索令其僞名爲伯爵女公子來滕，以結交勃洛脱，使轉移其政見。勃洛脱惑之，卒爲民黨人所戕。李尼索亦欲娶魯西，魯西願從公爵，蓋與公爵在倫敦已晤數次矣。公爵至柏林，見德皇，因德皇爲黄鉛筆會之會長也，面陳王子不法狀，會遂解散，王子逃往南美洲。公爵夫婦復璧合。譯筆雅飭，處處發明政治實際，貴族與平民之衝突，於中國前途，足引爲龜鑒焉。

懸崖馬　上下二册　本社發行

英麥去麥脱著。吴郡盧達譯。書述英人馬鐵馬爲公司寫字人，收得公司款項，擬攫之赴美洲爲營業計。至中途，自悔，折還，爲人襲擊，暈去。及醫愈，則面容被毁，囊金已失。喧傳馬竊金遁，死於河中，驗屍之報告已登報紙矣。馬乃往美洲。馬所眷女琊來司華南，守貞不嫁。九年後，馬成富人，由美歸英，尋其仇人。乃知其妹史推拉受保護於舊同事華南，而襲擊竊金者亦即同事苛來與華南也。既得罪人，乃與琊來司復成眷屬。十年破鏡重圓，一旦菟裘偕老，使非悔禍臨歧，誕登覺岸，則此懸崖之馬，將一失足成千古恨矣。讀此足策勵人之心志不淺。

聶格卡脱探案八、九、十、十一　本社發行

探案八，分前後二案。前案爲《戕姊案》。紐約一空屋，多年鎖閉，一日雪後，見草場上留有男女足印，聶入探，見一女子死於室内，聶遭狙擊幾死，幸警察入救乃免。後悉死女名大蘭，夫死，遺產甚豐，妹談娜偶劫盜，計脅大蘭入此宅，致之死，已則僞爲大蘭，居其室。案破，談娜下獄。後案一名《盜女案》。大蘭無子，僅有夫之幼妹意嫚，聶護養之，送入聖奈散女校讀書。既長，一夕爲盜劫去，適戕姊之談娜已越獄遁。聶知爲談所爲，追蹤至巴黎擒之。談自殺，得意嫚歸。

探案九，分前後二案，總名爲《假面女子案》。克爾浮園左近，連出竊案。一夕，海斯丁家又被竊去圖書表目及底稿等，延聶緝之。據被竊家所見，賊係帶假面之女子。而海斯丁家有子一——名亨利，女一，外甥女一——名意麗娜，保護女一——名意賽倍，并其夫人。聶細察，即決竊賊必爲本宅中人。屢偵得之，屢被逸去，且見假装者有二人。及被獲，不意非意賽倍，亦非意麗娜，而爲亨利，海斯丁遂逐出之，不認爲子而結案。後案爲意賽倍來訪聶。距前案破已一月餘，而假面女子復出現。

海斯丁在書室，被縛於椅，人皆疑爲意賽倍。聶約意夜往探之。及往，被擊，暈於秘道中。其友推姆棄派斯單往探，亦爲所擒。既而聶釋縛，即獲亨利之友人桀斯膽縛之，且獲意麗娜及亨利而置之法。

探案十，共二案。一爲《瘋子劫殺案》。老人基美建二宅，一自居，一給其子愈那。子不孝，基美逐之。以屋有鬼，售居者輒他徙，最後爲派爾蓀所租。派新婚，居未幾而二人被殺矣。基美告聶請偵之。聶往偵察，而基美又被縊死於大門中，旋屍首又不見。此凶手笑聲徹耳，末由得其蹤影。既於書室得秘道之門，豈知繞室秘道層列，至末凶手自首，乃老人長子克立甫，爲愈那之兄，有瘋病，疾發，殺人爲樂。尚有同黨一人，亦瘋者，爲克立甫所戕，而已亦自殺也。惟克立甫之屍，終不獲云。一爲《飛刀案》。美人哈華德，白日被刺刀插於胸，同坐者只哈蘭一人，其未婚婿也。咸謂殺人者必彼，哈女亦疑之，竟離婚也。哈蘭既被逮，因與聶善，就商之。聶爲探得哈游印度，得印度皇子之金剛石，印人索還，不與，乃以飛刀刺殺之。聶捕印人，而哈蘭冤始白。哈女亦悔，復與哈蘭結婚焉。

探案十一，共二案。一爲《戕父劫女案》。美人理郤特與女卡美同居。一日，理郤特被殺，卡美失蹤。聶偵之，悉凶手名山勒斯，因求婚卡美，其父不許，忿而殺之，并劫卡美，將遁遠方。聶偵獲之，卡美得歸，山勒斯付法。一爲《假王案》。卡陸沉國内亂，叛黨囚王及後，擇貌似王者一人王之，國之臣民皆不知也。將軍摩斯削官被禁，就聶商之。聶探確，與其國人共執假王，而真王及后始得復位，卡亂乃已。

盗窟奇緣 商務發行

英蒲斯培著。書述一小鎮上之屋產經理人德倫孟，一日有伯爵夫人龍旦來託租西達氏屋。此屋極荒僻，既成議，夫人家焉。夫人有一女伴，曰康堯氏，爲新招得者。德倫孟屢往來其家，頗悦夫人及康堯氏之美。既而美洲富豪雪拉史，忽至英而失蹤。夫人又詐使德倫孟送一要件於美洲人，不意函中所述，即爲報信雪拉史之行蹤，而索價□十萬元者。德知被欺，即偕往報警署，及逮捕，則夫人與其黨已遁矣。德即娶康堯氏爲妻。

機器妻 新世界小説社發行

日本羅張氏原著。叙言羅君久寓意國，此事喧傳意國報紙，實非空中樓閣者。書述意北境密蘭府，有一通明市。少年沙爾退賓爲美術家，於車中遇一老人，言及其父死事。旋至密蘭府，及將歸家，忽見一絶色女子向之微笑，并贈花一枝。沙爾青年無偶，積思成病，知所見女子爲名妓紅雪娘，而無由通情愫。時紅雪娘有狎客二人，一爲熊立鏗，一爲愛列克，因妓故互相嫉妬。未幾，熊爲海盜所殺，後再三偵探，始知爲愛列克所謀斃。而紅雪娘爲埃夫大尉之女焦珠，亦爲父報仇，託身爲妓，得與沙爾結婚。其寫雲和先生之俠，焦珠之孝，康夫之義，洵足針砭薄俗，主持名教，不僅事跡詭譎，動人觀聽已也。

情海魔　本社發行

美國柯怖著。書述美國一海盜名理拿德，據島稱海王，逐一西班牙船，擄得女子綳楷與其老父，艷其美，悦之。但島中本有愛者亨蔗麗亞，及王歸，遂生妒念。而老父則請被擄之船主歸取贖金以贖其女。盜王食言不踐，然内亂作矣。剿賊之兵又乘之，盜王遂死。其間如兄弟及兄妹相逢，盜妻之守節，婚姻之互締，情節頗有可觀者。

俠英童　本社發行

書述英博士沈偉之子，名哈蘭童子，寄居法侯爵客克司家，爲伴讀。哈蘭少年任俠，臨難不撓。適法國革命亂起，貴族多被民黨所攻，侯爵夫婦及子均陸續被殺，僅遺三女，哈護之而逃，屢瀕於死，終乃返英，而與侯爵次女璣娜結婚焉。沈海若譯，英文原本。此書不獨結構精嚴，而描寫亂離時狀態，一朝決裂，玉石不分，殊足戒輕談國事者。且見民心憤激，壓制愈甚，則將來報酬之道亦倍烈。是等小説，有益於國家社會，殊非淺鮮。

里城案　本社發行

英羅蕊原著，沈賓顔譯。書述美人李史章，有姊曰馬丁特，嫁馬利斯，生一女，曰美機邦。馬丁特爲夫所棄，告官，下其夫於獄。未幾，馬亦憤死。李史華撫其女，遷居里城，爲避地避人計，懼馬利斯出獄報怨也。美年長，與華德交好。華爲馬利斯族侄。李不允其結婚。一夜，李忽被殺，時馬已出獄外游矣。盡疑華德，并及美。偵探章伯尼，探悉凶手爲李之子，將被捕，而李子又自殺，遺書白顛末。始知李未曾死，而前所被殺者，實爲出獄之馬也。情節極曲折，筆亦條達可觀。爲小本第二集之第二册。

小紅兒　本社發行

品花小史著。書述浙江西子湖畔有奇女子小紅兒。母死，一俠少年白雲子資金葬之。白雲子因匿友劍飛於家，官吏來捕，縱之去，遂被逮。小紅兒於夜間斷縣令髮，負白雲子出獄，既并得仇人之首而報焉。白雲子始知小紅兒抱殺父大仇，故隱居匿跡，以圖得當。事跡本末，類多採諸劍俠各傳，特詞意娟秀，筆墨簡潔，有足多耳。爲小本第二集之第三册。

鳳后春　本社發行

浙杭蔣景緘著，爲一理想小説。因生理學中研究男女生殖器，男子之陰莖即可爲女子子宫之膣，男子精囊即可爲女子之卵巢，男子精管即可爲女子之喇叭管，男子生元即可爲女子之胞蛋，遂假託病女喬鳳英攜歸治療，得轉女爲男，且因他事得甄鸞棲而爲之成婚媾焉。設想亦奇，是能於尺幅中具波濤者。爲小本第二集之第四册。

香粉獄　本社發行

印度田温斯著，病狂譯。是書名爲譯本，疑亦出於著作。書係田温斯自述其幼年讀書時，與寓主人之女雨花相戀愛。既卒業，至倫敦游學，船到錫蘭，竟宿於游倡家。至英京，遂昵娼婦，沉溺至二年之久，始得跳出牢籠。書所以名《香粉獄》也。一般青年學生社會讀之，可引爲殷鑒。爲小本第二集之第五册。

賣解妃　本社發行

一名《狄克傳》，鋌夸譯。書述羅奈爾特欲得美姬爲偶，而同時富人蒲爾斯查特亦悦之。其母夫人擬辭貧而就富，羅遂不得當，忿極欲自殺，又不果，遂飄落爲旅客演戲術以自給。遇一賣技女子名賽潑者，頗愛戀，相遇非一次。賽父狠戾，不勝其虐，遂奔狄，輾轉相從。既忽又與美姬遇，約夜會，而爲賽所窺。賽求去，狄留之，與之舉婚禮，演技如初。賽父尋得，以刀劈狄，賽以身屏之，中焉，傷重死，狄亦倦游歸。會兄查弗賴死，父伯爵老而獨，遂歸養，父子已不相識矣。是書獨闢蹊徑，余喜其娟媚多姿，曾志數言以弁其首。爲小本第二集之第六册。

海門奇案　本社發行

英福格斯興原著，一偵探案也。死者名哥倫，或謂與阿利分争婚故致死。又謂死之者係女子，而疑所争婚之女格蘭維爾所爲。實則哥從弟阿斯談假爲女裝，託名格，以書招哥倫夜會於崖上，索重要紙件，相持擠墮而死耳。偵探地落氏偵破是隱，案乃結。

遺　囑　本社發行

英人勃蘭脱培雷少孤貧，居倫敦，有叔甚富，僻處海島，十餘年不相見。培雷偕友往訪，叔不納。居數日，得晤叔之保護女愛敦，女美甚，培雷悦之，求爲婦，叔又不允。乃知叔神志失常，已成疾，前與老姑孚德同居，孚德又死，叔益顛倒。培雷大疑，潛偵之，始知死者非孚德，實其叔也。事白，孚憤死，培雷得與愛敦成伉儷也。

紅閨鏡　本社發行

美史蘭德原著。吴門華兮譯。書述女子愛倫少孤，育於泰雷家，入塾讀書，爲一男子曼蘭所誘，甚悦之，潛與結婚，而不知爲盗焉。婚後，曼被拘入獄，遣其黨勞霖致女札，索金，許解婚約，女不得已質金飾與之。曼得金，賄獄卒遁去，邏者追之，謂已斃矣。女聞曼死，頗喜。後與亞南訂婚，成親後，遇曼，歲賂以巨款。又遇一女子同行，旋知爲曼之棄婦，見曼忿争，爲侍婢所知，曼殺婢，伏法。事迹極曲折有致，其輕於許婚，幾至成終身之玷，足爲青年女子殷鑒，故易以今名焉。

鴛鴦碑 本社發行

李小白著。書述一女子名緋霞者，艷慧絶俗，同時有二少年——一梅雪，一柳雲——交愛女，女亦樂與交往，然私心固未有專屬焉。後梅以母病去，雲與霞遂訂婚妁，而梅終爲友，及死，且爲之營兆樹碣焉。文以筆致勝，較前作《小紅兒》尤爲過之。

中國偵探砒石案 第一册 本社發行

著者傲骨。書述丁未九日，精思自愚園歸，得友人克友書，謂幾呑砒石斃命。克爲某校校長，精思往探，初疑校役陸文，其證據甚確，繼又知其不然。細訪，乃知爲校鄰某女子，案始破。此書處處不離中國情形，最爲難得，思致亦精湛。合觀各編，當知所言不謬。

中國偵探鴉片案 第二册 本社發行

著者傲骨。書繼前册而作。克友偕百解來訪精思，謂百姊夫過亢得暴疾亡，西醫驗之，謂受鴉片毒，遂下姊於獄。以雪冤，請精思偵之。知過亢爲禁煙局調查員，而事因禁煙起。私賣煙莊延者恨其嚴厲，乘機毒之致死焉。其探奸發覆，布陣行文，均較前册爲勝。

新紀元　本社發行

碧荷館主人著。書假科學之發明，演黄白之戰争，所用器具，無識者見之，幾疑爲王禪老祖與梨山老母之法寶，故類皆注明年月姓氏及用法效果。善記憶者，當知其所言非虚。至於裝點生動，顧盼多姿，尤爲餘事。

雙花記　本社發行

李涵秋著。書述宦裔娟香，一姣好女子，寄居揚州，與井生相愛悦，遂私焉。既因事歸閩，至不克成禮，致蹈元微之《會真記》故事。筆墨娟潔，神情畢肖，是具寫生妙手者，其爲得意之作無疑。與《禽海石》一書異曲同工，而文筆尤覺過之。試一讀之，當知非阿好也。

傀儡記

著者蘇同。書述官場諸事，共四卷十六回。開首爲乾、嘉時代，而至第四卷，已爲髮匪肇亂，金陵攻城事，相去至少數十年，尚爲初集，則其二、三集當自咸、同而至今代矣。筆墨似與《九尾龜》作者出一手，但二書相較，雖彼書主人翁始終未見，爲小説中奇突之作，尚覺彼善於此也。卷首道情幾首，慷慨淋漓，頗爲動目。

虛無黨真相　廣智發行

德摩哈孫原著，天涯芳草館主人譯。全書以學生爲經，黨人爲緯，又以兩奇女及娘子軍渲染之。其寫官場腐敗，社會黑暗，可作前車之鑒。

劫花小乘　廣智發行

書述一女子自由結婚，貪某伯爵之豪貴，委身焉。不意伯爵性情乖戾，時相反目，釀成悲慘之結果。近日自由結婚之風已渡太平洋而來，願青年閨女讀本書與《紅閨鏡》者，擇交時一爲審慎出之也。

劍底鴛鴦　商務書館發行

英司各得原著，林紓譯。書叙一少年與一女子相悦，而女爲其叔父休鼓挂西之聘妻，即爲其叔母也。既深知，乃以名義之嫌中止。然誹謗四騰，叔大疑之。後歷試，始知言者之妄。自以風燭老年，不應娶此少艾，遂毀婚約，而成就其侄之美滿姻緣也。事奇情奇，是真別創一格者。

續俠隱記　商務書館發行

法大仲馬著。君朔譯。是書原名《二十年後》，述紅衣主教馬薩林與路易第十之母后相愛戀，又與英相克林維勒有秘密交涉。性極貪鄙，爲擲石黨所深疾，激成巴黎民變。達特安與其友三人，奔走英、法間，至英時又值英國革命之戰，英皇查爾斯第一被執，定死罪行刑。達等屢瀕於危，終得出險。原名爲 Vicomte be Bragelone，共三卷。尚有第三編譯爲《白蘭善子爵夫人》，共六卷，想當續譯也。

情俠　商務書館發行

書述英國一少年，貌似俄莫斯科總督，以悦一女子故，冒險僞稱總督，直入莫斯科，出女弟於獄，歸而與女結婚焉。勇往壯快，令人神旺。

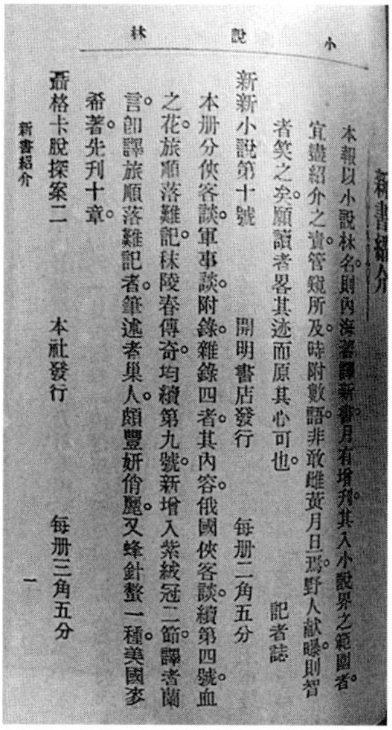
小説林

新書紹介

本報以小説林名則內海著譯新書月有增刊其入小説界之範圍者宜盡紹介之責管窺所及時附數語非敢雌黄月旦爲野人獻曝則智者笑之矣願讀者畧其迹而原其心可也　記者誌

新新小説第十號　開明書店發行　每册二角五分

本册分俠客談。軍事談。附錄。雜錄。四者其內容。俄國俠客談續第四號血之花。旅順落雞記。秣陵春傳奇。均續第九號。新增入紫絨冠二節。譯者蘭言。卽譯旅順落雞記者。筆述者巢人。頗豐妍俏麗。又蜂針螯一種。美國麥希著。先刊十章。

聶格卡脱探案二　本社發行　每册三角五分

新書紹介　一

水滸傳新或問

燕南尚生　撰

載於光緒三十四年（一九〇八）直隸官書局《新評水滸傳》卷首。作者燕南尚生，不詳。《新評水滸傳》只見第一册，封面稱『祖國第一政治小説』。當時，隨著革命浪潮的高漲，中國古典小説中的《水滸傳》就特别受到青睐，紛紛將它視爲倡獨立、自强、民主、民權的傑作。燕南尚生也完全是從『政治小説』的角度上來高度評價這部小説的，認爲：『《水滸傳》者，痛政府之惡横腐敗，欲組成一民主共和政體，於是撰爲此書。迨至梁山泊無人敢犯，分班執事，則已成完全無缺之獨立國矣。』正因爲從政治上着眼，故對金人瑞從『文法』上批點十分不滿，指責金人瑞『奴隸根性太深』，是幾百年來使《水滸》『極易動人之學説湮没有不彰』的罪魁禍首。這假如從反清革命的眼光來看的話，也可謂是一針見血之論，但若歷史地、全面地衡量金人瑞的功過得失的話，此論未免過於簡單，失之片面。

或問：《水滸傳》一百八人，果有之乎？抑憑空結撰乎？答曰：不知。又問：既不知其人之有無，憑何以批評之乎？曰：一百八人之或有或無，實難懸揣。借曰有之，則死將千年，骨已腐化，遑論其他？縱有其人，又安知果有其事乎？縱有其事，彼自作事而已，豈倩施耐庵作彼等之書記生耶？余又安肯爲施耐庵作無代價之奴隸乎？著述云者，或借前人往事，或借海市蜃樓，叙述一己之胸襟學問而已。批評云者，借現存之書，叙述一己之胸襟學問而已。若有若無，誰復問之！

問：《水滸傳》何爲而作乎？曰：施耐庵生於專制政府之下，痛世界之慘無人理，欲平反之，手無寸權，於是本其思想發爲著述，以待後之閲是書者，以待後之閲是書而傳播是書者，以待後之閲是書而應用是書、實行是書之學説者。又問曰：人言此爲消閒遣興而作，發爲文章而已，然乎否乎？曰：余非文人，余不知之，無已，則請問金人瑞。

問：凡此皆不須辨。即子卓見而言，一百八人中，以何人爲第一流人物乎？曰：宋江。又問：先哲金聖歎，屢有不滿於宋江之處，子何言宋江爲第一流人物乎？曰：子知金人瑞之人格乎？金人瑞者，奴隸根性太深之人也，而又小有才焉。負一時之人望，且好弄文墨，閲書籍。彼既批《三國演義》矣，既批《西遊記》矣，既批《金瓶梅》矣，既批《西厢記》矣。《水滸》爲卓犖不群之作，使不批之，恐貽笑大方，於是乎批《水滸傳》。雖然，《水滸傳》者，專制政體下所謂犯上作亂大逆不道者也，於是乎以文法批之。然猶恐專制政府，大興文字獄，罪其贊成宋江也，於是乎痛詆宋江，以粉飾專制政府之耳目。批評《水滸》，以釣贊成《水滸》之美名，其計亦良得，其心亦良苦矣。試思操縱予奪之權，耐庵之秃筆操之者也。使非第一流人物，何故安之於大統領之地位乎？明明曰濟人貧苦、賙人之急、扶人之困也，而金人瑞則曰權術。宋江與盧俊義讓位，雍容大雅，昭昭在人耳目，而金人瑞則曰奪、曰弑。假使晁而果怨宋也，夢中顯聖之時，何不殺宋，乃爲之指授計謀介紹醫士乎？若不顧事實，妄自懸揣，則堯舜可目爲奸慝，而趙高、曹操輩，亦不妨以神聖事之矣。果足以服人心焉否耶？若據金人瑞之言爲言，則吾不敢置喙矣。

問：魯達是何等人？曰：魯達是才大心細之人。試觀其救金老父女也，恐有阻之者，則親發遣之；恐有追之者，坐於板凳，切肉臊子，以俄延時間，使之泰然出脱耳。其於村酒店也，恐店小二不容，則曰『我是游方僧人』。其於桃花村也，恐劉太公不容，則曰『我是五臺山來的』。其於林冲刺配也，見人做手做脚，則秘密保護之；野猪林則示公人以威，迫近滄州，無僻净處，然後示公人以恩，又再三叮嚼而後行：何一非才大心細乎？問：人有言魯達鹵莽者，蓋以其殺人放火，不避艱險也。此説然否？曰：魯何嘗不避艱險乎？試觀其於瓦官寺也，力不敵則避之，於寶珠寺也亦然，何嘗不避艱險乎？至於以平天下之不平爲己任，專一捨身救人，則仁也，而非鹵莽也。神禹於一夫飢猶己飢之，一夫溺猶己溺之，孔則席不暇暖，墨則突不及黔，耶教言我不入地獄，誰入地獄，釋教言衆生未度，誓不成佛：皆此義也。鹵莽云乎哉？若以捨身救人爲鹵莽，則自命不鹵莽者，其存心處世，可以知其梗概矣。

問：一百八人中，不少凶頑惡劣之人，何故一見宋江，即斂而就範，仁信智勇，而無一毫私意乎？宋江操何術以馭之乎？曰：公明而已矣。天下無不可化之人，特患施治者不公不明耳。況諸人皆特具美質者也，無人以陶鑄之，則流於一偏而已。如武松之沉酗於酒，持厭世主義者也，彼見夫社會上、政治上之陰沉慘酷，毫無公理，滔滔者天下皆是，以爲世不可爲也，於是以醉謝之。陶徵君潛，其先例也。迨一遇公明，乃知社會雖敝，仍存光明公道，遂振起其改革社會之心，孝悌仁勇，爲其素具，一振起其作事之心，斯無不孝悌仁勇矣。李立、張横諸人，見夫一切官吏，養尊處優而利己也，羨之。考其致此之由，則行盗賊强劫之行，而加以諂媚傾軋而已。欲謀官吏，苦無媚骨，遂流爲直接之盗賊，以圖利己。及見公明之名震全國，人人欣仰，始知所謂利己者，在以愛他爲利己，而非以利己爲利己。於是亦公明矣，亦以愛他爲利己之手段矣。土豪若二穆，亦仿行大官之專横者也。感於公明，斯公明矣。天下無不可化之人，特患施治者不公不明耳。夫復何疑？

問：高俅爲何如人？曰：才智之士也。試觀其通於賭博、書畫、琴棋以及槍棒、踢球等類，無才智者，烏能有此乎？特未受正當之教育，故流於陰賊險狠。豈止高俅乎？黄文炳、西門慶，乃至於李固、閻婆、王婆諸人，皆才智之人也。專制政體之下，作之君者，只知深居簡出，置小民於不顧，而小民只知我之爲我，而不知他人亦大我，只知目前快樂，而不知有永世之快樂，遂陷於惡而不自知，非罔民而何？是以謀國家者重德育。

問：祝朝奉父子爲何如人？曰：亦有道德之士，特知保守而不知進取耳。社會進化之例，由游牧而酋長，由酋長而專制，由專制而立憲，定理也。祝氏父子，生於專制政體之下，溺於天皇不可侵犯之説，賊人者謂之賊，虐我則仇，彼則不知也，放出死力以抗拒新軍。今當過渡時代，此等人物甚多，遑論祝氏乎？又問：所謂此等人物甚多者有例乎？曰：有。請君觀《粤匪紀略》，從而玩索焉可已。

問：書中每言交戰，皆官軍不戰自潰，得毋偏歟？曰：不偏。是蓋痛募兵之兵制不善也。兵而出於募，則應募者只爲糧餉耳。於何故募兵，何故交戰，彼全不知。糧餉足則安，不足則不安，定理也。軍官之克扣糧餉，暗吃空名，兵之心無一日安也。一旦交戰，使之衝鋒破陣，不潰何待乎？潰則無糧餉而立成餓殍，則搶劫良民，非亦勢所必至乎？若梁山泊之兵也，安則同安，危則同危，猶今之民兵也。交戰之勝敗，於己身有絶大之密切關係，能無效命乎？人人效命，又安得不勝乎？問：梁山泊於交戰之後，無論如何大勝，必繼以添造軍械、房屋、馬匹、糧草等事，絶無驕人氣象，此是安不忘危，治不忘亂之義乎？曰：然。

問：此書所載，無一人不愛使槍棒，古中國固如此乎？曰：非必果能如此也。作者知立國之道，在於强兵，欲强兵非有尚武精神不可。故言人人愛使槍棒，以提倡軍國民主義，非必爾時果能如此也。

問：《水滸傳》之外，尚有所謂《水滸後傳》、《結水滸傳》者，子盍取而并評點之？曰：《水滸》豈容有後？《水滸》又烏得而結乎？《水滸傳》者，痛政府之惡横腐敗，欲組成一民主共和政體，於是撰爲此書。迨至梁山泊無人敢犯，分班執事，則已成完全無缺之獨立國矣。後以何者爲後，以何者結之乎？彼羅貫中者，見有待朝廷招安之説，乃撰出《後水滸》平四寇之囈語。然則施耐庵所慘淡經營甘犯不韙而著述者，僅跳出奴隸範圍，以登自由之界，而復欲出自由之境界，再入奴隸範圍耶？其叙事之疏放惡劣，猶其疵之小焉者爾。俞𪛗更不足道矣。彼生於專制政府之下，受壓制已久，如久荷死囚重枷者，偶一脱之，則上擋而步履不寧，於是欣然重戴之。且見人之枷脱，而必欲勸人重戴之。其言曰：《水滸》打家劫舍，戕官拒捕，何可不誅之？遂奮筆誅之而不疑。抑知所謂打家劫舍，戕官拒捕者，以獨夫之言爲斷乎？以輿論爲斷乎？如高俅縱子淫惡，奸人妻女，當誅乎不當誅乎？梁中書剥民脂膏，獻媚於有勢之丈人，當劫乎不當劫乎？殷天錫强霸有主之産，弁髦太祖遺詔，當討乎不當討乎？他如鎮關西、張都監、劉高、黄文炳等等，果可容於天地之間乎？而俞𪛗者，必欲陷人於黑暗地獄，其心始安，則媚上之心奴隸根性使然也。吾子必欲吾評之乎？則《後水滸》曰溷；《結水滸》曰諂。曰溷，則或有澄清之一日；曰諂，則一去其諂，中無所有矣。將以何者藥之乎？

問：《水滸傳》亦有缺點乎？曰：有。如意不在於招安，而屢言招安是也。爾時共和立憲之説尚未暢行，施耐庵獨抒卓見，創爲是書。於此等處，未知有妥貼之名辭，於是以招安代之，究其實終欠恰當也。又如於功成之後，分撥執事，固井井有條，然未定自治之章程，自由之界説，是其短處。若能仿今日《新中國未來記》、《獅子吼》諸書，明訂各項章程，作爲國民之標本，則善之善者也。雖然，世界上之學問技藝，莫不由疏放而集約，又安可以今繩古耶？

問：聞日本有譯本《水滸傳》，其視此書居於何等乎？曰：此最易了了者也。吾國説部之書，奚止汗牛，奚止充棟？日本志士，不譯吾之《金瓶梅》，不譯吾之《西遊記》，而獨譯《水滸》，其待《水滸》，不已見耶？況又有最簡單之批焉，曰：『《水滸》之有益於初學者三，起勇俠斯尚氣概矣，解小説斯資俗文矣，鼓武道斯振信義矣。』此非明證乎？又彼邦之賣衛生長壽丹者，題其袋曰：神醫安道全秘方靈劑。其爲假託固也，然何不題曰岐黄乎？何不題曰和緩乎？可見彼邦之文人學士、孺子婦人，有不知岐黄、和緩者，未有不知安道全者也。其器重《水滸》者爲何如哉？宜乎以吾國之一書，而經日人曲亭馬琴、高井蘭山、岡島冠山諸君之争譯也。

問：子之評點是書，亦有目的乎？曰：有。曰：何在？曰：吾亦不自知其何在也。請抽數日之暇，以觀吾書。

問：金人瑞講文法，子既深惡而痛絶之，是著書立説，只求實事而已，更無所謂文也。進觀子之所言，亦似有起承轉合理弊功效之文法者，子何以亦講文法乎？曰：惡，是何言？文也者，自然之天籟也。日月星辰，非天之文乎？山川丘陵，非地之文乎？四肢百骸，語言動作，非人之文乎？他如飛潛動植，平原山嶽之文也；枝葉花實，植物之文也；羽毛齒革，動物之文也。推之一億萬年，一刹那間，一世界，一粟米，無一非事，即無一非文。文固自然之天籟也，安得謂爲無哉？特不須人之講之耳。語曰：『文以載道。』又曰：『言之無文，行之不遠。』文亦安可輕乎？若執文言文，定非知文者。亦猶欲求專門名家者，必普通學各各研究之，然後得擇一門以盡力。若開始即研究專門，而謂一門果可精通乎？文法亦猶是也。見事辦事，辦事之時，自有條理節奏。所謂條理節奏者，文也，雖不講之，安能無之乎？或曰：然。

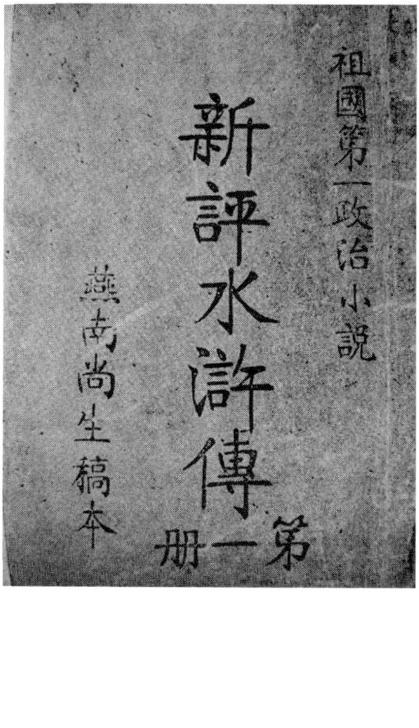

讀《水滸傳》隨筆

佚名　撰

載於一九〇八年四月二十三日《中外日報》。未見署名，作者可能與一九〇七年二月二十二日在《中外日報》上發表《説〈紅樓夢〉》者爲同一人。本文論《水滸傳》亦擺脱了『誨盗』之説，認爲它『可作當時之政治史觀』，因爲小説儘管是『空中樓閣』，但所寫并非是空穴來風，作者必根據『當時實有其事，又必爲人所共見、共聞之事』所寫，所以有它的認識價值。小説所描寫的一些問題，也可援據今日之『法律』而重新加以審視。這些見解，反映了二十世紀初研究中國古代小説的一些新的氣象。

《水滸傳》世作稱誨盜之書也，然執筆人閱之，乃別有會心，所謂仁者見仁，智者見智也。高太尉欲殺林冲，則刺配滄州，而陰令解役殺之於野豬林。張團練欲殺武松，則刺配恩州，而陰令解役殺之於飛雲浦。又李固欲殺盧俊義，則亦乘其發配沙門島時，賄屬解役，殺之於中途。

此三者雖不必有其人，而要必有其事。蓋作小説者，雖專以製造空中樓閣爲主，然使當時無此等事實，則作者腦中，必不能憑空有此思想。故必當時實有其事，又必爲人所共見、共聞之事，而後附益以姓名，撮爲小説之材料。而此等小説，亦可作當時之政治史觀矣。

此等事，以其出於高太尉、張團練、李固等，故論者詆之不遺餘力耳。若非出於此等人，而其罪又實爲人世所公認，乃因顧慮之故，忽不意而出於此，則吾輩持論者，不審將援據法律，以爲當尊重憲典，尊重人道，不應如此耶？抑或略跡原心，而亮其不得已之故耶？此亦刑律上一大問題也。

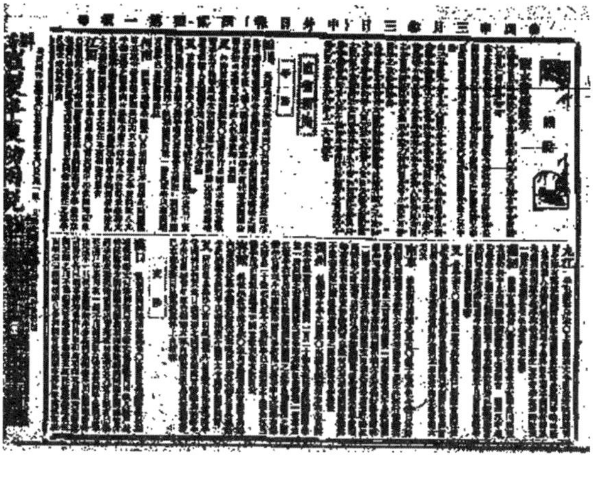

論看《月月小說》的益處

報癖 撰

載於《月月小說》一九〇八年第二卷第一期。作者報癖，即陶佑曾，見一九〇六年新庵等《說小說》提要。《月月小說》，月刊，光緒三十二年（一九〇六）十一月於上海創刊，至光緒三十四年（一九〇九）十二月停刊，共出二十四期。内容主要是小說，也發筆記、戲曲、彈詞及理論文字等。宗旨是借小說以改良社會，開通民智，佐群治的進化。本文主要是爲了宣傳《月月小說》，强調該雜志的辦刊目的『不是爲着自己賺銅錢，實在是幫着列位開風氣』，它要讓官員看了能『觸目警心，截長補短，把地方整頓，把吏治改良，做一個愛民如子、保國如家的好官兒』，讓『講新學的朋友』真正能在『新舞臺上』、『做轟轟烈烈的大國民，切莫做荒荒唐唐的小騙子』，其他如對當時的實業家、歷史家、詞章家、婦女們等各色各樣的人群都有教益，且寫得『樣樣有趣』，故可稱是『小説報裏的霸王』。值得注意的，這裏提出了小説『有趣』的問題，這與吴趼人在創刊辭中的强調是一致的。既强調小説的社會作用，又强調小説的『趣味』，這是對梁啓超『小説界革命』的一種糾偏與補充。

恭喜恭喜！列位的眼福，真是不小哩。倘没有眼福，怎麽一件刮刮叫的東西，在烏托邦藏了兩三個月，忽然間又鑽了出來咧？小子想列位聽了這幾句話，必定會對著小子説道：『吠！什麽喜？什麽喜？什麽叫做眼福？這刮刮叫的，却又是什麽東西？你却含含糊糊，不講個清清楚楚，一味的拍手跳脚，大驚小怪，向著我們道喜，難道喜瘋了嗎？』咳！列位有所不知，小子所喜的，不是别件，爲的是上海《月月小説》又出了現呢。小子今年四月，曾到上海一趟。因爲是他社裏的一個義務記者，所以歇息了兩天，就叫部人力車，往社裏去瞧瞧，誰知去的不湊巧，正碰着社裏起了風潮。這風潮一鬧，就把個名譽很大的，暢銷很廣的《月月小説》出至八期，便中道而止。凡是看這報的，都同聲惋惜，好像失了一件寶貝一般。幸虧又出了一位熱心的沈濟宣先生，偏偏和幾位同志籌足了資本，把這報接著辦下去。總編輯的，是冷泉伏民；總撰述的，還是我佛山人；總譯述的，是知新室主人。又添聘了冷血、天笑、天僇三位大名鼎鼎的大文豪，把内容改的改良，照的照舊，居然又轟轟烈烈的燃了起來了，教看報的如何不喜？小子如何不喜？還有一樣可喜之處，這種報雖是幾個讀書明理人辦的，却不是爲著自己賺銅錢，實在是幫著列位開風氣。不然，他存著整千整百的銀元，難道他自己，不會去插麻雀，打茶圍，坐馬車，吃大菜，聽夜戲嗎？他既然慷慷慨慨，拿出來辦報，可見的真是熱心公益。既有這樣熱心，倘將來替中國辦起大事，比那些自私自利的小人，自然有天淵之别。列位，你道是不是？你道可喜不可喜呢？只是喜却可喜，小子又要學那江湖上耍術法的腔調道：『呔！大人老爺們，先生學生們，太太小姐們，看得高興的時候，也要喝幾聲采，幫襯幫襯才是。倘若一味的癡看，怕看完肚子痛呢！』但這些閒話，却也不消多述，容小子把這看《月月小說》的益處，次一次二的講來。

（一）官場中應看

小子曾聽得一件笑話兒，説有年某省乾旱，百姓們報了饑荒。官府聽着，很籌畫了一會兒，忽然對著百姓説道：『你們既没有飯吃，何不吃肉？』這話雖形容過火，却也是譏諷不諳民情的意思。這《月月小説》的宗旨，也重在通達民情，講求利弊。所以有幾種小説裏頭，把普通人的性情舉止，好好歹歹，都極力的描摹出來，不像那一味打官話的，輕輕淡淡的説幾句就罷了。大人老爺們，若遇着公事辦完，被那『等因奉此』的字樣，鬧昏了頭的時候，何妨拿起瞧瞧，既可以解解愁悶，又可以察察民情，豈不是公私兩益嗎？况且這報裏面，還有一種《官場之秘密》，一種《後官場現形記》，和那《快升官》、《平步青雲》、《立憲萬歲》，都是專門説官場的。倘若時常去看，也好觸目警心，截長補短，把地方整頓，把吏治改良，做一個愛民如子、保國如家的好官兒呢。

（二）維新黨應看

中國自從戊戌變政之後，風氣漸開，新黨也漸漸的多了。這裏頭却分出幾種人物，也有譯書的，也有辦報的，也有留學的，也有做生意的，也有充教員的，也有當學生的。黨派既多，人品自雜，雖不能全行抹倒，也不能一律恭維。不過到了後來，真的還是真，假的還是假，瞞得當時，瞞不得後世，欺得自己，欺不得別人，終究是要現出本來面目的。小子特奉勸列位講新學的朋友，既然跳到這新舞臺上來，須要做轟轟烈烈的大國民，切莫做荒荒唐唐的小騙子，才能够稱的新世界中的人物。試瞧這《月月小説》的《新封神傳》、《上海遊驂録》兩種，真算的照影子的兩面好鏡子，列位維新的朋友，倘到了得閒的時節，何不捧著這兩面鏡子，仔細照照自己？如果照着頭面上，衣服上，有不合格式的地方，也好即時即刻，去整齊整齊，修飾修飾哩。

（三）歷史家應看

近來學術昌明，這歷史一科，也是很有關係的。但我國的史書，册數太多，敘事甚簡，文法又過於深奥，一輩子也看不完。就是一目十行，看得很快，總不能概行記憶，一字不遺。俗話説『一部廿四史，不知從何處説起』，真是不錯。還有一層，本子既多，價錢必貴，貧寒無力之人，又買他不起。那外國的史書，雖然分出段落，附着圖畫，却也有事情雜亂，無頭無尾的，一時也頗難辨清眉目。所以博通史學的人，現在很少很少了。這《月月小説》，却也注重歷史，要將正史，一概演成白話，使人家一目了然，不致討厭，因此就著出兩種小説來，一種是《兩晉演義》，一種是《雲南野乘》，都很有意思的。至於外國史的小説，却又三種：一種名《刺國敵》，是白話體的；一種名《八寶匣》，一種名《美國獨立史別裁》，是記事體的。這兩種雖不是白話，文法又不甚深，易得領會。列位之中，如有研究歷史的，快快把這幾種小説，當作參考的書，用心去看，是再好没有的。

（四）實業家應看

現在講求農工商三門學問的，便是實業家。你看美國、比國，最重的是工藝；英國、法國，最重的是商戰；俄國，奥國，最重的是農務。無論坐車瞧戲那些事，這三項人的價錢，總比别項人要少些。又聽説各國賽起會來，這三項人陳列的物品，總比别項人的物品出色些。因爲國家富强，都靠着他們的勾心鬥角，才能够裝成個錦繡的河山。如今我們的中國，也漸漸知道實業的益處了，就有好些人，開什麽理化社，設什麽製造廠，編什麽農學報，立什麽商務會，總要發明新理，振興實業。無奈這些人，初出茅廬，大半心無把握，又没有什麽陳法子，去觸動他們的靈機，怎能妙想天開，出人頭地呢？誰知《月月小説》裏面的《新再生緣》、《飛訪木星》、《倫敦新世界》，都是提倡科學的故事。列位講求實業的，請專心去領略意義，好仿着那舊樣兒，去想新鮮的法子呵！

（五）詞章家應看

現今那些喜歡詞章的，遇著淺淺顯顯的書，眼角兒瞧也不瞧，口中不住的説『無味無味』。請教他如何無味，總不過説是没有什麽花花緑緑的好字眼，響響亮亮的新腔調罷了。這《月月小説》裏面，却有《懸嶴猿》、《玉帶緣》、《曾芳四》、《風雲會》四樣傳奇，還有《研塵詩刪剩》、《四海神交集》、《則山簃詩餘》那些詩詞，又有《黑奴報恩》、《鄔烈士殉路》兩出戲曲，更有《賈鳧西鼓詞》一種彈詞。這些文字，盡是音韻鏗鏘、揚風扢雅的。列位内中，倘是喜歡詞章的，何不架著眼鏡兒，蹺著大腿兒，拍著巴掌兒，用龍井茶，潤濕了嗓子，次一次二的，高聲哼起來，比念那《百香詞》、《西廂記》、《唐詩三百首》、《廿一史彈詞》，還有趣得很，還有益得多呢。

（六）婦女們應看

我中國四萬萬同胞，女的就占了一半。婦人家，有主持家政的權柄；女孩子，正當知識初開，更覺要緊。無奈中國的女學蒙學，太不講究了，所以平日清閒無事的時候，想尋些玩意事兒，總離不了抹抹牌，瞧瞧戲，逛逛廟宇，譚譚家常，隨外面有什麽翻天覆地的事情，都一概不知道。就是有時聽着些謠言，也模模糊糊，摸不着頭腦。或者丈夫是個明白人，想要在地方上，創辦些正經事，他不獨不能幫助，反在中間作梗。這却是什麽緣故呢？因爲我們中國的婦女們，識字的甚少，就是略略認識幾個字，也只好去念念《三元記》、《二度梅》、《祝英臺》、《雷峰塔》那些曲本。倘若能够看得《封神傳》、《捉鬼傳》、《西洋記》、《開闢演義》、《隋唐演義》等書，便算是頂有才學的了。漫説荒唐不足信，就是筆墨新奇，看了也大無益處，怎比的《月月小説》上的《醋海波》、《含冤花》、《乞食女兒》、《弱女救兒記》，都是講着家庭中倫理上的事咧！不如把那些無益的小説擱起，專看這《月月小説》，不獨能消消閒，只怕還長許多見識，學得許多好樣呢。

還有各項人等，指頭兒一時也説不清，秃筆兒一時也寫不盡，總而言之，没一個不宜看《月月小説》的。大約那《少年軍》，是預備給殺仇保種的人看的；那《破産》、《發財秘訣》，是預備給貪財忘義的人看的；那《美人島》、《失舟得舟》，是預備給有冒險性質的人看的；那《大人國》、《新鏡花緣》、《烏托邦遊記》、《鐵窗紅淚記》，是預備給有高尚理想的人看的；那《俏皮話》、《西笑林》、《解頤語》，是預備給詼諧百出的人看的；那《嶽群》、《情鍾情》、《左右敵》、《劫餘灰》、《柳非煙》，是預備給愛情最深的人看的；那《大改革》、《玄君會》、《黑籍冤魂》、《特别菩薩》，是預備給癡人看的；那《盗偵探》、《紅痣案》、《三玻璃眼》、《海底沉珠》、《妬婦謀夫案》、《上海偵探案》、《巴黎五大奇案》，是預備給員警看的。還有那些『論説』、『譏彈』、『燈謎』、『摭報』，以及『説小説』、『揮塵譚』、『劄記』各種的短篇，色色俱齊，樣樣有趣，如花似錦，層出不窮，難道還算不得小説報裏的霸王嗎？倘列位因爲小子，説得這樣天花亂墜，不大相信。便請平心静氣，仔細去看，纔知道小子這一篇話，真不是拍《月月小說》的馬屁呢！

論看月月小說的益處（白話體）

報癖

恭喜恭喜。列位的眼福。實是不小哩。倘沒有眼福。怎麼一件刮刮叫的東西。在烏托邦藏了兩三個月。忽然間又鑽了出來啊。小子想列位聽了這幾句話。必定會對着小子說道。什麼喜什麼喜。什麼叫做眼福。這刮刮叫的。却又是一件什麼東西。你却含含糊糊。不講個清清楚楚。一味的拍手跳腳。大驚小怪。向着我們道喜。瘋了哌。唉。列位有所不知。小子所喜的。不是別件。爲的是上海『月月小說』又出了。現呢。小子今年四月。曾到上海一趟。因爲是他社裏的一個義務記者。所以歇息了兩天。就叫部人力車往社裏去瞧瞧。誰知去得不湊巧。正碰着社裏起了風潮。這風潮一鬧。就把個名譽狠大的。銷場狠廣的『月月小說』出至八期。便中道而止。凡是看過報的。都同聲惋惜。好像失了一樣寶貝一般。幸喜又出了一位熱心的沈濟宣先生。偏偏和幾位同志們

論看月月小說的益處　一

說小說

佚名 撰

載於一九〇八年七月二十四日《笑林報》。文章論及《青樓夢》、《海上花列傳》、《海天雪鴻記》等『嫖界小說』，認爲《青樓夢》爲『發首』，但『用筆平平』；《海上花列傳》寫得有聲有色，歎爲觀止，但用蘇白，使外地人不無遺憾；《海天雪鴻記》用筆殊妙，惟其語氣似有側重之弊，且篇幅太短。

吾國嫖界小説之發首爲《青樓夢》，用筆平平，無可褒貶。然并非勸懲諷世之作。

《海上花列傳》以才子之筆而列寫海上諸名妓情形，有聲有色，如荼如火。其妙處在於皮裏陽秋，不下斷語而其中之黑白自見；用筆亦倜儻非常，嫖界小説嘆觀止矣。惟全書統用蘇白，解者無幾，即蘇府以外之人，不通吴語者，亦十之八九爲恨事耳。

《海天鴻雪記》忽然而來，忽然而去，用筆殊妙，惟其中語氣似有側重之弊，且篇幅太短，不合嫖界小説體裁。

樽邊録

栩園 撰

一九〇八年《著作林》第十七期。作者栩園,即陳蝶仙(一八七八—一九四〇),原名壽嵩,字昆叔,蝶仙,號栩園,簡署栩等,浙江錢塘(今杭州)人。一九〇七年在上海創辦《著作林》,一九一三年起辦《遊戲雜志》、《女子世界》等,一九一六年任《申報自由談》主編,加入南社。後搞實業,研製「無敵牙粉」聞名於時。著有《淚珠緣》、《栩園叢稿》等。此兩則文字中,一則談及《金瓶梅》中的「達達」一詞爲越語,另一則也以「區區」一詞認定《肉蒲團》、《十二樓》爲李漁所作。前一判斷的意義在於現代最早提出《金瓶梅》中有越語,是後來不少研究者認爲《金瓶梅》作者是南方人的先聲。後一判斷也爲後來學者所肯定,特别是認爲《十

二樓》的作者是李漁，已成定案。

《金瓶梅》及《隔簾花影》等書有『呼達達』字樣，『達達』二字不知所出，友人嘗舉以問余，余笑曰：『此二字蓋越諺，今猶習問之，越人笑罵嘗有「媽同我達達」之語，是其達達之意，即猶云云之謂也。』

《肉蒲團》一書，又名《覺後禪》，又名《椰蒲緣》，描寫甚於《金瓶》，或問撰人姓氏，余斷爲李笠翁，或問所據，余以『區區』二字爲證。自稱『輒區區』之辭，書中未嘗前見，惟《笠翁十種曲》用之，故予斷定《肉蒲團》及《覺世十二樓》兩書皆出自笠翁之乎？且結構之精，思想之妙，用筆之暢，造句之熟，實有非笠翁不能辨者。

鐵甕燼餘

鐵　撰

載於一九〇八年《小説林》第十二期。作者署名鐵，疑爲雷昭性（一八七三—一九二〇），字澤皆，四川富順人。曾用筆名鐵、鐵錚、鐵崖等。一九〇五年赴日學習，同年加入同盟會，又參加南社。曾創辦《鵑聲》雜志，參加《四川》雜志編務。一九〇九年回國任教於上海中國公學。同年秋爲清廷指名緝捕，一度走杭州爲僧。民國元年任總統府秘書半月，後赴南洋主《國民日報》筆政。本篇注意小説與戲劇、繪畫的不同特點和相互關係，强調了小説具有醒睡獅、喚國魂的社會作用。從易於普及計，作者特別呼籲『彈詞小説』的改良。

吾國戲劇，除一二新聞時事外，餘均以小説爲藍本。舉其大略言之：演爲戲劇者，如《三國演義》、《水滸》、《包公案》、《彭公案》、《今古奇觀》、《岳傳》、《濟顛傳》、《笑中緣》、《雙珠鳳》、《征東》、《征西》、《緑牡丹》、《西遊記》、《白蛇傳》等，不下數十種。一經排演，萬目共睹，千載可爲一時，異鄉可爲一室，使人如躬逢其時，親履其地，無智無愚，無老無幼，眼簾所樂，目的所注，皆趨於一焉。區區舞臺，直爲世界之雛形耳。故小説爲戲劇之本，而戲劇足增小説之光。泰西小説家仲馬、嚣俄皆以善著悲别稱，小説與戲劇相表裏，於此益信。近有以新小説編爲戲劇者，爲《黑奴籲天》、《血手印》等，内容且未必完全，演唱亦未能中節，一朝開幕，争以先睹爲快，其價值可想。方今編譯各小説，月異日新，於風俗社會有關係者，如《萬里尋親記》、《大小報仇録》、《蘇格蘭獨立記》、《無名之英雄》、《新舞臺》、《十字軍英雄記》、《賣國奴》，佳本甚多，倩嫻於音律者編演之，當於舞臺上放一異彩也。

别士曰：『看畫最樂，看小説次之。』吾謂畫者有色而無聲者也，彈唱者有聲而無色者也；小説則有聲有色而實無聲無色，無聲無色而實有聲有色者也；惟戲劇斯有聲有色矣。

戲劇之效力，影響於社會較小説尤大。吾國教育未普及，彼蚩蚩者，目不識之無，安能各手一卷？若戲劇則有色有聲，無不樂觀之，且善演者淋灕盡致，可泣可歌，最足動人感情。昔有皮匠殺秦檜故事，此其明證。故戲劇者，一有聲有色之小説也。

改良之名詞囂國中矣，無論一事一物，罔不冠以『改良』二字。有所謂改良戲劇者，有所謂改良灘簧者，而獨於彈唱小説者則無聞焉。其下焉者，則迷信、淫穢，傷風敗俗，莫此爲甚，無足論矣。然個中不乏聰俊之流，詼諧諷諭，具有辯才，若經改良，則於世道人心不無小補。

就金錢主義論，若改良戲劇、改良灘簧者，孰不利市三倍？　一般彈唱小説之會場，列坐者竟寥若晨星矣。如三家村學究，日抱高頭講章，一肚皮狀元鼎甲思想，於此時代，試問能償其所願否乎？誠不得不學幾句新名詞以爲啖飯地步耳。自小説風行，新出者無慮百餘種，國民、歷史、社會、偵探，或紀歐、美事實，或言中外風俗，何患無彈講之資料耶？　有識者當及時興起也。

印刷物與演説二者於社會影響最大，小説亦印刷物之一也，吾謂彈唱小説者亦演説一道耳。諄諄之誨，不若循循之誘，人情然也。苟於國民小説中多擇佳本，散布城市鄉里間，廣爲演講，醒睡獅，喚國魂，厥功偉矣。在彈唱者號爲改良，人必趨之，一舉兩得，何樂不爲？

讀小説則費腦力，觀演劇則費金錢，游山玩水又費時日。人當煩悶之時或休息之餘，欲求一快心樂意事相與排遣，則莫如聽彈唱小説也。人講之，我聽之，不費腦力；片席地，一杯茗，取貲無多。而人情世故，山川風景，娓娓然如在目前，是真極好一排遣之地。

南海吴趼人先生恒曰：『作小説者，下筆時常存道德思想，則不至入淫穢一流。』斯言也，小説家當奉爲準繩。世風日漓，言情小説最合時尚，每見市上號爲『新小説』，或傳一歌妓，或揚人帷薄，人競購之，自好者且資爲談助，下焉者將目爲教科書矣。微論不足以改良社會，適足以敗壞道德耳。嗚呼！　吾爲此懼！

譯本小説每述兄弟姊妹結婚之事，其足以敗壞道德、紊亂倫常也尤甚。愚以爲譯者宜參以己見，當筆則筆，當削則削耳。

小説之風行與否，可以覘國民之程度。東海先生言，如《新舞臺》類，於日本風行最盛。其俗尚武，殆武士道之遺傳性，無惑乎蕞爾三島，雄飛於二十世紀之大舞臺矣。

吾國舊小説中，人所最愛讀者，莫如《紅樓夢》。或喜其諷喻，或喜其戀情，文者見之謂之文，淫者見之謂之淫，在讀者各具眼光耳。然吾國之世界，固儼然一紅樓之夢也，奈何夢於紅樓而終不覺也，悲夫！

《遼天一劫記》，吾國之絶大哀史也。昭文徐念慈先生於昔年發起調查參考，經營數年，賫志而殁，未著一字。嘗聞古人著作，每不輕於下筆，萃畢生之精華，始成一巨製，以視當世之率爾操觚者爲何如耶！是書之未成，職是故耳。惜天不假年，《廣陵》絶響，否則小説中多一巨製，亦稗乘中多一野史矣。

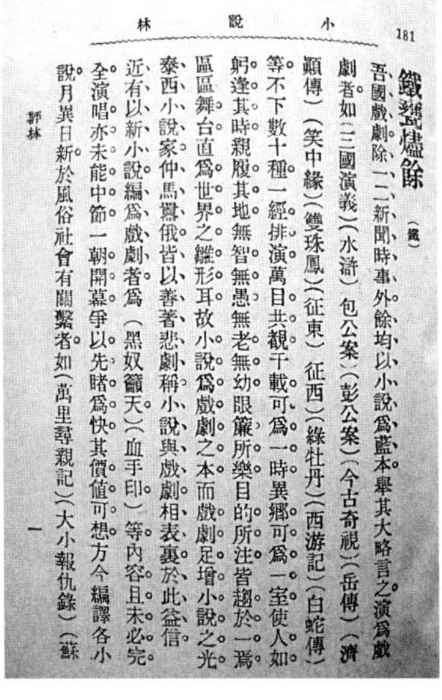
181　小　説　林

鐵甕燼餘　（鐵）

吾國戲劇，除一二新聞時事外，餘均以小説爲藍本。舉其大略言之，演爲戲劇者，如（三國演義）（水滸）包公案）（彭公案）（今古奇覌）（岳傳）（濟顛傳）（笑中緣）（雙珠鳳）（征東）征西）（緑牡丹）（西游記）（白蛇傳）等，不下數十種。一經排演，萬目共覩，千載可爲一時，異鄉可爲一室，使人如躬逢其時，親履其地，無智無愚，無老無幼，眼簾所樂，目的所注，皆趨於一焉。區區舞台，直爲世界之雛形耳。故小説爲戲劇之本，而戲劇足增小説之光。泰西小説家仲馬、囂俄，皆以眘著悲劇稱。小説與戲劇相表裏，於此益信。近有以新小説編爲戲劇者，爲（黑奴籲天）（血手印）等，内容且未必完全，演唱亦未能中節，一朝開幕，爭以先睹爲快，其價值可想。方今編譯各小説，月異日新，於風俗社會有關繫者，如（萬里尋親記）（大小報仇録）（蘇

評林　一

新小説之平議

佚名 撰

載於一九〇九年三月一日《新聞報》。無署名。疑爲當時《新聞報》的編者所撰。文章指出當時的新小説在語言上是『大抵用文言者十之五六，而用白話者僅十之三四耳』，所以遠不能達到廣大百姓所能閱讀的地步。就内容而言，『今新譯之書，最普通者，不過兩種：一爲言情之作，一爲偵探家言』，這與我國下等社會的心理不相合，即使讀書識字之人，久讀也生厭。他指出的這些問題頗敏鋭，然開出的藥方却一般：『取吾國古來英君、賢相、名將、循吏、孝子、貞婦、俠客、義僕之遺事，以通俗之文編爲平話，而緯之以淺近之科學物理，與夫政治歷史之常識，使人人讀之易曉，而又廉其代價』。這裏要求的基本内容仍然是舊的，不是現實的、新鮮的東西，只是將現代的『科學物理』與『政治』之類加以點綴，再用通俗的語言與低廉的書價來吸引讀者而已。

自西哲學説輸入中土，而『改良社會莫過小説』一語，尤爲著述家所歡迎。於是人人争取歐西稗官野史家言，譯以國文，用餉社會。文言俗語，雜沓并集，風泉發涌，不可遏抑，長編短書，蔚成大觀，數年以來，新小説之發見於兹土者，殆不下一二千種，《虞初》九百之宏富，蓋不得專美於昔日矣。

雖然，是裒然成巨編者，果足以改良風俗乎哉？考古者稗官家言所自始，即沿於採風問俗之遺制，《周官》之訓方形方，皆其原之所出也。然則以小説改良風俗，古之人未嘗不知此義矣。至宋時又有平話、傳奇兩體。平話即今日之章回小説，傳奇則劇曲也。南宋人雜記言：高宗内禪後，耄期倦勤，頗以稗史雜書自娱，内廷供奉者乃刺取古來可驚可喜之事，增飾而潤色之，編爲種種平話，令歌者演唱於御前，雜以韻語詼諧，其後遂流爲彈詞一派。今市井人最喜聽説書，其原始蓋在南宋時。然則古人始創此體之時，固無不以勸善懲惡、移風易俗爲職志矣。

今之譯泰西小説者，文字蓋有兩種：一則文言，此體本之唐人，非善叙事能古文者不能爲之；一則白話，即章回小説之體裁，而略變之，然俗語行文，更難於文言，求如《水滸傳》、《紅樓夢》諸書之純用土話紀事者，今人直無此魄力。一書之中，大抵用文言者十之五六，而用白話者僅十之三四耳。

爲文言者，非讀書之士深於文法者，殆不能讀，即所謂白話者，亦非下流社會中人所能曉解，不過士大夫用爲閒暇時之消遣耳。夫誠欲改良風俗，必先從下流社會設想，必使市井負販之夫一讀了然，知其所言之爲何事，然後知所勸懲，而有以收善俗化民之效。今新譯之編，不啻汗牛充棟，而求其内容外觀，適合此義者，千百卷中直無一二焉，欲持是以淘淬風俗，鑄成一般高尚之國民也，豈不難哉！

且尤有一要義焉。凡小説中之資料，其事其人必取諸人人腦中所習聞者，然後啓其知識也不難，而激發其感情也至易。義和拳之亂，所以舉國披靡、雲集響應者，固由人心思亂之殷，而亦由一般國民皆有一驪山老母、元始天尊斗法演寶之事深印於其腦中，故不覺有感斯應也。然則著述之所取材，斷不可貸諸異國也明矣。今新譯之書，最普通者，不過兩種：一爲言情之作，一爲偵探家言。無論其與吾國中下流社會之心理枘鑿而不相合已也，即讀書識字之士大夫，初讀猶頗覺其可喜，再讀已稍覺其可厭，讀至十餘種外，則惟覺其千手一律，剿襲雷同，而毫無激發感情之意趣，讀未數葉，已昏昏欲睡矣。至於科學、探險諸門，爲吾國所未有者，不過寥寥數種，可以聊備附庸，而不足以自成一隊，且亦無愜心貴當之作可以資國民之模範者，自鄶以下無譏焉已耳。

是故爲今日改良社會計者，宜取吾國古來英君、賢相、名將、循吏、孝子、貞婦、俠客、義僕之遺事，以通俗之文編爲平話，而緯之以淺近之科學物理，與夫政治歷史之常識，使人人讀之易曉，而又廉其代價，使負販勞力之人，皆可人手一編，其於化成俗美之祈向，或有什一之裨也乎？

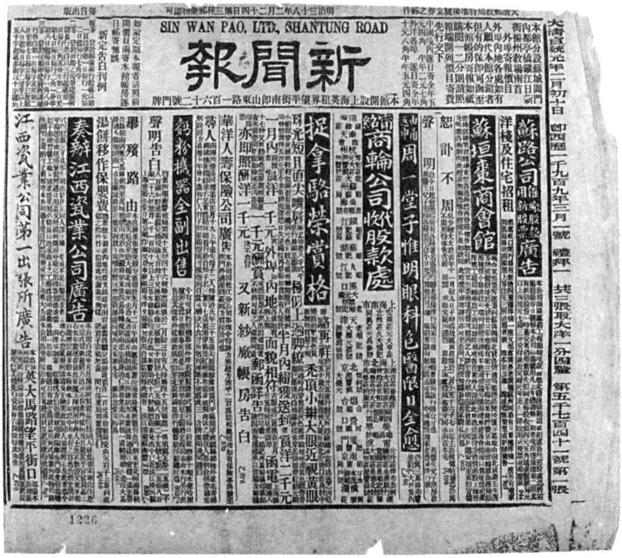

大清宣統元年二月初十日 即西歷一千九百九年三月一號 禮拜一 共三張取大洋一分四釐 第五千七百四十一號第一張

SIN WAN PAO, LTD, SHANTUNG ROAD

新聞報

本館開設上海英租界望平街南首即山東路一百六十二號門牌

蘇路公司催繳股款廣告

洋棧及住宅招租

蘇垣東商會館

恕訃不周

聲明

周一堂子惟明眼科包醫限日全愈

輪商輪公司收股款處

捉拿騙榮賞格

又新紗廠帳房告白

華洋人壽保險公司廣告

麪粉機器全副出售

聲明告白

畢殘路由

湯餅移作保嬰費

奏辦江西瓷業公司廣告

江西瓷業公司第一出張所廣告

英大馬路望平街口

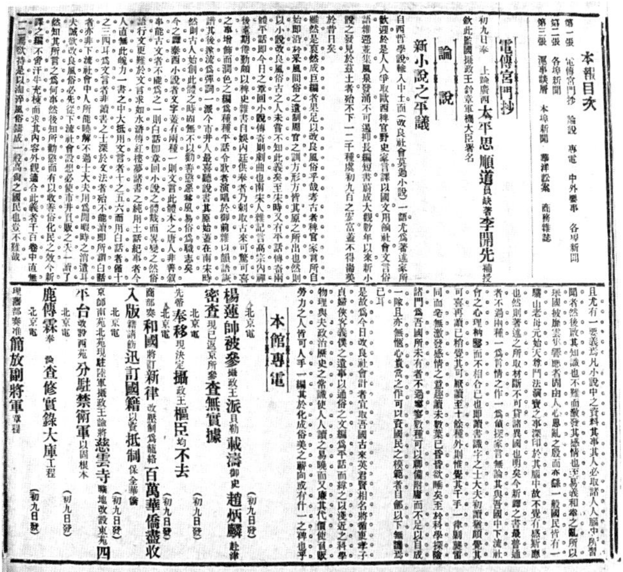

本報目次

第一張　電傳宮門抄　論說　專電　中外要事　各埠新聞

第二張　各埠新聞

第三張　滬事鐵屑　本埠新聞　華洋訟案　商務雜誌

電傳宮門抄

初九日奉　上諭廣西太平思順道員缺著李開先補授欽此監國攝政王鈐章軍機大臣署名

論說

新小說之平議

自西哲學說輸入中土而（改良社會莫過小說）一語尤爲著述家所歡迎於是人人爭取歐西稗官野史家言譯以國文用餉社會文言俗語雜遝並集風泉發涌不可遏抑長編短書蔚成大觀數年以來新小說之發見於茲土者殆不下一二千種虞初九百之富蓋不得擅美於昔日矣

雖然是裒然成巨編者果足以改良風俗乎哉考古者稗官家言所自始即沿於采風間俗之遺制周官之訓方形方皆其原之所出也然則以小說改良風俗古之人未嘗不知此義矣至宋時又有平話傳奇兩體平話即今日之章回小說傳奇則劇曲也南宋人雜記言高宗內禪後耄期倦勤頗以稗史雜書自娛內廷供奉者乃剌取古來可驚可喜之事增飾而潤色之編爲種種平話令歌者演唱於御前雜以韻語詼諧其後遂流爲彈詞一派今市井人最喜聽說書其原始蓋在南宋時然則古人始創此體之時固無不以勸善懲惡移風易俗爲職志矣

今之譯泰西小說者文字蓋有兩種一則文言此體本之唐人非嫻敘事能古文者不能爲之一則白話即章回小說之體裁而略變之然俗語行文更難於文言求如水滸傳紅樓夢諸書之純用土話紀事者今人直無此魄力一書之中大抵用文言者十之五六而用白話者僅十之三四耳爲文言者非讀書之士深於文法者殆不能讀即所謂白話者亦非下流社會中人所能曉解不過士大夫用爲閒暇時之消遣耳夫誠欲改良風俗必先從下流社會設想必使市井負販之夫一讀了然知其所言之爲何事然後知所勸懲而有以收善俗化民之效今新譯之編不啻汗牛充棟而求其內容外觀適合此義者千百卷中直無一二焉欲持是以淘淬風俗鑄成一般高尚之國民也豈不難哉

且尤有一要義焉凡小說中之資料其事其人必取諸人人腦中所習聞者然後啟其知識也不難而激發其感情也至易義和拳之亂所以舉國披靡雲集響應者固由人心愚亂之殷而亦緣一般國民皆有一驪山老母元始天尊門法演寶之事深印於其腦中故不覺有感斯應也然則著述之所取材斷不可貸諸異國也明矣今新譯之書最普通者不過兩種一爲言情之作一爲偵探家言無論其與吾國中下流社會之心理枘鑿而不相合已也即讀書識字之士大夫初讀猶頗覺其可喜再讀已稍覺其可厭讀至十餘種外則惟覺其千手一律剿襲雷同而毫無激發感情之趣讀未數葉已昏昏欲睡矣至於科學探險諸門爲吾國所未有者不過寥寥數種可以聊備附庸而不足以自成一隊且亦無愜心貴當之作可以資國民之模範者自鄶以下無譏焉已耳

是故爲今日改良社會計者宜取吾國古來英君賢相名將循吏孝子貞婦俠客義僕之遺事以通俗之文編爲平話而雜之以淺近之科學物理與夫政治歷史之常識使人人讀之易曉而又賡其代價使負販勞力之人皆可人手一編其於化成俗美之蘄向或有什一之裨也乎

本館專電

北京電　楊蓮帥被參攝政王派貝勒載濤御史趙炳麟赴津密查現已返京所參查無實據（初九日發）

北京電　先帝奉移現決定攝政王樞臣均不去（初九日發）

北京電　商部奏和國將訂新律改歷制爲籠絡百萬華僑盡收入版籍請飭迅訂國籍以資抵制保全華僑（初九日發）

北京電　京師南苑北苑現駐陸軍攝政王諭將慈雲寺曠地改設東苑四平台改爲西苑分駐禁衛軍以固根本（初九日發）

北京電　鹿傳霖奉　旨查修實錄大庫工程（初九日發）

北京電　理藩部奏准簡放副將軍章程

説今之小説家

莞爾　撰

載於一九〇九年《競業旬報》第四十一期。莞爾，是俞懷的筆名。俞懷另有筆名苑爾、宛爾等，一九二九年加入藝術劇社，一九三〇年參加并出席左聯成立大會，著有《祖國》等。本文提出小説『有積極的，有消極的』，擔心本『爲開通風氣』的小説，會在不良風氣的影響下，『轉爲壞人名譽之具』。後來黑幕小説的泛濫，説明了作者還是有先見之明的。

可懼哉！今之舞文弄墨、捕風捉影短篇事實之小說家。

小說之種類甚多，曰政治，曰歷史，曰偵探，曰言情，曰社會，曰滑稽，曰教育，曰冒險，皆小說一部分之名詞。吾不懼，吾不懼！

吾何懼？吾懼短篇事實之小說。事實者，實有其事者也，吾何必懼？舞文弄墨之輩，於捕風捉影之談，而亦名之曰『事實』，此乃吾所懼。

捕風捉影之談，而舞文弄墨，若毫無關係之事實，吾仍不懼。

名譽爲人生第二之生命，損害人之名譽，與伐人之生命同。小說爲開通風氣計，而轉爲壞人名譽之具。小說家絶大魔力，若是者，此吾所大懼。

吾敢告今之舞文弄墨之小說家曰：事實有積極的，有消極的，積極的奉請筆述，消極的概請割愛。

吾再敢告今之小說之機關曰：無價值之小說，謹慎選擇。萬一真無材料，缺如可也。否則將自失其價值。

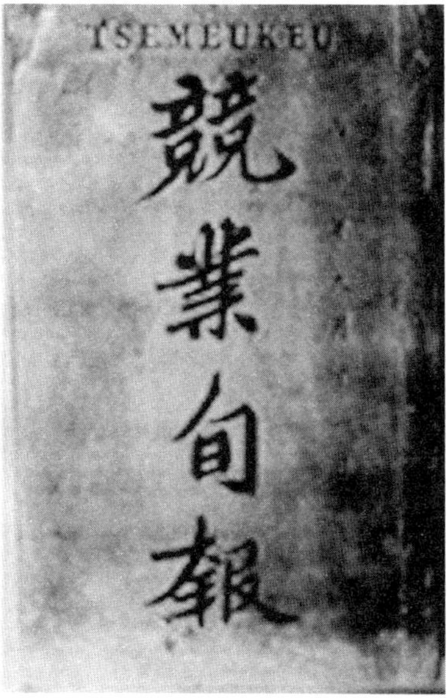

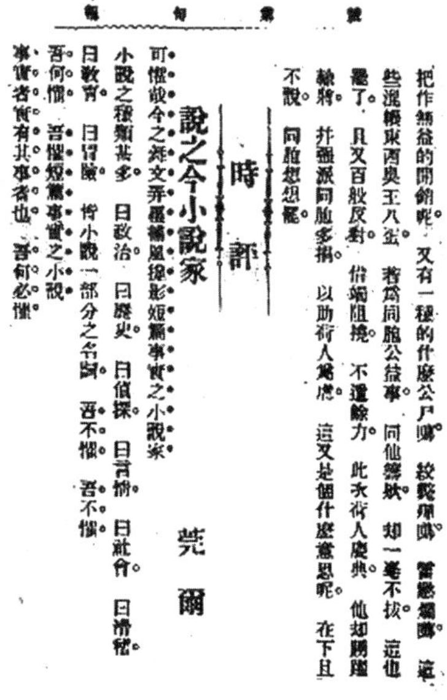
競業旬報

把作無益的開銷呢。又有一種的什麼公尸賑。救燹賑。賞戀獨辭。這些混帳東西與王八蛋。者爲同胞公益事。同他辯駁。却一毫不拔。這也罷了。且又百般反對。借端阻撓。不遺餘力。此次衍人慶典。他却踴躍輸將。幷强派同胞多捐。以助衍人鶯慮。這又是個什麼意思呢。在下且不說。同胞想想罷。

時評

說今之小說家　莞爾

可惜哉今之弄文弄墨捕風捉影短篇事實之小說家

小說之種類甚多。曰政治。曰歷史。曰偵探。曰言情。曰社會。曰滑稽。曰教育。曰冒險。皆小說一部分之名詞。吾不惱。吾不惱。吾何惱。吾惱短篇事實之小說

事實者。實有其事者也。吾何必惱。

時評　三十七

懺空室隨筆

石庵　撰

載於一九〇九年《揚子江小説報》第四、第五期。作者胡石庵（一八七九—一九二六），原名人傑，又名金門，别號天石、懺空室主，湖北天門人，早歲從譚嗣同游，曾參加唐才常領導的自立軍起義和謀刺鐵良等活動，爲革命團體日知會會員，兩次被捕入獄。一九〇九年出獄後編文學期刊《揚子江小説報》，撰寫四十餘篇中短篇小説及散文。辛亥後編《大漢報》、《天聲報》，影響極大，名重一時。有關其生平情況，參閲《心聲》第三卷第一期載陶報癖撰《小説家天門胡石庵小史》。本文主要論及《西遊記》、《聊齋志異》、《七俠五義》三書。其論《西遊》爲寓言而不是道書，《聊齋》虚構與寫真之妙，《七俠五義》之人物塑造，都有一定看法。他嚴斥《七俠五義》續書之泛濫成災，其矛頭直指『爲民上者』，尤可見其錚錚鐵骨。

《西遊記》人人稱爲好書，人人稱爲道書。其實問其所以好，所以有道之故，則人人比比不知，不過大家以耳爲目，轉相稱許耳。予在都中時，有某道士自稱於《西遊記》中覓得真詮。予往訪之，叩以書中之妙，則歷歷爲言，指五聖爲五臟，指諸妖洞爲身中各穴。問其何聖何臟何妖何穴，何法可解，何處有其真詮，則枝枝節節，東塗西抹。自始至終，其所言者，仍不過悟一子批中語也。余常謂《西遊記》之妙，其妙即在有一悟一子之批，否亦與《封神傳》等其價值耳。

余嘗盡十日之力，取《西遊》過細考求，復取各經上語録與之相證，千方百計，終不若全書畫一。謂其皆本於道家，意此書亦不過一小説家言耳。否則，余鈍拙之性根，不能見前人之真秘。但前人既理有真詮，則當有一人發之，何以千百年來終寂然絶響，徒令一悟一子苦苦設法，東指西畫，而名之曰道書哉？

《西遊記》雖不足謂爲道書，然爲一種寓言小説，余敢斷言。惜時代相去已遠，不知其寓言所在，且所寓者或一事，或數事，皆不可知，殊可嘆也。

《聊齋》一書，其筆墨之佳，自不待余之嘵嘵也。顧美則美矣，燕瘦環肥，終有高下之殊。余嘗與補堂、鈍根共論之。補堂謂《聊齋》中文章，最妙者當推《青鳳》、《連瑣》、《嬰寧》、《蓮香》諸篇，陸離光怪，香艷秀麗，兼而有之，真絶代之文章也。余謂不然，《聊齋》中當以《青梅》、《仇大娘》、《曾友于》諸篇爲絶唱。蓋此數篇皆實人實事，非如《青鳳》諸作，空中樓閣，可以文章就成事跡。此數篇必須本事跡而成文章，則下筆較難。而留仙洋洋灑灑，出之自然，萬種佳妙，《青鳳》諸篇不能及也。鈍又進一層，謂《聊齋》中當推《跳神》、《口技》、《金和尚》諸作爲最，蓋此數作，僅些子之事跡，較《青鳳》、《青梅》諸作更難下筆，而留仙亦洋洋灑灑，出之自然，萬種佳妙，真堪令人拜倒也。三説也，未知孰是，請質之大雅諸君子。

朱影生嘗語余：『留仙性放浪，好借筆墨駡人，紙本墨盒，常攜袖内。每峨冠博帶，日游於田野間，遇鄉人則扯之談鬼爲樂。鄉人談甫終，而先生已下筆如風，記載一悉矣。』

影又云：『王漁洋未達時，嘗與留仙同學讀書，甚相習也。後漁洋顯貴，彼此仍音問不絶有年。漁洋致仕歸，留仙走訪之，服青布長袍，執旱煙袋，長五尺許，昂然扣關，呼漁洋小名相見。閽者拒之，答以大人尚睡未起，先生拂然竟去。迨後漁洋起，門者入告，漁洋問其狀，大驚，疾令二僕騎怒馬盡力狂追。行二十餘里，達一小村店，先生正獨坐其上，執壺酒，以麥面餅一枚代菜蔬，浩然高酌，甚自得也。二僕疾拜呈主人意，先生笑不理。二僕苦懇之，至泣下，先生始同之返。漁洋已親迎門外，肅之入，未一言，即親向先生遍身搜索，得紙一策，展視之，則已洋洋灑灑數千言，皆痛詆漁洋也。漁洋大笑曰：「田舍奴，我豈妄哉！」先生亦笑曰：「老奴，汝誠黠矣！」乃相與盡歡而散。』

《七俠五義》一書，其筆墨純從《水滸傳》脫化而出，稍精心於小説者一見即知也。但其妙者，雖脫化於《水滸》，而絶不落《水滸》之科臼，且能借勢翻新，故尋一與《水滸》相同之事，以弄其巧妙，而書亦另具一種體裁格調，實開近日一切俠義小説之門。其描寫之法，亦獨擅長技，就中諸人，如北、南俠，五義、三雄，皆能各具神態，最妙者則爲艾虎、蔣平、白玉堂三人，深按其描寫之法：艾虎之忽而粗豪，忽而精警，似從《水滸傳》中武松、石秀二人鎔化而出；白玉堂之縱意徑行，恃能傲物，似從《水滸傳》中盧俊義、魯智深二人鎔化而出；蔣平之處處精細，舉動神速，似從《水滸傳》中之吴用、時遷、阮小七諸人鎔化而出。艾虎自首一段文字，爲書中最出色之作，實則脫胎《水滸》吴用弄盧俊義之故智耳。再如蔣平之遇水寇，白玉堂之逢北俠，則與《水滸》中宋江遇李衮、李逵逢張順，同一趣致。惟作者善於變通，不稍爲《水滸》所囿；且有時故意相犯，忽別翻花樣，令閲者拍案呼絶。吾不能不服作者思想之絶人也。

《七俠五義》中，余最愛其盗冠告發一段文字。寫智化以智化拙，寫艾虎以僞爲真。寫包孝肅深察其情復加原諒，皆用白描法，各得其妙，各不相失，口吻形狀，皆勃勃然躍動紙上，較之《水滸傳》中花石綱一段文字，實無遜色，惟筆墨不及《水滸》之老練簡潔耳，然亦小説中少有之作也。

《七俠五義》余曾觀其原本，筆墨甚冗瑣，遠不及近日所印行者。蓋近日所刊，實經俞曲園先生編次删改也。余曾取二書相較視之，其删改之處，每行中不到十數字，而其筆墨遂大改變，文章之道，真不可以言傳哉！

自《七俠五義》一書出現後，世之效顰學步者不下百十種：《小五義》也，《續小五義》也，《再續》、《三續》、《四續小五義》也。更有《施公案》、《彭公案》、《濟公》、《海公案》，亦再續、重續、三續、四續之不止。此外復有所謂《七劍十三俠》、《永慶昇平》、《鐵仙外史》，皆屬一鼻子出氣。尤可惡者，諸書以外，有一《續兒女英雄傳》，亦滿紙賊盜捕快，你偷我拿，鬧嚷喧天，每閱一卷，必令人作嘔吐三日。余初竊不解世何忽來此許多筆墨也，後友人告余，凡此等書，由海上書儈覓蠅頭之利，特倩稍識之無者編成此等書籍，以廣銷路。蓋以此等書籍最易取悦於下等社會，稍改名字，即又成爲一書，故千卷萬卷，同一鄉下婦人脚，又長又臭，堆街塞路，到處俱是也。在彼書儈，不過爲些子利益，乃出此行徑。不知此等書籍，其遺害於社會者，實有無窮魔力。蓋下等社會之人類，知識薄弱，焉知此等書籍爲空中樓閣？一朝入目，遂認作真有其事，叱吒殺人，借口仗義，詭秘盜物，强曰行俠。加以名利之心，人人所有，狡詐之徒既不能以正道取功名，致利禄，陡見書中所言黄天霸、金眼雕諸輩，今日强盜，明日官爵，則借犯上作亂之行，爲射取功位之具，其害將有不堪言者。夫以《五才子》之書，其用意本非深許宋

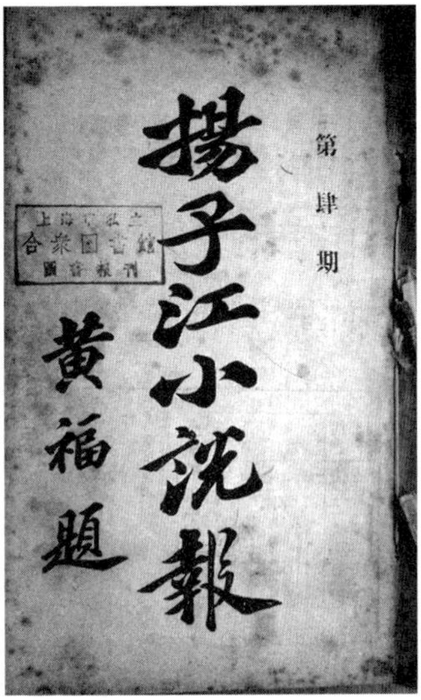

江，特因筆墨稍曲，猶惹瑶變；矧此等書籍滿口滿紙皆以作盜作捕爲最上人格，浸染社會，日傳日深（按近日社會已多以此等書上人名爲口頭白，吾湖北政界中某某等，竟有『賽施公』、『賽徐良』之渾號矣），區區小册，造爲滄海横流之大禍，皆意中事也。爲民上者，奈何不一加之意乎？（石按：近日所最可怪者，上等社會中巍巍執政諸公，亦若深受此書之魔力，常若黄天霸、徐良之徒不多見。噫！使世而盡爲黄天霸、徐良也，吾民有子遺耶！念及此，擲筆長嘆。）

小説界之評論及意見

樊　撰

載於一九一〇年一月二十日《申報》。作者樊，不詳其人。本文認爲小説乃『社會教育必要之書』，故撰小説當爲『文學家又教育者之事業』，小説家不僅能駕馭文字，而且要有廣博的知識。翻譯小説者，儘管是退而求其次的『第二等之人物』，但也『必須略知文學之梗概及教育之原理原則』，否則就不知選擇和酌裁，不知文學與歷史之别，不辨國内國外的社會心理，不能成爲一個合格的小説翻譯家。不僅要通外國文字，而且要通國學與文學，否則只可成通方言之才，不能領會文學之意味，能看透文學家之手眼。不僅能撰典雅文字，而且要作通俗小説，使大多數百姓能歡迎。文章對當時新舊小説的形勢作了這樣的分析：『新派小説所占之陣地恒在城鎮，而舊派小説所佔據之陣地恒在鄉村，村固較城鎮爲多，於是舊派小説之陣幅較廣。』因而不要認爲周圍的朋友説『新小説爲已大受社會歡迎』而信以爲真。若從舊時親戚故舊與里巷間之頑夫稚子婦人看來，『依然但知《三國》、《水滸》、《西遊記》，而能舉新小説之名者百不一二，其能稱頌新小説之美者，蓋罕聞也』。最後，作者對小説下了這樣一個定義：『小説者，依自然的之方法手段，從情的方面以牖發人心靈中之各力之一種特殊文字也。』據此，作者提出：『今欲求余理想中之小説家（即通文學、教育之人）必難其人，則余之第一種辦法，即捨撰而言譯。余又以爲讀典雅文字者，不如讀通俗文字者之多數，教育文人學士，不如教育農工商兵婦人孺子之急切，則余之第二辦法即從今以後宜多出版通俗小説，以彌從前小説界之缺憾。』

吾人須知小説者，乃社會教育必要之書類也。而撰小説者，乃文學家又教育者之事業也。小説既爲社會教育必要之書類，故不合於社會教育之小説，吾人寧勿著勿譯。小説既爲文學家、教育者之事業，故其人苟無文學之素養及教育之經驗，寧勿著勿譯。

余所謂社會教育者，指全社會普通之人，知書識字者而言，非一部分之文人而言。故凡所作小説，只能供文人學士之瀏覽，而普通之人，不能解其文義及洞其道理者，決不得謂爲合於社會教育也。

余所謂文學家教育者者，指其人能通哲學、社會學、心理學、教育學、生物學、倫理學、論理學、法理學而言，其業至博至難。故凡僅僅能作雅達之文字及用典贍之字眼者，决不得以文學家教育者目之，謂彼足當小説家之席位也。（因小説家必須備以上諸種之知識，否則不能下筆成一字也。）

世人亦知小説所占之地位頗爲重要，又知文學家教育者之不易爲，於是捨撰著而事翻譯，以爲吾苟能以歐美名家所著之小説，譯爲邦文，則不耕而穫，不織而衣，豈不用力省而成功多哉！此十年來所生之新觀念也。

凡人初生一念，未嘗不思立於最完全之境地，繼因其種種不得已，遂不得不退而即於遷就之途。小説之舍撰著而事翻譯，此遷就之途也。余非絶對反對此遷就之不可爲，亦非有意與今翻譯小説諸君爲難。以余自問尚無翻譯小説之才，安能對諸君肆其攻擊也？但余不能不慮余之疑問，以就質於當世之大雅，冀聚大衆之智慧，以解釋此問題，則亦余與諸君對於社會之責任也。

余第一疑問，則翻譯小説者，其人是否必須略知文學之梗概及教育之原理原則乎？夫苟但執斯業而言，則余固言之矣，此爲文學家、教育者之事業也。然今既難得其人，則捨撰著而言翻譯，事本出於遷就，自不得不降而求第二等之人物。所謂第二等者，即略知文學梗概及教育原理原則之人也。今試問若其人并不知文學梗概及教育之原理原則，只能做美術的之文字者，其人果足翻譯小説否？

余之所以發此第一疑問者，在余一人之意見，以爲苟其人并不知文學梗概及教育之原理原則者，則所翻譯小説必有二病，今略舉之以供世人參考。

（一）種類不知選擇。是等人既不知文學梗概及教育之原理原則，則其常識不完全，自不知選擇種類，區別良否。故欲求其所譯小説深有益於社會及有高尚之理想者，必不多覯。

（二）事實不知酌裁。小説之事實與歷史事實不同。小説幻也，歷史真也。若必以作信史之筆翻譯小説，則珠玉糞土，胠篋務盡。不審美惡之宜分，可哂孰甚。夫社會心理國各不同，而國民程度及禮俗亦絶不相等。彼中名家著作皆係對彼社會立言，吾乃無意識而盲譯之，則鸚鵡學人，豈審言中之旨趣（日本初興教育時，不能自編教科書，以美國國民讀本充作小學堂之用，不知國性不同，甲不能適於乙用。吾國盲譯歐美小説書，方自詡足當社會教育之稱，其可笑殆與此相等也）。故往往在彼見爲不可少之事實，不可省之言語，而在我直可消除不用（如彼人迷信宗教，每事必祈禱，每語必稱上帝，吾存其一二可也，全譯則殊不必。以小説事實非歷史事實可比，無紀實之必要也）。此中裁剪去取，殆非余所謂第二等以下之才所能勝任。

余第二疑問，則翻譯小説者，其人是否必須自通外國文字乎？夫學問者，與年而俱進也，故今日國中稱爲積學能文之士，其年齒皆在四十以上，顧此輩人材多半只通本國文字，其能兼通外國文字者百不得一，而彼通外國文字之人又未必盡通國學，且彼之治外國文字也，其所挾之目的未必與文學教育相近，故此輩之材只可謂通方言之才，而謂其能領會文學之意味，能看透文學家之手眼者，恐彼自問亦未敢信也。今試問若翻譯小説之人，并不通曉國外文字，只與一能通外國文字者爲伙，在一口述一筆譯，而小説之精神於彼歐美名家之作，果能絲毫不失否？余之所以發此第二疑問者，在余一人之意見，以爲苟執筆之人，不能自通外國文字，而倚賴於只通於外國文字，不通國學之人，則翻譯小說亦有二病，今略舉之以供世人參考。

（一）意見不能一致。吾今試爲一淺譬，筆譯者猶醫學士也，口述者猶藥學士也。藥學士精於製藥配藥，醫學士精於醫理，此各爲一科也。今筆譯之人，其思想何嘗不欲譯歐美最佳之説部，奈自己不通外國文字，不能自行選擇，於是以選擇之權，托之口述之人，而彼口述之人，其外國文字程度或亦甚高，今奈彼之思想未必與筆譯之人同，是何異醫師不自開方，而第令藥劑師選藥以治患者？其不至於誤人者幾希。夫開方而買藥，吾聞之矣，未聞聚藥而皆成方也。然則譯與述之意見，安能保其一致？意見既不一致，則譯者不能不以譯就述，勢也。而吾於是愈難信彼所譯之小説皆爲善本，且有益於社會也。

（二）疑誤不能互證。文字之道最難，以余爲中國人，讀書二十餘年，然若謂爲通中國文字，則余殊未敢自信。彼外國文字亦然，且其文字之習慣與我至不相類，而社會進步，科學發達，學問之途至無涯際，尤非吾人所能盡通。故每譯一書必有許多疑問，或疑問見於原書，或通其原書之義，而譯爲漢文，無適當之字。此等困難，凡治譯者，余料其必信余言也。顧此事若就一人之能兼通中外文字者而言，則必能略減其困難，何也？以彼既熟於彼己之文字，尚可以用其思索翻檢之功，力求其完善，若口述與筆譯分爲二人，則漢文所下之字，所陳之義，於原書果適合否，筆譯之人不知之而問之口述者，彼固未精漢文，自不審漢文爲何義也。而口述者對於原書之疑問，若舉而問筆譯者，更不能解，於是彼此各不相謀，每譯一書，兩國文字有無疑誤，彼兩人均始終未之或知，何也？以其不能互相證也。故口述筆譯，其拙實同於蟆母。

余第三疑問，則翻譯小説其文字之價值，尚典雅乎，抑尚通俗乎，亦通俗與典雅并尚乎？夫論文字之價值，則通俗文字誠不如典雅之高，而論文字之效用，則在余以爲通俗且高於典雅也，何也？作典雅文字者，必得能讀典雅文字之人而讀之，始知其文字爲典雅，尋常之人不知也。而能讀典雅文字之人，大抵無讀小説之必要，而小説之效用并不能及之，何也？以是等之人程度已高，不必賴小説與爲教育彼輩之用，故彼之嗜讀典雅小説，亦不過供其茶前酒後之譴興，視爲一種美術品而已，不比通俗文字，其效用至廣，凡稍稍知書識字之者，均能解其意義也。今試問社會之人，能讀典雅文字與能讀通俗文字者，孰居多數？又試問教育文人學士與教育農工商兵婦人孺子，孰爲急切？

且吾輩慎勿謂作通俗文字，其價值爲甚賤也。余今試問作《三國演義》、《水滸傳》者，吾國及今有幾人乎？大抵文人恒欲炫其特有之長，不欲自貶以見輕於流俗。故至公之論，至真之理，不特己所不言，且忌他人之言之也。余非有作《三國演義》、《水滸傳》之才，故今兹之發爲此論也。在余固無所嫌忌，不然，則世人亦將以余爲欲炫己長，而特先與當世文章家開軍事談判矣。抑余尚有一至緊要之語，不能不爲吾輩告者，則文字之爲道，其所謂美善者，在全體之結構，不在一字一句之新鮮。《三國》、《水滸》佳處即全體之結構奇也，若以字句論則俚俗不堪矣。彼《聊齋》所以遜於《三國》、《水滸》者，即但以字句新鮮見長，無全體結構之大魄力。此不特就小説而言，即左國班馬，以至唐宋諸家之文章，亦皆如是。彼即有全體結構之能力，而於字句間，自不難以餘力修飾之以圖美觀，非吾國近人之評論文章只争一字之雅俗，而置其全體於不顧也。一字之雅俗易見，而全體結構之工拙難知，故世人多能就其易見者而爲評論。故以余一人之意見，能作典雅文字者，其人或未必能作通俗文字，而善於作通俗文字者，其人若非能文之士，决難勝任也。文人多有結習，好炫其長不肯降格，故勸彼作通俗文字，彼殊不願。長樂高夢旦先生曾著論偏重文字之害，語極痛切，足以矯時流之弊，余所最服膺者也。

以上所言，似余左袒通俗之文字矣。而又不然。余意文字之通俗與典雅分途爲用，無所謂此工彼拙。余前之所論，係欲矯世人之弊，并非對文章家肆其攻殲也。蓋余以爲，若就小説而言，則典雅文字與通俗文字皆不可少。典雅文字近於美術，愛美之心人人而有，余輩苟能理由世人愛美之心，而以美術文字見之小説，縱爲多數人所難解，而能得少數文人學士讀之，其爲益正非淺，因近今能占據社會上重要之地位者，尚在此少數之人也。若此占據社會上重要地位之少數人，咸能得小説之益，其間接影響於全社會亦正不少。但若就此點而言，則余益不能不深望文章家之更須注意者數事焉：一則此種小説要有高尚理想；二則此種小説要有文學意味；三則此種小説宜傾向於世界的、國家的、政治的、社會的、科學的諸方面。若其道理甚淺，只足以爲兒童取法者，而必以最典雅筆墨叙寫之，則在兒童方以文字艱深不能卒讀，而在文人學士又以已通其理，讀之無益，豈非兩不得其用乎？

余輩須知今小説已分爲新舊兩派，如兩國之軍隊焉。新派小説所占之陣地恒在城鎮，而舊派小説所占據之陣地恒在鄉村，村固較城鎮爲多，於是舊派小説之陣幅較廣。余輩均立於新派小説陣地之人，今欲由城鎮攻入鄉村，必須分軍爲兩隊，其第一隊即典雅文字也，先以此隊爲前驅，使彼文人學士倡之，而令鄉村中之文人學士和之，先降其將帥，於是以第二隊逐步爲營，漸漸進襲，使鄉村中之舊派小説，漸知勢力，陣勢大動，然後□而入之，則鄉村之匹夫匹婦罔不棄甲歸降矣。余所謂第二者，即通俗文字之小説也。

凡人之情恒習於所近，故其觀察社會，往往有誤謬之處。今人只知新派小説受社會之歡迎，而不知吾人所聞歡迎之聲固聞之於吾朋友也。吾之朋友皆能文者也，即不能文，亦能審文章之美者也，即稱揚此善譯新小説者之文章，亦大報館記者與名流之函札也。余輩若據朋友之論與報館記者名流函札，而遽信新小説爲已大受社會歡迎之據，在余觀之，殊爲未確。蓋余輩之朋友及報館言論、名流函札，皆余輩之所近也，須知捨余輩所近之外，其社會之面幅猶至大無垠，余輩固宜叩意見於彼等，探消息於所不常近之儔，而後方可以認爲一般之輿論也。以余之經驗，則捨余十餘年來所識之新朋友外，其舊時親戚故舊與里巷間之頑夫稚子婦人，依然但知《三國》、《水滸》、《西遊記》，而能舉新小説之名者百不一二，其能稱頌新小説之美者，蓋罕聞也。

余今欲於我小説界諸君有所貢獻，余不得不以余私人之意見先爲小説而下一定義曰：小説者，依自然的之方法手段，從情的方面以牖發人心靈中之各力之一種特殊文字也。

據此定義，則近今所出版之小説與此相犯者，不遑枚舉，余今亦不欲明揭之，以重觸彼人之怒，但余尚有不能不再三申明者，則以余所下之定義，全然根於心理的研究之結果，其所謂情者，非僅指男女而言，世人若不解其意味，徒作艷情小説，蕩盡浪子之魂，則其爲書之價值不過較《肉蒲團》、《燈草和尚》稍爲風雅隱蓄，而去小説之義將益遠矣。

余今將言余之辦法矣。余以爲今欲求余理想中之小説家（即通文學、教育之人）必難其人，則余之第一種辦法，即捨撰而言譯。余又以爲讀典雅文字者，不如讀通俗文字者之多數，教育文人學士，不如教育農工商兵婦人孺子之急切，則余之第二辦法，即從今以後宜多出版通俗小説，以彌從前小説界之缺憾。

余之第一辦法尚有宜研究者。余輩須知人非甚貧，必不向人稱貸。吾國翻譯他國之書，即吾國之貧於學問也。顧若其書爲學理的之著作，則學理本世界人類所公，如日月然，無論何人均可蒙其照臨也。吾雖譯之不得謂貧，若其書爲教育的之著作，則吾固言之矣。社會心理國各不同，而國民程度、禮俗亦絶不相等，各就其國性而施相當之教育，甲之方法不能適於乙也。小説爲教育之一種，故在理以自著爲宜，若不能自著而譯他國之作，則宜即其内容加以修改，借彼之質素，而自施彩繪，借彼之邱壑，而自植花木，必擇其宜於我者，蓋翻譯而兼著述之事業也。其次則就既譯之小説復演之。此種種辦法專爲婦孺及向之僅僅能讀《三國》、《水滸》之人計，因彼輩平昔只知有舊派小説，不知有新派小説，而新派小説中有若干種，恰與彼輩心理相合，惜前之譯者筆墨太工，不肯降格，力求通俗，遂致以絶好之小學教科書一出，龍門之手轉歸無用。今欲利用廢物，則惟有取前譯之本，而演以淺文，其陳義太高及一切不適於吾國禮俗者，力從删削，仿《三國演義》之用意，以彼爲底本，從而演成之。此辦法有二利焉。

大凡欲成一院子者必非堊雕漆之難，而相度材木，結構亭榭實難。小説亦然。若自撰著，其謀篇布局，非統全部而豫爲熟籌，萬不能孟浪下筆，而演小説則其事實現成，結構已便，吾不過取而演之，所謂丹堊雕漆之工也。此以演較著爲易，一利也。

鏡不能自照而能照人，故辯他人之善惡，易於辯自己之善惡，何也？以無我之見以蔽之也。余既批評他人所譯之作不遺餘力，然若令欲自譯一書，其謬誤足供世人批評之處，容或更勝於彼。若即他人之作，而以余眼光細細明察之，存其五穀而去其莠稗，此其事非余之所能，實盡人所能也。此以演較譯更易，二利也。

今日非預備立憲之時乎？預備立憲以教育國民爲最急。教育國民宜分二等：一專教成年以上之人，一專教未成年之人。教成年以上之人重在智育，教未成年之人重在德育。顧道德之言多莊論，與彼未成年者之心理恒病格而莫入，故以童話寓言爲宜，且自然的之教育既適於兒童，而感情之富，大人亦不如赤子。從生理心理兩方面而觀察之，則依吾前所下小説之定義，作小説以教育兒童，在余固甚信其有效也，且余之定義不特宜於兒童小説，即今之編纂小説教科書，亦宜依此定義。諸君試讀美人所著《理想之學校》，當知余言非臆造矣。

日本有嚴谷小波者，其人專著教育兒童之書，其書名《日本昔噺》及《世界讀本》凡數十種，曰兒至歡迎之。故嚴谷小波者，實兒童之好友，日之兒童無不人人稱嚴谷小波先生也。余意今吾國小説界諸君苟欲作兒童小説，則必兼有演譯著撰之才。先言撰著，苟有不能撰著者則退而謀翻譯；次言翻譯，苟有不能翻譯不善者，則取而爲演義。但演義之事亦非易易，因演義中須兼有撰與譯之兩長，不然，則他人已譯之本，果何取乎？復演他人未譯之本，將更待於何人？即如《日本昔噺》、《世界讀本》諸書，吾國尚未有譯者，余意今宜先選吾國已譯諸小説，合於教兒童者若干種，用《三國演義》之體演成淺文，俟此若干種畢事後，再擇《日本昔噺》、《世界讀本》諸編，繼續而演義之。以日本之禮俗及倫理，本傳自吾國，其教育之方法與我大致相同，故取才於日教爲便宜，非若取才於歐美之寡當也。

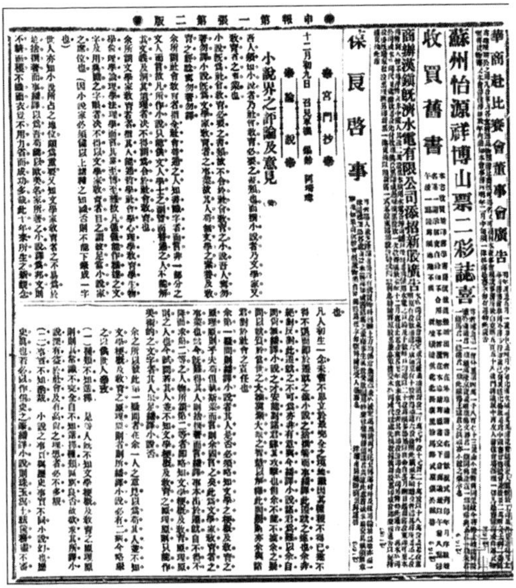
申報　第一張第二版

華商赴比賽會董事會廣告

蘇州怡源祥博山票二彩誌喜

商辦漢鎮旣濟水電有限公司添招新股廣告

收買舊書

保良啓事

宮門抄

論説

小説界之評論及意見

西人之小説評

佚名 撰

載於一九一〇年三月二十日《時報》。本文介紹了李偕白敦新著十四篇文章，歷評十八世紀起至二十世紀的英文小説家，謂十八世紀間小説當推李智生、費亭、史買德、史登爲鉅子；旋爲司各脱時代；入十九世紀，狄更斯繼起，壁壘一新；嗣後則有德羅德、愛力亞德、海諦、米辣蒂、史諦芬諸人。文章特别稱道愛力亞德之著作，其次則表彰德羅德亦不遺餘力。

近有李偕白敦君新著大文十四篇，歷評英文小說家，從十八世紀起至二十世紀止，於每人皆有按語。李謂十八世紀間小說當推李智生、費亭、史買德、史登爲巨子。旋爲司各脱時代，既而忽忽入十九世紀，狄更斯繼起，壁壘一新。嗣後則有德羅德、愛力亞德、海諦、米辣蒂、史諦芬諸人。李於愛力亞德之著作獨爲作大文一篇，頗稱道之。其次則表章德羅德不遺餘力。李謂有狄舍者頗譏德羅德之作，以近人而寫古事，其鋪叙事物，描寫形容之處仍是近時情狀。李謂狄蓋不知德羅德所生之時已在晚近，思想漸新，其所短者即其所長也。除上言數人外，則有倍根斐杜以首相而著書，白羅華以戲曲詩詞名家，且熟於外交。金萊所寫政府與教堂之事能形容盡致，然較之德羅德尚遜一籌。德雖亦曾任公僕多年，然後即棄去不復爲，而專力於著書，故謂德爲政治家無人知之，謂德爲小說家則無人不知。

時報
EASTERN TIMES.
庚戌二月初十日

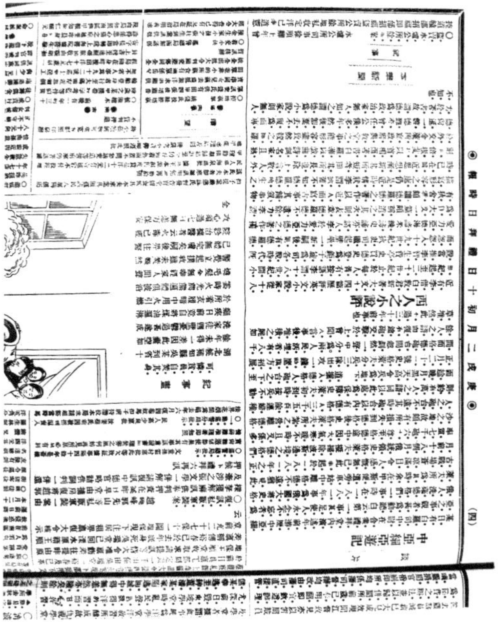
庚戌二月初十日 (四)
西人之小說評

小說新語

佚名　撰

載於一九一〇年《小說時報》第九號。原刊未署名，今據開頭稱『余嘗於《新小說》之《小說叢話》中論吾國小說爲舊社會女子教科書者』云云，知爲狄葆賢所作，而《小說時報》就爲狄氏所經辦。狄葆賢見新小說社社員撰《小說叢話》提要。此篇論文字小說、文字兼語言小說、語言小說三者之別，頗具隻眼。關於《孽海花》、《海上花》與《野叟曝言》之人物索引，也爲後來研究者所注意。狄本篤好内典，其論雨果（囂俄）作品與佛旨相合，也可具一說。

余嘗於《新小說》之《小說叢話》中，論吾國小說有爲舊社會女子教科書者，如《天雨花》、《筆生花》、《再生緣》等類。實則吾國舊時男子，何嘗不以小說爲教科書？今時一般社會所有種種思想及希望，大都皆發源於舊時各小說中者，居其十之七八。然則欲求社會之改良，不能不於小說加意焉。

舊時小說，士人之希望，非作才子，即點狀元，才子狀元之外，無他思想矣；武士之希望，非作强盗，即作捕快（此新近流行之《彭公案》、《施公案》等書之教育也），强盗捕快之外，無他思想矣。然近時偶有一二新作，又往往去舊作遠甚，於是不能不從事於翻譯，而又不加别擇，實足爲社會之大害。即如歐美小説頗多注意於金錢，其書結尾，往往得一美妻，而父即死，父死而家産乃歸其手，若視爲美滿者。此種小説，已譯出者甚夥。吾甚願後之譯者，少留意焉。

吾國舊時小說，如《水滸》，如《西厢》，如《紅樓》，如《金瓶》，皆極著名之作。或謂《金瓶》有何佳處，而亦與《水滸》、《紅樓》并列？不知《金瓶》一書，不妙在用意，而妙在語句。吾謂《西厢》者，乃文字小說，《水滸》、《紅樓》乃文字兼語言之小說，至《金瓶》則純乎語言之小說，文字積習，蕩除净盡。讀其文者，如見其人，如聆其語，不知此時爲看小說，幾疑身入其中矣。此其故，則在每句中無絲毫文字痕跡也。

《孽海花》一書，重印至六七板，已在二萬部左右，在中國新小說中，可謂銷行最多者矣，但其中隱託之人名，閲者多不甚了了。兹將其中人名概行標出列表如下：

金雯青　即洪文卿
潘八瀛　即潘伯寅
李純客（治民）　即李蒓客（慈銘）
莊崙樵（佑培）　即張佩綸（幼樵）
錢唐卿（端敏）　即汪柳門（鳴鑾）
唐常肅　即康長素
過肇廷　即顧輯庭
匡次芳　即汪芝房
許鏡澂　即許景澄
貝效亭　即費幼亭
潘勝芝之（曾奇）　即潘曾祁
莊壽香（芝楝）　即張香濤（之洞）
吕順齋　即黎蒓齋
李任叔　即李壬叔
姜劍雲　即江建霞
祝寶廷（溥）　即寶竹坡
龔和甫　即翁同龢
黎石農　即李芍農
莊小燕　即張樵野
陸菶如（仁祥）　即陸鳳石（潤庠）
何珏齋（太真）　即吴清卿（大澂）
王子度（恭）　即黄公度
吕莘芳　即李經芳
謝山芝　即謝綏之
雲仁甫　即容純甫
李台霞　即李丹崖
徐忠華　即徐仲虎
馬美菽　即馬眉叔
薛淑雲　即薛叔耘
米筱亭　即費屺懷
王憶莪（仙屺）　即王益吾（先謙）
黄叔蘭（禮方）　即黄漱蘭（體芳）

黄仲濤	即黄仲弢	袁尚秋	即袁爽秋
繆寄坪	即廖季平	連沅（荇仙）	即聯元
成伯怡	即盛伯熙	段扈橋	即端午橋
聞韻高	即文芸閣	荀子佩	即沈子培
汪蓮孫	即王廉生	馮景亭	即馮桂芬

《孽海花》之前小説佳者爲《海上花列傳》，其中人名大都均有所指。今略舉數人，列表於後：

齊韻叟	爲沈仲馥	史天然	爲李木齋
賴頭黿	爲勒元俠	方蓬壺	爲袁翔甫（一云爲王紫銓）
李實夫	爲盛樸人	李鶴汀	爲盛杏孫
黎義鴻	爲胡雪岩	王蓮生	爲馬眉叔
小柳兒	爲楊猴子	高亞白	爲李芋仙

《野叟曝言》中之匡無外，乃王姓；余雙人，乃徐姓：皆作者之至友也。

法國小説家，最享重名於世者，爲大仲馬與嚣俄二人。大仲馬著作頗富，大都將法國史事，參以己意編成者居多，其文浩蕩廣博，能令閲者眉飛色舞。嚣俄生平著述只三部，無一不由千鍾百煉而出，用意深刻，實應居世界小説家之第一席。其三書一痛社會之惡劣，一憤法律之無當，一詆宗教之腐敗。其書名一爲《鐘樓守》，一爲《噫無情》，一爲《噫有情》。《噫有情》一書，即本報所登載者，其中大旨，甚不滿意於歐洲宗教，察其用意却頗與佛旨相合。惜其未得一讀釋氏之書，不然，必能有所發明，爲歐洲之廣長舌也。

陳景韓

狄葆賢

小說新語

余嘗於新小說之小說叢話中。論吾國小說有爲舊社會女子教科書者。如天雨花筆生花再生緣等類。實則吾國舊時男子。何嘗不以小說爲教科書。今時一般社會所有種種思想及希望。大都皆發源於舊時各小說中者居其十之七八。然則欲求社會之改良。不能不於小說加意焉。

舊時小說。士人之希望。非作才子。卽點狀元。才子狀元之外。無他思想矣。武士之希望。非作强盜。卽作捕快。（此新近流行之彭公案施公案等書之教育也）强盜捕快之外。無他思想矣。然近時偶有一二新作。又往往去舊作遠甚。於是不能不從事於繙譯。而又不加別擇。實足爲社會之大害。卽如歐美小說頗多注意於金錢。其書結尾。往往得一美妻而父卽死。父死而家產乃歸其手。若視爲美滿者。此種小說。已譯出者甚夥。吾甚願後之譯者。少留意焉。

吾國舊時小說。如水滸。如西廂。如紅樓。如金瓶。皆極著名之作。或謂金瓶有何佳處。而亦與水滸紅樓並列。不知金瓶一書。不妙在用意。而妙在語句。吾謂西廂者。乃文字小說。水滸紅樓。乃文字兼語言之小說。至金瓶則純乎語言之小說。文字積習。蕩除淨盡。讀其文者。如見其人。如聆其語。不知此時爲看小說。幾疑身入其中矣。此其故。則在每句中無絲毫文字痕迹也。

孽海花一書。重印至六七板。已在二萬部左右。在中國新小說中。可謂消行最多者矣。但其中隱託之人

《石頭記微言》讀法

孫渠甫 撰

稿本《石頭記微言》卷首。《石頭記微言》另有清抄本一種。卷首有《釋真》、《釋影》、《讀法》三文。正文爲分回摘句評述。孫渠甫，吴興菱湖鎮人，卒於清末。崔懷琴（瑾）在一九一四年《香豔雜志》第一期上發表《紅樓夢解提要》云：『光緒季年，吾友孫渠甫始能解之，以爲勝國頑民怨毒覺羅者所作也。當時以文字賈禍踵相接，作者不敢明言，故託爲夢幻影響之辭，所謂荒唐言、辛酸淚也。惟恐盡人能解以賈禍，又恐盡人不解而苦心無以明也，故其意甚隱，其辭又甚顯。引申觸類，左右逢源矣。爲作解說二十餘萬言，原稿名「石頭記微言」。所謂微言者，於朱氏、覺羅氏之事仍不敢顯言，故以此二字括之。予略知者，經面質也。孫君今已物故，稿存予處，約二十萬言，予無力付刊，珍諸敝篋，恐此稿之將於湮没也，故略述其意而飾之。』今觀其書，確如崔言。《釋真》開篇即曰：『《石頭記》一書，假中有真，真中有假。書面假中假，書底假中真，書之底中底乃真中假也。』將書分成『書面』、『書底』、『底中底』三層。其《讀法》即云：『書面爲談情之書，書底爲傷讒哀怨之書，底中底爲淫亂悖謬之書。』作者的本意已點得十分清楚，但又故作種種僞飾，以避人耳目。故此書實爲首創種族之説。一九一六年弁山樵子在《香豔雜志》第十一期上發表《紅樓夢發微》評述種種『評論家』推測《紅樓夢》作書的原因時，就指出了這一點：『……又有創爲種族之説者，以順治爲寶玉，一人一事，一句一字，必加以種種考證。我鄉有沈茂才者（菱湖鎮人，没已十年，不能舉其名），一生注力於此，撰成《紅樓夢如是我言》一書，蠅頭細楷，不下二百萬言，其友人崔君懷瑾曾約其切要之言，以入本雜志之第二期（聞其書已爲崔君攜入京師，能否付刊，不可得知矣）。』此論憑傳聞記憶所述，儘管多有舛誤，如將『孫』誤寫爲『沈』（蓋吴語音同），又將『二十萬言』誤記成『二百萬言』，乃至書名亦誤，但總體精神不差。沿著這條路走的，後有王夢阮、蔡元培等。對於孫渠甫此等『微言』索隱，《懺玉樓叢書提要》曾評曰：『書言《紅樓》爲明之遺民怨毒覺羅而作，雖抉發隱微，頗多符合，而附會牽引，亦復不少，然較之尊薛抑林，累牘連篇，無關大義者，自有上下床之别也。』

《石頭記》一書，其底裏真實之事，皆寓於邊僻之處，須看其不要緊處，方能得之。正文云『九省都檢點出都查邊』，此教人搜尋真際之法也。其引用古人或古事，皆有關合書底實事，并非虚設。其或有不相合者，乃作者另有寓意於底中底之謬論故也。書面爲談情之書，書底爲傷讒哀怨之書，底中底爲淫亂悖謬之書。作者以書面游戲，以書底運化，以底中底妄想。

正文曰：寶玉即寶玉也。在書面言，上寶玉謂寶玉之人，下寶玉謂口中所銜之玉。在底中底言，則上下混同爲一，即指石頭，即指輿地，即言釵、黛所争之天下也。在書底言，上寶玉爲寶玉，是天子；下寶玉即寶玉，傳國之璽。黛玉曰：至貴則寶，至堅則玉。貴爲天子，謂至貴也；視棄天下如敝屣，不移其情，謂至堅也。此上寶玉也。正面『通靈寶玉』四字，即是皇帝之寶四字。反面『莫失莫忘、仙壽恒昌』八字，即是『受命於天、既壽永昌』八字。璽是祖父所傳，故此胎中帶來。此下寶玉也。書底之寶玉即寶玉，乃是實事。

又黛玉臨終時曰：『寶玉，你好……』在書面言，則爲恨寶玉之負心，故曰『寶玉，你好……』，蓄住負心二字或無情二字。在底中底言，則以寶玉既爲坤地，乃是屬陰，爲女子之好矣，故曰『寶玉，你好……』，比黛如國君死社稷矣。在書底言，乃是作者特下一斷語耳。

士隱遇道士有《好了歌》，又言『好便是了，了便是好』等語，此皆故作蒙混語耳。其實是言寶玉因女子而了之義，只『好』、『了』二字足矣。蓋寶玉之了皆由釵、黛二人。當時有黛無釵，則不至於了；有釵無黛，亦不至於了。既有釵、黛，乃成其爲好了也。寶玉情則爲黛，事由釵逼，則好、了二字是釵之成大禮止，釵之起，故曰『寶玉，你好……』，截然而止，其下更不可再著一字。此即是書底『你好』之的解。迨至黛死寶走，方是好、了二字齊全。方黛死寶尚在，故一好字而止也。

此書實是有面、有底、有底中底之三層，不可不辨，此讀《石頭記》之秘要耳。略舉其端，以概其餘：注中凡有『微言』、『微旨』等字樣，皆是指作者之底中底。若余所注之書底，皆是明白顯注，更無所謂微言也。讀者切勿誤會耳！

（抄本）

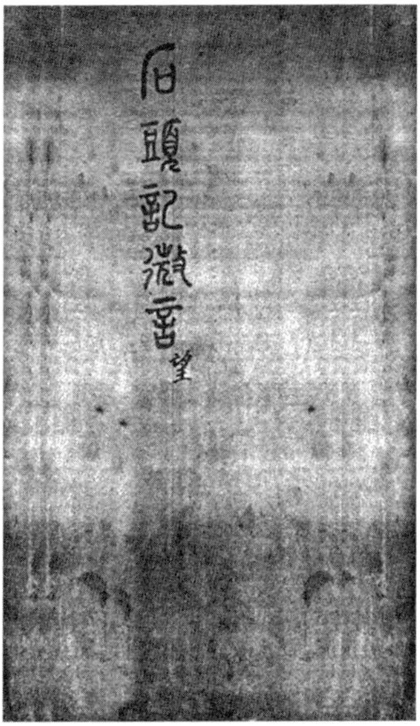
石頭記微言
望

石頭記微言